我的世界
下雪了

迟子建 著

浙江文艺出版社

总序

野草的呼吸

去年三月，雪花还未从北方收脚，寒流仍环绕冰城、不识相地穿街走巷时，盼春心切的我，一头扎进哈尔滨城郊的室内花卉市场，在姹紫嫣红的花中，选购了几盆色彩艳丽的四季海棠，抱回家中。

这一簇簇的海棠花儿，在窗前，在桌畔，就像迎春的爆竹，等待点燃。而悄无声息燃响它们的，就是阳光了。

在最初的一周，它们在日光中心思透明地大炫姿容，开得火爆。粉色的比朝霞还要明媚，鹅黄的娇嫩得赛过柳芽，橘色的仿佛通身流着蜜，火红的透着葡萄酒般的醇香，让人有啜饮的欲望。

居室春意盈盈，叫人愉悦。每日晨起，我都做早课似的，先阅花儿。我喝一杯凉白开，也给它们灌上一点生水。也许是浇水频繁的缘故吧，十多天后，我发现粉色的四季海棠首先烂了根，花儿做了噩梦似的，花瓣边缘浮现出黑边，像是生了黑眼圈。鹅黄的四季海棠叶片萎靡，花朵也蔫儿了。我以为它们缺乏营养，于是又浇花卉营养液。

可不管我怎样挽留，四季海棠去意已定，没有一盆不烂根的了，花茎接二连三倒伏，那一团团花朵，自绝于青春似的，香消玉殒。

我只得清理了残花败叶，沮丧地将花盆摞起，扔在阳台一角。

哈尔滨的春花，终于在四月中旬次第开放。先是迎春，接着是桃花、榆叶梅和樱花。李子树、杏树和梨树，紧随其后绽放，它们承担着坐果的使命，耽搁不得。再之后开花的，就是蔷薇和满城的丁香了。当丁香花释放着浓郁的香气，把哈尔滨变成一座大大的香坊时，爱音乐的人就聚集在松花江畔的斯大林公园了。拉手风琴和大提琴的，吹萨克斯和笛子的，莫不神采飞扬，激情荡漾。此时的松花江漂荡着谢落的榆树钱，它们挤挤挨挨在一起，涌动着向前，好像在为这春天的旋律鼓掌。

到了六七月，哈尔滨树上的花儿大都闭嘴了。不过不要紧，树下的草本花卉依附着大地，七嘴八舌地开了。园丁们栽培的郁金香、芍药、牡丹、鸢尾、玫瑰、石竹、瓜叶菊、孔雀草、凤仙花等等，一样千娇百媚，争奇斗丽。只是赏这样的花儿，人得一副奴隶的姿态，蹲伏着与其相视，不似与木本花卉比肩对望时，来得惬意。

但无论是树上还是树下的花朵，在去年都不如一盆野草带给我惊艳之感。

我不是把曾记录了四季海棠花事的花盆，弃在阳台角落了吗？虽说花叶无踪影了，可盆中残土犹存。暮春时分，一个午后，我去阳台晒衣服，无意间低头，发现这摞花盆的最上一盆，有银线似的东西在闪光。我凑近一看，原来是一棵细若游丝的草，从干硬的土里飞出来了！它已生长了一段时日了吧，有半根筷子长了。因为是从板结如水泥般的土里顽强钻出来的，缺光少水，它看上去病恹恹的，单细不说，草色也极为黯淡。

我想一棵草再折腾，也开不出花儿来，所以感慨一番，浇了点水，算是善待了它，由它去了。

那期间我忙于装修新居，忙于外出开会，在家时虽也去阳台舀米取面，晾衣晒被，但哪会顾及一棵草的命运呢？它就在无人的角落中，挣扎着活。直到七月下旬我参加香港书展归来，打扫阳台时，才发现它已成了气候。盆中的野草不是一棵，而是七八棵了，它们相互搀扶着，努力向上，疏朗有致，绿意荡漾。这盆不屈不挠成长的野草，终于打动了我，我把它搬到卧室的南窗前，当花儿养起来。

有了阳光的照拂，有了水的滋养，野草出落得比春花还要漂亮。它们像一把插在笔筒里的鹅毛笔，期待我书写些什么。有时我会朝它吹上一口气，看野草风情万种地起舞，将穿窗而入的阳光，也搅得乱了阵脚，窗前光影缭乱。有时我会含上一口清水，"噗——"的一声，将清水喷射到野草上，看它仿佛沐浴着朝露的模样。我就这样与野草共呼吸，直到哈尔滨的菊花，在浓霜中耷拉下脑袋，所有户外的花儿，在冷风中折翼，我居室的野草，依然自由舒展着婀娜的腰肢。它仿佛知道我嫌它不能开花似的，居然长出花茎，开出几株穗状的米粒似的花儿，如一面面耀眼的小旗子，宣誓着它的春天。

这盆欣欣向荣的野草，直到年底，才呈颓势。先是开花的草茎，变得干瘪，落下草籽。跟着是花盆外缘的野草，朝圣般地匍匐下身子。到了春节，野草大都枯黄，只有中央新生的草，仍是绿的。它就这样一边枯萎一边生新芽，所以直到如今，这盆野草，依然活着。

我从事文学写作三十余年了，小说应该是我创作的主业，因为在虚构的世界中，更容易实践我的文学理想。但我也热爱散文，常常会在情不自禁时，投入它的怀抱。它就像一池碧水，洗濯着尘世的我。这些不经意间写就的散文，就像我居室

里的那盆野草,在小天地中,率性地生长,不拘时令,生机缭绕,带给我无限的感动和遐想。

当一个人的呼吸,与野草的呼吸融合在一起时,在寒刀霜剑的背后,在凉薄而喧嚣的世间,宁静与超然,安详与平和,善与慈,爱与美,就会在不老的四季中,缠绕在你的枝头,与你同在。

我愿将这样的野草,捧给亲爱的读者。

目　录

好时光悄悄溜走

好时光悄悄溜走　/ 003

年画与蟋蟀　/ 012

伐木小调　/ 018

农具的眼睛　/ 024

会唱歌的火炉　/ 029

撕日历的日子　/ 034

最是花影难扫　/ 039

拾月光　/ 044

寻石记　/ 054

照相去　/ 057

暮色中的炊烟

暮色中的炊烟 /063

五花山下收土豆的人 /069

农人的浴室与茅楼 /074

露天电影 /080

邻里间的围栏 /086

棺材与竹板 /092

马背上的民族 /098

木匠与画匠 /101

动物们 /105

昆虫的天网 /110

带笤帚的小鸟 /115

年年依旧的菜园

年年依旧的菜园 /123

北方的盐 /127

采山的人们 /131

蚊烟中的往事 /137

故乡的吃食 /142

油茶面儿 /147

家常豆腐 /150

食物的"后宫" /154

一滴水可以活多久

一滴水可以活多久 /161

女孩们 /165

女人的手 /171

女人与花朵 /175

我淡淡妆 /179

照妖镜 /182

红颜读书郎 /186

在银幕前 /190

遗忘 /194

白雪红灯的年 /199

我的世界下雪了

寒夜生花 /207

云淡好还乡 /211

上天的九级浪 /216

美景,总在半梦半醒之间 /220

雷雨中的风情 /224

竹园的花朵 /228

我的世界下雪了 /231

中国北极的天象 /238

猜想白夜 /241

十里堡的黄昏

十里堡的黄昏 /249

炒米胡同里面看夕阳 /252

尽头 /256

火灾 /261

沧桑 /266

留名 /271

远去的邮车 /276

光与影 /279

冰灯 /284

元旦 /288

好时光

悄悄

溜走 _____

当我抚弄你脸上露珠
的时候,好时光已悄
悄溜走。

好时光悄悄溜走

十年以前,我家还有一个美丽的庭院。庭院是长方形的,庭院中种花,也种树。树只种了一棵,是山丁子树,种在窗前,树根周围用红砖围了起来。那树春季时开出一串串白色的小花,夏季时结着一树青绿的果子,而秋季时果子成熟为红色,满树的红果子就像正月十五的灯笼似的红彤彤醉醺醺地在风中摇来晃去。花种的可就多了,墙角、杖子边到处种满了扫帚梅、罂粟、爬山虎、步步高、金盏菊等等。那庭院的西南角还悬着一个鸡架,也是长条形的,鸡白天时被撒到外面,一到夜间便把它们圈了起来,到喂食的时候它们就将头伸出来,鸡槽上横着许多毛茸茸的脑袋,一顿一顿的,看起来充满了无穷的生气。清晨时雄鸡喔喔，正午时母鸡下完蛋则咯咯咯地叫唤，所以我常常不知道是公鸡好呢，还是母鸡好。公鸡的冠子红彤彤的，走起路来昂首阔步，而母鸡则很温情，它在下蛋的时候安安静静地趴在窝里，不管外面有什么好吃的东西在诱惑它，它都毫不动摇，所以我又常常对产蛋的母鸡生出几分敬意。

十年以前我家的房屋是真正的房屋，因为它和土地紧紧相连，不像现在的楼房以别人家的天棚作为自己的土地。那造作的土地是由钢筋和混凝土加固而成的。十年以前的房屋宽敞而明亮，房子有三大间，父母合住一间，我和姐姐合住一间，弟弟住一间。厨房里有一条长长的走廊，这条走廊连接着三个房间。整座房子一共开着五个窗口，所以屋子里阳光充足。待到夜晚，若外面有好看的月亮的时候，便可以将窗帘拉开，那么躺在炕上就可以顺着窗子看到外面的月亮，月光会泻到窗台上、炕面上，泻到我充满遐想的脸庞上。好的月光总是又白又亮的。

春天来到的时候燕子也来了，墙上挂着的农具就该拿下来除除锈，准备春耕了。我家有三片菜园，一片自留地。有两片菜园围绕着房子，一前一后，前菜园较大，后菜园小一些。前菜园大都种菠菜、生菜、香菜、苞米、柿子、辣椒，而后菜园主要栽着几行葱和十几垄爬蔓的豆角。另外一片菜园离家大约有七八百米的路程,不算远,它位于一片松树林中,主要种豌豆、大头菜和秋白菜。我喜欢来这片菜园,因为在它附近常常可以找到高粱果,我喜欢吃高粱果。而且,在这片菜地附近的草地上还可以捉到蚂蚱和身背长刀的"三叫驴"。除了这三片菜园外,我家还有一片广大的自留地,它离家很远,远到什么程度呢?骑着自行车一路下坡地驰去也要用十几分钟,若是步行,就得用半个小时了。不过我从来没有在半小时之内走完那一段路程,因为我总是走走停停,遇到水泡子边有人坐在塔头墩上钓鱼,我便要凑上去看看钓上鱼来了没有。要是钓上来了则要看看是什么鱼,柳根、鲫鱼,还是老头鱼。有时还去问人家:"拿回去炸鱼酱吗?"我最喜欢吃鱼酱。我的骚扰总是令钓鱼人不快,因为我常常不小心将人家的蚯蚓罐踢翻,或者在鱼将要咬钩的时候,大声说:"快收竿呀,鱼打水漂了!"结果鱼听到我的报警后从水面上一掠而过,钓鱼人用看叛徒那样的眼光看着我,那么就识趣点离开水泡子接着朝前走吧。结果我又发现草甸子上那紫得透亮的马莲花了,我便跑去采,采了这棵又看见了下一棵,就朝下一棵跑去,于是就被花牵掣得跑来跑去,往往在采得手拿不住的时候回头一看,天哪,我被花引岔路了!于是再朝原路往回返,而等到赶到自留地时,往往一个小时就消磨完了。我家的自留地很大,大到拖拉机跑上一圈也要用五分钟的时间,那里专门种土豆,土豆开花时,那花有蓝有白有粉，那片地看上去就跟花园一样。到这块地来干活，就常常要带上午饭，坐在地头的蒿草中吃午饭，总是吃得很香，那时就想：为什么不天天在外吃饭呢？

十年以前，我家还是一个完整的家庭。那时祖父和父亲都健在。祖父种菜，住着他自己独有的茅草屋，还养着许多鸟和两只兔子。父亲在小学当校长，他喜欢早起，我每次起来后都发现父亲不在家里。他喜欢清晨时在菜园劳作，我常常见到他回来吃早饭的时候裤脚处湿淋淋的。父亲喜欢菜地，更喜欢吃自己种的菜，他常在傍晚时吃着园子中的菜，喝着当地酒厂烧出来的白酒，他那时看起来是平和而愉快的。

父亲是个善良、宽厚、慈祥而不乏幽默的人。他习惯称我姐姐为"大小姐"，称我为"二小姐"，有时也称我作"猫小姐"，逢到星期天的时候，我和姐姐的懒觉要睡到日上中天的时刻了，那时候他总是里出外进地不知有了多少趟，有时我躺在被窝里会听到他问厨房里的母亲："大小姐二小姐还没起来？"继之他满怀慈爱地叹道："可真会享福！"

十年以前我家居住的地方那空气是真正的空气，那天空也是真正的天空。离家不过五分钟的路程，就可以走到山上。山永远都是美的。春季时满山满坡都盛开着达子香花，远远望去红红的一片，比朝霞还要绚丽。夏季时森林中的植物就长高了，都柿、牙各达、马林果、羊奶子、水葡萄等野果子就相继成熟了。我喜欢到森林里去采它们，采完以后就坐在森林的草地上享用，那时候阳光会透过婆娑的枝叶投射到我身上，我的脸颊赤红赤红的，仿佛阳光偷来了世界最好的胭脂，全部涂在我的脸上了。当然，也不总有这样怡然自得的时候，有一次，便是一屁股坐在了马蜂窝上，这下可不得了了——倾巢而出的马蜂嗡嗡地围着我，不管我跑得多么快，它们还是把我当作侵略者紧紧追踪，并且予以有力的还击：我的脸上、胳膊上、腿上红斑点点，而屁股那里，则密密麻麻得像出了麻疹似的。那一次我是一路哭着逃回家的，从此再在林地上坐的时候可就不那么随心所欲了，总要看看周围有没有"敌情"，有时坐上去还心有余悸。秋天来到的时候，蘑菇就长出来了，那时候我就会随父亲到山上去捡蘑菇，秋季的森林多情极了，树叶有红的，有金黄的，也有青绿的。那黄的叶子大多数落了下来，而红的则脆弱地悬在枝条上，青绿的还存有一线生机，但看上去却是经受不住秋风的袭击而略呈倦意。我喜欢那些毛茸茸、水灵灵的蘑菇密密地生长在腐殖质丰富的林地上，那些蘑菇就是森林的星星。在秋天，我还喜欢渡过呼玛河去采稠李子和山丁子。稠李子喜阴，大都生长在河谷地带，经霜后的稠李子甜而不涩，非常可口，不仅我喜欢吃，黑熊也是喜欢吃的，可我是不能和黑熊同时享用果子的，所以我一过了河，在还没有接近稠李子树的时候，就用镰刀头将挎着的铁桶敲得咚咚地响，听说熊最怕听到这种声音，只要这种声音传来，它就会落荒而逃。现在想来，觉得那时对黑熊实在刻薄了些，可是，如果不那样做，会不会有现在的我呢？当然，也可能黑熊根本不喜欢吃我，我想我总不至于像稠李子那样美味而令它垂涎三尺，但谁能保证它见了我之后不会突然有换换胃口的打算？所以熊照例是要驱赶的，人和动物之间看来永远有解不开的矛盾。

就说冬天吧，家乡的冬天实在太漫长了。漫长得让我觉得时间是不流动的。雪花一场又一场地铺天盖地袭来，远山苍茫，近山也苍茫。森林中的积雪深过膝盖，那时候我们就进山拉烧柴。有时用爬犁，有时用手推车，当然用手推车的时候多。阳光照耀着雪道，雪道上亮晶晶的，晃得人双目生疼。我跟随着父亲在林子中穿梭着，他截好了木头，我负责将它们抬到有路的地方，常常是还没有走到有路的地方我就停住了脚步，因为我发现吃樟子松树缝中僵虫的啄木鸟了，而那啄木鸟却没有发现我，我就想：我要有啄木鸟那么漂亮该有多好。然而啄木鸟还是飞走了，我又想：自己还不如一只僵虫能拴住啄木鸟的心呢，那么再接着朝前走吧。我又发现了雪地上怪异的兽迹了，心想：这是狍子印还是狼印呢？若是狼的脚印，这可怎么好呢？那么就与狼背道而驰吧，我朝与兽迹相反的地方走去，往往就走岔了路，那时候父亲召唤我的声音听起来就遥远得不能再遥远了。在山里，若是不加紧干活，那么就觉得身上冷得受不住了,这时父亲会给我拢起一堆火来,所以我上山时就常常用破棉絮包上几个土豆,将它放入火中,等到干完活装好车将要下山的时刻,就蹲在雪地上将熟透的土豆从奄奄一息的火中扒拉出来,将皮一剥,香气就徐徐散开了。吃完了土豆,身上有了温暖和力气,那么就一路不回头地朝家奔,那时,手推车顶上常常放着一根大桦树枝,遇到大下坡的时候,就将树枝放下来,用棕绳拴在手推车后面,我坐在树枝上,树叶刮起的雪粉喷得我满脸都是,那时候我和树枝就像一片云似的轻盈地飘动着,我便会大声呼喊着:"真自由啊!"

十年一晃就过去了。十年后的晚霞还是滴血的晚霞,只是生活中已是物是人非了。祖父去世了,父亲去世了。我还记得一九八六年那个寒冷的冬季,父亲在县医院的抢救室里不停地呼喊:"回家啊,回家啊……"父亲咽气后我没有哭泣,但是父亲在垂危的时候呼喊"回家啊"的时候,我的眼泪却夺眶而出。

十年后的我离开了故乡,十年后的母亲守着我们在回忆中度着她的寂寞时光。我还记得前年的夏季,我暑假期满,乘车南下时,正赶上阴雨的日子。母亲穿着雨衣推着自行车去车站送我,那时已是黄昏,我不停地央求她:"妈你回去吧,路上到处是行人。""我送送你还不行吗?就送到车站门口。""不行,我不愿意让你送,你还是回去吧。""我回去也是一个人待着，你就让我溜达溜达吧。"我望着雨中的母亲，忽然觉得时光是如此可怕，时光把父亲带到了一个永远无法再回来的地方，时光将母亲孤零零地抛到了岸边，那一刻我就想：生活永远不会圆满的。但是，曾拥有过圆满，有过，不就足够了吗？

我在哈尔滨生活已近半年了。我最喜欢那些在街头卖达子香、草莓和樱桃的乡下人。因为他们使我想起故乡，想起那些曾有过的朴实而温暖的日子。所以，在那一段时期，我的案头总是放着一碟樱桃或者一盘草莓。阳光透过窗户照耀着樱桃和草莓，也照亮了我曾有过的那些鲜活的日子。

不久以前我的故乡发生了特大洪水，孤寂当中我写下了《愿上帝降临平安之夜》，记得开头是这样写的：

> 我无法想象故乡在汪洋中的情景。汪洋中的故乡消失了。那被阳光照耀着的门庭，那傍晚的炊烟和黄昏时落在花盆架上的蝴蝶，那菜园中开花而爬蔓的豆角、黄瓜以及那整齐的韭菜和匍匐着的倭瓜，如今肯定是不知去向了。没有了故乡，我到哪里去？

为此，我祝愿我的故乡永远地存在下去，祈求上帝给那一方土地和人民降临永远的平安之夜，让故乡的朴实和温暖久驻。

当我将要放下笔来的时候我想，当我白发苍苍，回首往事时，我的回忆是否仍然是这样美好呢？但愿那时我会平静地站在西窗前，望着落日轻轻吟唱我年轻时就写下的一首歌：

  当我年轻的时候，
  我曾有过好时光。
  那森林中的野草可曾记得，
  我曾抚过你脸上的露珠。
  啊，当我抚弄你脸上露珠的时候，
  好时光已悄悄溜走。

年画与蟋蟀

　　最早迎接年的，不是灯笼、春联和爆竹，而是年画。
　　我家贴年画总是在腊月二十七、二十八的晚上，这是全家人都要参与的一项最美丽最快乐的劳动。我们把炕擦得又光又亮，将从城里书店买来的卷在一起的年画在炕上展开，随着一股芳香的油墨味飘扬而出，年画那鲜艳的油彩也就扑入眼帘了，让人仿佛在瞬间看见了春天。这时候年画成了太阳，而我们是葵花，我们的脑袋都探向它，沐浴着它散发出的暖人的光泽。我们一张张地欣赏着年画，议论着该把它们贴到哪个屋子的哪面墙上。通常来说，大屋中的北墙是贴年画最重要的位置，因为这面墙最为宽大，而且由南门进得屋子，最先看到的就是这面墙。还有，大屋的炕上住的是父母大人，他们躺在炕上，抬眼就可看到对面的北墙，如果那上面张贴的画不够精彩和悦目的话，想必他们也会觉得压抑的。不过在选择北墙的年画上，爸爸和妈妈常常意见不一。爸爸喜欢那些故事性强、笔法细腻灵动、色彩雅致的，如《武松打虎》《三打祝家庄》，而妈妈喜欢那些富有民间传奇故事色彩并且画面印有吉祥图案的年画，比如杨柳青年画，那里面要金麒麟有金麒麟，要荷花有荷花，要鲤鱼有鲤鱼，要寿桃有寿桃，这就很符合妈妈的审美观、理想观。我们姐弟三人在他们意见相左时是做评判的，弟弟由于跟爸爸妈妈睡一铺炕，他很有发言权。他要是相中了哪一张，就拿着图钉往北墙摁了，而那画面上基本是些舞枪弄棒的古装画，这遂了爸爸的心意，妈妈却不很高兴，但大人过年原本就是为了哄小孩子过的，妈妈也不说什么，赶紧折中拣上一张《猪八戒背媳妇》的画挤上去，使那带金戈铁马的画面有了点喜庆的气氛。我和姐姐住的屋子，张贴的基本是那些胖娃娃与花朵的年画。当然，有的时候也有人物画，比如《红楼梦》中的《晴雯撕扇》《探春结社》《宝钗扑蝶》《黛玉葬花》等画，还有《草原英雄小姐妹》等。我妈妈不喜欢我们贴《黛玉葬花》，嫌那画面太凄凉。就是表现龙梅和玉荣保护集体羊群事迹的《草原英雄小姐妹》，妈妈也不喜欢，她大约怕我和姐姐也遭遇那样的暴风雪吧。最后上了我们屋子墙壁的，都是些光着屁股的童男童女，他们往往脚踏金麒麟或满载金元宝的船，怀抱红鲤鱼或者大寿桃，脚腕和手腕上套着荧光闪烁的珍珠，脖子上戴着金项圈。画的四周又往往环绕着红牡丹和"福"字，看上去热闹而俗气。我最不喜欢年画上印有"福"字，如果它出现在画的边缘倒也可以忍受，倘若画面的中心是一个胖娃娃举着个巨大的"福"字，我就不能容忍了，一定坚持不能上我们小屋的墙。因为除夕贴春联时，所有的门窗都要贴上大大小小的"福"字，这张面孔熟得不能再熟了，已经让人生厌。所以到了正月里，风把门上的"福"字刮掉，狗叼着它，舔舐它背后用面粉打成的糨糊时，我就有一种快感，想着它为了给人昭示好运而忍饥受冻地站着，最终却落到了狗嘴里，实在是开心。

　　年画被分派好位置后，各就各位就很容易了。通常是父母一手拈着画的一角，一手拿着图钉张贴，而我们坐在炕上帮他们看画与画之间对得齐不齐。我们的眼力有时也出问题，待画贴好了，从炕上跳到地上再仔细一望，原来贴歪了，于是大家就在笑声中重来，这更让人感觉到年的滋味的浓郁。

　　正月里，家家都挂着花灯，城里的秧歌队也会走上十几里的山路来我们小镇表演。我家挂的灯笼，总是红色的宫灯，而糊灯笼是我的活计。也许因为我是正月十五灯节出生的缘故，而且乳名又唤作"迎灯"，所以他们总是把与灯有关的活派给我。很奇怪，我在绣花和缝纫上笨手笨脚的，但糊灯笼却是无师自通，十分娴熟。我知道将红纸裁剪成什么形状，就能恰到好处地糊在灯笼的骨架上。糊的时候还要掌握好松紧度，太紧了容易使灯笼像熟透的果子而绽裂了皮，太松了纸张又容易起褶皱，使它看上去就像生了皱纹，老气横秋的。我糊灯笼的时候，妈妈往往会摆上一盘炸的江米条来犒劳我，我像狗一样用舌头舔着它吃，不敢伸手去抓，怕手沾上油污，弄脏了灯笼。由于爱灯笼，所以年画中出现它的影子，我是不厌烦的，而且只喜欢红色的宫灯，它看上去饱满而又美观。至于走马灯、南瓜灯，我就没有那么热爱了。

　　有一年学校组织了一支秧歌队，要在灯节的那一天表演秧歌，规定每个成员都要做一盏花灯。我妈妈求人为我做了一盏白菜灯。它的底部用的是白纸，上面张开的叶片用的则是绿纸。这灯白天看上去并不起眼，而一旦晚间点燃了它，它的美就幽幽呈现了。白纸和绿纸的光焰一交融，白纸就泛着柳树新绿的光泽，而绿纸上则仿佛洒满了月光，那种绿柔和而纯净极了。我举着白菜灯扭秧歌的时候，前来观看的家人找不到我，就找那盏白菜灯，一找就找着了，它在众多的灯中显得那么与众不同。我用不着展示自己的舞姿，只需挥动着胳膊，让它跳来跳去就可以了。我听见围观者不时发出对白菜灯的赞叹声，都说它水灵、好看，这让我得意非凡。回家之后，我异想天开地想绘制一幅关于白菜灯的年画,连画的位置都物色好了,就贴在后窗的左侧,这样它与右侧悬挂的月份牌就成了一对姊妹了。我找来一张十六开的白纸,把彩色蜡笔摆好,先用铅笔描画了一个小女孩的形象,让她一只胳膊垂着,一只胳膊举着白菜灯,然后给画涂色。也许蜡笔的质地太粗糙,涂来涂去,灯不像个灯样,女孩也没个女孩样,而蜡笔中鲜润的颜色已基本被耗尽了,只剩下那些深色调的,让我好不失望。我做的第一张年画,就付之一炬了。想必火炉也是要过年的,它收留和吞噬它的时候是那么的惬意和畅快。而我的后窗的左侧,仍然是一片空白,那右侧的月份牌,也就只能独自流逝着岁月了。

那时我们一家人最喜欢的娱乐,就是晚间聚集在大屋的炕上打扑克。我们只穿着背心和短裤,围成一圈。谁输了,谁的嘴唇上就会被粘上用一张纸条做的白胡子。爸爸暗中总是给我们让牌,所以每次都是他挂的白胡子多。我爱倚着北墙,因为这样坐着,肩头上扛的就是年画了。出了正月的年画就不那么鲜亮了,到了夏季,我们拍苍蝇和蚊虫时,又往往给这画增添了污迹。但它毕竟是年画呀,想着这旧的年画总有一天会被新的替代,就觉得日子是有盼头的。我们在年画下打扑克时,还喜欢从菜窖中取出一个青萝卜,把它洗净后切成片,当水果来吃。所以我们家的牌局可称为"萝卜牌局"。口中嚼着脆生生的萝卜,手里握着一把扑克牌,这日子已经足够滋润的了。偏偏还要有锦上添花的事情发生，那就是蟋蟀的叫声，我们管蟋蟀叫"蛐蛐儿"。蛐蛐儿常常在我们打牌的时候，在灶房发出清丽婉转的叫声，好像在为我们伴奏。它们喜欢待在阴湿的水缸旁边，平素你看不到它们的身影，但到了夜晚，它们却像夜莺一样亮开歌喉了。因为蛐蛐儿的学名叫"蟋蟀"，我们那一带的人依据其中的那个"蟋"字，把它和"喜"字联系到一起，所以蟋蟀的叫声就是吉祥的象征了。我打扑克的时候一听到蟋蟀叫，就忍不住要看一眼年画，好像蟋蟀蹦到了年画上，并且要从年画上跳到我的肩头似的。所以我回忆起年画，最先出现在脑海中的并不是色彩，而是声音。那笼罩着蟋蟀叫声的年画，虽然早已飘零了，但今天的蟋蟀仍然会在寂静的夜晚，用它那令我们无比熟悉的歌喉，把三十年前的夜晚给我们曜曜地叫回来。

伐木小调

雪花弹拨森林的时候，有一种声音会在苍茫中升起，它不是鸟鸣，而是伐木声。

那时的树木茂密，高大得遮天蔽日，如果你独自走进森林，又有山风吹过，林海发出阵阵轰鸣，那种肃杀、神秘的气息就会令你心生寒意。那时林中的动物也很多，一年之中谁家不会套上一两只兔子和狍子呢？

伐木声通常是在十月响起，到了次年五月，冰消雪融了，它才余音袅袅地飘逝在森林中。伐木的有公家的，也有私人的。公家伐木的都是各个林场的工人，而私人伐木的都是住户，他们是为着家中的火炉而伐木。公家伐木是天经地义的，他们伐的是落叶松、樟子松这些上等木材,它们被运送到全国各地后,可以造房屋、建桥梁。私人砍伐的,被允许的只有风干了的树木——我们俗称"杖杆"的已无生长迹象的树木,以及那些不能成材的杂树,譬如水冬瓜、柞木、枫桦树、水曲柳等。但是由于这些杂树枝丫纵横,修剪起来麻烦,而且作为烧柴又不抗烧,所以偷着砍伐新鲜的落叶松作为烧柴的大有人在。

公家砍伐树木一般都选择到离居民区比较远的地方,当地人把它叫作"工段"。工段搭着帐篷,工人们晚上就住在那里。他们喝的是雪水,吃的往往是冰凉的馒头。蔬菜不是黄豆粉条,就是海带和咸菜。帐篷里虽然有地火龙可以取暖,但到了后半夜,没人给火炉添柴,人就会被冻得缩成一团。白天呢,他们又得蹚着没膝的雪去伐木,所以林业工人十有八九都患有风湿病。他们伐木使用的工具是油锯和弯把子锯,电动的油锯发出的声音很大,比拖拉机运行的声音还要响,你隔着一里地都可以听到,但那时油锯是奢侈的工具,不是每个工人都能够用上的。大多数的人使用的是手工操作的弯把子锯。由于锯是铁制的,而被伐的又都是水分充足的鲜树,所以弥散的伐木声清脆悠扬、悦耳动听。由于人使用锯的时候有急有缓,有轻有重,有间歇,因而听伐木声跟欣赏一首完整的乐曲一样,有舒缓的行板,也有急遽的快板,更有给人留下回味余地的休止符，最后那声令人回肠荡气的"顺——山——倒——啦——"的呼喊，总是与树木的訇然倒地声融合在一起，浑厚圆满地作为伐木曲的结束。

  我童年进山伐木，通常是跟着父亲。他很爱惜树木，喜欢盘树墩来作为烧柴。如果伐一棵高高的树，把它锯为几截，那么你会得到很多的柴火；而伐一个只有人的膝盖高的侏儒般的树墩，获得的只是一截烧柴，而你用的又是同样的力气和工夫，所以我常常觉得父亲愚痴，树木那么多，伐它上百棵又如何？况且别人家都伐树，为何我家要盘树墩而遭人耻笑？而且盘下的树墩因为散而不好装车，常常是拉着一车树墩朝家走，半途中就会有因为颠簸而骨碌骨碌滚到路上的，还得停下车来重新装车，费尽周折。在我们的抗议下，父亲盘树墩就盘得少了，但他仍然恪守规矩，不伐落叶松和樟子松，我们进了山里，就得像猎人寻找猎物一样，东搜西寻地寻找杖杆。杖杆的形成多种多样，有的是因为树的根部裸露，树渐渐枯死倒地而形成的，这样的杖杆上往往附着青苔；还有一种，它是被狂风吹折后形成的，这样的杖杆多数弓着腰；而那些身上有黑漆漆的被灼伤痕迹的杖杆，都是被雷电击中的。如果按人类的说法，雷劈死的都是些作恶多端的人的话，这样的树想必也作了什么孽。也许它曾在风的怂恿下捣毁过鸟巢，或者是人类缠绕在它身上的铁丝套，曾套住过活蹦乱跳的兔子，而使兔子永远失去了在雪地中奔跑的自由，成为人口中的美味？

我很喜欢寻找杖杆，这是一件乐趣无穷的事情。因为你可以随心所欲地在森林中穿梭。有的时候雪大，把树压弯了，我就以为找到杖杆了，喊来父亲，一鉴定居然还是棵正在生长的树，好不懊恼。而有的时候寻着寻着，突然听见一阵笃笃笃的声音，类似敲门声，循声一望，原来是只羽翼鲜艳的啄木鸟，正顿着头吃藏在树缝中的肥美的虫子呢，啄木鸟看上去就像别在树上的一只花卡子。这时我就会联想起我带到山上的食物，不知它们在篝火下熟了几分。我喜欢用旧棉花裹上几个土豆，把它们带到山上，父亲总会在我们放置着手推车的营地上划拉一堆树枝，拢起一堆火，让我们能时常烤烤火。我们把土豆埋在火堆下，篝火尽了，土豆也就熟了，在寒风中吃这热气腾腾的烤土豆，滋味实在是美妙。啄木鸟一吃虫子，我就觉得口水要流出来了，不想再找杖杆了。我在寻找杖杆的时候，还不止一次遇见狼，但当时我是把它当狗看待的，因为它确实跟狗长得一样，只不过耳朵是竖着的。在我们小镇，大多数人家的狗我都认得，所以一回到营地，我会告诉父亲我在深山里遇见了一条狼狗，我不认识它，它也不认识我，不知是谁家的。父亲就很慌张，他说没谁家会把狗领到这么远的山上，那也许是狼吧。他煞有介事地去那片雪地辨别留下来的足印，嘱咐我以后不许一个人走远，大约是怕狼把我给叼走了吧。我想狼在山中可吃的东西很多，它们过着养尊处优的生活，哪会有想吃一个毛头小孩的胃口呢！

　　我最喜欢自己拉着爬犁上山拉烧柴。带上一把锯，不用走太远，就可以伐到水冬瓜。青色的水冬瓜很好伐，如果锯齿比较锋利的话，几分钟它就会扑倒在地。水冬瓜的枝条很脆，你不用斧子就可修剪。把锯转个身子，用锯背去砍枝条，唰唰唰地，那些枝条就像被剪掉的头发似的落在雪地上了。伐水冬瓜的声音非常好听，它不像松树，常常会因为身上漫溢的金色树脂粘了锯而发出喑哑的声音；水冬瓜和锯的关系如同琴弓与琴弦的关系，非常和谐，所以我最爱听这样的伐木声，跟流水声一样清亮。水冬瓜很好烧，但它燃烧的速度很快，所以挥发的热量不足，青睐它的人就少之又少。除了水冬瓜，我还喜欢伐碗口那么粗的白桦树，不过白桦树的枝条极有韧性，修剪起来比较费劲。我们喜欢把白桦树的皮剥下来，用它做引火的材料。当然，手巧的人还会用它做盐罐和烟盒。剥桦树皮的时候，手往往还能触着它身上漫溢着的汁液，那时我就会伸出舌头吮吸，天然的桦树汁清冽甘甜，喝了让人的精神顿时为之一爽。

　　冬日月光下的白桦林是我见过的世界上最壮美的景色了。有的时候拉烧柴回来得晚，而天又黑得早，当我们归家的时候，月亮已经出来了。月光洒在白桦林和雪野上，焕发出幽蓝失去了在雪地中奔跑的自由,成为人口中的美味?

　　我很喜欢寻找杖杆,这是一件乐趣无穷的事情。因为你可以随心所欲地在森林中穿梭。有的时候雪大,把树压弯了,我就以为找到杖杆了,喊来父亲,一鉴定居然还是棵正在生长的树,好不懊恼。而有的时候寻着寻着,突然听见一阵笃笃笃的声音,类似敲门声,循声一望,原来是只羽翼鲜艳的啄木鸟,正顿着头吃藏在树缝中的肥美的虫子呢,啄木鸟看上去就像别在树上的一只花卡子。这时我就会联想起我带到山上的食物,不知它们在篝火下熟了几分。我喜欢用旧棉花裹上几个土豆,把它们带到山上,父亲总会在我们放置着手推车的营地上划拉一堆树枝,拢起一堆火,让我们能时常烤烤火。我们把土豆埋在火堆下,篝火尽了,土豆也就熟了,在寒风中吃这热气腾腾的烤土豆,滋味实在是美妙。啄木鸟一吃虫子,我就觉得口水要流出来了,不想再找杖杆了。我在寻找杖杆的时候,还不止一次遇见狼,但当时我是把它当狗看待的,因为它确实跟狗长得一样,只不过耳朵是竖着的。在我们小镇,大多数人家的狗我都认得,所以一回到营地,我会告诉父亲我在深山里遇见了一条狼狗,我不认识它,它也不认识我,不知是谁家的。父亲就很慌张,他说没谁家会把狗领到这么远的山上,那也许是狼吧。他煞有介事地去那片雪地辨别留下来的足印,嘱咐我以后不许一个人走远,大约是怕狼把我给叼走了吧。我想狼在山中可吃的东西很多,它们过着养尊处优的生活,哪会有想吃一个毛头小孩的胃口呢!

我最喜欢自己拉着爬犁上山拉烧柴。带上一把锯,不用走太远,就可以伐到水冬瓜。青色的水冬瓜很好伐,如果锯齿比较锋利的话,几分钟它就会扑倒在地。水冬瓜的枝条很脆,你不用斧子就可修剪。把锯转个身子,用锯背去砍枝条,唰唰唰地,那些枝条就像被剪掉的头发似的落在雪地上了。伐水冬瓜的声音非常好听,它不像松树,常常会因为身上漫溢的金色树脂粘了锯而发出喑哑的声音;水冬瓜和锯的关系如同琴弓与琴弦的关系,非常和谐,所以我最爱听这样的伐木声,跟流水声一样清亮。水冬瓜很好烧,但它燃烧的速度很快,所以挥发的热量不足,青睐它的人就少之又少。除了水冬瓜,我还喜欢伐碗口那么粗的白桦树,不过白桦树的枝条极有韧性,修剪起来比较费劲。我们喜欢把白桦树的皮剥下来,用它做引火的材料。当然,手巧的人还会用它做盐罐和烟盒。剥桦树皮的时候,手往往还能触着它身上漫溢着的汁液,那时我就会伸出舌头吮吸,天然的桦树汁清冽甘甜,喝了让人的精神顿时为之一爽。

冬日月光下的白桦林是我见过的世界上最壮美的景色了。有的时候拉烧柴回来得晚,而天又黑得早,当我们归家的时候,月亮已经出来了。月光洒在白桦林和雪野上,焕发出幽蓝的光晕，好像月光在干净的雪地上静静地燃烧，是那么的和谐与安详。白桦树被月光映照得如此的光洁、透明，看上去就像一支支白色的蜡烛。能够把这蜡烛点燃的，就是月光了。也许鸟儿也喜欢这样的美景，所以白桦林的鸟鸣最稠密，我经过白桦林时，总要多看它几眼。在月夜的森林中，它就像一片宁静的湖水。

我曾因为给学校拉烧柴而冻伤了双脚。那时每个班级都有一个火炉，冬天的时候，值日生要充当烧炉工，提前一个小时赶到教室，把炉子生起来，等到八点钟同学来上课时，玻璃窗上的霜花就化了，教室也暖洋洋的了。火炉吞吃的柴火，也大都由学生们自行解决。劳动课时，班主任会带领学生上山捡烧柴。我大约那天穿的棉乌拉有些潮，又赶上天冷，把脚给冻了。回家后双脚肿胀，钻心地疼，下地走路都吃力。躺在滚烫的火炕上养着冻疮，听着窗外北风的呼啸声，看着父母一趟趟地进我的小屋嘘寒问暖的，心里觉得又委屈又幸福。那冻疮最后虽然好了，但落下了疤痕。而且一到雨季的时候，冻疮的创面就开始发痒，直到如今。好像它们也如我一样，仍然怀念着已逝的寒风和飞雪，仍然忆念着那已不复存在的伐木声。

农具的眼睛

看一个农民的活计做得是否地道，打量他家的农具便知晓了。

农具一般被放置在仓棚中，或者被挂在山墙上。放在仓棚中的，是镐头、犁杖、铁齿子和钐刀，而挂在山墙上的，是耙子、锄头和镰刀。农具似乎与树木有着亲缘关系，农具的把儿几乎都是木柄制成的。你能从光滑的农具把儿上，看到树的花纹和节子。那些大大小小的木节一个个圆圆的，有黑色的，也有褐色的，好像农具长了眼睛似的。

农具当中，我最憎恨的就是犁杖了。有了它，我们就得干牛做的活儿。由于家中没养牲口，用犁杖耕田时，我爸爸就把我们姐弟三人当成牛，套在犁杖上，让我们拉犁。我一拉犁就有屈辱的感觉，常常是直着腰，只把绳子轻飘飘地搭在肩头。这时父亲就会在后面叫着我的乳名打趣我，说我真不简单，能把绳子拉弯了。我父亲是山村小学的校长，曾在哈尔滨读中学，会拉小提琴，他那双手在那个年代既得写粉笔字，又得摸农具，因为我们上小学时，学工学农的热潮风起云涌，我们每周都要到生产队的田地里劳作一两次。而且，家家户户又都拥有园田，种植着各色菜蔬，自给自足，所以无论大人还是孩子，没有没摸过农具的。

农具当中，我不厌烦的是锄头和镰刀。锄头的形态很像道士帽，所以你若把它倒立着，俨然是一个清瘦的道士站在那里。锄头既可用于铲除庄稼中的杂草，又可给板结的田地松土。我扛着锄头去田间劳作，一般是到土豆地里去了。土豆一般要铲三次，人们称之为"头趟、二趟、三趟"。没打垄前铲头趟，那时苗才出齐不久，土豆秧矮矮的，杂草极好清除，半天的时间，一片地就会铲完了。铲二趟的时候呢，那是在土豆打垄之后，粉的白的蓝的土豆花也开了，杂草与土豆秧争夺生长的空间，这时就得抡起锄头"驱邪扶正"。到了铲三趟的时候，闷在土里的早熟的土豆已有把泥土顶破了的，这时稗草疯长，有的和秧苗缠绕在一起，颇有"绑票"的意味，想把秧苗一并拖垮，这时候为土豆清除"异己"就显得尤为重要了。所以，铲三趟的时候最累，有时候你得撇下锄头，亲手一下一下地把纠缠在土豆秧身上的杂草摘除。我喜欢铲二趟，我爱那些细碎的土豆花，它们会招来黄的或白的蝴蝶，感觉是在花园中劳作。干活乏了小憩的时候，躺在被阳光照耀得发烫的泥土中，感受着如丝绸一样柔曼滑过的清风，惬意极了。清风拍打着土豆花，土豆花又借着风势拍打着我的脸颊，那些娇柔玲珑的花朵如蜜蜂一样蜇着了我，让我脸颊发痒，那是一种多么醉人的痒啊。渴了的时候，我会到田边草丛中采上几枝酸浆来吃，它长得跟竹子一样，光滑的身子，细长的叶片，它的茎能食用，酸甜可口，十分解渴。我铲地时就不背水壶，因为酸浆早已存了满腹的清凉之汁等着我享用。

我父亲是个知识分子，他伺候庄稼的本事与他的教学本领是无法相提并论的。我们家的地不是因为施肥过少而使庄稼呈现一派萎靡之气，就是垄打得歪歪斜斜的，宽的宽，窄的窄，白菜和豆角往往长着长着就露出根茎，阻碍了它们的成长。所以进了我家园田的庄稼，很像是被送入孤儿院的弃婴，命运总是不大好。我就不止一次听见邻人在路过我家的田地时，发出的啧啧的叫声，那不是赞赏的啧啧声，而是惋惜，好像我们辜负了那肥沃的田地似的。我们家的农具，也因而比别人家的要邋遢许多，锄头上锈迹斑斑，镐头和犁杖上携带的尘土足够蓄一只花盆的，镰刀钝得割草时草会发出被剧烈撕扯的痛苦的叫声，如乌鸦一样呀呀呀地叫，而不是锋利的镰刀割草时所发出的唰唰唰的如流水一样的声音。而那些地道的农家，农具总是被磨得雪亮，拾掇得利利索索的，该放仓棚的就放在仓棚里，该挂在山墙上的就挂在山墙上，不似我们家的农具，一律被堆置在墙角，任凭风雨侵蚀，如一群衣衫褴褛的乞丐。即便如此，我还是热爱我们家的农具，热爱它的愚钝和那满身岁月的尘垢。

我喜欢镰刀，是因为割猪草的活儿在我眼中是非常浪漫的。草甸子上盛开着野花，你割草的时候，也等于采着花了。那些花有可供观赏的，如火红的百合和紫色的马莲花，还有供食用的，如金灿灿的黄花菜。用新鲜的黄花菜炸上一碗酱，再下上一锅面条，那就是最美妙的晚饭了。我打草归来，肩上背的是草，腰间别的是镰刀，左手可能拿的是一束马莲，右手握的就是黄花菜了。所以我觉得猪的命运也不算坏，它一天到晚除了吃就是睡，窝里絮的草还来自芳菲的大草甸子，比耕田的牛马要有福气，可惜它的命太短太短了。看来单纯为了人的口福而生存的动物，总是薄命的。

我们家在山村小镇使用过的那些农具，早已失传了。它们也许流失到别人手中，依然被农人的手把握着，春种秋收；也许它们已经在被废弃的老屋中静悄悄地腐烂了，成了一堆废铁。但我忘不了农具木把儿上的那些圆圆的节子，那一双双眼睛曾打量过一个小女孩如何在锄草的间隙捉土豆花上的蝴蝶，又如何在打猪草的时候将黄花菜捋到一起，在夕阳下憧憬着一顿风味独具的晚饭。我可能会忘记尘世中我所见过的许多人的眼睛，那些或空洞或贪婪或含着嫉妒之光的眼睛，但我永远不会忘记农具身上的眼睛，它们会永远明亮地闪烁在我的回忆中，为我历经岁月沧桑而渐露疲惫、忧郁之色的眼睛，注入一缕缕温和、平静的光芒。

会唱歌的火炉

　　我的少年时代是在大兴安岭度过的。那里一进入九月，大地的绿色植物就枯萎了，雪花会袅袅飘向山林河流，漫长的冬天缓缓地拉开了帷幕。

　　冬天一到，火炉就被点燃了，它就像冬夜的守护神一样，每天都要眨着眼睛释放温暖，一直到次年的五月，春天姗姗来临时，火炉才能熄灭。

　　火炉是要吞吃柴火的，所以，一到寒假，我们就得跟着大人上山拉柴火。

　　拉柴火的工具主要有两种：手推车和爬犁。手推车是橡胶轮子的，体积大，既能走土路装载又多，所以大多的人家都使用它。爬犁呢，它是靠滑雪板行进的，所以只有在雪路上它才能畅快地走，一遇土路，它的腿脚就不灵便了，而且它装载少，走得慢，所以用它的人很零星。

我家的手推车买的是二手货，有些破旧，看上去就像一个辛劳过度的人，满面疲惫的样子。它的车胎常常慢撒气，所以我们拉柴火时，就得带着一个气管子，给它打气。否则你装了满满一车柴火要回家时，它却像一个饿瘪了肚子的人蹲在地上，无精打采的，你又怎么能指望它帮你把柴火运出山呢！

我们家拉柴火，都是由父亲带领着的。姐姐是个干活实在的孩子，所以父亲每次都要带着她。弟弟呢，那时虽然他也就是八九岁的光景，但父亲为了让他养成爱劳动的习惯，时不时也把他带着。他穿得厚厚的跟着，看上去就像一头小熊。我们通常是吃过早饭就出发，我们姐弟三人推着空车上山，父亲抽着烟跟在我们身后。冬日的阳光映照到雪地上，格外地刺眼，我常常被晃得睁不开眼睛。父亲生性乐观，很风趣，他常在雪路上唱歌、打口哨。他的歌声有时会把树上的鸟给惊飞了。我们拉的柴火，基本上是那些风吹倒的树木，它们已经半干了，没有利用价值，最适宜作烧柴。那些生长着的鲜树，比如落叶松、白桦、樟子松是绝对不能砍伐的，可伐的树，我记得有枝丫纵横的柞树和青色的水冬瓜树。父亲是个爱树的人，他从来不伐鲜树，所以拉烧柴，我们家是镇上最本分的人家。为了这，我们就比别人家拉烧柴要费劲些，回来得也会晚。因为风倒木是有限的，它们被积雪覆盖着，很难被发现。我最乐意做的，就是在深山里寻找风倒木。往往是寻着寻着，听见啄木鸟笃笃地在吃树缝中的虫子，我就会停下来看啄木鸟；而要是看见了一只白兔奔跑而过，我又会停下来看它留下的足迹。由于玩的心思占了上风，所以我找到倒木的机会并不多。往往在我游山逛景的时候，父亲的喊声会传来，他吆喝我过去，说是找到了柴火，我就循着锯声走过去。父亲用锯把倒木锯成几截，粗的由他扛出去，细的由我和姐姐扛出去。把倒木扛到放置手推车的路上，总要有一段距离。有的时候我扛累了，支持不住了，就一耸肩把倒木丢在地上，对父亲大声抗议："我扛不动！"那语气带着几分委屈。姐姐呢，即使那倒木把她压得抬不起头来，走得直摇晃，她也咬牙坚持着把它运到路面上。所以成年以后，她常抱怨说，她之所以个子矮，完全是因为小的时候扛木头给压的。言下之意，我比她长得高，是由于偷懒的缘故。为此，有时我会觉得愧疚。

　　冬天的时候，零下三四十摄氏度的气温是司空见惯的。在山里待的时间久了，我和弟弟都觉得手脚发凉。父亲就会划拉一堆枝丫，为我们拢一堆火。洁白的雪地上，跳跃着一簇橘黄的火焰，那画面格外地美。我和弟弟就凑上去烤火。因为有了这团火,我和弟弟开始用棉花包裹着几个土豆藏到怀里,带到山里来,待父亲点起火后,我们就悄悄把土豆放到火中,当火熄灭后,土豆也熟了,我们就站在寒风中吃热腾腾、香喷喷的土豆。后来父亲发现了我们带土豆,他没有责备我们,反而鼓励我们多带几个,他也跟着一起吃。所以,一到了山里,烧柴还没扛出一根呢,我就嚷着冷,让父亲给我们点火。父亲常常嗔怪我,说我是只又懒又馋的猫。

天越冷,火炉吞吃的柴火就越多。我常想火炉的肚子可真大,老也填不饱它。渐渐地,我厌烦去山里了,因为每天即使没干多少活,可是往返走上十几里雪路,回来后腿脚也酸痛了。我盼着自己的脚生冻疮,那样就可以理直气壮地留在家里了。可我知道生冻疮的滋味很不好受,于是只好天天跟着父亲去山里。

现在想来,我十分感激父亲,他让我在少年时期能与大自然有那么亲密的接触,让冬日的那种苍茫和壮美注入了我幼小的心田,滋润着我。每当我从山里回来,听着柴火在火炉中噼啪噼啪地燃烧,都会有一股莫名的感动。我觉得柴火燃烧的声音就是歌声,火炉它会唱歌。火炉在漫长的冬季中就是一个有着金嗓子的歌手,它天天歌唱,不知疲倦。它的歌声使我懂得生活的艰辛和朴素,懂得劳动的快乐,懂得温暖的获得是有代价的。所以,我成年以后回忆少年时代的生活,火炉的影子就会悄然浮现。虽然现在我已经脱离了与火炉相伴的生活，但我不会忘记它，不会忘记它的歌声。它那温柔而富有激情的歌声，在我心中永远不会消逝。

撕日历的日子

又是年终的时候了,我写字台上的台历一侧高高隆起,而另一侧却薄如蝉翼,再轻轻翻几下,三百六十五天就在生活中沉沉谢幕了。

厚厚的那一侧是已逝的时光,由于有些日页上记着一些人的名址和电话,以及偶来的一些所思所感,所以它比原来的厚度还厚,仿佛预示着已去岁月的沉重。它有如一块沉甸甸的砖头,压在青春的心头,使青春慌张而疼痛。

发明台历的人大约是个年轻人,岁月于他来讲是漫长的,所以他让日子在长方形的铁托架上左右翻动,不吝惜时光的消逝,也不怕面对时光。当一年万事大吉时,他会轻轻松松地把那一摞用过的台历捆起，随便扔到什么地方让它蒙尘，因为日子还多得是呢。而对于中老年人来说，看着那一摞摞用过的台历，会有一种人生如梦的沧桑感。

于是想到了撕日历。

小的时候，我家总是挂着一个日历牌，我妈妈叫它"阳历牌"，我们称它"月份牌"。那是个硬纸板裁成的长方形的彩牌，上面是嫦娥奔月的图画：深蓝的天空，一轮无与伦比的圆月，一些隐约的白云以及袅娜奔月的嫦娥飘飞的裙裾。下面是挂日历的地方，纸牌留着一双细眯的眼睛等着日历背后尖尖的铜片插进去，完成与它亲密的吻合。那时候我每天最喜欢做的事情就是撕日历。早晨一睁开眼，便听得见灶房的柴禾噼啪作响，有煮粥或贴玉米饼子的香味飘来。这基本上是善于早起的父亲弄好了一家人的早饭。我爬出被窝的第一件事不是穿衣服，而是赤脚踩着枕头去撕钉在炕头被架子一侧的月份牌，凡是黑体字的日子就随手丢在地上，因为这样的日子要去上学，而到了红色字体的日子基本上都是星期天，我便捏着它回到被窝，亲切地看着它，觉得上面的每一个字母都漂亮可爱，甚至觉得纸页泛出一股不同寻常的香气。于是就可以赖着被窝不起来，反正上课的钟在这一天成了哑巴，可以无所顾忌地放纵自己。有时候父亲就进来对炕上的人喊："凉了凉了，起来了！"

"凉了"不是指他，是指他做的饭。反正灶坑里有火，凉了再热,于是仍然将头缩进被窝,那张星期日的日历就随之跟了进去。父亲是狡猾的,他这时恶作剧般地把院子中的狗放进睡房,狗冲着我的被窝就摇头摆尾地扑来,两只前爪搭着炕沿,温情十足地呜呜叫着,你只好起来了。

有时候我起来后去撕日历,发现它已经被人先撕过了,于是就很生气,觉得这一天的日子都会没滋味,仿佛我不撕它就没拥有它似的。

撕去的日子有风雨雷电,也有阳光雨露和频降的白雪。撕去的日子有欢欣愉悦,也有争吵和悲伤。虽然那是清贫的时光,但因为有一个团圆的家它无时不散发出温馨气息。被我撕掉的日子有时飘到窗外,随风飞舞,落到鸡舍的就被鸡一轰而啄破,落到猪圈的就被猪给拱到粪里也成为粪。命运好的落在菜园里,被清新的空气滋润着,而最后也免不了被雨打湿,沤烂后成为泥土。

有会过日子的人家不撕日历,用一根橡皮筋勒住月份牌,将逝去的日子一一塞进去,高高吊起来,年终时拿下来就能派上用场。有时女人们用它给小孩子擦屁股,有时候老爷爷用它们来卷黄烟。可我们家因为有我那双不安分的手,日子一个也留不下来,统统飞走了。每当白雪把家院和园田装点得一派银光闪闪的时候,月份牌上的日子就薄了,一年就要过去了,心中想着明年会长高一些,辫子会更长一些,穿的鞋子的尺码又那一摞用过的台历捆起，随便扔到什么地方让它蒙尘，因为日子还多得是呢。而对于中老年人来说，看着那一摞摞用过的台历，会有一种人生如梦的沧桑感。

于是想到了撕日历。

小的时候，我家总是挂着一个日历牌，我妈妈叫它"阳历牌"，我们称它"月份牌"。那是个硬纸板裁成的长方形的彩牌，上面是嫦娥奔月的图画：深蓝的天空，一轮无与伦比的圆月，一些隐约的白云以及袅娜奔月的嫦娥飘飞的裙裾。下面是挂日历的地方，纸牌留着一双细眯的眼睛等着日历背后尖尖的铜片插进去，完成与它亲密的吻合。那时候我每天最喜欢做的事情就是撕日历。早晨一睁开眼，便听得见灶房的柴禾噼啪作响，有煮粥或贴玉米饼子的香味飘来。这基本上是善于早起的父亲弄好了一家人的早饭。我爬出被窝的第一件事不是穿衣服，而是赤脚踩着枕头去撕钉在炕头被架子一侧的月份牌，凡是黑体字的日子就随手丢在地上，因为这样的日子要去上学，而到了红色字体的日子基本上都是星期天，我便捏着它回到被窝，亲切地看着它，觉得上面的每一个字母都漂亮可爱，甚至觉得纸页泛出一股不同寻常的香气。于是就可以赖着被窝不起来，反正上课的钟在这一天成了哑巴，可以无所顾忌地放纵自己。有时候父亲就进来对炕上的人喊："凉了凉了，起来了！"

"凉了"不是指他，是指他做的饭。反正灶坑里有火，凉了再热，于是仍然将头缩进被窝，那张星期日的日历就随之跟了进去。父亲是狡猾的，他这时恶作剧般地把院子中的狗放进睡房，狗冲着我的被窝就摇头摆尾地扑来，两只前爪搭着炕沿，温情十足地呜呜叫着，你只好起来了。

有时候我起来后去撕日历，发现它已经被人先撕过了，于是就很生气，觉得这一天的日子都会没滋味，仿佛我不撕它就没拥有它似的。

撕去的日子有风雨雷电，也有阳光雨露和频降的白雪。撕去的日子有欢欣愉悦，也有争吵和悲伤。虽然那是清贫的时光，但因为有一个团圆的家它无时不散发出温馨气息。被我撕掉的日子有时飘到窗外，随风飞舞，落到鸡舍的就被鸡一轰而啄破，落到猪圈的就被猪给拱到粪里也成为粪。命运好的落在菜园里，被清新的空气滋润着，而最后也免不了被雨打湿，沤烂后成为泥土。

有会过日子的人家不撕日历，用一根橡皮筋勒住月份牌，将逝去的日子一一塞进去，高高吊起来，年终时拿下来就能派上用场。有时女人们用它给小孩子擦屁股，有时候老爷爷用它们来卷黄烟。可我们家因为有我那双不安分的手，日子一个也留不下来，统统飞走了。每当白雪把家院和园田装点得一派银光闪闪的时候，月份牌上的日子就薄了，一年就要过去了，心中想着明年会长高一些，辫子会更长一些，穿的鞋子的尺码又会大上一号，便有由衷的快乐。新日子被整整齐齐地装订上去后，嫦娥仍然在日复一日地奔月，那硬纸牌是轻易不舍得换的。

长大以后，家里仍然使用月份牌，只是我并不那么有兴趣去撕它了，可见长大也不是什么好事情。待到上了师专，住在学生宿舍，根本没日历可看，可日子照样过得一个不错。也就是在那一时期，商店里有台历卖了，于是大多数人家就不用月份牌了。我自然而然地结束了撕日历的日子。

我在哈尔滨生活的这几年才算像模像样过起了日子，每天早晨起来的第一件事就是翻台历，由一侧让它到另一侧。当两侧厚薄几乎相等时，哈尔滨会进入最热的一段日子。年终时我将用过的台历用线绳穿起，然后放到抽屉里保存起来。台历上有些字句也分外有趣，如一九九三年二月十四日记载着"不慎打碎一只花碗"；而二月二十八日则写着"一夜未睡好，梦见戒指断了，起床后发现下雪了"；八月二十八日是"天边出现双彩虹，苦瓜汤真好喝"。

到了一九九四年的一月十九日，是腊月初八的日子，东北人喜欢这天煮"腊八粥"，我在这天的日历上记着："煮八宝粥。材料：大米、小米、绿豆、小糙子、葡萄干、核桃仁、大枣、花生。"三月三日写着"武则天墓被万人践踏，只因为她践踏了万人"。而七月十一日是"德国队以1∶2败给保加利亚队。保加利亚用火一样的激情焚烧了陈旧的德国战车"（好像引自一位体育评论记者之言）。

　　台历有意无意成了我的简易日记本，当然就更加有收藏价值了。

　　不管多么不愿意面对逝去的日子，不管多么不愿意让青春成为往事，可我必须坦然面对它。当我穿起一九九五年的台历，将一九九六年散发着墨香气的日子摆在铁皮架上时，我仍然会在上面简要抒写一些我的所作所为、所思所感的。如果能把幼时已撕去的日历一一拾回，也许已故的父亲就会复活，他又会放一条狗进我的睡房催我起床，也许我家在大固其固的那个已经荒芜了的院落又会变得绿意盈门。但日子永远都是：过去了的就成为回忆。

　　可它毕竟深深地留在了心底。当我年事已高将台历的日子看花了，翻台历的手哆嗦不已时，嫦娥肯定还在奔月。

最是花影难扫

在故乡的春夏，要问什么店铺的生意最清冷，无疑是花店了。因为这时节大自然开着豪气十足的花店，谁能与它争芳菲呢。花儿开在林间，开在原野，开在山崖，开在水边，当然，这样的花儿都是野花，达子香、白头翁、蒲公英、百合、芍药、铃兰、鸢尾、绣线菊等，它们仿佛彩虹的儿女，红红白白，紫紫黄黄的，绚丽极了。

这时节的居民区也是花团锦簇，农人们栽种在花圃的虞美人、大丽花、步步高、牵牛花、金盏菊等，呼应着菜圃中的土豆花、豆角花、茄子花和倭瓜花。野花和花圃中的花儿，专为悦人眼目的，不肩负给人提供食物的使命，大抵是只开花不问结果，如热烈的情人，不计前程，恣意盛开。而菜圃中开花的植物，命系人类的餐桌，花开得就规矩，适度，收敛，除了倭瓜花开大朵，其余的细细碎碎的，它们得留着精气神儿坐果呀。

菜圃中每朵花的背后，都有一个看不见的宇宙，这个宇宙就是果实。西红柿能否饱满红润，决定了它与鸡蛋为伍时，能不能在金黄和雪白之间，为它注入最炫目的落霞；茄子是否硕大，决定了它与鲇鱼相遇时，能吸纳多少鲇鱼肌理的鲜香；豆角是否厚实，决定了它出锅时是否跟入锅时一样的出息，不让主人的碗盘亏空；土豆是否圆滚滚，决定了它们在被蒸煮的过程中，能否像孩子一样绽开笑脸；辣椒是否挺实鲜辣，决定了它能为姑娘们省下多少口红。

花圃和山间的花儿还开着呢，菜圃的花儿早就谢了，结了果子。待到秋天，人们收获了果实，霜也来了。霜是花朵的敌人，它们一来，花季就结束了。被霜打过的花儿，在阳光中耷拉着脑袋，憔悴不堪，满脸是泪。它们哭也是没用的，想要绰约的风姿，想要蜜蜂与蝴蝶同欢的快乐，只有等待春回大地了。此时它们也许会羡慕菜圃那些不起眼的花儿，它们结了果，在冬天还活着——谁家的地窖不储藏着土豆和萝卜呢。

冬天的花朵是什么呢？是雪花和霜花，可这样的花儿太素白了，又太脆弱了，说化就化，于是喜欢鲜亮颜色的女孩子们，不想让漫漫长冬为这样的花儿所统率，她们在深秋糊窗缝时，就在两层窗中间的隔层里，造了一个花园。

那是独一无二的梅园。

极北的房屋，为了抵御寒流，玻璃窗都是双层的。这双层窗，一拃间距。深秋时节，人们在用毛边纸或是废报纸糊窗缝时，会在两层窗间，放上二三十厘米厚的保暖的锯末子，然后插几枝用蜡油捏成的梅花。

那时北方偏僻的山村大都没通电，蜡烛是我们的光明神。蜡烛通常红白两色，从供销社买来。蜡烛将要燃尽时，烛芯气数已尽，侧歪了身子，人们只得吹灭蜡烛，留下烛头。女孩子们最喜欢那一块块润泽的蜡烛头了，尤其是红色的。我们会把它们珍藏起来，到了糊窗缝时，将收集到的蜡烛头，放到一个空的铁皮盒里，坐到火炉上熔化了，一手擎着选好的形态妖娆的干树枝，一手在滚烫的烛油和凉水之间飞转，让干树枝瞬间成了干枝梅。

捏蜡花要眼疾手快，勇气也不能少。大拇指和二拇指要紧密团结，先是共同踏入滚烫的烛油（有点赴汤蹈火的意味），然后赶紧撤兵，再探入事先备好的一碗凉水中，让沾在指尖的那层烛油，瞬间冷却而不失黏性，再飞速移兵至干树枝，随你选什么位置，以枝条为主心骨，大拇指二拇指对着它一捏，奇迹出现了，花瓣似的烛油从指尖脱落，一朵粉红娇嫩的梅花，灿灿绽放了！一朵，两朵，三朵，七八朵，数十朵，干树枝瞬间春色贯通，梅花点点了！因为女孩手指粗细有别，再加上所蘸蜡油厚薄不同，蜡花有大有小，有胖有瘦，有深有浅。但不管怎么的，它们都是霜雪时节开得最烂漫的花儿！我们把这样的梅花，插在两层窗格间芳香的锯末子上，它们就像开在金色的泥土里。这时你封上窗，一个冬天就有花儿看了。

　　这样的梅园什么时候消失呢？当寒风撤兵，春风长驱直入，把山岭涂抹上绿色，野花和庭院的花儿姹紫嫣红时，人们要开窗闻花香鸟语，破败的梅园也就成为春风中的垃圾，被清理掉了。

　　我很喜欢苏轼的那首《花影》："重重叠叠上瑶台，几度呼童扫不开。刚被太阳收拾去，却教明月送将来。"研究者总把它说成政治抒情诗，说是苏轼在抒发他内心的愤懑，可我更愿意把它看作一首清新的自然诗。花影在台阶摇曳，任凭什么扫把，也扫不开它。这日光和明月下永不消散的花影，就是时光，不管它穿越多少年，总会把美留在人的心头。就像我遥想逝去的花儿，无论是山间的，还是花圃和菜圃中的，抑或是我们亲手在两层窗格间打造的梅园，它们没有随着时光流逝而被遗忘，而是像风一样，一直吹拂着我的记忆，不让它沉睡。

　　哦，还忘了说，我父亲当年看我捏蜡花，还帮我修剪过干树枝呢。他会掰下一些枝条，让它变得疏朗，且斜斜地朝向一侧，好像拱着虾米腰。我嫌这样的花枝没有精神，老态龙钟的，撇进炉膛烧掉。他还叫我不要在干树枝上捏那么多的蜡花，说花多了反而不受端详。我才不听他的呢，那时我和所有的女孩子一样，觉得花满枝头才美。等我到了父亲那般的年龄，真正懂得美以后，父亲已去了另一世界，再无人为我修剪那样的梅枝了，而且，我们也不再捏蜡花，村落通了电，我们不用蜡烛了。我们得到了永恒的光明，却失去窗格里的梅园了。

拾月光

我出生在北极村，那里有一条美丽的黑龙江从它的身旁流过。

村子是由高大的木刻楞房子组成的居民区。房子与房子之间间隔很大，足足可以用柳条圈成两个大菜园。菜园中的土不须说，自是黑土，肥沃，且有香味。人们就在这园子中种菜、盖猪栏、架鸡舍等。

家家的门前都养着一只狗。入夜，风声大作的时候，狗叫声也就像涨潮一样汹涌不息了。

当然，这都是十几年前的事。

十几年前的我正是爱做美梦的童年时期。我的饱经沧桑的外祖父和善良慈祥的外祖母曾给我讲了许多许多关于这条江，关于生活在这条江两岸的人们的故事。这些动人的故事就像阳光照耀下的沙滩上的五彩石一样，在我幼小的心灵里焕发着光辉。

可有一件事我却弄不明白，那就是外祖父所说，他说还有比我们北极村更远的地方。他说那个地方的人们住冰房子，吃生鱼。外祖父没有到过那地方，可他却说得那样津津有味，仿佛是真的似的。

"姥爷，您没去过那里，为什么知道那里的事情呢？"

"姥爷想的。"

"那我可不可以想一个呢？"

"那怎么不行？"外祖父说。

原来任何一个没有去过的地方，都可以按自己想的去诉说那里的故事呀。

于是，我就想了一个更遥远的北极的故事。

我被一股强大的冷空气流给袭击到了那里。呀，这里除了白色的东西之外，就是天空上的太阳是微红色的了。

最先迎接我的是穿着银白色礼服的企鹅们。它们个个都长得丰腴美丽，步子迈得很有乐感，好像是集体出嫁的新娘。

企鹅带着我，先把我领进一个冰房子里。冰房子里没有生火炉，但阳光却洒满了房子，冰房子的四壁都洋溢着一种玫瑰色的喜气。

一个身穿虎皮的老人向我走来。他的胡子比他的个子还长，拖在地上，像彗星的长尾巴，在冰地上飘逸着。他快到我身边的时候，就轻轻地弹了一下手指，于是，那些企鹅就安静地出去了。

"你是哪个国家来的呀——姑娘？"

"我是中国的，我来自北极村。"

"你叫什么名字，孩子？"

"爸爸，你看她浑身在抖，你别问她叫什么名字了吧，先让她吃点熊肉。"一个穿着黑色裘皮衣服的少年对老人说。

"好吧，好吧。"

我就被那少年领进冰房子里面的一个小空间。这里有一个像太阳那么大的火炉，炉子里烧的不是柴禾，但橘黄色的火苗却很旺。

"这里烧的是什么？"

"是月光。"

"月光怎么能烧呢？"

"月光烧起来最温暖了，又不冒烟。"

"可怎么能拾到月光呢？"

"晚上，月亮升起来的时候，我们就带着桦皮篓，然后用铲花的小锄来拾。"

"怎么拾呢?"我还是问。

"晚上我带你去,你就知道了。"

我开始吃熊肉,我冷极了,也饿极了。熊肉煨得很烂糊,也很香,外祖母可从来没有做过这么好吃的熊肉。外祖母炖熊肉总是要用盐水煮,里面扔几粒花椒。

"这熊肉这么好吃,它是怎么煮的?"

"它是用银河的水,加上白桦树的汁液以及雪莲花的花瓣煮成的。"

这多奇妙,我不由得吐吐舌头。

吃完了熊肉,我觉得浑身都暖洋洋的。我就坐在一块狗皮上,跟少年讲北极村的故事。

"你们北极村有企鹅吗?"

"没有,我们那有山雀,红脑门的,可漂亮呢,也很会叫。"

"那你们那有冰房子吗?"

"没有,我们住木头房子。里面砌上两面大火墙,烧原木疙瘩,可暖和呢。"

"那你们养狗吗?"

"我们养狗,家家的门前都养一条狗。"

"你们养狗做什么用呢?"

"看家、打猎。"

"那你叫什么名字，几岁了？"

"我都十岁了。我叫迟子建。"

"迟子建？是什么意思呢？"

"迟子建，是我爸爸给起的名字。他喜欢读曹植的《洛神赋》，而曹植的名字叫子建，他就给我起了这个名。"

"可曹植是谁呢？"

"我也不知道，爸爸说我大了就知道了。"

"那他还活着吗？"

"爸爸说他早死了，死了很久很久了。"

"哦，这真有意思。"少年托着腮帮，接着问我：

"你的小名叫什么？"

"叫迎灯。我是正月十五生的，正月十五是灯节，我生在傍晚，天刚黑，灯还没点，所以叫'迎灯'。你们这不过这个节日吧？"

"我们没有这个节日。我们每年只过一个节，是新年。"

"那你们这可没有我们那好。没有节日的日子多难过呀。"我说。

我和这少年说了好久。他告诉我，他叫杰克，今年十三岁了，喜欢拉弓射箭。

晚上，杰克带着我去冰上拾月光。这里的月亮好大好大呀，我一出冰房子就惊喜得要跳起来了。好像是再长几年，那枚月亮我就可以摘下来。它那么温柔地照着极地的每一个地方，橘黄色的光辉在冰面就像刷了一层油似的，亮晶晶的。

我把桦皮篓卸下来，杰克就开始用小花锄拾月光了。他轻轻地铲；每铲一下，月光就消失了一下，一层黄油似的东西就堆在一起，像块奶油似的。

最后，我们拾了满满一篓子的月光。桦皮篓一下子膨胀起来了。被刮过月光的冰面上呈现出银白的色调来，好像一大块丰收的麦田上飘拂着一块白纱巾。

我们背着桦皮篓往冰房子里走。杰克坚持不让我背，他说这么浓的月光很沉，我的肩膀现在还承受不了这重量。

那天晚上我就睡在冰房子里。

第二天早晨，胡须拖地的老人把我摇醒了。他让我起来吃饭。他说吃过饭后，我们就坐着雪橇去捕鱼。

早餐是杰克起大早打来的。他射了一只老鹰，我们用它调汤喝。汤的味道鲜美极了。喝汤的时候，我和杰克共用一只桦皮碗，我们边喝边互相瞅着。

"杰克，吃饭不要东张西望。"老人说他。

"我在锻炼眼睛捕捉东西的能力呢。"杰克舀了满满一勺子汤。

"嗯。"老人不满地咕噜一句。

雪橇早已准备好,四条大黄狗被套在那里。企鹅们刚刚吃过早饭,都容光焕发地站在冰房子外面迎接我们出去。

杰克把网扔在雪橇上,然后就把一块熊皮铺好,让我坐在上面。一会儿的工夫,我们的雪橇就出发了。

雪橇像电一样嗖嗖地跑着,空气中雪粒飞扬,扑了我一脸,使我喘不过气来。四条黄狗跑得气喘吁吁,身上冒着大雾一样的汗气。

这里没有山没有树。这里只有冰和雪。雪橇在冰面上滑行一个多小时后,终于到达了一个大洋。

杰克说它叫北冰洋。我告诉他,这地方我听外祖父讲过。这是深蓝色的一望无际的冰封的大洋。大洋的上空正驮着一轮辉煌的红日。整个洋面辽阔坦荡、茫茫无边,就像我见过的家乡秋季的天空一样。

"杰克,你去把昨天下的网起出来。"老人吩咐他。

杰克答应着,就去起网了。他先用铁钎锤击一块圆形的冰面,然后再用铁笊篱把碎冰碴捞起来,一圆孔的北冰洋的水就呈现在面前了。

杰克埋头起网,网被提出来了,一条条活蹦乱跳的鱼像一群光着屁股的胖娃娃，欢呼雀跃地上了冰面。老人用一条大麻袋再把它们装进去。每装满一袋，就用绳子扎紧口子，然后扔在雪橇上。

我做杰克的帮手。有些大鱼他一个人弄不过来，我就上前为他使劲。老人为收获的喜悦激动着，嘴角挂着笑意。

下午，太阳变得灰蒙蒙的，我们的雪橇装满了鱼，我和杰克坐在雪橇上回冰房子了。这时，天空飘下大片大片的雪来，很快，冰面上什么也看不清，模糊一片，白茫茫的。

回到冰房子时，雪还没有停，企鹅们却焦急地等了好久了。她们没有去看雪橇上的鱼，就先唧唧哝哝地跟老人讲什么。老人点着头，然后回头看我，我感觉到那目光很让人害怕。

进了冰房子，才发现外祖母家那只可爱的白鸽子被绑了双脚，正在那里掉眼泪呢。

"白鸽子，你怎么在这？"

我扑上去，把它抱在怀里，然后冲杰克大发脾气，我说他们这个地方的人怎么不讲人性，我家乡的鸽子来了竟受到这种待遇。杰克知道这是企鹅们自作主张办的蠢事，就狠狠地把她们骂了一顿，于是，那些肥胖的企鹅就垂头丧气地出去了。

"杰克，我们得让她走了。"老人捻着胡须对他说。

"为什么要让她走呢?"

"因为她的外祖母让鸽子捎来封信,说她是在睡梦中飞出来的。她爱做梦,可她的外祖母却很着急。"

"那他们怎么知道她到这来了呢?"

"因为她外祖母说,她是这里天空的一颗小星星。"

我终于想起来了,我七八岁的时候,妈妈就常常跟我说,她说她生我的时候曾经梦见一颗星星扑在她的奶子上。她说我是顶着星星下来的。可我不知道,我就是这里的一颗星,这里这么这么的遥远,又这么这么的冷,而且人又这么这么的稀少,而且一年才只过一次节日。

——我就是这里的一颗星星呀?!

杰克听完这些话,就低头不作声了。杰克长着一双漂亮得像北冰洋的水那么蓝的眼睛,杰克没有一个很高傲的鼻子。杰克在冰面上拾月光的时候,动作非常地优雅。

我和杰克还没有玩够呢。

可我不得不回去。我要走的那一晚,我和鸽子、杰克、老人围在月光炉上吃饭。这次我们吃的是蒸鱼。味道鲜美,恐怕这辈子是忘不了的了。

吃完饭,我就和杰克背着桦皮篓到冰房子外面拾月光。当桦皮篓里的月光满了的时候,我忽然发现杰克不见了。我喊他,他不答应,我就去冰房子找老人,老人也不见了。我又去找企鹅,企鹅也没了。

都没了,只剩下一片浏亮冰面上的好月光和我的一桦皮篓的月光。我趴在那里哭了。

这就是我常常做的北极的梦。这梦想已过多年。我背着装有月光的桦皮篓,从北极村走出多年了。我还常常想起杰克,想起那老人和那座冰房子。

既然妈妈说我是一颗星,那么,我希望几十年后,有了我归宿的那一天,我就去那里。

可我不知道杰克是否死了,或者,他活着却已经苍老了。可我还会爱他的,只因为那一块纯净的天地和纯净的情怀。

寻石记

我们童年所做的游戏,稍为有点新意的,也不外乎让一个小伙伴扮成白军,我们一伙红军四处去抓他。一抓总能抓得到,他不是藏在柴垛后面,就是躲在狗窝里。每次白军被垂头丧气地捉住的时候我都要想:白军真蠢啊,怪不得胜利的是红军呢!

这些游戏玩得腻了,有一天我们突发奇想,想砸家里的石头玩。听说石头能砸出火花,火花在白天看时不明显,须等到夜里来砸,才能把那火花看得真切和灿烂。

一般的人家都有一块大石头,是冬季用来腌酸菜的。夏季时,这石头闲在院子里,人们就把它当板凳来使了。老人们坐在上面吸烟锅，女人们坐在那里补衣裳。有的时候鸡也会跳上去，在上面叽叽咯咯地叫着，好像那石头是它下的蛋似的。

终于有一个傍晚父母去邻居家串门了，我便与几个小伙伴砸家中的那块青石。它方头方脑的，大约有二十斤重吧，我们每砸一下，都要跳起来为着迸射出来的银白色的火花而欢呼一番，直到它被砸碎为止。

次日清晨，我被母亲从被窝中揪出来。她呵斥我："你给我去找个一模一样的石头回来，要不我就剁掉你的贱手！"那石头我们家年复一年地用着，成了我们的老熟人了，它的破碎自然要使母亲大发雷霆的。

我就不信我找不到一块石头，那样我不就跟白军一样愚蠢了嘛！我穿上衣服冲出家门，朝河岸走去，我印象中水里有大石头。刚到河畔，就见邻村的打鱼人在收网，他问我一个小孩子这么早出来干什么。我如实说了，他就告诉我说，河里的石头动不得，石头底下藏着龙，我要是搬了石头，龙就会伸出尖爪子把我钩住。

我想河里的石头动不得，山上峭壁旁的石头应该能让人动的。我朝山上走去。到了那里时，正碰上同村的赤脚医生在采药材。他问我一个小女孩走这么远的路，来这里干什么。我说要搬一块石头回家。他就笑着对我说，峭壁旁的石头动不得，它们是山神胸脯上的一块块肌肉，你动一块，等于在山神身上割了一块肉。

既然石头都有它们自己的来历和用场,我就空着手理直气壮地回家了。

母亲根本就不相信她清晨时的一句气话竟然使我独自出去寻石头,更不相信我听到的这些传说。她嗔怪我说:"我看你不用出去找石头了,你自己就是一块石头!"

我真的是石头吗?如果是,我可不想做家中的那块石头。我要做山上的石头听风雨,要做水底的石头亲吻鱼。

照相去

小学一年级，我入了少先队。那是我们班的第一批少先队员，总共六个，四女两男；班主任侯玉凤老师为了给我们留个纪念，决定在一个礼拜天带我们进城去照相。

我们住在漠河一个叫永安的小山村。它只有一家商店，一家粮店，一家卫生所。要想照相，只能去城里。城离我们说远很远，说近很近。说它近，那是因为我们住的村子地势极高，站在山顶向远方望去，可以影影绰绰看到城的影子。那时常想我要是长着一双长长的胳臂该有多好，一伸手就可以把城揽在怀中，想逛商店就逛了，想看电影就看了，想听汽车的喇叭声就听了。商店里五颜六色的花布、雪白的银幕上演绎的悲欢离合的故事、嘀嘀作响的汽车喇叭声，都是我童年梦寐以求的。别看站在村里能看到城的影子，一旦你走起来，可不是十分钟八分钟就能赶到的。去城里的路有两条，一条大路，一条小路。大路远，小路近。大路也叫公路，较为宽阔平坦，路面铺着土黄色的砂石，夕阳洒在路面上，这路看上去就是金色的路了。而小路是从庄稼地里辟出来的，坑坑洼洼、坎坷不平，逢了阴雨天气，泥泞得让人寸步难行，虽然说它比大路要缩短近一半的路途，走的人并不是很多，但我们那次走的却是小路，因为那是个晴朗的礼拜天，小路格外干爽。而且小路两侧是庄稼地和草甸子，能时时与飞鸟和野花相遇，使人们的路途变得赏心悦目。

从小村向城里走去，是从高往低走。原先觉得白云离自己很近，似乎是被风刮跑的白衬衫，一跳脚就能把它抓回来。而出了村子之后，这白云却像是做了错事不敢回家的孩子一样，躲得远远的，让人觉得遥不可及。这时天空就显得格外高远。我们戴着鲜艳的红领巾，唱着歌走在田间小路上。由于我前一夜害了牙痛，一面脸肿了起来，因而有些情绪不高，何况牙仍然隐隐作痛呢！我记得两名男同学穿着白衬衣、蓝裤子，他们一个高、一个矮，高个的眼睛很大，而矮个的眼睛很小，他们在一起，形成了鲜明的对比，就像两个反义词一样。女同学除我之外，都长得水灵灵的，她们在一起，就是含有褒义的近义词了。我那天穿了一件水粉底带白点的上衣，一条天蓝色的背带裤子。上衣的白点被阳光映得一闪一闪的，就像水面上跳跃的波光。我们走在小路上的时候，常常能看到在田间劳作的农人，他们有的我们熟识，有的则不认识。熟识的会和我们打招呼："进城去啊！"这时侯玉凤老师就会说："领学生进城照相去！"看他们的眼睛里流露出的羡慕目光，我们就有一种说不出的自豪感。不认识我们的人大抵都是城郊的农户，他们会双手拄着农具趁机歇一歇，看着我们走过。当我们走累了的时候，就会在草甸子边坐上一刻，这时女同学的眼睛就不够使了，刚看到红色的百合花，粉色的芍药花又跳出来了；芍药花还没欣赏够，紫色的马莲花又伸着纤细的腰肢蹦了出来；金莲花似乎觉得受到了冷落，它们很快让我们从马莲花身上转移了视线，它们一出现就是一大片，那金灿灿的花朵随风起舞，仿佛那些形态好看而又寓意优美的汉字一样，让人有书写的欲望。这边姹紫嫣红的野花还没看完全，那边蝴蝶和蜻蜓又凑热闹来了。斑斓的蝴蝶在花间流连一番后，就朝我们几个女同学这里飞来了，我们就大呼小叫着捉蝴蝶，往往是随着它跑了一程，它悠然地飘走了，而我们却因为仰着头不看脚下，一个趔趄跌倒在地。这时老师和同学的笑声都起来了，我们就有一种害羞的感觉。在玩的时候，我觉得牙不疼了，好像蝴蝶是牙医，它在漫不经心中就治好了我的病。

　　天越走越亮堂，可是也越走越炎热。我们渴了，见谁家的地里长着一片青萝卜，就想偷着拔一个分着吃了解解渴。可是有老师跟着，我们怕挨批评，不敢恣意妄为。于是就忍着不看萝卜地，把目光放得远一些，眺望离我们越来越近的城。想着一旦进了城，就可以用妈妈给我的零用钱买几根冰棍吃，既解渴又解馋。

城其实并不是很大，它只有几座小楼，其余的都是板夹泥的平房。城中心有两条主干水泥马路，主要的商店和饭店都集中在此，照相馆就在一家饭店的旁边，是一间蓝色的屋子。吃了冰棍，领略了往来的汽车发出的嘀嘀的喇叭声，侯老师就带我们去了照相馆。我记得照相师傅是个老同志，他把我们摆布了许久，才按动快门。侯老师坐在中央，我们四个女同学分成两对站在她的一左一右，两个男同学则蹲在老师的膝前，这使侯老师看上去像个家长，而我们则像是她的孩子一样。

如今面对着二十八年前的这张黑白合影照片，我不由得感慨万千。侯玉凤老师在哪里我已打听不到了，当年同时入少先队的同学也已失去了联系，不知他们如今的日子过得可好。虽然现在拍照片是很容易的事了，且拍的都是彩色照片，但是它们却不能像那次照相一样给人带来美好的回忆。我怀念徒步进城去照相的那遥远的一天，怀念那天的阳光、蝴蝶和温柔的风。假如蝴蝶再朝我飞来，我绝不会扑它，就让它落在我的肩头，同我一起看天吧。

暮色中的炊烟

不管我走多远,那儿才是我真正的家。

暮色中的炊烟

炊烟是房屋升起的云朵，是劈柴化成的幽魂。它们经过了火光的历练，又钻过了一段漆黑的烟道后，一旦从烟囱中脱颖而出，就带着股超凡脱俗的气质，宁静、纯洁、轻盈、缥缈。无云的天气中，它们就是空中的云朵；而有云的日子，它们就是云的长裙下飘逸着的流苏。

那时煤还没有被广泛作为燃料，家家户户的火炉吞吃的，自然就是劈柴了。劈柴来源于树木，它汲取了天地万物的精华，因而燃烧后落下的灰烬是细腻的，分解出的烟也是不含杂质的，白得透明。

如果你在晚霞满天的时候来到山顶，俯瞰山下的小镇，可以看到一动一静两个情景,它们恰到好处地组合成了一幅画面:静的是一幢连着一幢的房屋,而动的则是袅袅上升的炊烟。房屋是冷色调的,而炊烟则是暖色调的。这一冷一暖,将小镇宁静平和的生活气氛给完美地烘托出来了。

女人们喜欢在晚饭后串门,她们去谁家串门前,要习惯地看一眼这家烟囱冒出的炊烟。如果它格外地浓郁,说明人家的晚饭正忙在高潮,饭菜还没有上桌呢,就要晚一些过去;而如果那炊烟细若游丝、若有若无,说明饭已经吃完了,你这时过去,人家才有空儿聊天。炊烟无形中充当了密探的角色。

一般来说,早晨的炊烟比较疏朗,正午的隐隐约约,而黄昏的炊烟最为浓郁。人们最重视的是晚饭。但这只是针对春夏秋三季而言的。到了冬天,由于天气寒冷,灶房的火炉几乎没有停火的时候,家家的炊烟在任何时刻看上去都是蓬勃的。这时候,我会觉得火炉就是这世上最大的烟鬼,它每时每刻都向外鼓着烟,它吞吃的那大量的劈柴,想必就是烟丝吧。

炊烟总是上升的,它的气息天空是最为熟悉的了。但也有的时候气压过于低,烟气下沉,炊烟徘徊在屋顶,我们就会嗅到它的气息。那是一种草木灰的气息,有点微微的涩,涩中又有一股苦香,很耐人寻味。这缕涩中杂糅着苦香的气息,常让我忆起一个与炊烟有关的老女人的命运。

在北极村的姥姥家居住的时候,我喜欢趴到东窗去望外面的风景。窗外是一片很大的菜园,种了很多的青菜和苞米。菜地的尽头,是一排歪歪斜斜的柞木栅栏,那里种着牵牛花。牵牛花开的时候,那面陈旧暗淡的栅栏就仿佛披挂了彩带,看上去喜气洋洋的。在木栅栏的另一侧,是另一户人家的菜地,她家种植了大片大片的向日葵。从东窗,还能看见她家的木刻楞房屋。

这座房屋的主人是个俄罗斯老太太,我们都叫她"老毛子"。她是斯大林时代避难过来的,早已加入了中国国籍。北极村与她的祖国,只是一江之隔。所以每天我从东窗看见的山峦,都是俄罗斯的。她嫁了个中国农民,是个马夫,生了两个儿子。她的丈夫死后,两个儿子相继结了婚,一个到外地去了,另一个仍留在北极村,不过不跟她住在一起。那个在北极村的儿子为她添了个孙子,叫秋生。秋生呆头呆脑的,他只知道像牛一样干活,见了人只是笑,不爱说话,就是偶尔跟人说话也是说不连贯。秋生不像他的父母很少登老毛子的门,他三天两头就来看望他的奶奶。秋生一来就是干活,挑着桶去水井,一担一担地挑水,把大缸小缸都盛满水;再抡起斧子劈柴火,将它们码到柴垛上;要不就是握着扫帚扫院子,将屋前屋后都打扫得干干净净的。所以我从东窗,常能看见秋生的影子。除了他,老毛子那里再没别人去了。

那时中苏关系比较紧张,苏联的巡逻机常常嗡嗡叫着低空盘旋，我方的巡逻艇也常在黑龙江上徘徊。不过两国的百姓却是友好的，我们到江边洗衣服或是捕鱼，如果看见界河那侧的江面上有小船驶过，而那船头又站着人的话，他们就会和我们招手，我们也会和他们招手。我那时最犯糊涂的一件事就是：为什么喝着同一江的水，享受着相同的空气，烧着同样的劈柴，他们说的却是另外一种我们听不懂的语言，而且长得也和我们不一样，鼻子那么大，头发那么黄，眼睛又那么蓝？

那时村中的人很忌讳和她来往，因为一不留神，就会因此而被戴上一顶"苏修特务"的帽子。她似乎也不喜欢与村中人交往，从不离开院门，只待在家里和菜园中。我到玉米地里时，隔着栅栏，常能看见她在菜园劳作的身影。她个子很高，虽然年纪大了，但一点也不驼背。她喜欢穿一条黑色的曳地长裙，戴一条古铜色三角巾。她脸上的皮肤非常白皙，眼窝深深凹陷，那双碧蓝的眼睛看人时非常清澈。我姥姥不喜欢我和她说话，但有两次隔着栅栏她吆喝我去她家玩，我就跃过栅栏，跟着她去了。我至今记得她的居室非常整洁，北墙上悬挂着一个座钟，座钟下面是一张紫檀色长条桌，桌上喜欢摆着两个碟子，一只装着蚕豆，一只装着葵花子，此外还有一个茶壶、一个茶盅和一副扑克牌。这桌子上的东西展现了她家居生活的情态：喝茶，吃蚕豆，嗑瓜子，摆扑克牌。她的汉语说得有些生硬，好像她咬着舌头在说话。她把我领到家后，喜欢把我抱起,放在一把椅子上。我端端正正地坐着的时候,她就为我抓吃的去了。蚕豆、葵花子是最常吃的,有的时候也会有一块糖。我自幼满口虫牙,硬东西不敢碰,而她虽然已是个老人,牙齿却格外地坚实,嚼起蚕豆有声有色的,非常轻松和惬意。与她熟了后,她就教我跳舞,她喜欢站在屋子中央,扬起胳膊,口中哼唱着什么,原地旋转着。她旋转的时候,那条黑色的裙子就鼓胀起来了,有如一朵盛开的牵牛花。她外表的冷漠和沉静,与她内心的热情奔放形成了鲜明的对比。北极村的很多老太太都缠过足,走路扭扭摆摆的,且都是小碎步;而老毛子却是个大脚片子,她走起路来又稳又快,我那时把她爱跳舞归结为她拥有一双自由的脚,并不知道一双脚的灵魂其实是在心上。

那些不上她家串门的邻居,其实对老毛子也是关心的。他们从两个途径关心着她,一个是秋生,一个就是炊烟了。人们见了秋生会问他,秋生,你奶奶身体好吗?秋生嘿嘿地笑,人们就知道老毛子是硬朗的。而我姥姥更喜欢从老毛子家的烟囱观察她的生活状况,那炊烟总是按时按响地从屋顶升起,说明她生活得有滋有味的,很有规律。大家也就很放心。

冬天到来的时候,园田就被白雪覆盖了。天冷,我就很少到老毛子家去玩了。玻璃窗上总是蒙着霜花,一派朦胧,所以也很少透过东窗去看那座木刻楞房屋了。她家的炊烟几时升起，又几时落下，我们也就不知晓了。

老毛子在冬季时静悄悄地死了，她是孤独地离开这个冰雪世界的。那几天秋生没过来，人们是通过她家的烟囱感觉她出了事的。住在她家后一趟房的人家，每天早晚抱柴生火时，总要习惯地看一眼老毛子的烟囱，结果她连续两天都没有发现那烟囱冒出一缕炊烟，知道老毛子大事不好了，于是喊来她的家人，进屋一看，老毛子果然已经僵直在炕上了。

从那以后，我再也没有在暮色苍茫的时分看到过那幢房屋飘出炊烟，尽管村子里其他房屋的炊烟仍然妖娆地升起，但我总觉得最美的一缕已经消逝了。

五花山下收土豆的人

这世上最出色的染匠,一定就是秋霜了。只要它来了,青山就改变了颜色。初霜来的时候,树叶只是微微转黄,这时节的山峦看上去更像是洋溢着丰收气息的麦田。到了第二场霜降临之后,浅黄的树叶变得金黄或浅红,山峦有如戴上了一顶顶红黄相间的呢毡帽。而如果你沐浴着第三场更为浓重的霜走进森林,你是想看到什么颜色就能看到什么颜色。树叶大多是金黄和金红的,但也有黄中带粉、粉中含翠、翠中生红、红中隐紫、紫中有褐的,这时的山峦分明就是一个春天的花园,五彩缤纷的。我们把此时的山峦称作"五花山"。

五花山簇拥着我们的时候,大雁向南飞了,河水流动得平缓了,天空中的云朵没有盛夏时多了,天显得格外的高、格外的蓝。人们把形形色色的菜籽吊到山墙上,开始了秋收。而秋收中最苦最累的活儿,就是起土豆。

土豆既能作蔬菜,又能当主食,还能作为家畜的饲料,在那个粮食需要定量供给的年代,土豆被广泛种植也就不足为奇了。一家种上一两亩,那算是少的了,平平常常的人家都要有三四亩;而那些人口多的人家,种七八亩是很普通的。所以说秋收在我们那里,等于是"起土豆"的代名词。五花山的景色一呈现,人们见了面跟对方说的话往往是"起土豆了吗",或者是"你家今年能收多少麻袋土豆"。

起土豆的工具是二齿子和三齿子。当然也有四齿子,但它因为密度高而容易伤着土豆,用它的人家很少。二齿子和三齿子是铁制的,它们的形状常使我联想到"m"和"n"的拼音字母,一握着它们,就老是想发鼻音。人们去离家较远的田地起土豆时,要拉起手推车。去的时候,手推车上放置着二齿子、三齿子、空的麻袋、土篮等工具,当然,也要带上水壶和午饭。回来的时候,饭没了,水壶也空了,先前还明晃晃的铁齿上沾满黑油油的泥土,好像二齿子和三齿子在劳作的过程中为自己梳了几根小辫子。手推车上满载着用麻袋摞起来的土豆。若是赶上晴好的天气,车行起来还不吃力,而要是赶上秋雨连绵,路面的水洼一个连着一个的话,车轮往往会陷在泥泞中,几个人合力拉它，它也只是徘徊，最后只得回镇子朝养了牛的人家借牛，把手推车从泥潭中给拖出来。所以那些养了牛的人家，一到起土豆的时候就很牛气。人们把土豆运到家后，会把它们划分为三类：又大又光滑的是最好的，它们会被下到菜窖中，一部分作为来年的种子，一部分留作食用。那些中不溜的属于第二类，它们也会被下到菜窖中，作为越冬蔬菜。而那些跟驴粪蛋一样小的、青着半边脸的、被铁齿刨得满脑子都是窟窿的，属于最次的一类，它们通常是被埋在菜园的坑里，没被冻着时由人拣拣削削地随吃随取，等雪降临之后就喂了猪了。

土豆地都在山下开阔的平地上，所以起土豆累了，就可以坐在地上欣赏五花山。这时候再鲜艳的鸟进了森林，也会慨叹自己的羽毛不如树叶绚丽。山峦此时就是一幅连着一幅的流金溢彩的油画，会看醉了你。所以当你再低头刨出一墩土豆时，就觉得那大大小小的土豆不是乳黄色的，而是彩色的了，看来丰富的色彩也会迷了人的眼睛。人们回家的时候，手推车上麻袋的缝隙中往往插着一支小孩子歇息时跑到山上折来的色彩纷披的树枝，它像一枝灿烂的花，把秋天给照亮了！

在我们小镇，种植土豆最多的人家可能就是住在北山脚下的一户姓刘的人家了。刘姓夫妇是外来人，他们从哪里来，众说纷纭。反正不会有人因着富裕而来到我们小镇。他们家一共有十一个孩子，九男两女，仅次于谭富家，谭富家是十三个孩子。刘家人很少出门，基本生活在自己的领地上。他们自己造了房屋，把北山的荒地都开垦出来，种了大片大片的庄稼，其中土豆大约有十来亩。那些孩子平素是不与我们小镇的孩子玩耍的，也不见他们成群地出来。有人说他家穷得被子不够盖，衣服不够穿，所以是两个孩子合盖一床被，而衣服也是两个孩子合穿一套。他们中绝大部分都到了上学年龄，可被派上学的只有两三个。传说上学的孩子穿着衣服去学校时，被窝里就得躺着两个光着屁股的孩子。有人看见，在农忙时节，他们家常常是晚上在田间劳作，而其中起码有半数孩子是赤条条的。他们的衣服是冬天絮上棉花当棉衣，开春后拆开了又做单衣。有人说，那个生育了这十一个孩子的主妇每天晚上都要清点一下她的孩子，就像农民放羊归来要数一数他的羊一样。也许她算术太差，或者是屋内光线太暗，她往往查不清楚那些挨着炕沿的一溜儿脑袋究竟有多少，所以她常常以为少了一个孩子，出门吆喝她的孩子。都说他们家的粮食不够吃，所以他们家起完了自家的土豆，还要打发孩子出去溜土豆。

溜土豆就是在收获过的土豆地上，再沙里淘金地寻觅仍被遗落在土中的土豆。我们一般喜欢到生产队的土豆地里去溜土豆。因为那土豆是公家的，社员起土豆时没有给自己家起得那么精心，埋在土里的仍然数量可观。溜土豆通常要使用四齿子，它的铁齿间隙窄，搜寻出土豆的概率高。通常被留下的土豆都不是很大,所以这样的土豆拿回家去,通常是洗一洗后连皮蒸了吃,或者是用叉子磨成粉了。溜土豆的都是如我一样的孩子,大人们是不屑做这种活儿的。好像一旦到不属于自己家的土地去溜土豆,就是偷人家的东西似的。我们溜土豆时一手拿着四齿子,一手拎着面袋。有时运气好,一个下午就能溜上一袋。扛着一面袋溜来的土豆朝家走时,是十分有成就感的,比在自家的园田起了几十麻袋还要高兴,因为这属于意外的收获。我每年都要去溜土豆,其实家里并不缺那点土豆,我只是喜欢在光秃秃的大地上再打捞一份惊喜罢了。那感觉很像是在寻找宝藏。

　　我溜土豆的时候,常常会遇见住在北山的刘家的孩子,他们两人一伙,提着麻袋,在别人家的土豆地里溜得格外仔细。经他们溜过的土豆地,可以说是光光溜溜的了。所以一看到他们,我就避开了。他们很有眼力和经验,知道哪片地的哪个地方会有幸存的土豆,每天都会溜上半麻袋到一麻袋的土豆。他们见了我们也不打招呼,只不过有时会顽皮地打几声口哨。有的时候溜土豆溜累了,我坐在地上歇息的时候,会看到黑油油的土地上,那几个穿着暗淡衣裳的孩子,弯腰弓背溜土豆的情景。他们和他们面前的土地是那么暗淡,而他们背后的五花山则是那么的绚烂。他们看上去是那么的单调,可他们因为他们的劳动,而成为我眼前这巨幅画卷中最生动最永恒的一部分。

农人的浴室与茅楼

　　我很羡慕鸭子和鹅，不论是汹涌的大河还是脸盆那么大的一片水洼，只要是有水的地方，它们就可以扇着翅膀跳进去，边浮游边觅食。它们洗澡不像人那么啰唆，要脱衣服，洗过之后还得擦拭，它们只要在河中打几个滚，多把头浸在水中几次，就把自己洗干净了。上岸后只需甩甩翅膀，沾在身上的水珠也就飞迸而去，可以一身清爽地扭扭摆摆地回家，看了让人羡慕。只要它们乐意，夏季时，它们完全可以一天洗上一个澡。相比起来，人洗起澡来可就麻烦多了。河水那只是小男孩在极热的天气中才可涉足的，他们光着屁股在里面扑通来扑通去的，名义是洗澡，其实戏耍的意味更强些。家长们不愿意小男孩下河洗澡，因为曾经有人因洗澡而淹死。但他们阻止他们下河的时候通常还不说溺水的事，而是威胁他们，水里有一种凶狠的鱼，专咬他们的小鸡吃，要是没了小鸡，他们的一生就完蛋了。男孩们也不怕，他们照样下他们的河，想着一个撒尿的玩意就是被鱼咬了，又有什么要紧的？

女孩们可不如男孩那么潇洒了，她们来到河畔，通常是刷鞋或是洗衣裳的。干完活后，看着河水实在是清澈，就是起了洗澡的欲望，也只不过把袖子和裤腿高高挽起，洗洗胳膊和腿。她们可不敢把衣裳脱下来，尽管看着她们的不过是白云和飞鸟。

最隆重最正式的洗澡，莫过于腊月"放水"的时候了。所谓"放水"，就是洗澡。它们大致被安排在除夕的前两三天。那时窗外一片白雪，温度在零下三四十摄氏度左右，而屋里却炉火熊熊，室温能达到二十多摄氏度。人们烧上一锅滚烫的水，再把炕也烧得滚烫，将洋铁皮的洗澡盆摆在炕上，注上水，拉上窗帘，洗澡就开始了。大约那风尘沉积了一年，每个人洗起来总要花上一两个小时。屋里的人在洗澡，屋外还得有人随听伺候，往灶坑里多添柴，让火炕一直向上反热，用水舀子往澡盆里再加上一点水等等。洗澡的屋子雾气蒸腾，哗哗的撩水声悦耳地传来，人们洗得大汗淋漓，每一个毛孔都像花蕾那样绽开了，散发出清香，随之而来的年也就显得格外清洁和别致了。

当然，人们只有在冬天时才把睡觉的屋子当作浴室。到了夏天，有的人家会别出心裁，在仓房搭一个浴室。这个浴室用的是太阳的热能。将一只大的汽油桶清洗干净，一左一右凿两个孔，一端连接着注水管，另一端则是出水管，上面吊着个莲蓬，作为花洒。汽油桶被放置在棚顶，管线则探进了仓棚。这桶里的水要一直满着，出太阳的时候，铁皮油桶被阳光曝晒后，里面的水自然就温热了，太阳在不经意间就为你烧好了洗澡水。高纬度正午的太阳很毒，所以这个时候洗澡，那水是最怡人的。当然，这样的浴室只有夏季可用，春秋季节的太阳没那么强的热度，而冬天的太阳对于白雪纷飞的世界来讲，形同虚设。

相比起来，农人的茅楼比他们的浴室的实用性要高多了。人们每天都要光顾那里，少则两三次，多则五六次。所以搭建茅楼是很讲究的，绝不能太马虎。一般来说，农人的茅楼建在菜园中，它离居住的屋子要有二三十米的距离，否则盛夏时你开着窗，尿臊味就灌满了屋子。茅楼要挖一个半米左右深的坑，然后在这坑上竖四根立柱，四围用木板封上。棚顶也要封木板的，但仅有它是不够的，还要苫上一层油毡纸，否则雨天你进了茅楼，雨水会顺着木板缝隙滴答而下，让你寻方便的时候不那么自在。茅楼的坑上面，要搭建一个方形踏板，中间当然要挖个孔，作为排泄的通道。夏天时，隔个十天八天的，就要往茅坑里培上一些土或是锯末，防止滋生蛆和苍蝇。而到了冬天，则没这个麻烦了。但那时却有另外的麻烦，寒冷比苍蝇还要恶毒，它们拍打着茅楼里的人，曾使不少人因为屁股冻得受不了，而提前结束解手的。所以冬季的茅楼有点刑场的意味。而到了夏天，那些有情调的人家，喜欢在茅楼前种上几行花，你蹲在茅楼里，可以透过木板的缝隙赏花。除了看花，你还可以打量绿油油的菜地，看看白菜是否该施肥了，豌豆是否该支起柳条让它爬蔓了，柿子秧是否该打杈了等等。还有的人喜欢把烟袋锅带进茅楼，一边吧嗒吧嗒地抽烟，一边屙着屎，真是自得其乐啊！所以这时节有的人上茅楼，要花上半顿饭的工夫。

通往茅楼的路窄窄的，它不能是泥路，否则雨季一到，你会弄得两脚是泥，脏了屋子。所以要把小路修出来，要么用木板垫起来，要么铺上造房或者垒鸡窝时甩下来的碎砖头。雨水冲刷之后，木板路透出月光似的乳黄色，而砖头路透出的则是洋红色，好像那路铺了彩霞。有的人家的茅楼和邻居的茅楼是挨着的，所以常常听见她们蹲在各自的茅楼中唠嗑，当然，唠嗑的都是女人，她们有时说些家长里短的琐事，有的时候则讨论点大事情，茅楼这时候就起到了会议室的作用。

我对茅楼的记忆，是与一个侏儒联系在一起的。她不住在我们小镇，而是在一个叫八十四的地方。她身高只有七十三厘米，所以人们就叫她七十三。她每次来我们这里，都是搭便车。司机很挑剔搭便车的人，很少能让他们上自己的车。但所有的司机对待七十三都很友好，没有人会拒绝她，大约把她当作小天使看待了吧。她一来，就是我们小镇孩子们的节日。她每次来，总是扛着一个面袋，那面袋快赶上她高了，感觉那面袋是在欺负她。至于里面装的什么，谁也不知道，因为面袋总是扎着口。有时它看上去沉甸甸的，想必里面装着米、面或者豆子，而有时它看上去轻飘飘的，估计里面装着干菜或者是棉絮。七十三一来，就是去大老于家去了。大老于是个憨直的人，比七十三大很多，个子也高，也许是贫穷的缘故，他一直没有娶上媳妇。七十三去他家，不是为他送粮食，就是为他拆洗被褥，缝补衣裳，做棉袄棉裤等。大家知道，七十三这是看上大老于了，而大老于也不嫌弃她矮。七十三一来，他家就飘出烙饼的香味。这时候我们喜欢到大老于家去看七十三，觉得就像看话本中的人一样有趣。可七十三不愿意让别人看她，一听见院子有人进来了，她就躲进茅楼了，把茅楼当作绣楼，不肯出来。我们就追到茅楼的一左一右候着，也不管那气味如何难闻，等着多看她几眼。而七十三呢，她就是猫在里面不肯出来。最后还得是大老于出来为她解围，把我们呵斥走。我们被驱赶到远处后，七十三就从茅楼出来了，她跟着大老于回屋子，感觉大老于是在领着个孩子。

七十三最后和大老于结婚了。他们生了一个孩子，这个孩子只几年的工夫，就比七十三长得都高了。他们一家后来迁到八十四去了。小镇的女人一提起七十三，总要感慨地说，那么个小人，竟然能生出那么大个的孩子，真是想不到！而我们一路过大老于家废弃的菜园，看到那个有些歪斜的茅楼，就会想起七十三，怀念那个从我们小镇消失了的精灵般的小人。

露天电影

在二十世纪七十年代，山村的孩子大约没有没看过露天电影的。我们那个小镇，可看露天电影的地方有三处，一个是种子站，它就在我们小镇的西头，离它最远的东头的人家走过去，也不过是一刻钟的时间，所以那里一放电影，只有种子站是有灯火的，小镇的房屋都陷在黑暗中，男女老少都被吸引到银幕下了。另两处看露天电影的地方是部队，一个是十三连，一个是十七连。

如果是在种子站的广场放露天电影，那么下午的时候，一些老人就把座位给摆好了。老人们胳膊上挎着一个或两个板凳，抽着旱烟，慢悠悠地朝种子站走去。由于他们眼神差，又大都佝偻着腰,必须要坐在前几排,所以提前把座位占好是必需的了。那些板凳高矮不一、颜色各异地排列在一起,看上去就像一支杂牌军。他们放好板凳,会回家做他们的活计,等到电影快开演了,他们才不慌不忙地踱着步子走来,一副首长的派头。

那些挎着两个板凳占座位的老人,都是有老伴的。而那些孤老头子,拎的则是一只板凳。所以拎一只板凳的瞧不起拎两只板凳的,觉得他们成了老伴的奴隶;而拎两只板凳的又瞧不起拎一只板凳的,觉得他们身边没个人陪着,缺乏派头。我奶奶过世早,我爷爷属于拎一只板凳之列的,但他从来不提前去占座位,他总是在电影开映前才提着板凳过去。他并不急于把板凳放在前排的空地,而是抽着旱烟,先看一会儿扫在银幕上的画面,觉得有趣,就随便找个地方放下板凳;觉得无聊,就挎着板凳放开大步往回走。走的时候他总要大声吐几口痰,好像那些未打动他的画面是几缕不洁净的空气,阻碍他的气息流动了。

有一回我去种子站看电影,远远看见我爷爷提着板凳大步流星往回返,我以为电影不演了呢,一问他,他竟然气呼呼地说,今天演外国电影《死了不屈》,有什么好看的呢!他一向讨厌外国电影,说那些高鼻梁、蓝眼睛的洋人没有什么好货,更何况那电影名也让他生烦,什么叫"死了不屈"呢?人在人世间辛辛苦苦走一遭，尝遍了苦水，死了还有个不屈的？听着他牢骚满腹地发着感慨并且大口大口地吐着痰，我觉得他比电影中的人还有趣。其实那部电影叫《宁死不屈》，他把名字记差了。那以后他要是蹙着眉看什么不顺眼了，我就会适时说一句"爷爷，死了不屈"，他就不绷着脸了，他笑着用烟袋锅敲我的头，骂我是个调皮捣蛋的丫头，将来肯定不好出嫁！

露天电影多是在夏天放映的，所以人们来看电影时，往往还拿着根黄瓜或者是水萝卜当水果来吃。当然，人群聚集的地方，也等于是为蚊子设了一道盛筵，所以看电影归来的人的脸被蚊子给叮咬了的占多数。人们在散场归家的途中，往往会一边议论着电影，一边谩骂着蚊子。

看露天电影，还得看天的脸色。它和颜悦色，不下雨，不起狂风，你观赏得也就滋润。而如果看着看着突然落了雨，人们又没有预备雨具的话，那简直就糟糕透顶。人们撤下板凳，纷纷挤进种子站的仓库，孩子哭老人叫的，像是一群难民。而如果遇到大风的天气，悬挂着的银幕被风吹得一皱一鼓的，那上面投映出的风景和人物全都变了形，人看上去不是歪嘴就是折了胳膊，而风景一律哆嗦着，仿佛正经历着一场大地震。所以看电影前，人们往往还要观察一下天，若是晚霞满天，炊烟笔直，去的人就多；而如果阴云密布，风声萧瑟，去的人就少了。

另两处看露天电影的地方，都不在我们小镇，它们是驻扎在山里的部队，一个离我们稍近一些，有五六里的样子，是十七连；另一处则要远很多，在采石场那一带，距离我们起码有十五里的路途，是十三连。老人们是决不会去这两个连队看电影的，他们的腿脚经不起折腾了。而大人们就是去的话，也是选择十七连的时候多。能够去十三连的，都是如我一般大的孩子。大家相邀在一起，沿着公路，走上一两个小时，到达连队时已是一身的汗，而电影往往已过半场，看得个囫囵半片的。回来的时候呢，山路上阴风飒飒，再赶上月色稀薄的夜晚，森林中传来猫头鹰的叫声，我们就会被吓得一惊一乍的，得手拉着手行走才觉得心不慌。所以一去十三连看电影，就有小孩子回来后生病。高烧后说胡话照理是正常的，可家长们非说是走夜路时撞上了鬼，至于鬼长得什么样，想必他们也是不知道的。所以一说去十三连看电影，家长都不乐意，我们只有偷着去了。如果运气好，我们可以拦截到捎脚的车辆，顺路把我们丢在采石场，从采石场再抄着茅草小路去十三连，就很近了。可这样的运气很少光顾到我们身上，车辆不是装载着货物，就是虽然闲着，但只能挤上一两个人，大家不愿意分开，索性谁都不上；再不就是车是有地方的，可司机怕拉了一车孩子，万一出了事故，负不起这个责任，而加大油门从我们身边呼啸而过，扬长而去，将我们远远甩掉。但也有好心的司机，觉得一群孩子千里迢迢地去看电影怪可怜的，就先送一批到采石场，然后掉转车头，回来再接一批，但这样的运气跟月亮旁的彩云一样，难得一见。

因为驻扎在我们小镇附近的这两个连队经常放电影，我曾经认为世界上过着最幸福生活的就是那些当兵的人。连队的战士格外欢迎孩子们来看电影，他们会把自己的板凳让给我们坐，还会用茶缸端来热水给我们喝。当然，战士们对待那些十七八岁的女孩的态度，比对待我们这些十一二岁的毛头小孩更要热情，他们喜欢围坐在大姑娘身边看电影，至于他们的眼睛盯的是银幕，心里想的又是什么，只有天知道了。

我们家的邻居有一个姑娘，叫青云，青云是个大姑娘了，她喜欢去十七连看电影。凡是有关电影的消息，最早都是她发布的。因为十七连的战士跟她很熟。要放电影了，总有人给她通风报信。她个子很高，腰肢纤细，头发又黑又亮，喜欢梳两条大辫子。她眼睛不大，眉毛浅浅淡淡的，肤色白里透粉，非常有韵味。如果不是因为她的嘴生得有些大，她可以称得上一个美人。她带着我们去十七连看电影时，神情中总是带着几分得意，好像回她的娘家似的理直气壮的。到了电影开演的时候，她往往看着看着就不见了。我们都以为她去小树林解手去了，可她一去就不回来，直至剧终。所以若问她电影演了些什么，她只能说出个大概。

爱上青云家的，是小钟和小李，他们总是结伴而来。小李好像是部队的文书，不太爱说话，又黑又瘦的。小钟呢，他不胖不瘦，浓眉大眼，肤色跟青云一样白皙，在十七连当伙夫，所以有时他会偷上一些豆油带给青云家。青云一烙油饼的时候，我就想一定是十七连的人又给她送豆油来了。青云那时中学毕业，在家务农，那一年的秋天她去看护麦田，得了尿毒症，住进医院，不久就死了。她死的时候小钟正回南方探家，他回来后并不知道青云已是另一个世界的人了。而一直在连队没有下山的小李也不知情。等到又要放电影的时候，小钟和小李来到青云家，听说了青云的事后，两个人都呆了。其中小钟还落了泪，人们依据泪水，判断青云跟小钟是一对，小李只不过是个陪衬罢了。青云没了，我们得知电影消息的源头也就断了。从那后，我们很少到十七连去看电影了。不久这个连队就换防到别处去了，他们留在营地的，不过是几顶废弃的帐篷。我们采山经过那里的时候，总要看看那两棵悬挂着银幕的大树，当时树间的那方白布曾上演过多少动人的故事啊。树还在，故事也在继续，只是演绎着这故事的人已经风云四散、各自飘零了。

邻里间的围栏

邻里间的关系如同夫妻间的关系，有融洽的，也有有隔阂的。融洽的邻里通常共用一个院子，中间不设围栏，彼此走动方便些。你家今天吃什么饭，主人穿什么衣服，他家买了什么东西，来了什么客人，大家互为相知，俨然一家人的样子。如果东家包了饺子，一定要端上一碗，给西家送去；而西家烙了油饼的话，也会拣上两张，送与东家。当然，夫妻间难免有磕磕碰碰的，若是西家传来了吵架声，东家就会悄然谛听，静观事态发展。小打小闹的也就随它去了，若是吵到大打出手的程度，孩子们发出惊恐的哭声，东家就不能袖手旁观了，要挺身而出去拉架。拉架是有学问的，夫妻就是再吵，吵过之后依然亲，你所要做的，并不是为人家明辨是非，你充当的不过是一盆冷水的角色，把熊熊怒火浇灭了就可以了。等夫妻冷静下来，他们自会剖析和检讨自己的过错。偏偏有糊涂的拉架者，非要充当包公的角色，为人家评说是非曲直，最后反受人家奚落，碰了一鼻子灰回来，这样的事情也不是没有的。

互相交恶的邻里，最明显的标志就是院子与院子之间设置着围栏。见面还能彼此点个头的，围栏也就不那么阴森，只不过是矮矮一道透出缝隙的木板障子；而那些见了面连招呼都不能打，甚至互相啐痰飞白眼的邻里，其围栏就跟看守所的一样森严了，高且不说，一定是密不透风的，连蚂蚁钻过来也要吃力些。

我们那幢房，邻里间的关系是分外融洽的。那是一栋东西向的板夹泥房子，呈长方形，共住着四户人家。东面住着一户祖籍湖南的夫妻，他们有六个孩子，三男三女；西头人家的主人是个木匠，他家平素是五个孩子的，但有的时候会突然变成六个，因为男主人有两次婚姻，前面的夫人为他生了个儿子，他虽然远在外地，但有的时候会突然背着旅行包出现在西头的院落。不谙世事的我们就像打量怪物一样，悄悄跑过去偷偷瞧他，看他的眉眼有没有像木匠的地方，回家报告给大人。住在中间的是我们家和另外一户，我家挨着湖南人家，而与木匠家相邻的那户似乎总也住不长，今年是姓张的一对年轻夫妇，明年可能又是姓李的。住这户的人家不太爱与邻里交往,他们多是外地来的,与本地人总有些格格不入,显得落落寡合。所以围栏就是必不可少的了。不过两道围栏不高,缝隙也大,我家和木匠家也都能在夏天时看到女主人在院子里洗衣服或者奶孩子的身影,不过有些支离破碎罢了。

邻居间的交往主要靠的是女主人,而女人交往的方式就是串门。串门也可说是家与家之间的外交,由于女人生性是琐碎的,所以这种家长里短的外交在增进友谊的同时,也难免生出是非。我就见过不少因串门而绝交的邻居,深究起来,她们居然都是为鸡毛蒜皮的小事而绝交的。比如张家的女人去了李家,正赶上人家吃晚饭,李家的女人就热情地添上一双筷子请张家的女人尝尝她的手艺。张家女人大大咧咧的,就实话实说哪道菜做得不好,并把做这道菜的窍门告诉给她,李家女人自然觉得在自家男人面前丢了面子。偏偏张家女人第二天晚饭时又会把自己做的同样的一道菜送过来,李家的男人吃了赞不绝口,你想李家女人能高兴吗?她找个借口,说是自己家的鸡讨厌,老爱溜到张家拉屎,脏了人家的院子,就砍来几捆柳条,把两家共用的院子隔开了,各走各的门。从此后,两家也就疏远了,各过各的日子。但这样的人家毕竟占少数。

我喜欢到东头的湖南邻居家串门。他家喜欢把生肉吊到灶房的房梁下,由着油烟熏烤。时间久了,肉会渐渐风干,变成酱红色，并且会掉下乳白的蛆来。一看到蛆，我就联想到厕所，心想他们家怎么把肉变成厕所里的东西才会吃，真是奇怪啊。可他们家把它切成片蒸熟后，却吃得津津有味的。一到春节，我们家的山东亲戚会寄来一包花生米，而他们家的湖南亲戚寄来的则是一箱通红的干辣椒，大家就互送一些品尝。我爸爸喜欢把干辣椒放到炉盖上烤酥，捏成碎末撒到萝卜条汤里。我呢，也把他家的东西当成自家的来使，我家的扁担硌肩膀，挑水时我见他家的扁担闲着，就取来用，用后放归原处即是了。如果家里来了客人，凳子不够使了，就去他家拎回两个。他家呢，发面团时没了面引子或者是做鱼时要块干姜，也会到我家来取。后来这家的男主人在冬天伐木时出了事故，人受了重伤，被送到哈尔滨后截掉双腿也没能保住性命。邻居没了男主人，逢年过节的，他家就会传来女主人的哭声，母亲这时就得叹着气过去宽慰她。可偏偏是祸不单行，又过了两年，她的二女儿得了急病死了，从此就很难看到她的笑脸了。冬天时，两家都打了不少木柴没处垛，大家就自然而然地把它们擦到两家的院子中间，他家一垛，我家一垛，有了一道不高也不矮的屏障，从此就各用各的院子。又几年过去，这位失去了丈夫和二女儿的邻居，又失去了大女儿，此时她已变得麻木了。我常见她失神地站在菜园里看天。过年的时候，母亲总打发我去她家和她说话，让她转移对已逝亲人的思念，可我一踏进她家的院子，就觉得头皮发麻，总觉得鬼影在每一个角落里飘动着，尤其是当我看到除夕夜她蹲在十字路口给亲人们焚烧纸钱的时候，更觉得她家发出的每一声响声都是鬼发出来的。从此后，我不大敢上她家了，而且走夜路也没有以前胆子大了，常常是走了一身的冷汗回来。

偶尔，我也会到西头的木匠家去。我喜欢看他打桌子、椅子和躺柜，一看到他打棺材，就远远避开了。我喜欢他给活人打东西，一给死人打，我就惊恐。后来他家也死了一个女儿，我觉得他家也是鬼影幢幢，不敢去了。我早期作品那股浓郁的死亡气息，与这种童年生活经历不能说没有关系。

我们那个小镇邻里间没有围栏的历史，最后因为一件轰动全国的杀人案，而彻底宣告结束。与我们家隔着一条道的，有一幢住着四户人家的板夹泥房子。中间的两家因为处得好，就用一个院子。一户姓张，是瓦匠；一户姓蓝，男主人在县城的派出所上班，女主人在家打理家务。女主人很俊俏，戏也唱得好，生产队年终唱戏时，她是绝对的主角。姓蓝的由于在城里上班，每天骑着自行车早出晚归的。也许由于他有工作，而这工作又比较显赫，腰间挎着枪，他看上去有些自负，见了小镇的人，也不爱打招呼。突然有一天，他开枪杀死了瓦匠夫妻以及他们的一个儿子，当他没有子弹的时候，他就举刀去砍瓦匠的女儿，幸而那个女孩从后菜园逃走了。姓蓝的自知被捉到后必死无疑,他用刀砍自己的脖子,企图自杀。可是他在杀自己时比较手软,没有杀死,我在枪响后跑到出事现场,目睹了姓蓝的躺在地上,脖子上咕噜噜冒着血泡的情景。他被抢救过来后交代,他家和瓦匠家共用一个院子,他在县城上班,他怀疑整天待在家中的瓦匠对自己貌美的妻子心怀不轨,所以想把他们一家斩尽杀绝。此案一出,整个小镇的人都惊呆了。人们私下议论说,如果两家不是合用一个院子,悲剧也许就不会发生了。看来家与家之间的围栏是必要的。从此后,那些不设置围栏的邻居,都先后竖起了围栏;有了围栏的人家,则加高加固了它。而小镇邻里间的关系总不像过去那么融洽,相互警惕的多了,女人们连门也串得少了。只是邻里间的动物还一如既往地保持它们之间的亲密交往,让人们在透出冷漠之气的人际关系中,仍能感受到一丝温暖和一脉平和之气。

棺材与竹板

　　活人的世界曾有两个事物给我带来死一样的恐慌，一个是棺材，一个是雨季时游魂一样飘荡而来的算命人。

　　我们那个小镇，一过了七十的老人，即使那身体硬朗得还能走上二里路，一顿能吃上两碗饭，也要提前把棺材打起来，放在柴垛或者是菜园中，为那最后一天的上路而预备着。棺材本来是空着的，可它带来的死亡的阴影却比一座真正的坟墓还要明显。你想想啊，你明明看着这个老人还能买豆腐，还能在菜园中劳作，可一看那红棺材已经摆在那儿了，一想他没有多久就会睡在那里了，就觉得自己已经看到鬼影了。所以我特别恐惧与有了棺材的老人说话，总怕他们那寒冷的目光会将我的魂给摄了去。

还有一种人，未到老年也预备下了棺材，那都是中年时一病不起、行将就木的人。人们很迷信，认为打下一口棺材，能驱赶了小鬼，把病给冲了，病人自此就会好起来。也确有这样的事情发生，有个中年男人病得只有一口气了，为他打了棺材后，他竟然奇迹般地好了，能喝水吃饭了，能用洪亮的声音说话了，能下地走动了。所以棺材在我眼中还是一剂我们参不透滋味的灵丹妙药。这样的棺材如果卖不出去，由着风雨侵蚀几十年，就糟烂了，不能用了，只得把它劈了烧火。

白天时若是经过有棺材的人家，我还不会太害怕，因为路面上不仅有明晃晃的阳光，还有鸡鸭鹅狗在游荡。夜晚可就不一样了，尤其是没有月亮的夜晚，路过这样的人家，心就会害冷似的一阵一阵地抽搐，头皮簌簌响，似有阴风吹过，回到家时气短得连话都说不连贯了。所以走夜路时，我往往会多走几条小巷，绕过那些摆放了棺材的人家。

但有一口棺材我却是不怕的，那就是刘老太太的。她是我同学的奶奶，八十多岁了，一天到晚撇着嘴，看什么都不顺眼。刘老太太每天要拄着拐杖像探望老熟人一样去看看她的棺材。鸟儿在上面落了屎，她会骂鸟，说要剜了鸟的屁眼；蚂蚁爬上了棺材，她又会骂蚂蚁，说蚂蚁长了一身的贱腿。就是阳光照耀着棺材，她也会骂个不休，嫌阳光将棺材的颜色照淡了,旧了,不鲜亮了,将来她去那里,等于带着幢灰秃秃的房子,会让人瞧不起的。有一次,她差点被气得进了棺材,老鼠大约想她的窝闲着也是闲着,就在里面做了窝,孕育了一窝小老鼠。当她把那窝还没长毛的小老鼠托出棺材时,眼珠都要被气冒了。她用拐杖敲打着棺材,骂家里人全都是没用的东西,眼睁睁地看着老鼠糟践她的房子。小老鼠吱吱叫着,不明白它们在棺材里待得好好的,何以被一双瘦骨嶙峋的手给甩了出来。闻讯而来的围观者都笑了起来。从那以后,我一经过那儿,就想起曾在里面作乱的老鼠,会从心底发出笑声。那个棺材在我眼里也就不是棺材了,而是一个刚从土里拔出来的水灵灵的大红萝卜,散发着一股怡人的甜香气息。

  雨季到来的时候,也就是农闲时节。这时小镇会来算命的外乡人。我至今都奇怪,为什么算命的多是瞎子,而他们招揽生意的方式就是敲打着竹板?阴雨的日子中,人们喜欢坐在炕头抽着黄烟,喝着酽茶,讲一些老旧的故事,或者是昏昏沉沉地小睡。当竹板声清冷地传来的时候,人们就仿佛是听见了命运的叩门声,纷纷从炕上爬起来,打开家门,把算命人迎进屋子,当上宾招待着,炒上肉菜,烫上好酒,将家人的生辰八字报上去,听凭瞎子对自己命运下论断。想必我们都是俗人,所以被算出来的命,不如意的多,光明的少。而若想化解这些不如意,就得求助于瞎子。他化解的方式不外乎是扎上一些被称作"替身"的纸人，夜晚时将它焚化在十字路口。所以雨季到来前，商店就会进来很多的白纸和黄纸，只要竹板声响起，就不愁卖不掉它们。而算命的将替身烧完，主人会赏给他一些钱，感谢他为家里排忧解难了。算命人走后，我们依然过着老日子，不喜也不忧，平平常常，有人就会叹息说上了瞎子的当。可当他们下次到来时，竹板声一旦一声一声地响起，大家又会魂不守舍地问自己的命去了。看来命像云一样来去无定，是人心中永远的谜团和痛，人们为了解读和破译它，不会放过任何一个到来的机会，算命者在人间的足迹注定是不会消亡的了。

打竹板的人在小镇头两家算命的遭遇，决定了其他人家对算命者的态度。人们会打听他算得灵不灵。所以说算命者生意的好坏，在于他的"开市"之说是否令人心服口服。若是被算的人家说，这人掐算得可真是准啊，连我屁股上生块红迹，祖父年轻时当过胡子，三年前家里失过火，都了如指掌，真是长着天眼啊，那么求瞎子去家里算命的就络绎不绝了。反之，如果一个鳏夫正因为无子嗣而郁闷，你却说他儿孙满堂；一个人家本来穷得叮当响，你却说他生在富贵之家，金银财宝满箱满柜，这种太缥缈的生活虽然像晚霞一样绚丽，但确实是远在天边的绚丽，谁又会相信呢？这样的算命者就是打上一天的竹板，把每一户都走遍，也不会再有一份生意了，最后只得灰溜溜地离开。

聪明的算命者很像哲学家,先说上一堆好话,让人心底熨帖,然后再说几句不好的,这样容易与人产生共鸣:生活可不就是有喜有忧嘛!这时候算命者如果说再过三年,你有个"小坎"或是"大坎",你一定会相信的,甘愿掏出钱来求他化解那还没出现的但却被他言之凿凿的口舌之灾或是病灾。

我记忆最深的一个算命者,是一个穿着灰布衣裳的年轻瞎子。他拄着一根光亮的拐杖,打着竹板,戴着顶灰布帽子,穿梭在我们小镇中。我父亲素来是不信命的,所以算命者很难踏进我家的门。但这个小瞎子算命实在是灵,好像他是前世的幽魂一样在我们小镇飘荡,每一家发生的大事没有不知晓的,所以家家户户都抢着让他去算命。我父亲经不住母亲的一再央求,破例让他上了我家。我清楚记得过年时才用的炕桌儿被摆上了炕,家里弄了酒菜,小瞎子盘腿坐在炕上,先是吃喝了一阵,然后就一五一十地算起命来。他算命时两手舞来舞去的,很像自己在跟自己划拳,而且瞎眼也跟着翻来翻去的,当然翻出的都是白眼。一旦他算定了这个人的命,他的手就不舞动了,也不翻眼珠了,他会喝上一盅酒,讲解你的命。我还记得他对爸爸说,到了某年某年,你家如果不遭盗贼的话,你会有场大灾。父亲当时听了哈哈大笑,权当他是胡说。当时我靠在窗台前,他在为我算命时,说我是个大命之人,将来会有花不了用不尽的钱,只是婚姻来得晚,且很周折。我记得爸爸也是哈哈大笑指着我说,她还会有那么多钱?她有两毛钱都得去商店买把糖回来;再说了,我这俩闺女中,属她爱说爱笑,我看她十八岁就得嫁人!父亲的反驳并没有激怒小瞎子,他照说他的。我当时很讨厌他,心想你可能连自己的命都不知道,还给别人算什么呢?事情过了几年后,父亲突然因病去世,我们蓦然想起小瞎了的话,一推算,他算的父亲遭灾的年份果然不差。可惜我们小镇民风淳朴,没有盗贼,否则父亲也许还在人间?而我在中年经历了婚姻的变故后,也想起了他的话,小瞎子说的话可真是"一语成谶"!想起那段话,耳畔仍然似有阴风吹过,冷飕飕的。

  我现在仍然认为命运是不可知的,那个小瞎子所预言的一切,也许只是巧合吧。如今我怀恋的,只不过是已消逝的雨季那沉郁的竹板声,那当时听起来令人恐惧的命运的敲门声,如今回想起来犹如来自另一个世界的雨滴,弥散着一股别样的清凉。

马背上的民族

我童年生活的山镇离鄂伦春人的居住地很近。黄昏的时候，我常到公路上玩耍，有几次撞见鄂伦春人的马队经过。骑在马上的都是鄂伦春的男人，他们穿着过膝的蓝布旗袍，挎着枪，用兽皮去县城换取食盐和肥皂。一听到马蹄声从公路一侧流水般地袭来，我就连忙躲在路边，满怀好奇和胆怯地望着马队经过。

父亲年轻时曾当过放映员。他对我们说，他去给鄂伦春人放电影，每次都被灌得酩酊大醉，有的时候醉得连机器都摆弄不了，让那些候在场地上的人空等。父亲说，你要是不喝醉，鄂伦春人就认为你不诚实。在我们山镇，有关鄂伦春人的传说特别多。人们说他们爱打架斗殴，杀人可以不伏法；说他们爱喝酒，爱吃生肉，爱跳舞；说他们的人死后要吊在树上"风葬"；说他们住在松木搭制的"撮罗子"里；说他们在水上撑的是轻巧的印着花纹的桦皮船；还说他们的人生病了不用去医院看，请个"萨满"来跳神就可以除病。基于这些传说，我每次见到鄂伦春人的马队时，都有些战战兢兢，生怕他们把我当作山林中的一只野兔，在马上冲我开一枪。有一次马队中的一个鄂伦春小伙子在经过我身边时勒住马，吓得我魂都要丢了，他笑着，从背囊里取出几块乌黑的鹿肉干给我，然后又策马前行了。我捧着鹿肉干，得意扬扬地回家，说鄂伦春人给的，家人都很吃惊。我们嚼那肉干，怎么也嚼不烂，这使我相信我们汉族人的牙齿就是连弱小的鸡鸭都可以钻过的破烂篱笆，而鄂伦春人的牙齿就像石壁上嶙峋的石头一样坚不可摧。

  鄂伦春人被称为是生活在马背上的民族。他们喜欢狩猎，骑马善射。他们有自己的民族语言，虽然它没有形成文字。他们游荡在山林中，就像一股活水，总是让人感受到那股蓬勃的生命激情。他们下山定居后，在开始的岁月中还沿袭着古老的生活方式，上山打野兽，下河捕鱼。我没有见过会跳神的"萨满"，但童年的我那时对"萨满"有一种深深的崇拜，认定能用一种舞蹈把人的病医治好的人，他肯定不是肉身，他一定是由天上的云彩幻化而成的。

几年前，我来到了鄂伦春人的定居地。我看不到那些骑在马上的英武的男人了。他们的民族服装，也只有到了特殊的节日才会被穿在身上。至于传说中的"萨满"，也只有到了为外地游客展示民族风貌时，才会披挂上"神衣"，做一些空泛的动作，全没了那种与灵魂共舞的"出神入化"的感觉。我在一户居民的墙角，发现了一只破败的桦皮船，它沾满尘垢，已然成为这个民族的化石。我想起三十多年前在公路上相遇鄂伦春人的马队的情形，不由得怅然若失。那时马上的鄂伦春人是那么富有朝气，而他们背后的森林也不似今日这么因过度的砍伐而稀疏矮小，而是苍翠繁茂，浓荫遮天。

木匠与画匠

去年装修新居,我从老家运来了一些樟子松板材,想让家里的书架、写字台和餐桌都使用天然的木料,我想看它们身上透露着的妖娆的花纹,我还想闻樟子松木散发出的那股独特的气息。在远离家乡的都市,有它们陪伴着我,我会觉得格外踏实、温暖。

事情并不像我想的那么简单。板材运来后,负责装修的工长对我说,这板材还要运到工厂进行切割和抛光,因为它们太毛糙也太厚了。而且,他说如今城里的木匠根本不会用这样的板材打家具,他们只会用市场出售的板板正正的细木工板。我跟工长说,我无论如何也不会用细木工板来打书架,让他一定想办法请一个能胜任这活的木匠。

　　板材先是被折腾到工厂进行切割，把长的截短，将厚的冲薄了，然后再把它们拉回来，一摞摞地堆在厅里。我以为这就万事大吉了，然而这板材似乎架子很大，不那么轻易让人在它身上动锯和刨子，没过一周，它们又来了毛病，也许是没有被充分烘干的缘故，材质开始变形，有的看上去凹凸不平，没办法，它们再一次被运进工厂，这次是给它们压光。回来后的它们果然平展多了。它们在这幢高楼中乘着电梯三进两出，好像在为我的故乡做着广告。在那段日子，许多居民对它们比对我还熟悉，他们都问我，这是哪里来的木材。那口气好像在打听一个野孩子的来历。

　　工长从他的家乡请来了一个木匠。木匠一见那些木材，就会心会意地笑了，说，城里的木匠看见这木材，准蒙。言下之意，只有他对付得了它们。在木匠工作的那些日子，我每天都跑到工地看他干活，我帮他选择板材，哪些适合做书架，哪些又适合做写字台的台面，真的有给木材选美的感觉。木匠用刨子刨木板的时候，我常捡刨花来看。又薄又软的刨花上有着奇妙的花纹，感觉拿在手中的就是牡丹巨大的花瓣。那一段时间我异常兴奋，画了很多的家具草图，一会儿让木匠给我打个茶桌，一会儿又让他给我打个板凳。等木工活大功告成的时候，我觉得对我来说家装中最重要的工程已经完成了。

童年的时候，我觉得木匠是天底下最幸福的人。当你家要打家具时，就得把木匠恭恭敬敬请到家中，给他们沏上茶水，炒上几盘好菜，备上一壶烧酒，好生地侍候着。木匠呢，他们大都很神气，因为他们不像其他人靠种地为生，他们是手艺人，因而说话就很冲，主人稍稍招待不周，他们就挑板材的毛病，把它们说得一无是处，什么材质糟了，花纹不漂亮影响他的手艺了等等，要中途撂挑子的样子。这时主人就得赶紧检点自己的"毛病"，给他递烟，赔着笑脸，把伙食的档次提高上去，木匠这才会"复工"。所以木匠背着的工具袋，在我眼里高贵得不得了，因为靠着这些形形色色的铁家伙，他们就能吃上好饭。他们不仅吃得好，家具打好后，还能得到数目可观的工钱。我家的邻居就是个木匠，他家就常常吃细粮，让我羡慕极了，觉得木匠过的日子才是日子！我们那时用着的家具，哪一个不是木匠亲手打出来的呢！想着木匠能让椅子长腿，能让桌子镶上抽屉，就觉得他们是有道理牛气的。

　　我童年时羡慕的人中，还有画匠。画匠多不是本村的人，他们从哪里来，我们并不知道。他们的肩上也像木匠一样背着帆布袋，不同的是，那里面装着各色颜料和各种画笔。不管人们家中贫穷还是富裕，都喜欢请画匠来家里画上一些画，在漫漫长冬里，那些画就是春天。画匠的活比木匠要轻巧多了，也艺术多了，他们把花鸟虫鱼画在炕琴上，画在门楣上，画在镜子上,画在椅背上,画在窗棂上。他们画的时候,我们这些小孩子喜欢凑在跟前围着看。画匠喜欢用艳丽、花哨的颜色,所以那画总是很惹眼,很热闹。画中一般是没有人物的,多数是唱歌的鸟、盛开的花朵以及肥硕金红的鲤鱼,所以那画看上去总是莺歌燕舞的。画匠在画画的时候,是住在主人家里的,主人也照样拿出好饭好菜好酒款待他们。他们走的时候,口袋里也会装上丰裕的工钱。那时我对画匠崇拜极了,想着一个人靠着画画就能混上好吃的,而且能自由自在地游荡,真恨自己那双把茶杯都会画歪的笨拙的手。

随着时光的流逝、生活的富足,木匠和画匠在那样的小山村已经消失了。城里的木匠,只会使用机械制造出的合成板材,他们大约连刨子都不会用。而画匠,即使有,也不是我所见过的那种带着传奇色彩的游走的人了,他们会有自己的一爿小店,等着上门来的生意。在我的故乡,当年木匠打出的那些朴拙的家具和画匠描画的画,肯定还有幸存于某座老屋之中的,只是真正热爱它们的人少之又少了,让我们在回望岁月时,不由得发出一声叹息。

动物们

　　有一种门，是门中门，只有一尺见方，通常设置在院门的底端，挨着地，由两个自由翻转的合页一左一右牵着它，既能往里开，又能向外开，这门当然不是走人的，更不是什么装饰物，它是专为家中的动物设计的。白天时主人锁上家门，上班的上班，下田的下田，猫啊狗啊鸡啊鹅啊的就各忙各的去了，觅食的觅食，闲逛的闲逛，会友的会友。主人们若是回来晚了，当它们该回家的时候，就会从这扇小门钻进院子，喝喝水啦，趴在院子里打个盹啦等等。而当它们又想出门的时候，只要用头一顶这扇门，眼睛里看到的就是户外的风景了。
　　动物和动物的力气是不一样的，比如狗的力气就比猫大。

而家禽呢,鸡的力气就比不上鹅。所以那扇小门的厚度就有个讲究,要轻点、薄点,使它们进出时自如一些。但是它又不能过于轻薄,否则赶上风大的夜晚,就会被吹得一脚门里一脚门外地摇荡,发出啪啪的响声,而搅扰了屋里人的美梦。

最自如出入这扇门的无疑就是狗了。看家的狗一般忠于职守,但它们老是待在院子里也是闷的,所以寂寞时会溜出家门,看看院外的风景,或者与其他相熟相知的狗亲昵一会儿。猫呢,它们身怀翻墙跨院的绝技,高高的院墙对它们来说根本就不是屏障,它们往往不走这扇小门,尤其是有狗望着它们的时候,它们会精神抖擞、三下两下爬过院墙,轻盈地跳到院外,让狗只能低头哀叹自己的愚笨,所以猫与狗的关系总是比较疏离。

我养过两条狗,一条是黄狗,一条是黑狗。黄狗叫傻子,黑狗叫黑子。傻子其实一点都不傻,它威风凛凛的,很剽悍,是北极村数得上的一条好狗。它太厉害,一直被一条长长的铁链拴着,只能待在后菜园里。它的嗅觉很灵敏,若是有生人来,隔着一条街,它就会发出吠叫;而若是有主人要回来了,也是隔着很远,它就能感知,提前摇起尾巴,做出欢迎的姿态,而姥爷或是舅舅一会儿的工夫就会推开家门。我常拿了馒头在它面前吃,趁大人不注意,会掰一半喂它。傻子很聪明地飞快地一口把它吞下,然后歪着脑袋十分动情地望着我,发出温柔的叫声,用一只前爪轻轻挠着地,企望我再偷着喂给它一些。我受不了它那种如水的目光和低低的猎叫,总是想方设法满足它。所以,我往往是吃了一个馒头还不够,再去拿第二个。傻子有个爱好,它喜欢吃蜜蜂,它跳得很高地捉空中飞旋的蜜蜂,几乎是百发百中,让我为之欢呼。不过它一吃了蜜蜂我就为它担心,万一蜜蜂没死,蜇破了它的肚子,它还怎么吃食儿啊?我一见它躁动不安地拖着锁链哗啦啦地走来走去,就想,糟了,一定是蜜蜂在傻子的肚子里嗡嗡地飞,闹得它心烦意乱了。我至今不明白它为什么喜欢吃蜜蜂,也许蜜蜂身上有蜂蜜,吃了能甜它的心?傻子的任务就是看家护院,不过到了冬天,家人若是去很远的山中拉烧柴或者是去江上捕鱼,就会把傻子带上。山中有野兽,狗能判断出它们的方位,发出警告的吠叫,提醒主人。而去江上捕鱼时,傻子要被套上爬犁,去时爬犁上装着捕鱼的工具,回来时则多了一样东西,那就是鱼了。傻子一跟着去捕鱼就兴高采烈的,如果运气好,上网的鱼多,姥姥会把狗鱼等不太上讲究的鱼撇给它一两条,它在冰面上就把鱼生吃了。回家的时候,傻子拖着沉重的爬犁,走了一身的汗,毛发上的汗气凝结成霜,使它看上去成了一条白狗了。我离开北极村的时候,最不舍得的就是傻子。我握着它的爪,哭了。回到父母身边后,只要姥姥家来信了,我就会问信上说没说傻子怎么样了。可信上都是人的消息,没有关于傻子的只言片语。隔了很多年我再回北极村时，傻子还认得我，不过它已经老态龙钟了，毛发稀疏而没有光泽。姥姥说傻子有一回偷吃了鸡窝的蛋，被姥爷打得半死，自此后精神就一天不如一天。傻子最后死了，姥姥念着它对主人多年的恩情，把它埋了。

　　黑子是我回到父母身边后家人养的狗。它的毛很短，尖头尖脑的，瘸着一条腿，十分丑陋，我不明白家里为什么要养这样一条狗。我不喜欢它，左邻右舍家里来了人，它多管闲事地叫得很凶，而我们家来了生人呢，它却欢天喜地地给迎进来了，简直就是个叛徒。我爸爸的风湿病一旦发作，走路就一瘸一拐的，跟着爸爸走的黑子呢，也是一瘸一拐的。同学们见了我会不怀好意地说，你家的狗跟你爸走路怎么一模一样啊？我觉得很没面子，真想找条绳子把它悄悄勒死。我最厌烦在放学的路上它来迎我，别的同学也有被家中的狗迎接着的，但人家的狗个个都精神，黑子呢，它严格来说是个残疾，所以它一旦跑过来亲昵地蹭我的裤脚，我就没有好声气地斥责它，把它赶走。它夹着尾巴灰溜溜地一瘸一拐地离去，总能招来同学们的嘲笑声。黑子虽然面容丑，它的心却是不丑的。鸡回家时若是顶那扇小门吃力了，它就帮助撞开，用一条腿支着门，让鸡进院子，很有绅士风度的样子，所以鸡们都不反感它。大多数人家的鸡喜欢与狗争食儿，我们家的鸡却不会去吃黑子的食儿。

后来镇子里发生狗瘟，黑子染了病，被勒死了，当时让我觉得无比畅快，觉得一团碍眼的东西终于从眼前被清除了。只是以后在镇子里再也看不到有一条狗是一瘸一拐地走路，总觉得少了点什么。而且黑子死了，家中的鸡也显得有些落寞，傻呆呆的，不爱出门，大约是怕回来时万一顶不开门，再也没有狗帮助它们了。不过鸡的落寞也落寞不了多久，它们在冬天时会被宰了，用雪埋了，留作过年时吃。在人丛中，家禽的命运跟狗的命运一样，是轻薄的。

比较而言，猫的命运相对要好一些。它们可以依偎在主人的饭桌旁，分享主人吃的东西。而且，它们除了捉老鼠之外，没有其他的活计，所以猫常常是蜷伏在热炕上呼呼大睡。不过，若是仓房中的老鼠闹得凶，主人在米缸里发现了漆黑的老鼠屎，它们就会遭到叱骂，主人会饿着它，不让它进屋门，让它在仓房中专心捉鼠。偏偏很多猫是懒惰和贪图富贵的，一怒之下离家而去，再不肯为主人效劳。所以你家丢失了的猫，几年后在另外一个村镇人家的炕头上可能会看到。而一个人家养的狗，你就是每天打它五十大板，它也还会兢兢业业地为主人家守夜，这大约就是猫与狗的不同之处吧。常吃人的食物的猫，也许不知不觉中，把人与人的背信弃义的气息也沾染了过去。而狗呢，就像旧时代的小媳妇，即使遭受了天大的委屈，也会忍辱负重地陪伴主人过下去。

昆虫的天网

　　与我交恶的昆虫，当首推蜜蜂了。在我的记忆中，它们就是一群隐藏在林间草畔的奸细，当你还在欣赏它们的雍容华贵之美时，它们会出其不意地对你反戈一击，把你蜇得鼻青脸肿的。
　　蜜蜂确实很漂亮，它那细密的黑白间杂的绒毛就像贵妇人穿着的天鹅绒晚礼服，高贵而典雅，所以尽管它的身躯没有蝴蝶大，但是飞起来仍然给人姿态娴雅的感觉。蜜蜂喜欢群居，它们一旦飞出来，就是密密麻麻的一片。
　　我被蜜蜂狠狠蜇过两次。一次是七岁时的夏天，妈妈带着我们姐弟三人回北极村的姥姥家，快乐地玩耍了十几天后，当离别的时刻到来时,妈妈通告我,我将被留在姥姥家里。我抗议,把一把筷子摔在丰盛的告别席上。饭后我怀着一线希望跟着亲戚们到船站送行,当我看着一艘轮船载着妈妈、姐姐和弟弟远去,我被真真切切地留在岸边时,有一种被遗弃的屈辱感,泪水扑簌地落了下来。为了表达我的不满,从码头回姥姥家时,我故意不走人走的路,到路边的柳树丛中蹚着草走,不幸就是在这时降临的,我不小心撞着了一个马蜂窝,倾巢而出的小黑绒球伸出锋利的蜇刺,把我蜇得如入地狱般痛苦,我的身上伤痕累累,最后只得由心疼得唏嘘落泪的姥姥给背回家去。从此后,即使看待在花间采蜜的没有攻击性的蜜蜂,我也没有好感。姥姥家仓房的屋檐下,吊着一个蜂窝,虽然按姥姥的说法蜇我的蜜蜂早就自绝了性命,但我觉得它们也不是什么好货色,为了报复它们,有一回我把自己武装到牙齿,将裤管和袖筒系紧,戴上手套和蚊帽,将脖颈和脚腕用毛巾裹上,让自己的皮肉无一处裸露,然后我手执一根长竿,痛快淋漓地捣毁了那个蜂窝。家中有蜜蜂做巢,与燕子前来筑巢一样,被看作吉祥的象征,我捅了蜂窝,姥姥的忧伤可想而知了。那个掉下的蜂巢里还存有蜂蜜,虽然亲戚们并未深究责备,但我觉得自己是打碎了一个蜜罐,有些愧得慌。

另一次被蜜蜂袭击,是我回到母亲身边的时候,大约有十一二岁的样子吧。我挎着篮子去山中采都柿,先是不慎掉进一个塌陷了的坟坑中，胆战心惊地爬上来后不久，就撞上了一个吊在白桦树上的蜂窝，这回的敌人比较喜欢我的屁股，专朝那里蜇，使我在归家途中步履蹒跚的。

蜜蜂对我的两次围剿，使我至今对它们也没有好印象，看来仇恨在疼痛中已经不知不觉地种下了。

昆虫中最美丽也是最令我喜爱的，就是蝴蝶了。蝴蝶翅膀阔大，颜色妖娆，飞起来飘飘忽忽、风情万种的，比摇曳的流星还要炫目。当蝴蝶落在花朵上时，它就像还没有把旌旗展开的旗手一样，四翅竖立在背部，有一种静穆之美；而当它在阳光中展开羽翼，临风起舞时，它俨然就是一个盛装的新娘，人见人爱。蝴蝶有大有小，小的蝴蝶多是白色和黄色的，喜欢在庄稼地里翻飞；而大的蝴蝶以蓝色和紫色的居多，它们选择的生存领地多是茂密的林间和屋前成片的花圃。我最喜欢一种紫蝴蝶，它羽翼丰满，艳而不俗，紫色的羽翼上生有金红色的圆点和湖泊形态的白色斑点，我常常捉这种蝴蝶。我捉蝴蝶，可不像宝钗似的要用扇子去扑，扇子太金贵了，使不起，而且在我看来用它也极难扑到蝴蝶。我扑蝴蝶，把身上穿的布衫脱下来即是。蝴蝶不像蜻蜓似的可以高飞，所以也比较好扑。只不过有时候在花圃里扑它时，会连带着打落几朵花；在山中扑它时，布衫会被树枝挂出一道口子，为此而会遭到大人的责骂。但不管怎么说，蝴蝶是捉到手了。其实蝴蝶静止之时，你赤手空拳也能将它捉到。你屏住气息，慢慢向它靠近，冷不丁地伸出手指，在它还耸身为花朵的馥郁甜美而陶醉时，它那脆弱的翅膀已经被牢牢地捺住了。到了手的蝴蝶基本都活着，它们的命运有三种，要么放到透明的大玻璃瓶中继续欣赏它的美丽，要么把它活生生地压在书页中做标本，要么用大头针从它的身子当中穿过，将它钉在天棚的电灯旁。那后一种蝴蝶的命运可说是最悲惨了，为了让灯畔能有一圈的紫蝴蝶环绕着，我不知要用大头针扎死多少只蝴蝶，现在想来真是羞愧极了。

　　昆虫当中，我还喜欢蝈蝈和蜻蜓。绿色的雄蝈蝈叫起来声音非常清脆，我们常把它塞在蝈蝈笼中，把它吊到窗前。阳光照射着它，它就叫得欢。它喜欢吃倭瓜花，我就每天早晨到倭瓜地里摘那些还带着露珠的金黄的花朵。蝈蝈之所以拥有一副金嗓子，大约与吃这种金黄色的花朵有关吧。至于爱在水边飞翔的蜻蜓，我最喜欢的是它胸部的背面那两对膜状的翅，那是真正透明的翅膀。我见过的蜻蜓多是白色的，但也有黑色、红色和蓝色的，让人觉得蜻蜓也是一种花朵，只不过它是盛开在水面上的游动着的花朵。

　　昆虫也有它们的敌人，它们的敌人在我看来就是蜘蛛。蜘蛛是一种节肢动物，它圆头圆脑的，有细密的触须，它的肛门尖端能分泌一种黏液，而这黏液遇到空气后会凝结成丝，形成蛛网。蜘蛛用这张网就可以扑食昆虫。蛛网是透明的，隐蔽性强,有的悬在屋檐下,有的挂在豆角架上,还有的浮在树枝上,它们无疑就是撒向昆虫的一张张天网。飞翔着的昆虫在忘乎所以之时,往往就撞上了这张网,一命呜呼。我见过撞在蛛网上的蝴蝶和蜻蜓,它们被它紧紧缠住,脱身不得,让人怜惜。但是看到蜜蜂撞到蛛网上了,我就很解气,少年的我会指着它负气地说:坏东西,你也有今天啊!

带笤帚的小鸟

去年冬天,老天也不知有什么喜事,把大兴安岭当作了欢庆的道场,每隔七八天,就向那里发射一场礼花般的雪花。我在哈尔滨,一早一晚给母亲打电话请安时,她常常对我说:"咱这儿又下雪了!"她从来都用"咱"来形容我自幼长大的地方,因为在她眼里,不管我走多远,那儿才是我真正的家。

她最初报告雪的消息时,语气是欣喜的;可是后来雪越来越大,她就抱怨了。她足不出户,可她的儿女们要上下班,雪天行路的艰难,她是知道的;而且雪来得频了,寒流入侵,室温开始下降,这对于腰腿不好的她来说,实在不美妙。更重要的是,大雪封山后,鸟儿找不到吃的,成了流浪汉,一群群地在窗外盘旋。

我们在故乡的居室,靠近山脚。山下有河流、树丛和庄稼地,春夏秋三季,它们就是飞鸟的乐园。鸟儿喜食的粮食和虫子,在那里都可觅到。想必吃得美吧,这时节的鸟儿,活泼明丽极了。

可是大雪封山后则不一样了,鸟儿可食的东西,都被掩埋住了!别看雪花是柔软的,它们一旦形成规模,积雪盈尺,那就成了一堵封在大地上的白色石墙,鸟儿尖利的喙儿,也奈何不了它。

母亲怜惜那些鸟儿,她异想天开,打开窗户,将小米撒到户外的窗台上,打算喂喂它们。

自从撒了谷物,她每天起床后的第一件事,就是奔到窗前,看外面的小米是否还是原样。

开始的几天,母亲在电话中跟我嘟囔:"你说那些小鸟多傻呀!飞来飞去的,也不知低头看看窗台!你说它们眼睛不好使了,鼻子也不好使了?怎么就闻不到米味呢?"

我在电话这端直乐,逗她:"小鸟可能嫌小米不好吃吧?"

母亲的声音提高了:"那它们还想吃什么!"

话虽这么说,母亲又在窗台摆上了另外的食物:葵花子。

几天后的一个早晨,我正美美地睡回笼觉呢,母亲兴冲冲地打来电话报告:"小鸟来吃米啦——吃了一大片!"

母亲说，天还没亮，迷迷糊糊中，她听见窗外有鸟儿叽叽喳喳叫。她并没太理会，以为它们不过如往日般一掠而过，哪想到是在享用窗台上的小米呢。

打这天起，小鸟就成了我们家族的一员，母亲在电话里，几乎每天都要聊到它们。母亲说来吃米的鸟儿的队伍，逐日扩大，想必这是它们互相吆喝的结果。她还虚拟着鸟儿们之间的通话："哎，这家有米吃，快去吧！"说是这样一传十，十传百，小鸟越来越多。原来两把米够它们吃一天的，现在得好几捧了。弟弟去粮油店，特意买了袋小米，专供喂养。我吓唬母亲，说是山中的小鸟要是都知道她的窗台上有米可吃，估计一天一袋米都不够。母亲豪迈地说："让它们可劲吃，吃不穷！"

在我想来，母亲喂鸟，也有点"还债"的意思。多年以前，姐夫在春天时，喜欢张网捕鸟。捕到的鸟，用开水秃噜掉毛，再用剪子铰了它们的腿，用盐渍了，油炸吃了。母亲说那时她没有阻止姐夫捕鸟，还吃它们，犯了大罪！她的腿摔伤骨折过两次，本来是路面的冰雪作的祟，可她偏说这是动剪子铰小鸟的腿，遭了报应了！所以母亲喂养找不到食物的鸟儿，我们姊妹都积极支持，起码这对她的心理，是个莫大的安慰。

大兴安岭很少有这样的奇寒，连续多日，气温都徘徊在零下四十摄氏度。由于每天早晨开窗给鸟儿撒食，而室内外温差有六十多摄氏度，母亲受了风寒，咳嗽起来。从此，她撒米时，要戴上帽子，围上围巾。母亲告诉我，小鸟儿很胆小，总是天不亮就过来吃食。等人们起来，它们就无影无踪了。我说在它们的经验里，居民区里的粮食，都是诱饵，贪吃后往往丧失自由，所以警惕性高。兴许再过一段，它们白天也会来的。还真被我说着了，没过多少日子，母亲欣喜地说小鸟白天也来吃食了，它们吃饱了，还在窗台上蹦蹦跶跶的，朝窗里望呢。

窗里当然有可望的了。母亲爱花，在窗台摆了一溜儿盆花。杜鹃、仙鹤来、兰花，还有我叫不上名字的一些草花，红红白白地开了满窗台。我想小鸟儿在户外望着那些花时，一定很疑惑：这家人，大雪天的，怎么过着春天的日子呢？

鸟儿赏花的时候，母亲也在窗前悄悄赏它们。它们在不经意间，也成了她眼里的春色了！置身于一个鸟语花香的世界，想来母亲是不会寂寞的。

有一天，母亲神神秘秘地对我说，因为小鸟来得太多，吃得太多，外面窗台上积了厚厚一层鸟粪。爱洁的姐姐，有天抱怨起来，说是开春时，还得清理窗台上的鸟粪，实在麻烦。母亲说真奇怪，姐姐说完那话，第二天早晨起来，她发现窗台上的鸟粪，差不离都消失了！好像知情的鸟儿听着了那话，连夜把鸟粪给打扫干净了。她问我，是不是夜里刮大风给吹没影的？我说不大可能，因为鸟粪遗落的一瞬是新鲜的，它们会被寒风牢牢地冻结在窗台上。再肆虐的风，到了窗台都是强弩之末，不可能吹落鸟粪。母亲感慨地说："那还真是小鸟自己打扫的呀。"

在我眼里，小鸟的爪子就是笤帚。想想看，每只鸟都绑着一双小笤帚，它们清理起窗台上的鸟粪，当然是一夜之间的事情啦。

年年

依旧的

菜园

人一代代地老下去，
菜园却永远不老。

年年依旧的菜园

外祖母家有一片很大很大的菜园。春天一到,最先种上的是菠菜、生菜和白菜,之后种香菜、水萝卜和土豆,再之后种那些爬蔓的植物:豆角、倭瓜、黄瓜等。当然,如果弄到了茄子秧、柿子秧和辣椒秧,它们也一定会被恰到好处地栽种在园子里,那时候菜园中菜蔬的品种可就丰富多彩了。

外祖母对外祖父说:"你去给园子锄锄草。"

我便跟着外祖父到园子中锄草。

外祖父对外祖母说:"你去园子中给我弄点葱来蘸酱。"

我便跟着外祖母到园子中拔葱。

我常常在帮助外祖父锄草的时候将苗也锄了下来,我也往往在帮外祖母拔葱的时候将葱根断在土里。

我总是帮倒忙,但外祖父和外祖母从不责备我,我是太爱菜园了。

菜园中不总种菜,也种花。花种在边边角角的地方。有步步高、胭粉豆、大烟花、地瓜花、爬山虎,当然种的最多的要数扫帚梅了。只要花一开,蜜蜂和蝴蝶也就来了。绿油油的菜地衬托着紫白红黄的花朵,看上去美极了。

如果看厌了菜园的景致,当然还可以走出院子到自留地去。自留地的面积可要比菜园大多了,它大多种苞谷和麦子。我喜欢啃青苞谷吃,那滋味甜丝丝的,感觉是在吃糖,可又比糖的味道柔和多了。而我喜欢麦子并不喜欢它的果实,我喜欢麦芒,那些像胡子茬儿一样的麦芒可以用来挠痒痒。

太阳下山了,菜园中还散发着阳光留下的余温,待到月亮升起的时候,菜园完全是另外的景致了。分不清哪里是花,哪里是菜,只是见月光像泉水一样倾泻下来,把那些开花的和不开花的植物全都镀上一层银光。这时候蜜蜂和蝴蝶都不见了,只是听得见水边青蛙的叫声,像是在歌颂月夜下菜园的美景。而当天色微明,菜园中的植物感染了浓重的露水,太阳忽然跃出山顶将露珠照散的时候,农人们也就下田干活了。

外祖父和外祖母都是农民。农民是土地真正的主人。我扯着外祖父的手时感觉那手是粗糙而荒凉的,我扯着外祖母的手时感觉那手也是粗糙而荒凉的。外祖父摆弄那些农具的时候我便也跟着摆弄，外祖母给地施肥时我便也跟着施肥。

我不喜欢谷子。外祖母就说："谷子是粮食啊，人是靠它才活命的啊。"我就渐渐喜欢上了谷子。

外祖父说："别小看我这片菜园和自留地，它可以养活城里的几十条人命呢。"

我便知道城里其实是个很贫乏的地方。

外祖母告诉我，我生活的地方就是农村，我便知道农村是广大的，我也知道那些菜地和麦田都是农民的命根子。我跟着他们学会了打垄、锄草、间苗、施肥和收割，所以直到如今我的手仍然缺乏女性的细腻和柔美，它们同样是粗糙而荒凉的。

当我的这双手远离了那些农具的时候，我就很自然地用手拿起笔回忆那些让人感觉到朴实和亲切的消逝了的日子。回忆那菜园，菜园中的蚂蚱和蜻蜓；回忆麦田，丰收后有稻草人屹立在麦田里的情景。我便觉得那田野的风又微微吹来，我的心头不再是一潭死水，我生命的血液又会畅快地在体内涌流起来。

当我坐在城市的咖啡厅里听着那些饱食终日的人发着空虚的牢骚，我便会想到外祖父劳累一天后吃罢晚饭沿着菜园散步的情景。外祖父呼吸着真正的空气，所以无论在他生前还是死后，他的睡眠都是安详的。如今他在他种过黄豆和玉米的土地上安息了。

　　外祖母依然健在,她仍然用她粗糙而荒凉的手忙碌在菜园里。外祖母种的菜外祖父如今是吃不到了,就由她的儿孙们来吃,而到了她的儿孙们也吃不到的时候,外祖母肯定早就不在人间了。而菜园总要有人种下去。人一代代地老下去,菜园却永远不老。

　　冬天来了。冬天来了的时候菜园就被白雪覆盖了。那些好看的蚂蚱和蜻蜓不见了,那些花和碧绿的菜蔬也都死灭了。白雪覆盖着生长过茂盛植物的土地,白雪同样覆盖着为耕种这些植物而死去了的人的灵魂。那些寂寞而宽厚的依附着土地的灵魂。

　　我的手是粗糙而荒凉的。

　　我的文字是粗糙而荒凉的。

北方的盐

盐那雪白的颜色常使我联想到雪。在北方，盐与雪正如雷与电，它们的美是裹挟在一起呈现的。

盐与雪来历不同。雪从天上来，而盐来自地下。雪的成因与低沉的云气有关，而盐的提取有两种途径，其一是多年矿物质的沉积，其二便是海水的凝结。不论它们来自天上还是人间，其形成都有一个浪漫的过程。云与海水作为雪与盐的载体，其氤氲与浩渺的气质总令人浮想联翩，谁能想到缥缈的云会幻化出那么轻盈、美丽、灿烂的雪花？谁能想到奔涌的海水会萃取出结晶的、闪着宝石一样光泽的盐粒？

是北方的寒冷引得雪花翩跹起舞，还是姿态袅娜的雪的降临赋予了北方以寒冷？反正在北方，寒冷与雪花是一对孪生姐妹，它们总是结伴而来，形影不离。尤其在北方之北方，也就是我的故乡北极村——那个夏至时可以看到白夜的地方，每年的九月底就进入冬季了，雪花会与还没有享受够暖阳的我们不期而遇。初始的雪似乎还不大敢肯定这就是它们的落脚之地，所以雪下得很斯文，有点小心翼翼的味道。一旦它们发现这片寒冷的土地使它们毫发无损，且能保持其明艳的肤色时，它们就一改矜持的姿态，纷纷扬扬地腾空而下，把大地染得一片洁白、一片苍茫。

　　雪来了，天气越来越冷了。这时的北方大地寸草不生，看不到一抹绿色，所有的植物都成了寒冬的战利品，被彻底地俘虏了，无声无息。我童年记忆中的北方人的餐桌上，是看不到新鲜的绿色菜蔬的。不似现在，由于运输的畅通和市场经济的发达，数九天气也能吃到来自南国的蔬菜。

　　盐在漫漫寒冬中披着它银色的铠甲在北方闪亮登场了。它其实在秋天就亮着它的白牙向北方女人微笑了。秋季是北方人腌菜的时节。家庭主妇们把还新鲜的豆角、辣椒、芹菜、黄瓜、萝卜、芥菜等等塞进形形色色的缸里，撒上一层又一层的盐，做成咸菜，以备冬季食用。北方人爱吃的、一直以来被大张旗鼓腌制的酸菜，更是缺少不了盐。盐被白花花地撒向缸里的时候，会发出簌簌的声响，好像盐在唱歌。在秋天，山间的蘑菇也露出毛茸茸的头了,蘑菇除了晒干外,还可以用盐腌渍在坛子里存储起来,冬天时用清水漂出它的盐分,吃起来味道仍是鲜美的。所以盐在秋季是撒向北方土地的最早的雪,它融化了,融化在菜蔬最后的清香中。如果你问一个北方人,你们的灶房里什么物件最多?我猜十有八九的人都会冲口而出:咸菜缸!的确,腌酸菜的大缸,腌萝卜和芥菜的中等型号的缸以及腌糖蒜和韭菜花的坛子等等,就像乐池上摆放着的形形色色的乐器一样,你一进灶房,它们就会扑入你的视野,并且在你不小心碰撞了它们的时候,为你奏出或沉郁或清脆的乐声。

咸菜是北方人餐桌上的"正宫娘娘",在寒风呼啸的日子里占据着统治地位,因而北方人也较其他地区的人摄盐量大,形成了口重的习惯,似乎不多加盐的食物都是寡淡无味的。北方人对盐有种近乎崇拜的心理,认为它是力量的化身,所以民间流传着吃盐长力气的说法。那些靠力气而生活的伐木工及家庭主妇,对盐的青睐可想而知了。记得童年时看电影《白毛女》,看到白毛女在山洞里因为多年吃不到盐,而过早地白了少年头的时候,盐在我心目中还具有乌发的作用,这印象一直延续至今,根深蒂固。现代膳食讲究低盐少糖,这与北方人对盐的巨大热情是背道而驰的。北方心脑血管的发病率远远高于江南,其气候的寒冷与摄盐过量无疑是两大元凶。尽管如此,北方人对盐仍然像对老朋友一样紧紧相拥,人们并未将它当敌人一样警惕着,虽然冬季可以从副食商场购得新鲜蔬菜,紫白红黄地点缀着餐桌,但在餐桌的一角,总会有几碟颜色黯淡的酱菜与之唱和着,有如一部歌剧在结尾时撒下的袅袅余音,它们呈现着旧时阳光的那种温暖与美好,令人回味。

当我们吃着腌制的酱菜望着窗外的雪花,听着时光流逝的声音时,浓云会在深冬的空中翻卷,海水会在遥远的天际涌流。而当我们为着北方的冻土上所发生的那些故事无限感怀时,泪水便会悄然浮出眼眶。泪水一定来自大海,不然它为什么总是咸的?

因为有了寒冷,有了对寒冷尽头的温暖的永恒的渴望,有了对盐那如同情人般的缠绵和依恋,我想北方人的泪水会比南方人的泪水更咸。

采山的人们

　　山在我眼中就是一个大的果品店，你想啊，春天的时候，你最早能从那吃到碧蓝甘甜的羊奶子果，接着，香气蓬勃的草莓就羞红着脸在林间草地上等着你摘取了。草莓刚落，阴沟里匍匐着的水葡萄的甜香气就飘了出来，你当然要奔着这股气息去了。等这股气息随风而逝，你也不必惆怅，因为都柿、山丁子和稠李子络绎不绝地登场了，你就尽情享受野果的美味吧。

　　除了野果，山中还有各色菜蔬可供食用，比如品种繁多的野菜呀，木耳和蘑菇呀，让人觉得山不仅是个大的果品店，还是一个蔬菜铺子。但只要你稍稍再想一想，就知道它不单单是果品店和蔬菜铺子了，你若在山中套了兔子，打了野鸡和飞龙，晚餐桌上有了红烧野兔和一道鲜亮的飞龙汤，山可不就是个肉食店嘛！

如果这样推理下去的话，也可以把山说成一个饮品店，桦树汁和淙淙的泉水可以立刻为你祛除暑热，带来清凉；而且野刺玫和金莲花的花瓣又可以当茶来饮用。不过，在那些勤劳、朴素的人的心目中，山也许只是一个杂货铺子，桌子的腿折了，可以进山找一根木头回来，用工具把它修理成桌腿的形状；秋季腌酸菜时找不到压酸菜的石头了，就可以去山中的河流旁扛回一块。而山在那些采药材的人的心目中又会是什么样子呢？定是个中药铺子无疑！

山真的是无奇不有，无所不能。我们那些居住在山里的人家，自然就过着靠山吃山的日子。没有采过山的人几乎是不存在的。而由于我自幼就是个饕餮之徒，所以我进山采的都是与吃有关的东西。

野果中，最令人陶醉的就是草莓了。它的甜香气像动人的音乐一样，能传播到很远很远的地方。有的时候闻着它，比吃它还要美妙，所以常常是采了草莓果归来，会用线绳绑上一绺，吊它到窗棂上，让它散播香气。只一天的工夫，满屋子就都是它的气息了。

我记忆最深的野果，是都柿，它可以当酒来吃。都柿是一种最常见的浆果，它们喜欢生长在林间的矮树丛中，而且向阳山坡上的比背阴山坡上的要广泛。都柿秧都是矮株的，一尺那算是高的了，通常的只有筷子那般高。它们春天开粉色或者白色的小花，花谢便坐果，果实先是青的，像一颗颗的绿豆。随着阳光照临次数的增多和暖风持续的吹拂，都柿渐渐地长成芸豆那么大，并且改变了颜色，穿上了一身蓝紫色的衣衫，看上去气质不俗。这果实一进夏天就可吃，不过有点酸，到了晚夏时节，它就分外甘甜了。它的浆汁可以染蓝你的嘴唇。而且，它是浆果中唯一能把人醉倒的，你吃上一捧、两捧甚至是一碗也许还心明眼亮的，但如果你一连气儿吃了两三海碗的话，你就眯着眼打盹，等着见周公去吧。有一回我和几个小伙伴去山中采都柿，我挎了一只维得罗（当地人对一种底小肚大口深的小铁桶的称呼，由俄语音译而来），我们很幸运地找到了一片都柿甸子，都柿稠密不说，品质也上乘，又大又甜的，我一边往维得罗里采，一边往自己的口中采，等维得罗满了的时候，我已吃花了眼。但见那片都柿还有许多未被摘取的沉甸甸地压在枝头，它们一个个眼儿妩媚地多情地望着我，似乎在等待你的亲吻。没有器皿再盛它们了，干脆就把自己的肚子当维得罗算了，我坐在都柿甸中，美美地吃了起来，直吃得舌头麻木了，目光发飘了，小伙伴吆喝我该出山回家了，这才罢休。由于吃醉了，我步态飘摇，挎着的维得罗就像只魔术盒子一样，在我眼前一会儿发出蓝色的幽光，一会儿又发出玫瑰色的柔光,再一会儿呢,发出的是银白色的冷光。我像傻瓜一样嘻嘻乐着,被都柿的魔法给彻底击中了。我还记得好不容易上了公路,太阳已经西沉了,我觉得自己是踩着一条金光大道回家,很得意。在路口迎候着我的家人,远远看见了我蛇行的步态,知道我是吃醉了,而我迷离恍惚的样子遭到了同伴的耻笑。

采山也不总是浪漫的。比如有人采都柿时着上了草爬子,就很倒霉。草爬子专往人的软组织里叮,而且有一些是有毒的,能置人于死地。你采山归来,若是觉得腋窝和腿窝发痒,就绝对不能掉以轻心了,要赶紧脱光了衣服仔细检查,否则它会钻进你的皮肉中去。我就见邻居的一位大娘让草爬子给叮在了腋窝的地方,她抬着胳膊,她的家人擎着油灯照着亮儿,用烟头烧那只已把触角探进皮肉中去的草爬子。我发现一些坏东西很怕火,比如狼,比如草爬子,怪不得传说中做坏事的人死后要下地狱,原来地狱中也是有火的啊。

当然,被草爬子和蛇袭击的毕竟是少数,而且你可以在上山前采取预防措施,如将裤腿和袖管系牢,让它们无孔可入,所以不必在采山时过分地提心吊胆。当然,也有人在采山时出了大事故的。比如一个姓周的年轻男人,他采木耳时遇见了熊,尽管他聪明地躺下来装死,爱吃活物的熊丧失了吃他的欲望,但它还是在离开前拍了他的脸一下,大约是与他做遗憾的告别吧。熊掌可非人掌,这一巴掌拍下去,姓周的半边脸就没了，他丢了魂魄不说，还丢了半边脸和姓名。从此后，大家都叫他周大疤瘌，因为他痊愈后凹陷的那半边脸满是疤痕。

还有一个采山人是不能不说的，她姓什么，我们并不知道，她丈夫姓王，大家就叫她老王婆子。她个子矮矮的，扁平脸，小眼睛，大嘴，罗圈腿，走路一拐一拐的，屁股大如磨盘，所以你若是走在她背后，等于看一头跛足的驴拖着磨盘在行走。老王婆子平素不爱与人往来，不是待在她家的屋子里，就是劳作在菜园。她是个山里通，知道什么节气长什么，更知道山货都生长在什么地方。她采山，永远都是单枪匹马的。她采木耳最拿手，只要是阴雨连绵了两三天，一晴了天，她就进山了。谁也不知她去哪里了，可她晚上总是满载而归，颤颤巍巍的肥厚的黑木耳能晒满房盖，让过路者垂涎欲滴、羡慕不已。不过你要是打探她从哪儿采回来的，她总是很冷淡地说"山里"，她说得也没错，但其实等于白说。曾经有人悄悄在她采山时尾随，可她进山后总是能巧妙地把他们给摆脱了，那些宝贝山货的栖息之地成了永远的谜。为了这个，她在我们那个小镇的名声和人缘都不好。老王婆子的命运最后也是悲惨的，她未到老年就半身不遂，瘫倒在炕上，再也无法采山去了。很多人解气地说，这是报应，让最能采山的自私的人进不了山，她等于是看着金山，却无法把它揣在怀里，那种凄凉和痛苦可想而知了。

关于采山人的故事还有很多，比如各自都有家室的男女互相看上了，在小镇里没机会成就好事，就借着采山的由头，去绿树清风中偷情，被人给撞见；再比如一个受婆婆欺负的小媳妇不敢在家中发泄不满，上山后择一个无人的地方，就是一通哀哀的哭，让听到的人以为鬼在嚎；再比如采山人迷了山，两天两夜下不来山，他的家人就组织亲戚举着火把上山寻找，而迷山的人呢，他却迷在离村落不足一里的地方，如同被灌了迷魂汤，就是分不清东南西北了，成为大家的笑料。那些老一辈的采山人，大都已经故去了。他们被埋在他们采山经过的地方，守着山，就像守着他们的家一样。

蚊烟中的往事

　　如果是夏天，如果火烧云又把西边天映红了的话，我们喜欢将饭桌放置在院落里吃晚饭。当然，这时候必不可少的，是笼蚊烟，因为傍晚的蚊子很活跃，你若不驱赶它，当你享受美味佳肴的时候，它也会叮你的脸和胳膊，享受它的美味佳肴。

　　笼蚊烟其实很简单，先是用一蓬干树枝将火引着，让它燃烧一会儿，就赶紧抱来一捆蒿草，将它们均匀地散开，压在火上。这时丝丝缕缕的青烟就袅袅升起了，蚊子似乎很不习惯这股在我们闻来很清香的烟，它们远远地避开了。我们就可以轻松地吃晚饭了。

　　这样对着青翠的菜园和绚丽晚景的晚饭，是别有风味的。

饭桌上通常少不了一碗酱，这酱都是自己家做的。每年二月二龙抬头的日子一过，寒风还在肆虐的时候，做酱的工作就开始了。家庭主妇们煮熟了黄豆，把它捣碎，等它凉透了，再把它揉捏成砖头的形状，用报纸一层又一层地裹了，放置起来。这种酱块到了清明之后，自然风干了，将它身上已经脆了的报纸撕下来，将酱块掰开，放到酱缸里，兑上水和盐，酱就开始了发酵的过程。酱喜欢阳光，所以大多数的人家不是把酱缸放在窗跟前，就是搁在菜园的中央，那都是接受阳光最多的地方。阳光和风真是好东西，用不了多久，酱就改变了颜色，由浅黄变为乳黄直至金黄，并且自然地把酱汁调和均匀了，香味隐约飘了出来，一些贪馋的人受不了它的诱惑，未等它充分发酵好，就盛着它吃了。夏日的晚餐桌旁，占统治地位的就是酱了。那些蘸酱菜有两个来源：野地和菜园。野地的菜自然就是野菜了，比如明叶菜、野鸡膀子、水芹菜、鸭子嘴、老桑芹和柳蒿芽。野菜通常要在开水中焯一下，让它们在沸水中打个滚，捞出来，用凉水拔了，攥干了再吃。野菜中，我最爱吃的就是老桑芹，所以采野菜时，明明看到了大片的水芹菜和鸭子嘴，我还是会绕过它们，去寻觅老桑芹。很多人不喜欢吃老桑芹，说它身上有股子奇怪的气味，像药味，可我却格外青睐它。因为有了酱，就有了采野菜的乐趣，你可以堂而皇之地提着篮子出了家门，就说是采野菜去了，你愿意在河边多流连一刻，看看浸在水中的柔软的云，是没人知道的；你愿意在山间偷偷地采一些浆果来吃，大人们依然是不知道的；反正有那么几种野菜横在篮子中，你就可以理直气壮地踏入家门。但野菜是分季节的，春季和初夏吃它们是可以的，等到天气越来越热的时候，它们就老了，柴了，吃不得了，这时候伺候晚餐桌上酱碗的，就得是园田中的蔬菜了。青葱、黄瓜、菠菜、生菜、香菜和小白菜水灵灵地闪亮登场了。园田中的菜适宜生吃，只需把它们在清水中洗过则是。一家人围坐在饭桌旁，这个人拿棵葱，那个人拿棵菠菜，另一个人则可能把香菜卷上一绺，大家纷纷把这些碧绿的蔬菜伸向酱碗，吃得激情飞扬。而此时蚊烟静静地在半空悬浮，晚霞静悄悄地落着，天色越来越黯淡，大家的脸上就会呈现出那种知足的平和表情。

我最钟情的酱，是炸鱼酱。鱼来自草甸子中的水泡子。水泡子里有鲫鱼、柳根和老头鱼。父亲用一根柳条秆为我做了根渔竿，虽然它不直溜，但钓起鱼来却不含糊。我挖上一些蚯蚓，放到铁皮盒里用土养起来，做诱饵，然后扛着简陋的渔竿和蚯蚓罐去了大草甸子。水泡子大都在芳香的草甸子上，面积不大，圆形或椭圆形，非常幽静，我择一个水深的地方，将渔竿抛下去，静候鱼咬钩的时刻。只要鱼上钩了，渔竿就会像闪电那样颤动着，这时候你轻轻收回渔竿，随着银白的饵线露出水面，鱼也就跟着摇头摆尾地上岸了。我把逮住的鱼用铁丝穿上，重新上了蚯蚓，把饵线再次抛入水中。水泡子中的鱼不似河里的，它长不大，都是小鱼，而且由于是死水，鱼有股土腥味，所以绝不能清蒸和调汤喝，只能放上浓重的调料煎炒烹炸。我钓回来的鱼，基本都是把它连着骨头剁成泥，舀上一碗黄酱，炸鱼酱吃了。只要晚餐桌上有一碗鱼酱，园田中的蔬菜就遭殃了，一盆青菜往往不够，再拔上一盆，可能还是不够，不把酱碗蘸得透出瓷器的亮色，我们的嘴是不会罢休的。当然，我去水泡子边钓鱼的次数屈指可数，一个是因为女孩子家，家长不放心我去；还有一个是我自己也恐惧去了，因为水泡子边的蚊子十分猖狂，一场鱼钓下来，我的脸上被咬得到处是包。终于，有一个学生溺死在水泡子，彻底结束了我的钓鱼活动。二十世纪七十年代不是响应毛主席的号召，到大风大浪里锻炼成长吗？有一次体育老师就把学生带到水泡子，不管大家会不会游泳，一律给赶下水去，让他们经受风浪的洗礼。结果一个不会水的男生被洗礼得丢了性命，他被淹死了。他妈妈闻讯赶来，晕厥在岸边。从此，她就常常念着儿子的名字，在水泡子边疯疯癫癫地走。人们说水泡子有了鬼，会缠人，就很少有人涉足了。我猜想那以后水泡子里的鱼也是寂寞的，因为它们听不到人类的脚步声了。

　　酱缸其实是很娇气的，它像小孩子一样需要精心呵护着。它的脸要蒙上一层白纱布，以防蚊虫飞进去，弄脏了它；它喜欢晒太阳，似乎还很害痒，要经常用一个木耙子捣一捣它，把它身上的白醭撇出去；它还惧怕雨水，所以酱缸旁通常要放着一块玻璃，一看雨要来了，就把它盖上去。我就很心疼家中的酱缸，有的时候在学校上课，一听到雷声轰隆隆地响起，就举手跟老师请假，撒谎说要上厕所，出了教室后会一路飞奔回家，冲进菜园，盖上酱缸。酱没被淋着，我却会在返回的路上被雨水打湿。

蚊烟稀薄的时候，火烧云也像熟透了的草莓似的落了。我们吃完了晚饭，天也就越来越陈旧，蚊子又三三两两地回来了。我们把饭桌撤了，打扫干净笼蚊烟的灰烬，站在院子里盼着星星出来，或者是打着饱嗝去火炕上铺被窝。我还记得父亲酒足饭饱后在院子里看天时，如果被飞回的蚊子给咬着了，他会得意地喊我妈妈出来，说他很招人稀罕，母蚊子又啃他的脸了！我们那时就都会发出快意的笑声，以为爸爸在开玩笑。长大后我才知道，父亲说得也没错，吸食人的血液的确实都是雌蚊，而雄蚊吮吸的则是植物的汁液。如今曾说过这话的父亲早已和着缥缈的蚊烟去另一个世界了。菜园依然青翠，火烧云也依然会在西边天燃烧，只是一家人坐在院落中笼起蚊烟吃晚饭的岁月一去不复返了，让我在回忆蚊烟的时候，为那股亲切而熟悉的气息的远去而深深地怅惘着。

故乡的吃食

北方人好吃,但吃得不像南方人那么讲究和精致,菜品味重色暗,所以真正能上得了席面的很少。不过寻常百姓家也是不需要什么席面的,所以那些家常菜一直是我们的最爱。

如果不年不节的,平素大家吃得都很简单。由于故乡地处苦寒之地,冬季漫长,寸草不生,所以吃不到新鲜的绿色蔬菜。我们食用的,都是晚秋时储藏在地窖里的菜:土豆、萝卜、白菜、胡萝卜、大头菜、倭瓜,当然还有腌制的酸菜和夏季时晒的干菜,比如豆角干、西葫芦干、茄子干等等。人们喜欢吃炖菜,冬天的菜尤其适合炖。将一大盆连汤带菜的热气腾腾的炖菜捧上桌,寒冷都被赶走了三分。人们喜欢把主食泡在炖菜中，比如玉米饼和高粱米饭，一经炖菜的浸润，有如酒经过了岁月的洗礼，滋味格外的醇厚。而到了夏季，炖菜就被蘸酱菜和炒菜代替了。园田中有各色碧绿的新鲜蔬菜，菠菜呀黄瓜呀青葱呀生菜呀等等，都适宜生着蘸酱吃；而芹菜、辣椒等等则可爆炒，这个季节的主食就不像冬天似的以干的为主了，这时候人们喜欢喝粥，芸豆大楂子粥、高粱米粥以及小米绿豆粥是此时餐桌上的主宰。

家常便饭到了节日时，就像毛手毛脚的短工，被打发了，节日自有节日的吃食。先从春天说起吧。立春的那一天，家家都得烙春饼。春饼不能油大，要擀得薄如纸片，用慢火在锅里轻轻翻转，烙到白色的面饼上飞出一片片晚霞般的金黄的印记，饼就熟了。烙过春饼，再炒上一盘切得细若游丝的土豆丝，用春饼卷了吃，真的觉得春天温暖地回来了。除了吃春饼，这一天还要"啃春"，好像残冬是顽石一块，不动用牙齿啃噬它，春天的气息就飘不出来似的。我们啃春的对象就是萝卜，萝卜到了立春时，柴的比脆生的多，所以选啃春的萝卜就跟皇帝选妃子一样周折，既要看它的模样，又要看它是否丰腴，汁液是否饱满。很奇怪，啃过春后，嘴里就会荡漾着一股清香的气味，恰似春天草木复苏的气息。立春一过，离清明就不远了。人们在这一天会挎着篮子去山上给已故的亲人上坟。篮子里装着染成红色的熟鸡蛋，它们被上过供后，依然会被带回到生者的餐桌上，由大家分食，据说吃了这样的鸡蛋很吉利。而谁家要是生了孩子，主人也会煮了鸡蛋，把皮染红，送与亲戚和邻里分享。所以我觉得红皮鸡蛋走在两个极端上：出生和死亡。它们像一双无形的大手，一手把新生婴儿托到尘世上，一手又把一个衰朽的生命送回尘土里。所以清明节的鸡蛋，吃起来总觉得有股土腥味。

　　清明过后，天气越来越暖了，野花开了，草也长高了，这时端午节来了。家家户户提前把风干的粽叶泡好，将糯米也泡好，包粽子的工作就开始了。粽子一般都包成菱形，若是用五彩线捆粽叶的话，粽子看上去就像花荷包了。粽子里通常要夹馅的，爱吃甜的就夹上红枣和豆沙，爱吃咸的就夹上一块腌肉。粽子蒸熟后，要放到凉水中浸着，这样放个两天三天都不会坏。父亲那时爱跟我们讲端午节的来历，讲屈原，讲他投水的那条汨罗江，讲人们包了粽子投到水里是为了喂鱼，鱼吃了粽子，就不会吃屈原了。我那时一根筋，心想：你们凭什么认为鱼吃了粽子后就不会去吃人肉？我们一顿不是至少也得吃两道菜吗？吃粽子跟吃点心是一样的，完全可以拿着它们到门外去吃。门楣上插着拴着红葫芦的柳枝和艾蒿，一红一绿的，看上去分外明丽，站在那儿吃粽子真的是无限风光。我那时对屈原的诗一无所知，但我想他一定是个了不起的诗人，因为世上的诗人很多，只有他才会给我们带来节日。

端午节之后的大节日，当数中秋节了。中秋节是一定要吃月饼的。那时商店卖的月饼只有一种，馅是用青红丝、花生仁、核桃仁以及白糖调和而成的，类似于现在的五仁月饼，非常甜腻。我小的时候虫牙多，所以记得有两次八月十五吃月饼时，吃得牙痛，大家赏月时，我却疼得呜呜直哭。爸爸会抱起我，让我从月亮里看那个偷吃了长生不老药而飞入月宫的嫦娥，可我那双蒙眬的泪眼看到的只是一团白花花的东西。月光和我的泪花融合在一起了。在这一天，小孩子们爱唱一首歌谣："蛤蟆蛤蟆气臌，气到八月十五，杀猪、宰羊，气得蛤蟆直哭。"

蛤蟆的哭声我没听到，倒是听见了自己牙痛的哭声。所以我觉得自己就是歌谣中那只可怜的蛤蟆，因牙痛而不敢碰中秋餐桌上丰盛的菜肴。

中秋一过，天就凉了，树叶黄了，秋风把黄叶吹得满天飞。雪来了。雪一来，腊月和春节也就跟着来了。都说腊七腊八冻掉下巴，所以到了腊八的时候，人们要煮腊八粥喝。腊八粥的内容非常丰富，粥中不仅有多种多样的米，如玉米、高粱米、小米、黑米、大米；还有一些豆类，如芸豆、绿豆、黑豆等。这些米和豆经过几个小时慢火的熬制，香软滑腻，喝上这样一碗香喷喷的粥，真的是不惧怕寒风和冰雪了。

一年中最大最隆重的节日莫过于春节了。我们那里一进入腊月，女人们就开始忙年了。她们会每天发上一块大面团，花样翻新地蒸年干粮，什么馒头、豆包、糖三角、花卷、枣山，蒸好了就放到外面冻上，然后收到空面袋里，堆置在仓房，正月时随吃随取。除了蒸年干粮，腊月还要宰猪。宰猪就是男人们的事情了。谁家宰猪，那天就是谁家的节日。餐桌上少不了要有蒜泥血肠、大骨棒炖干豆角、酸菜白肉等令人胃口大开的菜。

人们一年的忙活，最终都聚集在除夕的那顿年夜饭上了。除了必须要包饺子之外，家家都要做上一桌的荤菜，少则六个，多则十二、十八个，看到盘子挨着盘子，碗挨着碗，灯影下大人们脸上的表情是平和的。他们很知足地看着我们，就像一只羊喂饱了它的羊羔，满面温存。我们争着吃饺子，有时会被大人们悄悄包到饺子里的硬币给硌了牙，当我们当啷一声将硬币吐到桌子上时，我们就长了一岁。

油茶面儿

吃油茶面儿,那是中学时代的往事了。在城里求学的住宿生,几乎每人都有一个点心袋。它用粗布缝成,长条形的口袋,上面用粗线绳做一个勒口。当它盛着食品被吊在柱子上时,就成了圆锥形。

所谓的点心袋,里面盛的不是饼干、蛋糕、月饼等当时盛行的点心,而是油茶面儿。因为住宿生多半家境贫寒,能保证学费和简单的一日三餐的开销,对很多家庭来说已经很不容易了。吃真正的点心无疑是一种奢望,而油茶面儿在某种程度上弥补了这一缺憾。

正宗的油茶面儿,是食品店卖的那种。它用牛油炒熟,其中加了糖和芝麻。而我们吃的油茶面儿，都是自家加工的。千篇一律地用猪油炒熟，里面掺上少许的白糖。放芝麻的可能性微乎其微，因为芝麻价格不菲。偶尔为油茶面儿增色的，是花生仁，把它们碾碎后兑进去，这样的油茶面儿就有一种不同寻常的香味。我们都管油茶面儿叫"炒面"。它通常是晚自习归来聊以充饥的食品。每个人用开水冲一碗油茶面儿，站在昏暗的灯影下有滋有味地喝着，一天的学习生活就宣告结束了。有时喝完油茶面儿没水刷碗，就把碗面目糊涂地搁在桌子上。老鼠在那一夜就会闹得格外欢，把碗嗑出一片瓷声。早晨起来时．碗里残存的油茶面儿不见了，取而代之的是漆黑如墨的老鼠屎。我们破口大骂着老鼠，依然是把碗刷了，然后拿着它去买早饭。老鼠在油茶面儿中滚过，想必也脏了它自己的毛发，所以有时发现床单上有油茶面儿的污迹，便知老鼠从此爬过。

　　油茶面儿吃时香，吃后常觉胃不舒服，尤其是它炒得火候欠缺的时候。我们就常捂着肚子说"烧心"，一口口地呕酸水。即便如此，大家仍是别无选择地钟情于它，因为它毕竟是我们的"点心"呀。

　　我曾经炒过油茶面儿，把一块雪白的猪油在锅里融化，然后放上面粉用文火慢慢地炒，直到把它炒成茶色。新炒的油茶面儿喷香喷香的，而放久了就容易"哈喇"。哈喇了的油茶面儿仍然舍不得扔，把它吃下后，胃就备受煎熬。

我很羡慕现在的学生，他们有那么多名目繁多的营养品可以摄取。各种风味的营养麦片、高乐高、花生糊、芝麻糊等等，味道确实比油茶面儿好。但我想生活在农村的学生，未必就有如此口福，也许他们还吃着十几年前我吃过的那种"油茶面儿"。

几年前我在隆冬时节去鸡西煤矿，在逛农贸市场时，意外发现有个卖油茶面儿的摊位。我买了一碗，站在寒风中一口气把它喝光。不承想当夜回到旅馆胃便火烧火燎地难受，从此后再不敢碰它。偶尔走进食品店，觑见油茶面儿时，都像逢到老朋友一样有种久违的亲切感。现在的油茶面儿内容丰富得很，不惟掺了芝麻、花生和核桃仁，还撒了青红丝，只是不知味道如何。我想再美的味道，也不如曾体验过的老味道好。老味道是晚风，沐浴它时内心会有一种宁静、甜美而又不乏怅惘的感觉。

家常豆腐

  大凡在农村长大的孩子,对豆腐房该是不会陌生的。村子小的至少要有一爿,而大一些的则有两三爿。我童年生活的村子百户人家,却有两爿豆腐房,一爿在村西,另一爿在村东。在村东的那爿就在我家的前一趟房。
  豆腐房都临着水井,这样取水方便。做豆腐的人在前一夜就泡好了黄豆和纱包,当我们还在梦乡中时她就得起来和驴拉磨。驴被蒙上眼睛拉着石磨艰难地转圈,人就得不时往磨眼里填泡涨了的黄豆。待到人们呵欠连天地从炕上爬起来时,两爿豆腐房里的豆腐就都压好了。
  常常是在睡眼惺忪时就被父母喊起来去豆腐房换豆腐。盆子里装着黄豆，黄豆上又放着零钱，我便端着它们没精打采地去豆腐房。那时吃豆腐的人多，常常要排队，豆腐房里满是雾气。有时能换着，有时赶到我这恰好就没了。卖豆腐的人称过黄豆后就将秤盘一掀，黄豆咕噜噜进了一口缸里。一斤豆腐才一毛钱，每块豆腐是二两。一般的情景下我都端着五块豆腐回来。我在地上走，豆腐则在盆子里走；我走出了汗，而它走出了一汪淡黄的水。它在盆里显得颤颤巍巍的，但那不是老态龙钟的表现，而是充满生机的跃动。豆腐进了灶房不是调了汤，就是被炒成糊状，名为"鸡刨豆腐"，再不就是将葱花撒到豆腐上，佐以盐或香油，吃它个爽爽快快的一清二白。

　　土豆、白菜、萝卜和豆腐把我养育成人。由于常吃豆腐，就有腻的感觉。所以上师专以后逢到食堂做豆腐，我就拿着饭盒犯愁。

　　如今豆腐又走俏起来了，价廉物美是一方面，更重要的是一些医学专家对它的营养的充分肯定。于是各大副食品商场里总有十几种的豆腐制品。豆腐干、豆腐泡、素什锦、豆腐鱼、豆腐鸡等等，品种繁多，不一而足。拿平凡的豆腐做了大文章。豆腐已经不仅仅是豆腐，它被包装成鸡、鱼、鸭等等的形状。这品种和尚吃起来当然最妙，既未违背清规戒律，又在意念之中对凡俗的"荤腥"有了一丝幻想，两全其美。当然我这种说法是对佛的大不敬了，得罪得罪。换作我是商家，就抛出一种"豆腐西施"的品种,把豆腐制成美人,男人们大约会趋之若鹜,岂不财源滚滚如长江水?若是真有哪位机敏的商人看了我的文章果然炮制出"豆腐西施"的品种,别忘了到迟子建这儿来申请专利,否则我会与之对簿公堂的。

豆腐在农村还有另外一种讲究,那就是除夕夜的饭桌上要有一道豆腐菜,意谓"逗福",仿佛是伸出一根长长的饵线将满年的福气都钓到自家门中。除夕夜的豆腐不能做汤,汤上不了席面,最好是切成方方正正的六片或八片,用油煎透了,使之泛出金黄色,然后一片片相挨着摆在盘中。六片是"六六大顺",八片是"八仙过海",有要平安的,也有要沾染仙气的。

大概由于豆腐是寻常百姓家的惯常食品,所以现在饭店里有一种菜就叫"家常豆腐"。"家常"二字极为准确和形象地概括出了豆腐的特点。豆腐那莹白的颜色比得上蟹肉,它的鲜嫩也敌得过野生的鲜蘑,所以它能美誉不减。有土地在,就有黄豆可打;有河流在,就有永不枯竭的水源。有了豆子和水,豆腐的生命力将长盛不衰。而且豆腐的大众化还体现在它不欺老凌弱,老人牙齿老化和松动后嚼不动肉,可豆腐却以温柔的品性体恤他们的难处;幼儿未生牙时对待许多美食要由母亲的口先嚼成泥状后方能下咽,拾人牙慧,而豆腐却省了这一层麻烦,它永远不会噎住小孩子。

既然豆腐这般好,那么我也重续与豆腐的缘分了。只是城里的豆腐不如家乡的鲜美,大约是水质不同的缘故吧。漂浮着漂白粉的自来水显然比不上清冽的井水好吃。而且现在的豆腐不用豆子来换了,花上一元钱就可提回一块,少了一种交换的乐趣。

食物的"后宫"

中国人的五官,虽然没有高鼻深目可供炫耀,但有一处却是值得骄傲的,那就是嘴。中国菜的好吃可说是举世闻名,不仅菜系多,而且品种繁杂。一道菜煎炒烹炸那是小动作,我们往往会不惜气力地花上四五个小时去煨一锅内容丰富的汤,会把汤煲到神仙尝上一口都会动了思凡念头的程度,让国外那些寡淡的冷盘和像牲口草料一样的蔬菜沙拉黯然失色。我们的嘴是不是有福的呢?

中国人爱吃,敢吃,讲究吃,钻研吃,也可说是举世无双的。但凡天上飞的,地上跑的,水里游的,没有什么不可以入口的,可谓吃得大胆,吃得投入,吃得义无反顾。老鼠、蛇、蟾蜍、猴子、麋鹿、天鹅等等这些或者让人想起来作呕或者让人神思愉悦的动物，没有逃过人的口的。我们的嘴，收天地万物之精华，纳飞禽走兽之幽魂，简直就是一个无底洞，包罗万象，吃得风情万种。当然，正是由于这无法无天的放纵的吃，惹来了许多的祸端。比如食用果子狸，据某些专家论证，它是"非典"的元凶。吃让我们大饱口福的同时，也让我们尝够了苦头，我们终于因同情心的沦丧而遭到了大自然的报复，我们的嘴，到了这种时候，就不是可供骄傲的嘴了。

我们在吃上花样翻新，但是却并不讲究吃的卫生，这与我们对吃的痴迷似乎是不成正比的。中国的餐馆，门面堂皇的不少，可是它的灶房，鲜有清洁之处，洗菜池锈迹斑斑，案板上的污垢常常连着菜跟着进了锅里，苍蝇更是喜欢在灶房飞舞。虽然有执法部门对卫生进行监督和检查，但这些炮制菜品的灶房，就像一个改造不好的惯犯一样，屡纠屡犯。我想这与中国人爱面子有关，只要面子上美观了，其"内里"哪怕再破烂，也是可以容忍的，所谓"金玉其外，败絮其中"。也许是我们把解手这类的事情也算作苟且的"内里"之事，所以我们的厕所肮脏得常常让自己人都掩鼻难抑，外国人更是望而却步了。

十几年前，我回故乡探亲。听说秋林公司的红肠和小肚久负盛名，就各买了一些。然而母亲在切松仁小肚的时候，竟然切出了一只烟头！金黄色的过滤嘴的烟头紧紧地嵌在肉里，看上去是那么的醒目！这真让家人大倒胃口。我想一定是工人在车间生产时嘴上叼着香烟，烟灰落在上面我们不会看到，而他抽完烟肯定是把烟头那么顺嘴一吐，它便跟着被绞碎的肉馅进入了生产流程。还有一次，我们在速冻饺子里吃出了螺丝钉！这使我以后再买这类食品时总是心怀忐忑，想着工人们叼着香烟，随意地吐痰和打喷嚏，我们连带着吃了多少他们的鼻涕和痰液，实在是不敢想象。所以我喜欢亲自下厨，饭店的菜，不管多么地有滋有味，我吃了却总有不舒服的感觉。

有一年，我和爱人在公司街的会友楼吃饭，我点了一道火锅炖菜。火锅端上来后，我们竟然发现有一只肥硕的蟑螂匍匐在温暖的锅壁上，正懒洋洋地向上爬着。我当时差点没吐出来，桌上所有的菜肴都让我觉得形迹可疑，再也不敢碰一下筷子了。想着窝藏这食物的灶房——后宫，一定脏得难以想象，因为蟑螂可以在里面从容地来去。叫来服务员小姐，她竟一脸的无所谓，说：它还没进菜里，怎么就不能吃呢！我想如果她是消费者，她难道喜欢喝蟑螂汤吗？还有一次，我去中山路一家比较有名的比萨店用餐，我点了一道黑胡椒牛排，菜上来后，用刀子切开一小块，暗红的牛排上竟然闪出一道银色的金属光泽，用叉子轻轻挑起一看，原来是清理卫生用的钢丝球的碎屑！我叫来服务员，她态度和蔼地找来领班，说是可以重新给我做一道牛排，但我已经没有胃口了，只草草吃了一盘水果，悻然离去。出来后回望着那富有情调的尖顶的绿色小楼，听着从里面飘荡出的隐约的乐声，我的眼前不由得闪现出厕所的影子。在我的心目中，不洁的食物就应该出自那样的地方。

由于以上的经验，我很少在外面买现成的食品，它们的来源总让人顾虑重重。前一段装修房屋，中午时就常常买些东西和工人们一道吃。因为新居毗邻沃尔玛超市，就去那里买包子，想着这样赫赫有名的店，其食品卫生是不用担忧的。然而我乐观过了头！有一天，我大嚼大咽着芹菜馅包子时，却觉得牙被什么东西给缠住了，用手把它拉出来，竟然扯出一段绿色的塑料纸绳！它大约是想充当常春藤，缠住我的牙齿！工人们见状都笑了，他们说这纸绳一定是用来捆芹菜用的。我扔掉那个包子，只能苦笑一声。

我们的嘴，到了这时候就不是值得骄傲的嘴了，它就是一只垃圾桶了。我们的五官，耳朵听着的是持续的噪音，眼睛看到的是被污染的烟雾迷蒙的天，鼻子里嗅到的是汽车的尾气，嘴巴里咀嚼着的，又是那些来历不明的食物，我们还有什么可以称道之处呢？我不知道有谁在监督这些食物出笼的"后宫"，如果没有食品卫生法来约束它，那么为什么我们的良心不能充当监督员的角色？食品中不该有的那些"姹紫嫣红"，哪一天才会真正地消失呢？

一滴水

可以活

多久 ————————————

我看见浸在水中的月
亮更清澈,被清风微
拂的花朵更动人。

一滴水可以活多久

　　这滴水诞生于凌晨的一场大雾。人们称它为露珠，而她只把它当作一滴水来看待，它的的确确就是一滴水。最初发现它的人是一个七八岁的小女孩，她不是在玫瑰园中发现它的，而是为了放一只羊去草地在一片草茎的叶脉上发现的。那时雾已散去，阳光在透明的空气中飞舞。她在低头的一瞬发现了那滴水。它饱满充盈，比珠子还要圆润，阳光将它照得肌肤浏亮，她在敛声屏气盯着这滴水看的时候不由得发现了一只黑黑的眼睛，她的眼睛被水珠吸走了，这使她很惊讶。我有三只眼睛，两只在脸上，一只在草叶上，她这样对自己说。然而就在这时她突然打了一个喷嚏，那柔软的叶脉随之一抖，那滴水骨碌一下便滑落了。她的第三只眼睛也随之消失了。她便蹲下身子寻找那滴水。她太难过了,因为在此之前她从未发现过如此美的事物。然而那滴水却是难以寻觅了。它去了哪里?它死了吗?

　　后来她发现那滴水去了泥土里,从此她便对泥土怀着深深的敬意。人们在那片草地上开了荒,种上了稻谷,当沉甸甸的粮食蜕去了糠皮在她的指间矜持地散发出成熟的微笑时,她确信她看见了那滴水。是那滴水滋养了金灿灿的稻谷,她在吃它们时意识里便不停地闪现出凌晨叶脉上的那滴水,它莹莹欲动,晶莹剔透。她吃着一滴水培育出来的稻谷一天天地长大了。有一个夏日的黄昏她在蚊蚋的歌唱声中发现自己成了一个女人,她看见体内流出的第一滴血时确信那是几年以前那滴水在她体内作怪的结果。她开始长高,发丝变得越来越光泽柔顺,胸脯也越来越丰满,后来她嫁给了一个种地的男人。她喜欢他的力气,而他则依恋她的柔情。她怎么会有这么浓的柔情呢?她俯在男人的肩头老有说也说不尽的话,好在夜晚时被男人搂在怀里就总也不想再出来,后来她明白是那滴水给予她的柔情。不久她生下了一个孩子,她的奶水真旺啊,如果不吃那滴水孕育出的稻米,她怎么会有这么鲜浓的奶水呢?后来她又接二连三地生孩子。渐渐地她老了,她在下田时常常眼花,即使阴雨绵绵的天气也觉得眼前阳光飞舞。她的子孙们却像椴树林一样茁壮地成长起来。

她开始抱怨那滴水，你为什么不再给予我青春、力量和柔情了呢？难道你真的死去了吗？她步履蹒跚着走向童年时去过的那片草地，如今那里已经是一片良田，入夜时田边的水洼里蛙声阵阵。再也不见碧绿的叶脉上那滴纯美之极的水滴了，她伤感地落泪了。她的一滴泪水滑落到手上，她又看见了那滴水，莹白圆润，经久不衰。你还活着，活在我的心头！她惊喜地对着那滴水说。

她的牙齿渐渐老化，咀嚼稻米时显得吃力了。儿孙们跟她说话时要贴着她耳朵大声地叫，即使这样，她也只是听个一知半解。她老眼昏花，再也没有激情俯在她男人的肩头咕哝不休了。而她的男人看上去也畏畏缩缩，终日垂头坐在门槛前的太阳底下，漠然平静地看着脚下的泥土。有一年的秋季她的老伴终于死了，她嫌他比自己死得早，把她给丢下了，一滴眼泪也不肯给予他。然而埋葬他后的一个深秋的月夜，她不知怎的格外想念他，想念他们的青春时光。她一个人拄着拐杖哆哆嗦嗦地来到河边，对着河水哭她的伴侣。泪水落到河里，河水仿佛被激荡得上涨了。她确信那滴水仍然持久地发挥着它的作用，如今那滴水幻化成泪水融入了大河。而她每天又都喝着河水，那滴水在她的周身循环着。

直到她衰老不堪即将辞世的时候，她的意识里只有一滴水的存在。当她处于弥留之际，儿孙们手忙脚乱地为她穿寿衣，用河水为她洗脸时，她的头脑里也只有一滴水。那滴水湿润地滚动在她的脸颊为她敲响丧钟。她仿佛听到了叮当叮当的声音。后来她打了一个微弱的喷嚏，安详地合上眼帘。那滴水随之滑落在地，渗透到她辛劳一世的泥土里。她不在了，而那滴水却仍然活着。

她在过世后又变成了一个七八岁的小女孩，有一天凌晨大雾消散后她来到一片草地，她在碧绿的青草叶脉上发现了一颗露珠，确切地说是一滴水，她还看见了一只黑亮的眼睛在水滴里闪闪烁烁，她相信她与一生中所感受的最美的事物相逢了。

女孩们

屋子和人一样，是需要打扮的。打扮屋子的活儿自然不会由那些上树掏鸟窝、下河捞小鱼的脏乎乎的男孩来完成。你若让他们去擦桌子，他们肯定连抹布都不拿，顺手用自己的袖子擦擦了事，回头还得浪费肥皂为他们洗衣裳。女孩生性爱干净，手又灵巧，她们使用笤帚、鸡毛掸子、抹布是非常自如的。如果灰尘也有生命的话，它们最恨的大概就是女孩的手了。这手让它们无处藏身，最后只得销声匿迹。桌椅和炕面被擦得油光可鉴，被褥被摞得整整齐齐的，烛台上没有烛泪，玻璃窗上没有蝇屎，碗筷上不存油腻，茶杯上没有污渍，地板缝里不藏着瓜子皮等杂物，这井井有条而又纤尘不染的家居生活，靠的就是女孩们的手。

屋子光是干净整洁还不够，还要修饰它，这就像女孩们要在自己的辫梢上扎一条彩绸作为点缀一样。于是，女孩们学会了绣门帘、钩窗帘。绣花要买来五彩丝线，将雪白的绸布固定在圆形的竹撑子上，用绣花针在上面绣出金鱼和水草、牡丹和蝴蝶等图案。钩花呢，要买的是雪白的线团，或粗或细，手捏一个钩针，将线穿上，一挑一挑的，图案就脱颖而出了，也许是一对白莲花荡漾在水面的形影，也许是一排枝叶婆婆的树挺立在风中的形态。钩出的花是镂空的，适宜做窗纱；而绣出的花做的是门帘，门帘一挂，你从里屋就看不到灶房的灰暗和陈旧了。

会钩花的女孩多，而精于刺绣的却比较少。所以那些会绣花的女孩是神气的，她们往往坐在院门口绣，过往的行人见了，会赞叹她的手艺，她就会露出甜蜜而又得意的笑容。钩花呢，由于随意性较大，又简单，所以很多女孩望着云彩时也能熟练地挑针走线，不似绣花的，始终要垂着头敛声屏气地绣，一针都马虎不得。那些到了出嫁年龄的女孩，喜欢悄悄绣上一对枕套和两个门帘，为自己预备嫁妆。

屋子有了雪白的窗纱和多彩的门帘，犹如一个穿着黯淡的女人披上了绚丽的披肩，豁然变得亮丽了。女孩们在打扮屋子的同时，也练就了手艺。而手艺的好坏成了那时女孩身价的一种资本。当一个女孩被介绍给婆家时,人家会问她的活儿好不好,这活儿除了做饭、缝纫、织毛衣、纳鞋底、做棉活儿等外,自然也包括刺绣和钩花了。所以那时女生的书包中,总是藏着一团线,线上别着钩针,上体育课时,女孩往往是围成一圈,坐在操场上说说笑笑地钩花。我也曾学过绣花,不过绣几下就没了耐性,嫌一条鱼的出现要缠缠绕绕地费上一天的工夫,而钩一条活蹦乱跳的鱼却是瞬间的事,于是赌气地把绣花撑子撇了;钩花呢,也从来没有钩过一块完整的窗帘,都是浅尝辄止,钩着钩着就烦了。好在我姐姐是个女红的能手,能织善绣,所以家中的屋子被打扮得也很漂亮。

我对刺绣和钩花毫无兴趣,但对于缝纫却是兴味盎然的。那个年代,只要不是太贫困的人家,窗台前都摆着一台缝纫机。我很喜欢踩缝纫机,听着它嗒嗒嗒地响,就有一种快感。缝纫机算是家中的贵重物品,蒙在它身上的罩子也就不常离身了。它很娇贵,不能在它上面压花盆,不能放滚烫的茶杯,甚至于你拍屋子的苍蝇时,也要首先扫它一眼,以它的清洁为先。平素家人的衣服开了线了,就动用手针来缝,不轻易舍得用它。它什么时候用得最勤呢?那就是腊月里,家庭主妇会从商店扯来一块又一块的布,求人给裁剪了,给家人做新衣服。这时候我就喜欢坐在母亲身边,看着她怎样把两块布叠加到一起,塞到机头下面,落下一个银色的压脚压牢它,然后飞快地蹬起缝纫机。缝纫机上的线像浪花一样欢快地跳跃着，布与布在瞬间就被缝合在一起了。一个熟练的主妇，一天做上一套衣裳是很平常的。但我妈妈却不是这样，我想她一定没有学过几何，那些大大小小的布片常被她给连缀错了。该是衣兜部位的布，给上到领子上了；该是袖筒的布，给上到裤腰上了。真的是颠三倒四。所以常见她撇着嘴将刚缝纫完的衣服刺啦刺啦地又撕开了，这时候我就得给她打下手，将附着在布上的线头挑掉。若是她返工顺利了，我会受到表扬；反之，她会怪我碍眼，影响了她的发挥。尤其是她给我做衣服的时候，返工一遍那算是少的了，往往一件衣服周周折折地做好了，在她长吁一口气后，突然发现衣襟对不齐了，她就骂我"绞牙"。也奇怪，也许是心理暗示的缘故，她一给我做衣裳，总要出错。所以尽管我爱看她蹬缝纫机的样子，但轮到给我做衣服的时候，我就远远避开。我还记得有一年她为父亲做棉裤，父亲穿上后，发现一条腿长，一条腿短。父亲取笑她，她不承认自己手艺有问题，非说父亲的腿生得就是一长一短，不肯为他修改。我心想，你这不等于糟践自己当年嫁了一个瘸子吗？

趁母亲不在家的时候，我有时会偷偷打开缝纫机，缝"跑球"。跑球是用六块同等大小的碎布做成的，跟口袋一样，缝时要留着一个小口，将米塞进去，然后再把它封死。它比鸡蛋大，比拳头小，是女孩们用来做跳格等游戏的。而我用的碎布，都是从专门收拢布条的包袱里选出来的。母亲一旦发现我有了新的跑球，就明白我背着她使缝纫机了，她会打开它，检查它的运行是否正常，好像什么东西经我一用，会立刻坏掉了。我用缝纫机缝过跑球和椅垫，坐在它面前，总觉得驾驭的是一匹野马，非常自得。

　　女孩们除了修饰家，还会因着爱美的天性而修饰自己。比如采了胭粉豆花，将它捣成泥，用它猩红的浆汁去染指甲。那时很时兴烫刘海，女孩们就把铁条在火中烧热，将刘海卷在上面，使刘海变得曲曲弯弯的，好像吊着一个又一个问号。不过也有失手的时候，将刘海给烫焦了，女孩这时就会伤心地哭起来。那时还没有电熨斗，为了让衣裳变得平展，女孩们把水烧开，倒到大茶缸里，加上盖，用它熨衣裳，能把上衣兜口的褶痕抚平，能把裤线压得笔直。穿上这样的衣裳，女孩们的步伐变得轻盈了，腰肢也显得婀娜了。

　　女孩们在没有成为别人的媳妇之前，因为没有经过灶房油烟天长日久的熏染，那面色是光鲜的，手指也是灵活的。而一旦嫁了人，生计的艰难会使她们的手变得粗糙，再挑着丝线刺绣时，手指就生涩了。不过不要紧，她们已经出世的女儿会渐渐接过她们手中的绣花针，绣山绣水绣花绣草。而岁月就在这不经意的挑针走线间，将当年的女孩那满头的黑发绣成了如雪的白发。

我与缝纫机有着不解之缘，我最初的作品就是在缝纫机上写的。读师专二年级时，放暑假我回到故乡，窗前仍然摆着缝纫机，上面罩着乳白的罩子。家中没有写字桌，我就搬来一个凳子，俯在上面写东西。写着写着，就会被窗前花圃中的蝴蝶所吸引，我会放下笔来，看一会儿蝴蝶；蝴蝶飞了，我就再看一会儿豆角那碧绿而婆娑的叶片，接着再写。父亲走进屋子，问我在做什么，我说写小说呢，他就发出快意的笑声，那笑声带有几分赞许，又有几分善意的嘲弄。我最初发表的作品，就源出于此。在缝纫机前工作，注定要有响声发出。我缝跑球的时候，它发出的是嗒嗒嗒的声响；而我写作的时候，同样也有响声发出，那是笔唰唰唰地在纸页上走动的声音，听起来既像风声，又像镰刀割麦的声音。这种声音萦绕着我，使我的心灵塞满了情感的五彩丝线，用笔挑着它们，绣也绣不完。

女人的手

　　如果不出什么意外的话，一般来说，女人的手都比男人的要小巧、纤细、绵软和细腻。不是常常有人用"纤纤素手""十指尖尖如细笋"来形容女人的手吗？

　　旧时代女人的手真正是派上了用场。纺织、缝补、浆洗、扯着细长的麻绳纳鞋底、擦锅抹灶、给公婆端尿盆、为外出打工的男人打点行装、洗尿布等等，真是不一而足。当然也有耽于刺绣、抚琴而歌、拈扇捕蝶的小姐的手，但那不是大多数女人的手的命运，所以也就略去不计了。

　　女人的手虽然备受辛劳，但很奇怪它们总是保持着女性的手应有的本色，灵巧而充满光泽。看许多古代的仕女图，画得最美的不是眼睛和嘴，而是那一双双安然垂在胸前的手。它们光滑美丽，像玉一般荧荧泛光。几百年过后，再看那画中的女人，只感觉那手充满灵性地又要动起来，仿佛又要去挑油灯的灯花，又要撩开竹帘看一眼她屋里的男人，又要到河边去窸窸窣窣淘米一样。

女人的手是经久不衰的。

现在的女人不必那么辛苦了。但是她们照例要下厨房、要照顾小孩子。她们仍然要洗衣、淘米、切菜、站在煤气灶前将葱花撒到沸油中爆响。若是她们有好心情，她们还要编织毛衣、裁剪、布置居室等等。她们用手使屋子一尘不染，连窗台上莳弄的花卉的叶片也纤尘不染，家里的空气真正是透明的。女人在忙碌这些的时候就丢掉了一些时光，她们的额头和眼角会悄悄起了皱纹，发丝的光泽不似往昔，但她们的手却仍然有别于男人，即使粗糙也是一种秀气的粗糙。

于是我便想，女人的手为什么不容易老呢？我想其中的一个主要原因是由于它们经常接触蔬菜水果、花卉植物和水的缘故。女人们在切菜的时候，柿子那猩红的汁液流了出来，芹菜的浓绿的汁液也流了出来，黄瓜的清香汁液横溢而出，土豆乳色的汁液也在刀起刀落之间漫出。它们无一例外地流到了女人的手上，以丰富的营养滋养着它们，使它们新鲜明丽。女人的手在莳弄花卉和常绿植物时必然也要沾染它们的香气和灵气，这种气韵是男人所不能获得的。女人大都爱水,米浆、洗衣水的每一次浸泡都使得手获得一次极好的滋润。

我这样说,并不是鼓励女人都下厨房。可是不下厨房的女人有味道吗?

女人的手不容易老的另一个原因,我猜想是因为眼泪的滋养。女人爱哭,很少有人会任泪自流到脖颈衣襟而不管不顾,也很少有人会像古典小说中的女人一样拈着手帕擦泪,女人哭起来大多是"鼻涕一把泪一把",手也就适时而来,一把一把地在脸颊上擦个不停。眼泪是一个人的精华,它只有在人极度悲伤和高兴的时候才夺眶而出,它对女人的手的滋养肯定不同凡响。泪水在手的表皮上慢慢地透过毛孔浸透在人手的内部,这时悲哀也就随之化解,青春和希望的力量在渐渐回升,女人的手经过泪水的洗礼变得更加有活力。

以上我所揣测的两点,最好不要被医学专家看到,不然便免不了要深究我犯了如何如何的常识错误,我可不想"唇红齿白"地对簿公堂。何况,我对一些常识的千年不变总是深怀恐惧和怀疑。

不去说它了。

忘了哪一年在一本书上看到,女人在临终前比男人喜欢伸出手来,她们总想抓住什么。她们那时已经丧失了呼唤的能力,她们表达自己最后的心愿时便伸出了手,也许因为手是她们一生使用了最多的语言，于是她们把最后的激情留给了手来表达。

  我现在是这样一个女人，我用手来写作，也用它来洗衣、铺床、切蔬菜瓜果、包饺子、腌制小菜、刷马桶。如果我爱一个人，我会把双手陷在他的头发间，抚弄他的发丝。如果我年事已高很不幸地在临终前像大多数女人一样伸出了手，但愿我苍老的手能哆哆嗦嗦地抓住我深爱的人的手。

女人与花朵

大约没有女人不爱花的。

在爱花上，乡下女人比城里女人要运气多了。她们可以在自己的园田上种植花卉，譬如在窗前种上一排金灿灿的向日葵，在墙角种上几棵开喇叭形花朵的爬山虎，在菜圃的边缘种上风风火火的矢车菊等等。这样的花朵，总是与风雨同呼吸。它们能最真切地接受阳光的照拂，能够感受到蝴蝶与蜜蜂的触角抚弄它们时的那种甜蜜的疼痛。

城里的女人怎么养花呢？她们没有自己的土地，至多不过在阳台上养些盆花，杜鹃啦，茉莉啦，菊花啦或者含笑、玻璃翠、月季等等。这些花也会开，但由于没有开在户外，总给人一种贫血的感觉，往往是才开了两三天，花朵就不精神了。而乡下女人种的那些花，根本用不着侍弄，它们开得有声有色、轰轰烈烈的。即便是有鸡或狗刨了它的花根，或者是狂风吹弯了它的腰，它也能顽强地继续开着花朵。

能养盆花的城里女人算是幸运的。这样的人家多半人丁兴旺，因为养花缺不了水，而浇水是需要人的。对于那些经常外出的人家来讲，只能养从花店买回的花了。不然你在家摆了几盆花，一个月外出回来后，会发现它们枯死在盆中，看上去就像一团垃圾。

花店里的花，普通的如康乃馨和剑兰，稍好一些的是玫瑰和百合，最名贵的当数马蹄莲和郁金香了。养这样的花一定要用透明的玻璃花瓶，能清楚地看到水的位置、水中碧绿的茎叶等等。如果用密不透光的瓷瓶，看不到茎，养在其上的花朵就给人一种突兀感。不过，这样的花即便是天天剪枝和换水，也不如开在大地的花朵来得持久。玫瑰三四天就会蔫软，百合开得再长也超不过一个星期。康乃馨如果侍弄好了，倒是能挺个十天左右，不过你一天天地往下剪枝，最后把它剪得瘦小伶仃，茎短了，叶子少了，一堆光秃秃的花簇拥在一起，实在没什么美感了。其实赏花不单单是看花朵本身，也要看它的茎和叶子。所以古人写的那些赏花的句子，极少有对着居室的花朵抒发情感的。他们大都去花园或者荒野里赏花，这样的花有了草地或者是山的映衬，有了月光的点缀，有了流水的烘托，才有了灵性和美感。比如白居易《忆江南》中的"山寺月中寻桂子，郡亭枕上看潮头"，苏轼《望江南》中的"试上超然台上看，半壕春水一城花"，黄庭坚《水调歌头》中的"溪上桃花无数，枝上有黄鹂"，陶渊明的"采菊东篱下，悠然见南山"等等，没有一个不是在大自然中抒发对花的情感的。如此说来，居室里的花朵是可怜的，它们没有清风明月的抚慰，呼吸的是室内缺氧的污浊的空气，感受到的是透过玻璃窗疲惫地钻进来的阳光，吸吮的是带着漂白粉气息的自来水，它们的哀愁又有谁知呢？我们这些爱去买花的城里女人，也许正是用花儿的哀愁来给自己换来愉悦的心境。

女人爱花，是天性使然。我觉得花也是母性的，它水性十足，娇柔、脆弱、艳丽而多情。它的这些特点，是男性所不能有的。这些花也喜欢女人柔软的手指抚弄它们。而花朵的芬芳也滋养了女人，女人的柔情和美丽与它们息息相关。

我发现，一个地方的花朵的脾性与那个地方女人的脾性有很大关联。比如我的故乡大兴安岭，最常见的一种花是野菊花。这花从夏天一直能开到深秋下霜时节。它朵不大，花心黄黄的，圆圆的，硬硬的，像颗纽扣。而围绕花心的那些匀称、细碎的紫色花瓣，看上去是那么的密实、浑厚。这花不怕风吹雨打，很皮实，极像我故乡的那些女人，坚强、隐忍、安静而朴素。在南方,我见到最多的一种花是池塘里的荷花,它们看上去滋润、优雅而娇羞,极似那些身姿婀娜的江南女人。

当然,花朵并不一律都是美好的,也有"恶之花"。有一些漂亮的花却是有毒的,就如同女人群中也有如蝎似虎的人一样。但不管怎么说,世界上有了姹紫嫣红的花朵,有了形形色色爱花的女人,这世界才显得丰富多彩。

由于爱花,女人还喜欢做一些关于花朵的美梦。我就曾在梦中见过比澡盆还要大的桃花,见过一株能开上百朵花的百合。梦里的花比现实的要火爆多了。

我想花朵也许是女人的魂灵,而蜜蜂则是男人的魂灵。当蜜蜂嗡嗡地叫着从这朵花又跳到另一朵花上时,花朵还是静静地待在原处,一如既往地开放着。

我淡淡妆

我最早接触的化妆,不是描眉涂唇,而是染指甲。故乡有一种花叫作胭粉豆,开红色的串铃小花,色彩比它的香气要强烈。把这种花放在碗里捣碎,用它的浆汁去染指甲,把十指染得艳红,对着阳光一照,指甲就会像琥珀一样闪闪发光,非常明丽。有时若是那花的浆汁还有剩余,就把脚指甲也染红,迫使我不得不找凉鞋来穿,否则那甲面被鞋尖死死盖住,可惜了脚指甲上的光彩。为了这,往往要付出不是穿凉鞋的日子却硬穿它而着凉流鼻涕的代价。

爱美是女人的天性。古代妇女最重视的就是修饰眉毛,眉毛大都弄得又细又弯,又黑又亮,确是蛾眉如黛。眉毛处于五官顶端位置，它像天庭的阳光一样，洋洋洒洒地给整个面部投下柔和的光影。古代妇女还重视嘴唇的化妆，嘴唇处于脸部最下端的位置，仿佛眉毛是良好的开端，必然就会有嘴唇作为完美的终结一样，她们把嘴唇涂得光洁丰盈，楚楚动人。只是不知她们描眉是否用眉笔，涂唇是否用唇膏。我猜测她们用的应该是纯自然的东西，因为那时轻工业开发的化妆品对她们来说还是闻所未闻的事物。也许描眉用的是黑米浓郁的浆汁，而涂唇用的则是红玫瑰的汁液。用纯自然植物的精华修饰起来的女人，在显示其光艳动人一面的同时，注定还带来一股不同寻常的香气。

　　自然的修饰是恰到好处的点缀。如同一朵百合花，它也知时不时把花蕊上的金粉抖落一些，撒在质地柔软的花瓣上，使它显得更娇媚馨香。也如同燕子要在雨中梳理羽毛，使其更显出轻隽的神采。

　　近些年女人的化妆常常给人面目皆非的感觉，令人目瞪口呆。文眉文眼线还不算夸张，最受不了的是把睫毛涂成蓝色，将眼影打上金红色。远远一看，火眼金睛的样子如同妖魔。

　　还有唇膏，我不明白为什么大多数女人都把它涂得那么厚，使嘴唇看上去就像包了厚厚一层橡胶的汽车轮胎似的。略去吃饭喝水甚至接吻等诸多不便之外，这样的嘴唇也实在不好看，因为它已不是唇了。它给酒店的茶杯打上猩红的印迹，也给一些颇有绅士风度的男人的衬衣领留下枣核形的红印。女人用这样的嘴唇给生活留下残红点点，留下一些尴尬甚至笑料。

毕淑敏曾写过一篇《素面朝天》的散文，惹怒了不少对化妆情有独钟的女人。我猜测毕淑敏并非反对化妆，而是强调自然美和女人独有的精神气质所焕发出的光辉。的确，女人良好的气质所展示给人的气息，比精巧的化妆的印象还要深刻。因为前者是一种有底蕴和内涵的美，而后者只是一种帮衬。有了前者，美的光辉才能恒久地从女人身上迸发出来。至于人为的化妆，它只能起到辅助作用。这就是为什么很多妆化得不错的女人乍一看很漂亮，再仔细看几眼却给人苍白的感觉。

我喜欢女人淡淡妆。如果眉毛生得好，就不动它一根毫毛。如果唇本来就红润丰盈，最好少用唇膏。如果气色跟五月的原野一样鲜亮，就不用胭脂。淡淡妆既适合家居又适合访友，它能使皮肤尽情地与阳光和微风接触，使你的嘴在品尝鲜浓欲滴的草莓时不至于感觉变了味儿。

我淡淡妆，能把一支口红用一年，一盒胭脂的寿命则会有两三年。我看见浸在水中的月亮更清澈，被清风微拂的花朵更动人。只需淡淡妆，当你面对山川草木时，就会有那种清风明月两相宜的感觉。

照妖镜

如果你是一个女学生,我相信你的书包里会比男生多一面小镜子。课间操或是上下学的路上,偶尔抽出小镜子偷偷地看一眼,不仅能看到自己的气色和五官的轮廓,还能看到天光和好空气,这样的小镜子无疑是女学生们的贴身宝贝。当然,前提是别把照镜子的行为看成是一种虚荣,要知道镜子里反射出来的可不单单是人,它有时还能照到高楼阳台上的花以及天空中的云彩。

我小时候算不上一个安安分分的女孩子。就说上学吧,虽然从不旷课,但是偶尔也忍受不了一些讲课刻板的老师的照本宣科。那时我便无聊地把文具盒掀得啪啪响,气得老师看我时就像看一条脱钩了的鱼。后来我觉得这种有声的抗议太暴露自己，于是就用一面小小的圆镜子来对着阳光晃老师的后脑勺。当然，这须等得老师背对我们在黑板上写字的时候才能做。如果阳光恰到好处，老师又浑然不觉长时间写字，那么他后脑勺上就像被人揭了一块疤，有一块又白又亮的东西在跳，又很像只白蝴蝶，于是教室里哄声四起，老师诧异地回过头来，我便迅速地收拢镜子，做出一副若无其事的样子，他便又继续写他的字，于是后脑勺上的亮点再度重现。

　　当然，这恶作剧不总有成功的时候。有时候那老师的课讲得跟懒婆娘的裹脚布一样臭，可是他却又懒得在黑板上写一个字，我的一举一动都在他的严密监视之下，握着小镜子的手因为着急而不住地出汗。有时候他倒是去写字了，当他背对我的一瞬我欣喜若狂地正待调整反射的角度时，他却突然转过身来找黑板擦，将刚写上的两个字给抹了，而就不再写字了，那才让人大大地气馁呢。而更糟糕的是，赶上一个老师的乏味空洞的课，而外面的天却阴得像张乌鸦脸，别说用镜子取阳光，就是教室里也昏暗不堪，那才叫里里外外的黑暗呢。

　　我们那时把这种镜子称为"照妖镜"。因为"妖"是我们所学的词中比较坏的一个词了。不过我们对哪个老师该被照妖镜给曝曝光意见并不一致。一般地说，我们对班主任不大敢做这种事，即使他的课讲得像驴拉磨一般絮叨，也只能私下里撇撇嘴。若是给他使了照妖镜而被发现了，罚站等等的惩罚且不说，百分之百他要找到家长去告状。家长们解决问题的办法向来都是打一顿孩子，反正孩子是自己养的，打了又不犯法，所以打的时候是理直气壮的。所以班主任的后脑勺不会受到照妖镜的袭击，可见我们是欺软怕硬的。

那时候男生们觉得照妖镜实在好玩，也人手必备一个，遇到哪个老师不顺我们眼时就给他们的后脑勺"过过电"。这种自以为聪明的把戏一旦用频了，就被老师给发现了。老师发现后便开始搜同学们的书包，那时这老师就生气得脸发青，因为照妖镜实在是太多了，搁在手上已经拿不住了，于是气得他就一面一面地摔。那是红砖地，摔一个碎一个，我们心疼不已，但一想着这照妖镜委实是犯了错误，也就不心疼它了。

当然，这类事上小学和中学时发生的最多。到了上师专之后，人长大了，也明白事理了，就不再使用照妖镜了，而且觉得那时对待老师实在过分。久而久之，我几乎把"照妖镜"这个词给忘了。然而没有想到有一天竟故态复萌，有位老师在讲外国文学时不停地在黑板上写一串串的作家名字和生平简介，而却对作家的代表作品一带而过，想必他也未读过原著，这使我乏味至极。那时恰好我坐在靠窗的位子，手腕上戴了块圆圆的玻璃蒙面的手表，对着阳光一照，便有一个亮点闪在墙的另一侧。我灵机一动，使手腕稍稍一转，那块亮点便爬上了老师的后脑勺，这使得同学们哄堂大笑，因为这种把戏只在过去才用的。大家的笑也隐含着重拾童年记忆的一种开心吧，然而我却红了脸。

给老师用照妖镜无疑是一种不文明的行为，但那时我们年幼无知，竟未觉得有什么过错。现在唯一使我欣慰的是，毕竟我们在对待自己不满的事物时采取了反击措施，如果自幼便学会忍气吞声，势必会限制个性的发展，也许会扭曲一个人的心灵。这样一想，便又为自己的过错找到了借口。

我当然希望现在的中学生们不要给老师用照妖镜，用那镜子照照自己可爱的眼睛、睫毛和嘴唇，照一照马路对面的茶点铺的幌子，照一照傍晚斜阳中的树木，都是极为美妙的。

红颜读书郎

读高中一年级的时候，物理和化学这两个科目像两道阴森森的门一样令我心生寒冷、望而却步。这两块难啃的骨头使我吃尽苦头。我现在所理解的物理仍然停留在牛顿从苹果坠地发现了万有引力，而对化学的理解则只是居里夫人发现了镭。万有引力是什么？镭是什么？没有万有引力东西不是照样落到地上吗？难道一个苹果从树上掉下来不是落在地下，而是像鸟一样扶摇直上冲入云霄吗？没有镭我们不是照样吃饭吗？锅碗瓢盆又不是由镭制成的。

物理老师常常把滑轮车带到讲桌上来进行试验，一会儿讲斜坡，一会儿又讲加速度，听得我昏头昏脑，物理成绩总徘徊在五十分左右。至于化学呢，成绩也好不到哪里去，只是凭着背题的本事勉强及格。

化学课常常也是要做实验的。我对实验的目的一向糊涂，而却对这形式本身充满好奇。你想想啊，一个个透明的试管里装着各种溶液，有些试剂纸一进去后居然就变了颜色，紫白红黄的，仿佛那颜色被施了魔法，呼之欲出。尤其是酒精灯，它那典雅的形态和幽蓝的火苗是如此动人，每逢要给液体加热时，我都心潮澎湃地看酒精灯那安然沉迷燃烧的姿态，真是妙不可言。一堂实验课下来，我并没有学会氢气是如何制成的，只记住了闪闪发光的试管和令人心醉的酒精灯。所以一到考试的时候，这两科成绩自然是被风劫落的青果子，尝起来又苦又涩。

幸好有其他科目的成绩的支撑，使我觉得自己还不是一个差生。我的语文成绩从小学到高中一直都是出类拔萃的，历史和地理也都说得过去。所以升到高二，老师让面临高考的我们自行选择文理科时，我毫不犹豫地就进了文科班。一下子拔出了物理和化学这两潭泥淖，心中好不畅快。只是文科中的政治令人恼火，除了路线就是纲领，枯燥而说教，不像历史那么令人神往，可你必须得认真对待它，因为它在高考中也占一百分。高考的总成绩可比作一轮满月，若是哪一科成绩拖了后腿，无疑就像是被天狗给啃了一块下去，残缺着。所以各科成绩都比较平均的考生最容易考上大学。没有突出成绩的考生往往也是缺乏个性的人，所以大学里造就的大都是循规蹈矩的学生，而一些有思想锋芒和艺术才华的人却会被摈弃于门外，这不能不说是一种遗憾。

　　我不知道别人在考大学前夕是怎样的心情，反正那时的我对大学充满了渴望，又充满了恐惧。原因在于我对许多的必学科目已渐渐失去耐心。今天发下来一堆历史模拟试卷，明天又接过来一沓地理和政治模拟试题。永远有填不完的空，永远有解答不完的问题。你得一丝不苟地记住哪朝哪代的皇帝登基的年月，开国年号，甚至连这个王朝覆灭的时间也要了如指掌，它在升学上远远比你的生日更有意义。你得明白秦始皇为什么要"焚书坑儒"，要知道美国独立战争是怎么回事，第一次世界大战的导火索是什么，还要准确无误地说出社会主义的基本路线是什么，资本家剥削工人的最主要手段是什么。而这时你对世界只停留在初级的认知阶段，既不知道秦始皇焚的都是些什么书，也不知道资本家究竟是个什么东西。可你必须要解答问题，于是只能强迫自己去背书，坐在宿舍的床头上背，在教室里昏暗的走廊尽头背，到晨露摇曳的草地上背，到屋顶上去背。背来背去，如果记忆力好，脑子里经纬分明，不混淆题目，那么临场发挥时镇定自若就行了。那时你便是一架性能完好的机器，一按电钮，记忆中储存的知识便会鱼贯而出，频频给你的试卷添彩，为你撞开大学这多少有些神秘的大门。

尽管文科所开科目还比较随我心愿，但我最偏爱的还是语文。尤其是作文，是我最为钟情的。从文字中可以读出韵律，读出喜怒哀乐，读出只有人类才有的弥漫着的情感。那时我便偷偷写诗、散文和小说。记得大家正紧锣密鼓地为高考而慨叹时间不足时，我却云山雾罩地炮制一篇小说，写一个女学生高考不中受不了家庭和社会的压力而自杀的故事。我自以为文章锦绣，高考时语文成绩一定会"咄咄逼人"，结果命运与我开了一个浪漫而残酷的玩笑，我将作文写跑题了，只得了八分。

我没有很好地领会所给予的那段文字的引申意义，关键时刻还是因为缺乏思想性而吃了亏。但那又有什么呢？由于总分低我只考入了大兴安岭师范专科学校，这个没有围墙的学校直接面对原野、山林和草滩，我在那里才真正地做起了作家梦，这个梦一直延续到现在，将我殷殷实实地包裹着，使我充实而自由地活着。

在银幕前

　　我是个影迷，心情郁闷和下笔滞涩时，常常以看电影来抚慰自己。我以为电影有两种是最可观看的，一种是最好的，一种是最臭的。前者可以得到审美的愉悦，后者则能得至全身心的彻底松弛。最让人恼火的是那些不温不火、不偏不倚的影片，说雅不雅，说俗不俗，看这样的影片时嗓子眼儿里总仿佛卡着一块鱼骨，别扭极了。

　　我小时候曾闹过一场笑话，足见我当时脑筋的不开化。八九岁时去城里的电影院看了一场《沙家浜》，回家后我就问爸爸："《沙家浜》里那个唱着说话的地方在哪？"逗得家人哈哈大笑起来。现在想来，除了我的少不更事之外，足见我对电影的全身心投入和无以复加的痴迷。

小时候给我印象最深的一部影片是《今天我休息》，老师组织全班同学走了六公里的山路去看的，当时这电影让我回味了好久，以至我上课时常常走神。粉碎"四人帮"后，一些曾被幽禁的影片像优雅的美洲豹一样纷纷出笼了。那时我们还不知道电视机为何物，电影成了了解外部世界的唯一窗口。记得上映《一江春水向东流》时，电影院的售票口人潮涌动，许多买不到票的人在入口处想浑水摸鱼进到里面，因而不得不动用公安警察来执勤。那种火爆劲真是难以形容。

待到我上了大兴安岭师范专科学校，影院的卖座率已经江河日下相当冷清了。但是我仍然在周日去看电影，阿兰·德隆、高仓健都是在那一时期闯入我的视野的，我觉得他们的戏演得格外好。但在几年以后，我很快明白他们并不是演技最棒的演员。他们比不上格利高里·派克，比不上保罗·纽曼，比不上霍夫曼。

我在西安求学时每周必看一部影片，《鸳梦重温》《黑狼的嗥叫》《出水芙蓉》《走出非洲》等等都是在那看的。我在看电影时喜欢吃零食，而西安的零食可谓多矣。最令我钟情的是猕猴桃、水晶柿子和脆枣，全都是乡下运来的，新鲜得很。一场电影下来，既过了眼福，又饱了口福，两全其美。若是没有溅到衣襟上的果汁要等着回去洗，便是彻头彻尾的快乐了。而在北京和哈尔滨看电影时，吃的零食就很大众了，话梅、开心果、牛肉干、烤鱼片等等。最常吃的当然是爆玉米花，而最令我钟情的则是新炒出锅的板栗。坐在昏暗的灯影中，看着银幕上的人或者缠绵悱恻地拥吻，或者口蜜腹剑地互相算计，或者赤手空拳地格斗厮杀，觉得无限幸福和陶醉。

我在北京读书的三年常去离学院最近的朝阳门的紫光影院看电影。这电影院的名字本身就令我喜欢，我在那看了多少部片子已经记不清了。总是在周日的黄昏一个人走去，然后在夜晚乘公共汽车回来。记得有一次买了一支牙膏，看完电影后乘车时不承想车里拥挤异常，我被紧紧地包围在人丛中，动弹不得。待到到了站，满头大汗地挤下车，不觉于晚风中闻到了自己身上发出的一股清爽的牙膏味，将手伸向口袋，才知那支牙膏已被挤破了。从北京毕业回到黑龙江后，我常常不自觉地想起这件事，仿佛又嗅到了那股撩人的牙膏味。

我对一些非欣赏性的娱乐片也情有独钟，如港台的一些娱乐片就很对我的口味。张曼玉、梁家辉主演的《新龙门客栈》，我连看了两遍，觉得很棒，别人也许会不以为然。我还对大导演希区柯克的一些黑白片无比钟情，如《爱德华医生》《电话情杀案》《蝴蝶梦》等等。

现在各有线电视台几乎每天晚上都有一部影片出现，中央台的加密卫星的电影频道业已开播。可我却觉得这与坐在影院里看是无可比拟的。影院的宽大银幕、昏暗的灯光和宁静的气氛，都是家中所不能给予的。比如看《坦克大决战》，在影院能看出气势恢宏的战争效果，而在家庭影院的电视中与它相遇时，我觉得那种战争片的气魄已经无形中被抹杀了。

不管时代如何发展，电影业如何不景气，在喧闹的都市中的萧条的影院中，我想我仍会时常出现的。打开一袋零食，看着投向银幕的第一束光亮起来，我会对自己说：生活还是挺不错的。

遗　忘

前几天偶然翻阅十几年前的日记，我竟对着其中一些话迷惑不已，诸如"今天是个极端倒霉的日子""今天是个刻骨铭心的日子""就这样的狗屁老师，也配给我上课？"这种结论式的句子总是用大字占满了一页篇幅，下面缀着日期，但是没有具体的事情揭示。

我斜倚在床上，窗帘低垂，在午后慵倦而安静的气氛中潜心回忆，结果我无论如何也想不起来某个日子究竟发生了什么倒霉事，那刻骨铭心的日子又缘何使我动了永不遗忘的心思，而哪位老师又令我如此反感，以至把"狗屁"二字加到他头上？

想了许久，头昏脑涨，不得其所，我有些害怕。日记是一九八二至一九八三年上师专时写的，距今不过十二年的光阴，何以把往事忘得这么干净彻底？难道是刚过三十便记忆力衰退了吗？

为了验证自己的记忆力，我便又回忆童年时的一些往事。很奇怪，我竟能清楚地记得六岁时同母亲绕道三合去漠河的情景，记得三合的那家大客栈，我每天爬到上铺用手指抠腐乳吃，记得临上船时一只鸡掉到江水中扑腾不休，也记得用晒干的苞米棒子为外祖母挠痒痒。甚至在雨天中喝得最香的一顿粥，除夕时因为害牙痛而愁眉苦脸面对鸭子肉的情景，我都清楚记得。

记忆力没有出现大的问题。问题出在哪里？难道说往事出了问题？

我开始假设，我在某年某月某日并没有什么大的情绪波动，只不过有些小小的不愉快，因为远离家乡和亲人，在校时又内向孤僻，所以把那事情看得过于敏感，而无形中夸大了事实。这是我遗忘往事的一种可能性。还有一种可能性，那就是千真万确发生过曾触动过我神经的事，只不过由于我的世界观发生了变化，对于某些自己当时格外看重的事情已经不看重、不介意了，所以便超然忘却了那一切。因为那时正处于好激动的年龄，而现在却内心平和，很少有什么事情能让我大喜大悲。这样一想，虽然安慰了自己，但仍不免有些恐惧：一个不再大悲大喜的人，是否是心态老化、生命走向迟暮的一种表现？

恐惧、灰心、失望笼罩着我。这样的情景已经不止一次出现了。我翻阅大段大段的读书笔记时也有这种感觉，当时促使我写下滔滔不绝的读后感的激情在哪里？我甚至连过去极为推崇的一些书的主要情节也忘却了。那一篇篇读后感文字激扬，可见那时我是如何激动不已啊，可现在面对那些字，我却惶惑不已：我究竟在为什么而激动？我绞尽脑汁，也想不出那书有什么可打动我的地方。一些逝去的人和事彻底地死在了我的记忆中。

"这太可怕了。"我只能这样对自己说。我遏制自己去回首往事。既然当时能引以为刻骨铭心的事都会忘记，看来人世间并没有令人刻骨铭心的事，或者说我经历的并不是刻骨铭心的事。人是太容易健忘了。

大约半个月前的某个正午，我在回家的路上，忽然听见有人喊了一声"迟子建"，我站定了，望着那人，觉得眼熟，又一时想不起在哪见过。他说："看着像你嘛，咱们大概有八九年没见面了。"我只能唯唯诺诺地应付："就是，好多年没见面了。"他又说："我马上就要调到北京去了，这两天正在办户口。"我一边附和着："能调到北京很好。"一边竭力回忆我在哪见过这个人，最后总算想起在大兴安岭师专时，他作为支边的英语教师曾与我共事过一段时间。人的身份想了起来，这使我备受鼓舞，可无论如何却想不起他的名字，这使我极其心烦。回到家，为了放松情绪，我放了一段轻音乐，静下来听了不久，这个人的名字竟然奇迹般地浮出脑海，恍若初秋屋檐上的白霜一样鲜明地呈现。我这才长吁一口气。

说来奇怪，我对人和事如此健忘，可对音乐却有出奇的记忆力。只要我听过的曲子，不论多少年过去，再听时总会跟着旋律一直哼下去。当然，曲子的名字我也是记不得的，但那旋律却极悠久地笼罩着我。

能够遗忘的事毕竟也就是我不该记住的，所以也就不再深究它们。不管怎么说，我还是记住了一些人和事，某一条河流、某一家院落、某一处旅馆、某一顿晚餐、某一次海滨话别、某一个人的头发和眼神、某一条遭杀的狗、某一段非同寻常的旅行，等等等等，至少现今我记着这些。将来是否会记得，不得而知了。

一个要继续活下去的人得学会常常遗忘一些人和事，否则往事的重负是否会压得人喘不过气来？尤其是那些美好的往事，能忘得越干净越好。因为美好的东西是极易伤人的。只有遗忘一些往事，才能记住正在发生的一些事。而当正在发生的一些事也已成为往事的时候，我想恐怕我就真的老了。

我想我老时也许是个糊里糊涂的老太太，在老眼昏花地望着窗外陈旧的风景而唠唠叨叨的时候，想不起自己的一生有什么刻骨铭心的事。

白雪红灯的年

除夕的清晨,我被零星的爆竹声扰醒。撩开窗帘,见山色清幽,太阳还没出来,于是又钻回被窝,睡到八点多。再次被接二连三的爆竹声唤醒时,霞光已经把兴安岭的一道道雪线映红了。看来老天也知道过年了,特意让霞光化作春联,贴在山间。想必老天贴的春联,是用云彩做的砚台,用银河之水做的墨汁,用彩虹做的笔管,所以这不凡的春联看上去明丽脱俗,充满了朝气。

吃过早饭,我也给家门贴上春联和"福"字。那副烫金的大红春联,看上去就像两行飞向天空的金丝雀,给人喜气洋洋的感觉。而门中央的"福"字,真的像丁亥年的一头小金猪,肥嘟嘟的，讨人喜欢。

我喜欢大自然的红色，如朝霞晚霞，玫瑰百合。可对针织品的红色，我热爱不起来。我不喜欢红色的床盖、窗帘和衣服，见了它们，眼睛会疼。前年春节回家，妈妈给我的卧室挂上了一幅红地黄花的新窗帘，我感觉窗前就像飘着两朵乌云，说不出的压抑。结果，当夜就把米色的窗帘换回去，这才心臆舒畅，安然入梦。二十五岁前，我还穿过几件红衣，戴过红帽子。可是近二十年来，红色的衣服在我的衣橱中几乎绝迹了。我钟爱黑白、灰色和咖啡色。每年除夕，家人大红大紫地装扮自己的时候，我依然素衣素服，最多穿上一双红袜子。结婚的时候，我打了一件红色毛线开衫，可婚礼一过，就把它压在箱底了。我的一个朋友，说我命运的变故与爱穿黑白色的衣服有关，这说法着实把我吓着了。如果那样的衣服真的是生活的下下签，我为什么要屡屡抽它们呢？于是，我尝试着改变颜色，将眼界放在水粉和橘黄上。可对于红色，我还是有些犹疑和畏惧。就连我妈妈和姐姐看我穿了红衣服后，也会摇着头说，不好看，不好看！

二〇〇七年元旦过后，我逛商场的时候，看到了一件枣红色的羊绒开衫。它软软地、茸茸地搭在衣架上，看上去懒洋洋的，很有点邻家女孩的味道，让人觉得亲切。它的红是收敛的红，红得有分寸，有气质，不张扬，不造作，我动了心。但因为它是红色的,还是心存着警惕,从它身边走开。回家后,我的眼前老是晃动着那件红衫,它像一团火在我心中燃烧,于是,隔了几天,把它买回,即刻穿在身上。站在镜子面前,觉得自己身披霞光,便没舍得脱下,一路穿进年关。如今,它陪伴着我,给家门贴上了大红的春联;又在阳台结了霜雪的窗前,挂上了大红的灯笼。

家中有了春联和灯笼,如同有了门神和天使的眼睛,关上这样的门时,虽然知道家中无人,可却觉得屋子里是有呼吸和脚步声的。

我锁上自家的门,下楼,去弟弟家。每年除夕,母亲都会在他那里。母亲在哪儿,哪儿便是年。

这样的雪路我已经不知走了多少遍了。

从我家到弟弟家,是由城东到城西。塔河是个小城,腊月时,人们都在忙年,采买物品,街上是热闹的。到了除夕,年是瓜熟蒂落了,街市中就少见行人车辆了。我沿着街边的雪路,慢慢地走,呼吸着清冷而新鲜的空气。不管什么季节,兴安岭的天空都是蓝的。这种透明的无瑕的蓝,对久居都市、为烟尘所困扰的我来说,就是《福音书》。阳光把雪地照得焕发出橘黄的光芒。街灯下面,是一串串的红灯笼。白雪红灯,格外分明。

我在除夕街头,碰见的第一个人,是个痴呆。他逍遥地走在杨树下，兴冲冲的，衣衫褴褛，敞着怀，没戴棉帽和手套，自得其乐地打着口哨。我看了他一眼又一眼，等于领受了新年的"憨福"。接下来遇见的，是一个骑着自行车的中年男人，他的车后座上吊着两个油渍渍的桶，看来是去饭店收猪食的。他的眉毛和胡子上濡着霜雪，想必在寒风中奔波了很久了。

除了理发店，大多的店铺都关了。店铺贴的春联又长又宽，十分醒目，那些陈旧的房屋因而显得亮堂了。小孩子在街角放着鞭炮，好像在空中甩着鞭子，一声声地吆喝着年。年是什么？是打着滚下坡的山羊吗？如果是那样的话，它们将从山上的雪松下滚过。在兴安岭，只有它们满身苍绿，富有春的气息。

我在寒风中步行了半个多小时，只是在大世界门前看见了两个摊床，一个是卖糖葫芦的，一个是卖鞭炮的。糖葫芦和鞭炮虽然姿容灿烂，但它们却是红颜薄命的。前者因取悦人的嘴而消融，后者因取悦人的眼而消散。不过鞭炮在绽裂时，会焕发出一瞬千年之美。

弟弟家已经把年夜饭准备好了。他们家的阳台，也挂起了红灯笼。天色渐晚，寒意愈深，红灯笼亮了起来。站在阳台上向下一望，见那满街的红灯笼，就像老天垂下来的一只只红碗！它们盛着星光和爆竹幽微的香气，为人间祈福。这座白雪覆盖着的小城，因为有了这些红灯笼，暖意融融。在没有鸟语花香的春节里，在北风和飞雪中，红灯笼就是报春花啊。

我恍然明白，人们之所以穿上红衣，是想用这火焰般的颜色，烧碎这沉沉暗夜，驱散这弥漫在天地间的苍凉啊。看来夜有多黑，就有多么光明的心；世界有多寒冷，就有多么如火的激情！如果没有这样的红色作为使者，北方的年，又怎能有春的气象呢？

我的世界

下

雪了

不论什么季节,我都
要做关于雪花的梦。

寒夜生花

　　今冬大兴安岭奇寒，春节前后，气温都在零下三十七八摄氏度之间徘徊。世界看似冻僵了，但白雪茫茫的山林中，依然有飞鸟的踪迹；冰封的河流下，鱼儿也在静静地潜游；北风呼啸的街头，人们也依然忙着年。

　　有生命的不止这些，还有花儿。

　　是霜花！

　　每天早晨，我从床上爬起，拉开窗帘，便可望见玻璃窗上的霜花。户外寒风凛冽，室内温度只有十七八摄氏度，所以今冬我见的霜花，不像往年只蔓延在窗子底部，而是满窗盛开！

　　霜花姿态万千，真是要看什么有什么。挺直的冷杉，摇曳的白桦，风情万种的柳树，初绽的水仙，半开的芍药，怒放的菊花，你在霜花的世界中，都能寻到。当然，除了常见的树木和花朵，霜花也隐现动物的形影，比如呼呼大睡的肥猪，飞翔的仙鹤，低头喝水的鹿，奔跑的狗，游走的蛇等。你要问霜花中有没有人，答案是肯定的。亭亭玉立的少女，蹒跚学步的儿童，弯腰弓背的老人，霜花也不吝惜它的笔，勾勒他们的形影，并为之配上人间的烟火气——房屋、水井、田地、牛车、犁铧、米缸、灶台、饭桌、碗筷甚至肥皂。仅有这些还不够，没有光，世界是彻头彻尾僵死的，于是霜花中就有了日月星辰，有了来自天庭的照耀！

不要以为霜花总是烟花般灿烂，它也有孤独的脚印；它也不总是祥云缭绕，那里也有离人的眼泪！

在这里，一年中最寒冷的时刻，也是最黑暗的时刻。太阳三点多就落山了，好像它答应了要去照耀另一个更黑暗的世界，而把人间过早地推入暮色之中。白昼中被阳光鞭挞的寒流，在太阳消失后，竟做起了浪漫的事情。它们中的一部分，潜入千家万户的窗缝，在人们熟睡时，用月光星光做笔，蘸着清芬的霜花，在明净的玻璃窗上，点染出一幅幅图画。

有千万扇窗户，就有千万个霜花的世界，因为霜花的世界没有相同的。今天你看到的芭蕉树形态的霜花，明天演变为一片葳蕤的野花了；今天你看到的少女，明天就可能变成老妪；

今天你看到的光秃秃的树,明天挂上了几盏灯笼。还有那饭桌和房屋,可能一夜之间会缺了桌脚,或是两层的房屋变成了三层四层,让你慨叹它们造房的神速。

太阳走得早,并没有想着第二天要早来。它晚来也好,霜花会存留长久些。七点多钟,晨曦初现,霜花被映照成柠檬色,远看像张金箔纸;等八点多太阳完全冒出头来,霜花就是橘红的了,如果此时恰好有酒杯形态的霜花闪烁其中,我就是喝到浓郁的葡萄酒了;而等太阳升得高了,阳光照耀着雪地,天地间跃动着白炽的光芒,霜花就回到本色,一片银白,玻璃窗就成了银库了!不过,太阳每前进一步,霜雪图就损毁一些:花瓣凋零了,树木枯萎了,河流干涸了,房屋坍塌了,动物少了四蹄或是尾巴,犁铧残破了,玻璃窗像是心疼什么人似的,漫溢着霜花的泪滴。阳光把这样的泪滴照耀得晶莹剔透,美轮美奂。如果说冬天也有露珠的话,该是它们吧。

霜花在正午时消失了,玻璃窗干干净净的了!不要以为它们的故事就此结束了,夕阳尽了,霜花又会在玻璃窗上重谱新篇。于是像我这种爱做梦的人,又有了新的憧憬。

霜花似乎很懂得主人的心思,有的时候,我能从霜花中看到已故亲人用过的东西,比如茶壶、眼镜,比如砚台、笔管。让人怀疑他们夜间悄悄匍匐在窗棂上,听我梦中的呓语。在冷酷的现实世界中失去的,那个世界又温柔地回馈了我,让我直想亲吻那片霜花，让我所爱的，再度与我的呼吸共融。

没有一个早晨，我不是与霜花共度的。我站在它面前看它，它也在静静地看我。能与心灵共通的世界，谁敢说是虚幻的！霜花是彼岸世界送给此岸世界的哈达，你的目光与它交汇时，就是领受了福气。

二〇一二年龙年到来的那一刻，我凑近霜花，仔细地闻。有一个熟悉的声音在我身后说，你还能闻出香味来？是啊，霜花不是尘世的花朵，没有凡俗的香味。可它那股逼人的清新之气，涤荡肺腑，这难道不是上天赐予人间最好的香味吗？我把这话说与身后发问的人，回首处，却看不见人影，只有门楣处的红灯笼在寒夜里一闪一闪的，像是在跟我搭话。

云淡好还乡

　　屋顶的霜几乎是与泛黄的叶片同时出现的，所以很难说它们哪一个更能预示秋天的到来。园田经过收获的洗礼已变得一片荒芜，蝴蝶无奈地蜕化和死亡，美丽的翅膀已成为其他虫子弥留之际的尸衣。盛夏时节曾喧嚣不已的河水已平静如一个受孕的女人。家禽不再喜欢东游西逛，温暖的窝使它们变得格外懒惰。

　　屋顶的霜在凌晨时是银色的。而太阳出来后它们则是奶色的。阳光只需触摸它们一小时左右，这霜就会消失，幻化成水珠一滴滴地由屋檐垂下。有时恰好人从屋里出来，一滴水就滑进颈窝，这个人必定一缩肩膀，嗔怪一声："没长眼睛的。"水珠当然也长着眼睛，它只不过喜欢恶作剧罢了。有时一条狗闻到灶房的香味往屋里钻，水珠也滴答地落到它身上，狗便抖抖身子，企图拂掉水珠，殊不知它早已渗入它的毛发中了。

男人们开始收拾菜窖，然后将白菜、土豆、萝卜等越冬蔬菜储藏起来。女人们忙得不可开交：腌酸菜、糊窗缝、翻新棉衣。最幸福的要数小孩子了，他们欢快地在户外的秋风中跑来跑去，却还要时不时地嚷嚷："真要来冬天了，手都冻麻了。"好像他们的手若不被冻麻，冬天就会远离塞外似的。

大兴安岭的秋天就这么有声有色地展开了画卷。别看居民区一派萧瑟，但有一处却极为绚丽，那就是房屋的土墙。一把把菜籽呈伞状垂吊着，已被晒成褐色的蘑菇干散发出一股菌类植物特有的气味。火红的辣椒串和雪白的大蒜辫子像一对相依相偎的恋人，相互盘绕在一起，难解难分。阳光照着那土墙，那色彩就浓烈得仿佛要横溢而出。红的要伸出舌头，紫的要流出汁液，黄的要弄疼谁的眼睛，白的想变成一团呵气去逗弄你的耳朵。

森林的色彩就更加丰富了。落到地上的树叶有褐黄、金黄和浅黄的，也有猩红、浅红和半青半红的。半青半红的叶子多半是被狂风劫掠而下。白桦树的叶子在阳光下仿佛是一树金币，铃铃作响。而肥硕的柞树叶子则整齐地变为红色。至于修长的落叶松，它的针叶像歌声一样在风中洋洋洒洒地舞动，每一根都是一个灿烂的音符。

呈"人"字形南飞的大雁优雅地告别一座座山村。极淡极淡的云在蓝天下漂泊着,无声无息。这时候任何一种声音都会传得很远,因为大地沉寂,天空澄碧。

男人们把蔬菜下到窖里后,就该将农具一一拾起,归置到仓房里,待到明年开春再用。接下来他们要检查一下房屋的泥坯是否因为夏日淫雨的侵蚀而有大面积脱落的地方,然后和上黄泥修补一下。当然还要用瓦刀从火墙敲下一块砖来,掏掏里面的灰,不然一个冬天火炉会吞吃大量的柴禾,灰越积越厚,有时将使烟道不畅。火炉倒烟的滋味可不好受,一家老少在浓烟中咳嗽着,外面寒风嘶鸣,又不能轻易打开门来放烟。所以准备工作要事先做好。当这一切都井井有条之后,有心情的男人就要编鸟笼子,预备大雪封山时去捕鸟。喜欢打猎的则用细铁丝编兔子套和狍子套,猎枪自然也要好好擦一擦了。擦猎枪的时候他们也许会哼上一支歌,歌声时断时续,如萤火虫一明一灭。

秋天自顾绚烂着、凋零着。当天空晴得几乎存不住一丝云彩时,河水仿佛是不流动了。薄冰开始出现,屋顶的白霜只到正午时分才稍稍融化一些。菜园中的虫子全部销声匿迹,年纪大的人及时穿上了冬衣,到户外走动的人也越来越少了。这时候的白桦树已经全部脱落了一树金黄色的叶片,仿佛由富人沦落为乞丐。猩红的柞树叶子也收缩成褐色，完全失去了水分。如果一阵狂风席卷而来，林地的落叶就满天飞舞，不知所措地旋转着。

大雁南飞，蝴蝶和蜻蜓也入了泥土。女人们忙完了一个秋天的活，就捶着酸痛的背，失神地望着天空中薄薄的云彩，想着该回老家看一看。想着出嫁那天离开娘家时的情景。有时就想出了泪，可又舍不得轻易动用柜子里的积蓄。于是晚上就常在梦里见到过去的炊烟，房舍，亲戚。想着世界不这么大该有多好，生活中没有这么多条漫长的路该有多好。这时候她们最渴望获得男人们温存的体贴。而男人的呼噜总是无忧无虑地起伏着，女人就仿佛听见潮水翻涌，自己则像孤舟在波峰浪谷中颠簸着。

天高云淡的时节似乎所有的生物都在怀乡。花草凋零除了说明它们对季节的不适应外，还隐喻着它们的生命渴望转换成另外一种状态，一种逍遥的休息状态。虽然说冬天的漫漫大雪掩盖了它们的声音和形象，可第二年的春天它们又会复苏，生机像深潭下的水草一样疯狂地弥漫。虫子依然活泼地在田间蠕动，蜻蜓的翅膀依然在明媚的阳光下闪烁，各色花卉将馨香畅快地吐露出来，只不过并蒂的花可能变成了三朵或者四朵，花瓣也由单层变为二重或三重。带着一种还乡后的温足和平静，它们望着天上变幻莫测的云时就有一种亲切感，因为淡淡的云缥缈地出现时，它们又会还乡。它们因此而变得永远年轻。

　　那些幻想着还乡的女人们呢？她们的鬓发渐渐变白，手指粗糙不堪，望着日月的清辉时会不由自主地花眼。她们的膝下已有了孙子孙女。柜子里的积蓄还是过去的样子，她们已经舍得花钱还乡，却力不从心了。何况那故乡的双亲早已故去，兄弟姐妹也到了夕阳般的年龄，她们去了又能寻到什么？然而每逢天高云淡的时候，她们仍然一如既往地做着还乡的梦。

上天的九级浪

楼下的农家,大约在白山黑水间生活久了的缘故,他家饲养的家禽,非黑即白。看门的狗呢,也是一黑一白。白的是大狗,黑的是小狗。女主人六十多岁了,虽然她多子多女,但因为孩子们大都下岗,无力奉养她,她便一早一晚地,蒸了馒头,拿到小市场卖。她出门的时候,由白狗率领着,那条威猛的白狗看上去就像翻卷在她前面的一团云。

白狗在家,小黑狗是老实的。白狗和主人一出门,小黑狗大约觉得天下是自己的了,立刻神气起来了。它会翻越木栅栏,跳到鸭子和鹅的领地,把鸭子撵得四处奔逃。鸭和鹅平素也是掐架的,但小黑狗一旦欺负鸭子了,鹅就会昂首挺胸的,梗起它气贯长虹的脖子，雄赳赳地出击。小黑狗此时会落荒而逃，溜回果树下的老窝。别以为它受了威胁后会长记性，没脑子的小黑狗，下次照样去骚扰鸭子。

这些鸭子和鹅居于园田的角落。鹅一律是白色的，鸭子呢，大多是灰黑的。有一只鸭子，羽毛是黑的，唯有胸脯那儿是白的，好像这只鸭子给自己开了一扇窗。这只鸭子，便也遭同类的嫉妒，不仅黑鸭子对它群起而攻之，傲慢的大白鹅也时常袭击它。它们那架势，似乎不合力把它胸前的那扇窗撞碎，就决不罢休。所以只要听到楼下的鸭子发出受惊的叫声了，十有八九是那只黑白花的鸭子。

狗对鸭子和鹅的食物，是不闻不碰的，它们吃的不是一路的。狗捡主人的剩饭，鹅和鸭呢，啄食的多半是谷物。冬天的时候，尤其雪大的日子，山上的麻雀寻觅不到吃的了，就会惦记这家院落家禽的食物。麻雀密密麻麻地落下来，往往刚偷个三口两口的，鹅就会张开蒲扇似的翅膀，驱赶它们。麻雀一哄而起，逃向天空。我想鹅身上无所畏惧的英雄主义气概，大概源自它与众不同的眼睛吧。老人们说鹅眼是收缩的，所以往往把人和风景都看小了。人在它眼里也许只是谷穗一般大，麻雀呢，不用说，就是一缕浮尘了。

我观察了，不仅人喜欢看风景，动物也是一样的。起风的时候，果树抖得厉害，狗就喜欢钻出窝，歪着脖子看摇摆的树,赏它的万种风情吧。正午的阳光将大地照得泛出白光时,鸭子和鹅就格外欢实,"嘎嘎——呱呱——"地叫着,且歌且舞。它们张开翅膀的时候,一定是把阳光当成了上天垂下的长发,而把自己的翅膀当成了梳子。

五月二日的傍晚,天空本来晴朗着,可是突然,一团连着一团的阴云从西南方向飞涌而出。它们气势宏大,像一支无坚不摧的铁甲部队,顷刻间横跨天际,占领了东北部的天空。灰云压顶,天色暗淡,它们却还嫌兵力不够,继续增兵,阴云厚起来,天黑起来,一看,就是大暴雨要来了。果然,我刚把窗子关上,雷声轰隆隆响起,闪电在云层中游鱼似的穿梭,暴雨已经来了。它们把玻璃窗打得噼啪噼啪响,像是放爆竹。我站在窗前,看了一眼楼下的农家小院,发现家禽都已回棚了,小黑狗也回窝了,只有白狗,站在窗棂下,随时准备出发的样子。

大兴安岭的暴雨就是这样,来得猛烈,去得也快。一刻钟吧,云薄了,雨小了。又一刻钟,天放晴了。本该落山的太阳,又明晃晃地跳了出来,大约雷声把它给打回来了吧。山上的水雾与阳光交融,生出了今年的第一道彩虹!好像老天嫌山河还缺乏春意,特意为它加上一只妩媚的眼。本来它要加一双的,可是第二条彩虹只是隐隐约约眨了眨眼,就不见了。而第一条彩虹,也很快被轰轰烈烈的云霓所淹没。

并不是所有的阴云都能演化成雨水。暴雨过后，天空还飞涌着大片大片的云。这些云带着一股重生的喜悦，翩翩起舞，姿态万千。灼灼的夕阳把西边天空的云照得一片嫣红，而东方的云，却是一派金黄。给人的感觉就是西方的天空在炼丹，而东方的天空则在炼金。在这嫣红和金黄之间，又有逐渐化开的蓝天，一块块的，散发着宝石色的光泽。风云变幻的天空，其壮丽之色，让我想起了艾伊瓦佐夫斯基的《九级浪》。都说天空如海，那多半是指它平静广阔的一面；而这场暴雨后的天空，让我明白天空之所以如海，是它也能卷起层层波浪！而且每一条波浪，都那么地惊险，又那么地绚丽！

农家小院的鸭和鹅，抖着翅膀出来了。它们看上去欢欣鼓舞的，大概知道彩虹出来后，河水就会暖了，它们离下河嬉戏的日子也就不远了。只是它们不知道，主人还有没有时间放牧它们。因为暴雨过后，它们透过木栅栏，看见小黑狗侧着身子蹭着果树玩耍，而白狗又引领着老迈的女主人，去小市场卖馒头去了。

美景，总在半梦半醒之间

　　太阳是不大懂得养生的，只要它出来，永远圆着脸，没心没肺地笑。它笑得适度时，花儿开得繁盛，庄稼长势喜人，人们是不厌弃它的；而有的时候它热情过分了，弄得天下大旱，农人们就会嫌它不体恤人，加它身上几声骂。看来过于光明了，也是不好。月亮呢，它修行有道，该圆满时圆满着，该亏的时候则亏。它的圆满，总是由大亏小亏换来的。所以亏并不一定是坏事，它往往是为着灿烂时刻而养精蓄锐。
　　在故乡的夜晚，一本书，一杯自制的五味子果汁，就会给我带来踏实的睡眠。可是到了月圆的日子，情况就大不一样。穿窗而过的月光，会拿出主子的做派，进了屋后，招呼也不打，赤条条地，仰面躺在我身旁空下来的那个位置上。它躺得并不安分，跳动着，闪烁着，一会儿伸出手抚抚我的睫毛，将几缕月光送入我的眼底；一会儿又揉揉我的鼻子，将月华的芳菲再送进来。被月光这样撩拨着，我只能睡睡醒醒了。

月光和月光是不一样的。春天的月光，似乎也带着股绿意，有一种说不出的嫩；夏日的月光呢，饱满，丰腴，好像你抓上一把，它就能在指尖凝结成膏脂；秋天的月光，一派洗尽铅华的气质，安详恬淡，如古琴的琴音，悠远，清寂；冬天的月光虽然薄而白，但它落到雪地后，情形就不一样了，雪地上的月光新鲜明媚得像刚印刷出来的年画。所以冬日赏月，要立在窗前。看着月光停泊在雪地后焕发出的奇异光芒，你会想，原来雪和月光，是这世上最好的神仙眷侣啊。相比较，冬春之交的月光，就没什么特别动人之处了。雪将化未化，草将出未出，此时的月光，也给人犹疑之感，瑟瑟缩缩的。

今年四月十日，是满月的日子，又是周末，故乡的亲人们聚在一起，做了几道风味独特的菜，大家快活地喝酒聊天。晚饭后，我回到自己的住处时，月亮已经升起来了。微醺的缘故，未及望月，我就熄灯睡了。大约凌晨三点钟的样子吧，我被渴醒了。床畔的小书桌上，通常放着一杯白开水。室内似明非明，我起身取水杯的时候，发现杯壁上晃动着迎春枝条般的鹅黄光影。心想月光大约太喜欢玻璃杯了，在它身上作起了画。喝过那杯被月光点化过的水，无比畅快。回床的一瞬，我有意无意地望了一下窗外，立时被眼前的情景镇住了：天哪，月亮怎么掉到树丛中了？我见过的明月，不是东升时蓬勃跳跃在山顶上的，就是夜半时高高吊在中天的，我还从没见过栖息在林中的月亮。那团月亮也许因为走了一夜，被磨蚀得不那么明亮了，看上去毛茸茸的，更像一盏挂在树梢的灯。那些还未发芽的树，原本一派萧瑟之气，可是披在林间的月亮，把它们映照得流光溢彩，好像树木一夜之间回春了。

看过了这样的月亮，我再回到床上时，又怎能不被美给惊着呢！虽然我接着睡了，可是往往眯上二三十分钟的样子，又惦记着什么似的，醒来了。只要睁开眼，蒙眬中会望一眼窗外——啊，月亮还在林间，只不过更低了些。再睡，再醒来，再望，也不知循环往复了多少次，月亮终于沉在林地上，由灯的形态，变幻成篝火了。这是那一夜的月亮，留给我的最后印象。

第二天彻底醒过来时，天已大亮。窗外的山，哪还有满月时的胜景。消尽了白雪而又没有返青的树，看上去是那么的单调。虽然寻不见月亮的踪迹，但我知道它因为昨夜那一场热烈的燃烧，留下了缺口，不知去哪儿疗伤去了。因为它燃烧得太忘我了，动了元气，所以不管怎么调理，此后的半个月，它将一点点地亏下去。待它枯槁成弯弯的月牙儿，才会真正复苏，把亏的地方，再一点点地盈满。它圆满后，不会因为一次次地亏过，就不燃烧了。因为月亮懂得，没有燃烧，就不会有灰烬；而灰烬，是生命必不可少的养料。

　　我怎么能想到，在印象中最不好的赏月时节，却看见了上天把月亮抛在凡尘的情景呢。在那个时刻，那团月亮无疑成了千家万户共同拥有的一盏灯。假使我彻头彻尾醒着，这样的风景即使入了眼，也不会摄人心魄。正因为我所看到的一切在黎明与黑夜之间，在半梦半醒之间，那团月亮，才美得夺目。

雷雨中的风情

当暑热来临的时候,花朵和树叶都呈现出被煎熬的憔悴姿容。飞旋的尘土使我们无比渴望雨水的滋润。知了的叫声密集如乌云,如果此时视野里突然出现一座巍峨的冰山,我们会情愿放弃其他信仰而对它顶礼膜拜。

夏天是我最讨厌的季节。在这个阳光稠密的时节,我的大脑一片混沌,持续奔流的热汗将我良好的想象力洗劫得无影无踪。我只能读书,看些无聊的电视节目,然后在黄昏时到街巷中散步。这样的日子你不会想起温情的往事。它留给我的全部印象只是"呼吸"——活着而不思想。

然而就在昨天,持续高温几天的哈尔滨突然降下一场大雨。这是我所见过的最轰轰烈烈的一场雷雨。雷声激情荡漾，将窗棂震得乱响，豆大的雨点溅在窗台上，一股带着腥味的湿气扑面而来。室内陡然黯淡了，我终于感觉到入夏以来思维又活跃地跳动了。一些曾有的生活画面就奇妙地在雷雨闪电中重现。

昏暗的光线使我的发丝不再有光泽时，我的思维却生机勃勃了。这种时光对我而言贵如黄金，因为沆然和困厄一扫而光。青菜萝卜在我眼中有了超越它们本身的价值和光彩。这种特殊的环境和氛围最适于回首往事和发现自己。

年轻人回首往事是由于没有经历太多的人世沧桑，这种回首带有某种浪漫和虚荣的成分。真正尝遍人世间的酸甜苦辣后，大约是不屑回头遥望的。他们会心平气和地喝着浓茶，看很老很老的夕阳。不过我仍然喜欢青春时代这种甜蜜而虚荣的回首，它使我在四面楚歌的现实中获得了一份心灵的宁静。同时，它落脚于笔端时使文字有了从容不迫的感觉。

雷雨天气带给了我激情。我站在一面狭长的镜子前，看着自己。黯然的光线使镜中的我有了某种朦胧感，头发真正如乌云。青春在凝固的水银照射下若隐若现着。没有谁能令我笑靥常开，你湿湿的眼神还是暗自收敛吧。纯棉的白睡袍是否会永远纯白下去，刺绣的淡蓝色小花究竟来自哪一条山谷，那花又是谁的故乡？

青春意味着走向成熟，而成熟就不再生长了。所以我的身高不会再增高，手脚也不会再长大。那么成熟便也是一种隐匿而规矩的气息了。这样的气息是否可爱？我怀疑。当心情和饮食的优劣使我的气色时好时坏时，我的文字却始终如一地在纸上跳跃。它们如窗外的雨点一样嗒嗒作响，它们建构了我的时间和生活。那是一股清丽，湿润，拂之不去的气息。如果这样的气息离我而去了，我将成为什么？

我是一个恋旧且喜欢被朴素事物打动的女人。我脾气执拗，爱憎分明，喜怒形于色。我的胃水性杨花，对品种繁多的零食钟情不已。它也因为这种"博爱"而自食其果，慢性胃炎纠缠着我。我喜爱看体育比赛的节目，尤其钟爱足球，但自己却是一个少于运动、耽于枕上美梦的懒虫。我喜欢吃热饺子喝冰啤酒，喜欢梳长发，喜欢在日记上记录我的梦境。自从做了专业作家后，我很年轻却有了"退休"的感觉，每日在家读书写作，心情坏的时候给好友打个长途或者到松花江边坐上一刻。好空气会使人变得温和起来。当然，有时也梦想有一个家，打算在本世纪末把自己嫁出去。

雷雨使干燥的空气变得湿润，雨后的阳光总是水洗般透明。在夏季，我总是铺一张凉席在地毯上，周围摆满了书、电风扇、台灯、水果和纸笔。我不用电脑，随便拈着纸笔就可以倚着一个角落信笔涂鸦。这便是我的生活和世界。也许别人会以为单调和枯燥，但它很适合我。适宜于自己的生活注定不会是坏生活。

当然，暑热当中若经常有雷雨光顾就更理想了。这样我还能依赖于它而写一点小文章（正如现在），否则，我只有等待秋季的凉爽降临后，才能寻回驰骋于作品中的那股激情。写作帮助我发现平凡生活的光彩，使我在孤独时获得力量和暖意，使我在呼吸时能嗅到一股极淡的馨香，因而我热爱它。

你们所看到的我背靠着五台山的一座古老的铜亭子，那上面锈迹斑斑。那一瞬间细雨霏霏，可铜亭子上并没有雨的湿痕，那雨意是进了我的双眸了。我总是想，黄昏时分正殿的钟声响起时，这铜亭子会跟着发音吗？它如果发音了，又是哪一个世纪的声音？

竹园的花朵

　　每一种生灵,似乎都依托着一种植物而生。大兴安岭鄂温克人放养的驯鹿,以苔藓为主要食物;马牛羊的嘴巴,是青草天然的割草机。熊猫呢,它的生命之树当然是竹子了。
　　小的时候,我常看邻里那些能织善绣的女孩子钩窗帘,或是绣门帘和枕头。那纯白及五彩丝线勾勒出的图景,有我熟悉的,如金鱼水草、松树白鹤、玫瑰蝴蝶;也有我不熟悉的,如鸳鸯荷花、夜莺海棠、熊猫竹子等。
　　但凡能上得了门帘、窗帘和枕头,能让人观赏和枕着入梦的,一定都是吉祥的事物。虽然那时对熊猫和竹子是陌生的,但我还是怀揣了一份憧憬,希望日后与它们有美好的邂逅。

我第一次见到竹园，是二十年前在青岛的八大关海边。见到它，总觉得在摇曳的枝叶间，应该有一种黑白相间的花朵在绽放——熊猫，还应该有一位竹园的主人迎面走来——曹雪芹用那支极尽苍凉和绚烂的笔，描画出的被竹林环绕着的潇湘馆里的林黛玉。这一物一人，以一实一虚的方式存在于世间，广为人知。然而在那样的竹园中，既听不见黛玉缓步而行、裙钗轻触竹叶的温存之声，也看不见熊猫那憨然可爱的身影。没有它们，竹园似乎了无生气了。

熊猫爱吃竹子，在电视上见到它抱着竹子的模样，很像一个大烟鬼捧着杆须臾不能离身的烟枪。我这样联想，并没有鄙薄它的意思。熊猫是地球上濒临灭绝的物种，可爱而珍稀，所以它常常扮演外交使节的角色，远涉重洋，沟通中国与世界其他国家的感情。它是风光的，可又是不幸的。中国有哪一种动物要经历它这样的离别故土的苦楚呢？

我至今没有见过活生生的熊猫。我知道它的故园在四川，它的乐土在竹园。尽管我们采取了划归自然保护区和人工繁殖等手段，但它的家族仍然是人丁稀少。它是竹园的精灵，是从远古一路走来的疲惫的旅人，是开在翠竹间的黑白相间的花朵。它的白吸纳了云朵和雾气的精华，因而白得湿润、明亮；它的黑汲取了黑土和苍鹰的力量，因而黑得深沉、光华。我多么希望这样的花朵能在人间永驻，不求它盛开，只要年年能看到这样的花朵,哪怕寥寥,也是我们地球人的福气啊。否则,如果有一天它真的消失了,那些幽静而风雅的竹园,是否会因此而变得凄清和荒寂了呢?

我的世界下雪了

　　沿着堤坝向南走，可以看到一带蜿蜒起伏的山峦。春夏时节，那山是绿色的。当然，这绿也不是纯粹的绿，其中仍夹杂着点点的白色，那是白桦树荡漾在松林中的几点笑窝。山脚下，有一条清澈而宽阔的河流——呼玛河。从河岸到堤坝，是一片茂密的柳树丛和几百棵高大的青杨。那些青杨间距很广，错落有致地四散开来，为这带风景平添了几分动人的风韵。初春的时候，残雪消融，矮株的柳树红了枝条，而高大的青杨则绿了身躯，那些青杨就像是站在河岸的穿着绿蓑衣的渔民，而那丝丝柳枝，有如一群漫游在他们脚下的红鱼。
　　如果是沿着河岸向南走的话，你仍然可以看到山峦、柳树丛和青杨，不过在岸边还可以看到一块又一块的庄稼地和在那里劳作的农人的身影。如果你乐意，可以停下脚来问问他们今年的庄稼长势如何，他们会热情地告诉你，哪种庄稼长势喜人，哪种庄稼缺了雨水，哪种庄稼又遭了虫灾。他们跟你说话的时候，偎在他们身旁的先前还跟你汪汪叫着的狗，立刻就停止了吠叫，它会摇着尾巴，歪着头听你和它的主人友好地交谈。而那谈话始终是有流水声相伴着的，河水"哗——哗——"地流着，就像一位腰肢纤细、身材修长的白衣少女，正躺在那里懒洋洋地小睡着，而河水发出的如歌的行板就是她均匀的呼吸。

  当然，我是从一个漫步者的角度描述我故乡居室窗外的风景的。如果你坐在书房的南窗前观赏山峦、柳树丛和河流，那就是另一番情境了。通常情况下，河水看上去只是浅浅细细的一条亮线，但是到了涨水的季节，而月亮又格外地圆润皎洁的话，河流就被映照得焕发出勃勃金光，明亮得就像镶嵌在大地上的一道闪电。而山峦和柳树丛呢，它们也会因着观察角度的变化而改变了容颜，山显得低了些，山峦与天相接所呈现的剪影也就更为明显，它那妖娆的曲线一览无余；柳树丛呢，它们缥缈得就像岸边的一片芦苇，而那些高大的青杨，由于你看不清它们身上那些纵横的枝丫和漫溢着的鲜润的绿色，则很有点武士的味道了，显得那么的浑厚、苍劲和威严。

如果把老天比喻为一个画师的话，那么它春夏时节为大自然涂抹的是如梦似幻的温柔之色；到了秋天，它的画风发生了巨变，它借着秋霜的手，把山峦点染得一派绚丽，那灿烂的金黄色成为这个季节的主色调，让人想起凡·高的画。但这种绚丽持续不了多久，随着冷空气频频地入侵，落叶飘零，山色骤然变得暗淡陈旧了。但这种暗淡也不会让你的心灰暗很久，伴随着雪花那轻歌曼舞的脚步，山峦迎来了另一次的灿烂，它披上一件银白的棉袍，于苍茫中呈现着端庄、宁静的圣洁之美。

　　我之所以喜欢回到故乡，就是因为在这里，我的眼睛、心灵与双足都有理想的漫步之处。从我的居室到达我所描述的风景点，只需三五分钟。我通常选择黄昏的时候去散步。去的时候是由北向南，或走堤坝，或沿着河岸行走。如果在堤坝上行走，就会遇见赶着羊群归家的老汉，那些羊在堤坝的慢坡上边走边啃噬青草，仍是不忍归栏的样子。我还常看见一个放鸭归来的老婆婆，她那一群黑鸭子，是由两只大白鹅领路的。大白鹅高昂着脖子，很骄傲地走在最前面，而那众多的黑鸭子，则低眉顺眼地跟在后面。比之堤坝，我更喜欢沿着河岸漫步，我喜欢河水中那漫卷的夕照。夕阳最美的落脚点，就是河面了。进了水中的夕阳比夕阳本身还要辉煌。当然，水中还有山峦和河柳的投影，让人觉得水面就是一幅画，点染着画面的，有夕阳、树木、云朵和微风。微风是通过水波来渲染画面的，微风吹皱了河水，那些涌起的水波就顺势将河面的夕阳、云朵和树木的投影给揉碎了，使水面的色彩在瞬间剥离，有了立体感，看上去像是一幅现代派的名画。我爱看这样的画面，所以如果没有微风相助，水面波澜不兴的话，我会弯腰捡起几颗鹅卵石，投向河面，这时水中的画就会骤然发生改变，我会坐在河滩上，安安静静地看上一刻。当然，我不敢坐久，不是怕河滩阴森的凉气侵蚀我，而是那些蚊子会络绎不绝地飞来，围着我嗡嗡地叫，我可不想拿自己的血当它们的晚餐。

在书房写作累了，只需抬眼一望，山峦就映入眼帘了。都说青山悦目，其实沉积了冬雪的白山也是悦目的。白山看上去有如一只只来自天庭的白象。当然，从窗口还可以尽情地观赏飞来飞去的云。云不仅形态变幻快，它的色彩也是多变的。刚才看着还是铅灰的一团浓云，它飘着飘着，就分裂成几片船形的云了，而且色彩也变得莹白了。如果天空是一张白纸的话，云彩就是泼向这里的墨了。这墨有时浓重，有时浅淡，可见云彩在作画的时候是富有探索精神的。

无论冬夏，如果月色撩人，我会关掉卧室的灯，将窗帘拉开，躺在床上赏月。月光透过窗棂漫进屋子，将床照得泛出暖融融的白光，沐浴着月光的我就有在云中漫步的曼妙的感觉。在刚刚过去的中秋节里，我就是躺在床上赏月的。那天浓云密布，白天的时候，先是落了一些冷冷的雨，午后开始，初冬的第一场小雪悄然降临了。看着雪花如蝴蝶一样在空中飞舞，我以为晚上的月亮一定是不得见了。然而到了七时许，月亮忽然在东方的云层中露出几道亮光，似乎在为它午夜的隆重出场做着昭示。八点多，云层薄了，在云中滚来滚去的月亮会在刹那间一露真容。九点多，由西南而飞向东北方向的庞大云层就像百万大军一样越过银河，绝大部分消失了踪影，月亮完满地现身了。也许是经过了白天雨与雪的洗礼，它明净清澈极了。我躺在床上，看着它，沐浴着它那丝绸一样的光芒，感觉好时光在轻轻敲着我的额头，心里有一种极其温存和幸福的感觉。过了一会儿，又一批云彩出现了，不过那是一片极薄的云，它们似乎是专为月亮准备的彩衣，因为它们簇拥着月亮的时候，月亮用它的芳心，将白云照得泛出彩色的光晕，彩云一团连着一团地出现，此时的月亮看上去就像一个巨大的蜜橙，让人觉得它荡漾出的清辉，是洋溢着浓郁的甜香气的。午夜时分，云彩全然不见了，走到中天的明月就像掉入了一池湖水中，那天空竟比白日的晴空看上去还要碧蓝。这样一轮经历了风雨和霜雪的中秋月，实在是难得一遇。看过了这样一轮月亮，那个夜晚的梦中就都是光明了。

我还记得二〇〇二年正月初二的那一天，我和爱人应邀到城西的弟弟家去吃饭，我们没有乘车从城里走，而是上了堤坝，绕着小城步行而去。那天下着雪，落雪的天气通常是比较温暖的，好像雪花用它柔弱的身体抵挡了寒流。堤坝上一个行人都没有，只有我们俩手挽着手，踏着雪无言地走着。山峦在雪中看上去模模糊糊的，而堤坝下的河流，也已隐遁了踪迹，被厚厚的冰雪覆盖了。河岸的柳树和青杨，在飞雪中看上去影影绰绰的，天与地显得如此的苍茫，又如此的亲切。走着走着，我忽然落下了眼泪，明明知道过年落泪是不吉祥的，可我不能自持，那种无与伦比的美好滋生了我的伤感情绪。三个月后，爱人别我而去，那年的冬天再回到故乡时，走在白雪茫茫的堤坝上的，就只是我一人了。那时我恍然明白，那天我为何会流泪，因为天与地都在暗示我，那美好的情感将别你而去，你将被这亘古的苍凉永远环绕着！

所幸青山和流水仍在，河柳与青杨仍在，明月也仍在，我的目光和心灵都有可栖息的地方，我的笔也有最动情的触点。所以我仍然喜欢在黄昏时漫步，喜欢看水中的落日，喜欢看风中的落叶，喜欢看雪中的山峦。我不惧怕苍老，因为我愿意青丝变成白发的时候，月光会与我的发丝相融为一体，让月光分不清它是月光呢还是白发；让我分不清生长在我头上的，是白发呢还是月光。

几天前的一个夜晚，我做了一个有关大雪的梦。我独自来到了一个白雪纷飞的地方，到处是房屋，但道路上一个行人也看不见。有的只是空中漫卷的雪花。雪花拍打我的脸，那么地凉爽,那么地滋润,那么地亲切。梦醒之时,窗外正是沉沉暗夜,我回忆起一年之中,不论什么季节,我都要做关于雪花的梦,哪怕窗外是一派鸟语花香。看来环绕着我的,注定是一个清凉而又忧伤、浪漫而又寒冷的世界。我心有所动,迫切地想在白纸上写下一行字。我伸手去开床头的灯,没有打亮它,想必夜晚时回电了;我便打开手机,借着它微弱的光亮,抓过一支笔,在一张打字纸上把那句最能表达我思想和情感的话写了出来,然后又回到床上,继续我的梦。

那句话是:我的世界下雪了。

是的,我的世界下雪了……

中国北极的天象

在我的故乡北极村，每逢夏至到来，白夜就降临了。天色在午夜时分仍很清朗，你甚至能辨别出落在花圃上的蝴蝶。白夜就像新嫁娘一样容光焕发，那洒满了阳光的路，宛若它拖曳下来的洁白的婚纱一样，令童年的我欢喜不已。因为这时的我可以放纵地在户外戏耍，大人们若是吆喝我回屋睡觉，我会理直气壮地说："天还没有黑呢！"

有一年的白夜，我和外婆去黑龙江畔刷鞋子，我刚把大大小小的鞋子装上石子浸到水中，突然，天空变得暗淡了，水面被一层微红的光影笼罩着。外婆叫了一声："来了极光了！"我抬头一望，只见先前还晴朗的天空有一团橘红的东西在瑟瑟抖动,很像挨宰的大公鸡在毙命前的挣扎,而江面上的那些红光,就像它滴下的血,这不禁使我骇然!我死死地抓着外婆的手,差点被吓哭了。可见欣赏美是要有阅历的。极光之美对于懵懂无知的我来讲,就像童话故事中的大灰狼一样令人胆寒。

也许是我与北极光的第一次接触不那么"两情相悦",从那以后,再也没有见过它。尽管离开故乡后我又几次专程去寻它,可它始终未露真容。在我的心目中,它永远是一个幻影了。

大约是一九八八年或者是一九八九年吧,暑假时,我从北京回乡探亲。某日黄昏,我正站在菜园旁和家人聊天,突然,空中出现了一个圆盘形状的散发着淡绿色光晕的飞行物!家人大惊失色,说那一定是"飞碟"。母亲让我们赶快回屋,她怕我们被这个神奇的圆盘给吸走。我哪舍得错过这难得一遇的天象奇观。我欣喜而胆怯地仰望它,看着它饱满地变大,颜色由浅及深,感觉老天这是丢下了一个玉盘,赏给凡尘人做瓜果的容器了。可惜我无福拾得这个玉盘,它最终还是消失在茫茫太空中。

我在极北之地观赏到的最壮美的天象,是一九九七年三月九日的日全食。那是上个世纪人类所能看到的最后一次日全食。还记得清晨起来时见太阳如往常一样光鲜动人地从山上升起,然而它没有走多远,就被传说中的"天狗"给咬了一口,出现了"初亏"。接着,太阳被蚕食的面积越扩越大,大地变得暮气沉沉,寒意逼人。当太阳被完全遮住的时候,它的边缘出现了一圈银白色的毛茸茸的光圈,好像衰老的太阳戴着一顶金光灿灿的草帽,那就是著名的"日冕"现象。那一时刻我突发奇想:月亮把太阳完全遮住的那一瞬间,它们是否是在浪漫而热烈地"做爱"?那弥漫在它们周围的光芒,一定是它们合二为一时,体内流淌出的最明亮、芬芳的生命之泉!

在人迹罕至的北极,奇异的天象就像热恋中情人的眼睛,每一个回眸,都令人心旌摇荡,难以忘怀。

猜想白夜

在我七八岁的时候,北极村还不像现在这般声名显赫,那时它只是中国最北的一个宁静的小村子。一年四季很少有外地人光顾。春种秋收,夏雨冬雪,日落星移,最多看到的是冬季那无休无止、飞扬跋扈的大雪了。所以童年对这个村子的印象就是一片无垠的雪上的一片高大温暖的木刻楞房屋。房屋外有围着栅栏的菜园,有弯弯的雪道和永不枯竭的水井。那绝对是一幅精工细致美丽绝伦的黑白水墨画。白的是自然,黑的是人间写意。那时夏天最令人激动的事物该是大轮船到达的消息,我们会跑到码头去看那船上都下来些什么人。船到北极村已是终航时候,所以下来的总是寥寥无几。接到人的欢天喜地,接不到的就只有盼下趟船了。我能看见船长穿着挺括的制服站在岸边和一些老熟人打招呼的情景。船长就是船的统帅，那时我觉得全世界最大的官就是他了。因为他能指挥一条船在水上往来穿梭，能把人送到该去的地方，而船又不会沉入水底，这多了不起。

这种对北极村的印象一直延续到今年夏至。

还记得一九八四年，是我刚从师专毕业走上工作岗位的那一年。冬季的一个周末，我突然决定去北极村，于是带着一个月的工资当夜上路了。天非常寒冷，零下三十多摄氏度的气温已司空见惯。我的突然出现使姥姥姥爷惊喜异常。他们说北极村今年来了鱼汛，打了不少鱼，正愁没人往回捎呢，姥姥直夸我能赶上鱼汛是多么有福气。那时我姥爷还健在，他喝过酒就偎在火墙前听我们说话，有时也讲别人家都打上了什么鱼，这鱼漂亮不漂亮，有多沉等等。厨房里蒸气弥漫，炉膛里柴火熊熊。第二天傍晚，我便和舅母上江捕鱼了。我舅母其实只长我三岁，人俊而贤惠，屋里屋外的活都是行家里手。鱼一般都在傍晚时才上网，所以鱼汛正盛的几天几乎家家都彻夜守在江上。我们带着捕鱼的工具和柴禾来到黑龙江上。江面上有许多人家已经生起火盆了。舅母也点起了火盆。那一段江面在向晚时刻是灰蓝色的，江面上火焰点点，无限的寂静的夜色和那生动的摇曳着的金色火焰，这一静一动，以推波助澜之势增添了黑龙江的壮美。卸下了雪橇的狗在江面上撒着欢，舅母开始溜网，提上来了几条红肚皮的细鳞并几条花纹点点的狗鱼，鱼刚上来时还活蹦乱跳，但在江面上扑腾几下，便奄奄待毙了。虽然没有赶上鱼汛的高潮，但我毕竟置身于它的尾声中了。

一九八六年春节后我又陪母亲回了次北极村。那时父亲才过世不久，相逢的快乐不免带有几分哀愁的气息，而且那年没有鱼汛，黑龙江江面上看上去冷冷清清的。屈指算来，我已经有七年未回故里了。去年一些同事去那看白夜，据说是动人之至。而我仔细回味夏天的好处，却只有白轮船停泊时的形象，所以发誓要尽快弥补这一遗憾，机会果然很快来了。

同行者共八人。八，如今是个吉利数字。从哈尔滨到加格达奇一路天清气朗。一入大兴安岭，便觉天高地阔，凉爽之至。据地委宣传部的人介绍，今年去北极村欣赏白夜的人络绎不绝，我先前还将信将疑，但一到了西林吉，住进北陲饭店一打听，百分之八十的人都是为白夜而来的。六月二十日正午，阴雨绵绵，让人忐忑不安，恐怕次日的白夜会有名无实，被雨给搅扰了。然而白夜的这天早晨天只是幽默地阴一会儿，便云开日朗。我们乘车驶向黑龙江源头恩和哈达。源头的草原十分舒展，草茎纤尘不染，一群马静处其中，野花又恰到好处地四散开来。蓝天白云，绿草清水，的确风景如画。这样的美景使我们对晚上赶到北极村看白夜充满了无穷的信心。从恩和哈达经洛古河、老沟金矿到达北极村已是傍晚五时许,太阳还明晃晃地悬在空中。我急不可耐地去舅舅家。姥姥早已闻讯出来,她穿着件黑色羊毛衫,面色红润,仍然是那么干净利落。舅舅陪省广播电视厅的领导吃饭去了,舅母在一家个体饭店忙得不亦乐乎。一下子拥进几万人,小小的村子几乎承担不起这接待任务了。我和姥姥聊了会儿家常,就领小妹毛毛到林间去拍照。出了院门不到百米,便是茂密的松树林,铃兰花散发出无尽的幽香。毛毛不停地问我,《北极村童话》中写的姥姥就是她奶奶吗?我点点头,又补充说有些细节是想象的。想象?她乐了,这个只有小学四年级文化的小妹在照完相回到家后一头扎在桌子上,只一刻便写出一篇文章,拿来给我看。开头是这样写的:"有一天深夜,我家的两只白鹅因为狗发生了一场战争……"我一下子被吸引住了。我在毛毛这般年纪,并未有她伶俐,所以没有理由怀疑她将比我有出息。饭后我和姥姥继续叙着一些旧事,不知不觉是晚上九点多的光景了,同行的领导和朋友登门看望姥姥,我们又说了一会儿话,便去江边看白夜了。

一步下江岸,就见沙滩上热闹非凡。乐队在敞篷卡车上奏着乐曲,几串霓虹灯闪烁不休,沙滩上篝火点点,许多人拥在出售旅游纪念章和首日封的白篷子前,与我想象中的观赏白夜的情景大相径庭。没有那种宁静和谐的气氛,倒有些像农贸市场的早市，庸碌而世俗。北极村在这一天不再古朴，它疲惫、松懈，甚至有些零乱。大家都有些兴味索然。

我们千里迢迢为了观看光明照临人间的最大限数，只能使光明望而却步。我在那短暂的黑暗中想，一个出了名的村子将不再美丽，但这不等于它丧失了美丽。它只是在出名的这天不美丽而已。美永远是独立的，而不是公众的。坐在往回返的汽车上，我遥想北极村夏天的好处，那绝不是白夜的情景，而仍然是一艘船于黄昏时分停泊岸边的形象。如果问我北极村那光明的白夜是什么的话，在我的心目中，她就是我的外祖母。外祖母的存在，将是我生命中永不消逝的白夜。

十里堡的黄昏

在炊烟深处,你屏息谛听马蹄踏在沥青路面的回声吧。

十里堡的黄昏

　　如果在京城想听马蹄踏地的嗒嗒声，请到东郊十里堡去吧。当你从沉香袅袅、森严堂皇的故宫出来，遥望苍翠的景山和不远处舟楫点点的北海，忽然对那种脱离自然的人工景观有了某种惆怅的时候，请踏上电车，去十里堡吧。

　　十里堡是都市中的乡村。黄昏降临时，印染厂门前那条本不清澈的河水便被夕阳的余晖给涂抹得一派灿然。简朴陈旧的桥两侧这时就被郊区的菜农给占据了。新鲜的挟着泥土的蔬菜比比皆是。这些菜农面若枣色，穿布衣，有的妇女在冬季时包着土里土气的头巾，他们提秤的手和他们的吆喝声一样粗糙。有时他们还赶着马车或驴车来。单匹的马或驴牵着一部木纹处显着亮光的板车，车上是水灵灵的蔬菜。他们有板有眼地走在黄昏里，没有比这种情景更感人的了。在炊烟深处，你屏息谛听马蹄踏在沥青路面的回声吧，好像有人在深夜敲着梆子单调地报时，又好似满江的冰雪在初春还原为水时发出的激情的碎裂声。听完了这种来自乡间的声音，你沿着十里堡那条庸碌、闭塞的长街再走上一刻吧。卖白鲢鱼的人将期望的目光投在你身上，一些白发苍苍的老人坐在胡同口的矮板凳上沐浴夕阳，老人背后的砖房是苍灰色的，它经历了多少年风雨的洗涤，它所听到的马蹄声不用说是悠久了。如果你走路稍不留神，会被四处支起的小摊撞着。卖驴打滚的人戴着鲜亮的白帽子；煎饼果子的摊前总是那么热气腾腾；炸饼在油锅里发出知了一般的叫声；卖各种腌菜的老婆婆，将那五颜六色的腌菜一盆盆地陈列在玻璃柜里，玻璃锃亮锃亮的，里面的每样腌菜都是老婆婆的一个童话。走在这样的街上，你会感觉到生活的气息阵阵拂来，给人的精神以一种慰藉。

秋天尽了，苍白混沌的冬天来了。十里堡桥下的流水在傍晚时常常升腾起一团团乳白的雾气。站在桥头卖菜的农人如临仙境，但他们绝不会因为雾气的影响而短斤少两，他们在浓雾中拼命睁大双眼去看秤星，他们的布底棉鞋踩着坚实的路面，远来的马蹄声越发响亮了。那时我们会更加怀恋春季时在桥头卖鲜红草莓和樱桃的小姑娘，怀念秋季时挑着沙果担子的壮健的汉子。他们不是京城人,他们居住在农村,种菜、种粮,也种花。他们的夜晚由于拥有真正的月光,而令城市被灯火簇拥的灿烂夜景黯然失色。农人们在城市的边缘生活着,他们不时给京城挟来新鲜的田野气息,送来生命中最不可缺少的养料,送来稻谷、玉米、水果、蔬菜,也送来朴实忠厚与善良。因为有了他们,京城就像被一股活水围绕着,富庶美丽,生生不息。

我忘不了离开北京的那年冬天,圣诞节前夕一个低沉的黄昏,还是在十里堡那条幽僻的长街上,我拿着刚买到的一沓散发着廉价香水气味和美丽谎言的贺卡朝回走,忽然在桥头遇见了一个卖竹编小摆设的乡下人。他年纪很大了,穿一件黑棉袄,面目有些迟钝。篮子里放着形形色色的竹编:黑嘴巴短尾巴的狗、胖乎乎的小鸡、姿态娴雅的鸭子和有着鲜红眼珠的小兔子。我问他每件卖多少钱,他说一元。他并不看我说话,我蓦然察觉这是个盲人。我问他这些小动物可是他编的,他点点头。我突然觉得羞愧难当,我花许多钱买来了一堆印刷精美却难掩矫情的贺卡,而对这些充满自然气息的竹编熟视无睹。是城市要消灭一个有着故乡的人的心中那最后一缕乡愁吗?那一刻我的眼睛发潮了。

天坛的参天古树、颐和园的楼台亭阁、王府井的繁华街市,并没有给我留下太多的回忆。能让我想起北京的,总是东郊那个叫十里堡的地方,那个我生活了三年的地方,我忘不了那儿的黄昏。

炒米胡同里面看夕阳

　　当我把一篇文章的最后一行字写完时，突然想哭了。因为掷笔抬头的一瞬，方觉得满室蓬荜生辉。透过明亮的玻璃窗，见无限的黄昏把远处的瓦灰色楼房和近处的几排高大的杨树，装点得那么辉煌和潇洒，往日在青白的日头下所见的那黯淡，那单调，竟残雪般地散尽了。

　　坐在桌前，就这么把全身心浸在酽酽的黄昏里，转目镜中，见满头披垂的乌发，竟也染上了黄昏的一片幽情，无数根发丝犹如满月朗照下的一片草地，柔和得不能再柔和，安详得不能再安详了。

　　我把手指轻轻地插进发缝，慢慢地用指甲拾取着藏在发间的黄昏。我仿佛听到了鸟儿在夜半林梢的一声悄吟,仿佛看到了秋虫在残红里的一阵惊心的情思。也就在这时,我猛然发现了自己的发间有一根白丝,很耀眼很刺目的白,像一根线雪从山崖上飞旋而下,动人心魄地飘垂着。

哦,白发!我不由得在心底深深地叹息了一声。我有了第二根白发了,在我二十三岁的这个春天的傍晚。

第一次见着白发是在初中,十四岁,那是为着一桩游戏。我的同学要从我的头上拔下一根发丝,把发根沾在她的手心,看它是否能像青藤一样垂吊着而不致坠落,以此来证明我对她是否真心。她拔我的头发,却恰恰拣出了一根白的,惊叫着笑了一声,我也惊叫着笑了一声。而后就像扔冰棍纸一样随便地把它扔掉了。我们再也不说起这根白发,青春好长好长呢。

这次见着白发,是在九年之后的黄昏的天光中,我的心底里叹息复叹息,不知青春是否已驶到尽头,泪水忍不住地往外涌了。

我把白发拈在手中,想到户外去呼吸一下新鲜空气,消磨一下静寂得让人忧愁的时光。

走出瓦灰色的楼房,踏过一片方形的石板地,便到了炒米胡同了。

不知炒米胡同是否真的是因炒米而命名的。这条胡同很长,胡同两侧是土灰色或深褐色的四合院。没有炒米的香味,倒有洋槐的气息清芳般的沁人心脾。

我把步子放得轻轻的、悄悄的、慢慢的。夕阳在要沉沦的一刻，爆发着如火的金光，整个胡同都盛满了黄昏，恍若一个金碧辉煌的宫殿的长廊。一群鸽子不知听到了什么哨声，忽地从一处暗淡中飞起，或灰或白，一律都徐徐地向着天空飞去。

我手上的那根白发，竟被辉映得这么光华灿烂。

我的步子放得更缓，更慢，更轻了。因为我看到了在炒米胡同两侧的每一家的院门口，几乎都坐着一位老人。他们一样的表情，一样的姿势，在悄然领略、享用着迷人的夕阳。

他们的头发全都斑白了。他们双手交臂，双腿并拢，眼睑低垂，几乎是熟睡时的表情。他们满面的皱纹里横溢的金光，使他们的脸显得更为祥和。他们的面上，唯有嘴角在微微抽动，好像在细细地品味着什么，沉凝地回味着什么。大概是在咀嚼黄昏吧。

他们那表情，实在是人世间少有的平和，实在是柔和得不能再柔和，安详得不能再安详了。

我的泪水在他们的面前竟然悄然收敛了。手中拈着的白发，也不知不觉地飘到地上，就像一片零落了的秋叶，随风而逝了。那线飞雪终于融化在这一片宁静的黄昏里。

炒米胡同很长很长，黄昏在这里却很短很短。夕阳从地平线上消失后，那浓浓的光就变成了淡淡的阳光，最后淡淡地融为天色，瓦灰色的楼房依旧瓦灰，洋槐的叶子也恢复了浅绿。

胡同两侧的老人，交臂的双手开始扭动，抽搐的嘴角也复为平静。他们吃过了夕阳这个大大的金饽饽里的几丝香甜，那满头的白发似乎都能变成年轻人琴上的几根柔和的弦了。

我第一次意识到，炒米胡同有太强太旺的生命在天地间存息。

而我那根雪样的白丝，跟老人们满面的黄昏比起来，不知要淡多少呢。

尽　头

　　邮局的取款处乱哄哄的，我无精打采地排到了队尾。
　　排在陌生的队伍中一点点地挨近取款台，然后将身份证和取款单递过去，随着身份证被验明确凿掷回的一瞬，办事员开始飞快地点数钞票。取过钱，我便茫然地来到了人声鼎沸的街上，顺便逛逛商场，看看鞋、衣裳、化妆品、工艺品、家用电器等商品，有时也进了书店，买回一些书；当然更多的时候是进了副食商店，不厌其烦地提回一兜吃的东西。
　　这情景多次重复而使我觉得单调了。那是正午时分，办事员只有两三个，取款的人又多，我打了个长长的呵欠，望着前方排着的密密实实的队伍。生活真是富于戏剧性，一件普普通通的取款的事就可以使我与许多人相遇。这种没有浪漫色彩的司空见惯的相遇使我更加感到生活的枯燥。也许是因为排得太久了，我前面的一个中年男人回头冲我笑笑，并且抱怨了一句："太慢了。"

我看了他一眼，礼貌地附和一句："就是，太慢了。"

那男人又说："唉，为了取二十元钱，耽误这么长时间，真不值得。"

我没有再搭腔。

他又说："这二十元的稿费太少了。"

我以为撞上了同行，不由得惊奇地问："你是搞创作的？"

他有些喜出望外地说："搞书法的。"

我"哦"了一声，再无兴趣了。这男人往边侧一闪，大概还想说点什么，这时我忽然就在他一闪的瞬间发现他前面站着一位又矮又瘦的老人，她苍老的背影在那群人中显得触目惊心。

那头发灰白的老人不停地朝柜台张望。后来有一个民工去她面前夹塞，她才叫了起来："排队排队！"她转过了身，我见那是个面色极其苍白的老人，她手里提着个花布兜。她干净利落，气质不俗，看人时努力睁大着眼睛。

"您多大年纪了？"我问她。

"八十三了。"她说。

前前后后的人听到这个数字,都啧啧地望着她,夸她身体硬朗。

有人说:"八十三还能来取钱,您将来肯定能活一百岁。"

她一撇嘴说:"我活够了。"

于是就有人笑。

她并不在意别人的笑声,只是连连说着:"站得我的腿都麻了。"

我们便建议办事员先给这位老人办理取款。"她都八十三了。"我们强调着理由。

办事员用眼睛瞟了一眼老人,不耐烦地说:"把你的单子和证件拿出来。"

老人便将花布兜放在水磨石的台子上,她解开兜带,从中取出一个咖啡色手绢包,又打开手绢包,身份证和取款单才显现出来。她把它们递给办事员,口中连连说着:"同志,谢谢了,同志,谢谢了。"我注意到,她在做这一系列动作的时候,手指一直颤抖不休,她哆哆嗦嗦的。

她回过头看了我一眼,突然说:"年纪大了没意思啊,还得靠人给钱吃饭。"

我问:"你儿子给你寄的钱?"

她的脸上有了愠色,说:"哪是儿子,是儿媳妇!我儿子去了美国不管我了,去了八年了,八年还有个好吗?原先儿媳妇月月给我汇一百块,这不这回汇少了,是六十元了。"

戴眼镜的中年男人插话说:"你就一个儿子?"

老人叹口气说:"俩儿子。这个小儿子现在厂子有半年不开支了,我还得贴补他,一家人都闲着,愁死我了,唉。"

"那你出国的儿子和他媳妇离婚了吗?"我问。

"婚没离。可是人走了八年有个好吗?"老人忧戚地说,"我那儿媳妇不错,八年了,月月都汇钱。这个月她汇少了,可还是没断了给我。"

"那你儿子做什么工作的?"我问。

"是拉小提琴的。"老人有些沾沾自喜地说,"那小提琴拉得才好呢,原来在中央乐团是首席小提琴。"

老人竟知道什么是首席小提琴,我有些吃惊。

她又絮絮叨叨地说:"我白白养了他,他去了美国就不管我了,扔下他的媳妇管我,真是丢人。我要和他上美国打官司去!"

她的话使一些人发出笑声。这时办事员将她的钱取了出来,她将那六十元钱数了又数,把身份证和钱放到咖啡色的手绢上包好,然后再把手绢放入那个花布兜中,系牢兜口,用手紧紧地攥住。我再次注意到她在做这些动作的时候手一直哆哆嗦嗦的。

她拱手对办事员谢了又谢,直到将人家谢烦了,不再理她，她才讪讪地出了队伍。

　　她走路的姿态可不比她站在队伍里显得那么硬朗。她驼着背，一拐一拐地慢慢走着，样子仍是哆哆嗦嗦的。在熙来攘往的人中，她显得那么与众不同。经过她身边的人都望她一眼，但望过也就各奔东西了。我们也在注视着她，但当她缓缓出了邮局，她被更稠密的人流淹没的时候，我们也就不再注视她。

　　一个人走到生命尽头时大约就是这副样子，可以跟最陌生的人讲最知己的话，可以毫不避讳地倾诉苦难和不平，没有任何禁忌和障碍，就像儿童一样心灵自由。还有，一个人走到生命尽头时手会不由自主地颤抖，也就是哆哆嗦嗦。

　　我想我到了那种年龄也会哆哆嗦嗦的。我们都会的。

火　灾

　　刚搬到国庆街的那一段，我和邻居们互不往来。也没什么好往来的，大家素不相识。偶尔在上下班锁门开门时碰见，也不过互相点个头，有时甚至连头也不点。

　　住了近一年，有次在开春时打扫顶楼的垃圾，也就是冬天储菜时遗留下的烂土豆、烂萝卜、霉菜叶一类的东西时，我和另外三家的人才真正相识了。那参加劳动的三个人都是男主人，一个在公安局工作，一个在设计院工作，另一个在省政府机关工作。他们见我蒙块纱巾在尘土中干得很起劲，就建议我不必在那吃灰了，他们三人就够了。他们问我，从来看不见你丈夫，你家的活总是你一个人干？

出于安全考虑,我说,对,我丈夫常年出差。

我也不客气,被赦免不必干活后就高高兴兴地回家洗手,然后喝茶翻书听音乐。

以后在楼道碰见这三位男邻居,我便与他们打招呼。无非是"上班去?"或"回来了?"一类的话。他们的回答也很简单,就是重复一下我的话:"上班儿""回来了",仅此而已。

在省政府机关工作的那对夫妻没有孩子,他们大约另外还有住房,所以不常见他们。但是只要他们双双回来,免不了就要有一场战争。他们通常是晚上八九点钟开始吵,直至深夜才消停。女主人通常是在声泪俱下地诉说,而丈夫则粗声大气地叫骂。今年端午节的前夜,我为了次日早起去松花江边踏青,所以早早睡下。不料不久就被他们给吵醒,听得见他们相互绝情地说着"不过了"的话,直至零点,大概都有些力不从心了,方才罢休。我迷迷糊糊再次睡去。第二天早晨还是起迟了,已经四点一刻了,太阳明晃晃地升了起来,我只能就近徒步到儿童公园买了葫芦、粽子、香荷包、鲜花、艾蒿等等过节用的东西。正当我带着满身花草的气息往回走时,我忽然看见男邻居骑着自行车也朝儿童公园方向驶来,车经过我的一瞬,我见后座上侧坐着他的爱人,她面色和悦,一只手还揪着丈夫的后衣襟,真是让人吃惊不已。夜半时他们给人的感觉已是劳燕分飞了,如今却又如胶似漆地团结在一起过节。也许这才叫夫妻吧。

我与那三位女主人几乎没有什么交道,见面连招呼也不打。凭直觉,她们也不想与我打交道,所以偶然碰见时也就各自低头走过。

春天的一个深夜,我正熟睡着,忽然被走廊的一阵喧闹扰醒。我听见有人在敲邻居家的门,并且口口声声说着:"快起来,快起来!"

我下了床,趿上拖鞋来到门口,透过门镜望见丈夫在设计院工作的女邻居用线毯包着孩子,正在哆哆嗦嗦地锁门。我以为她家的孩子得了急病,便打开门问她:

"孩子怎么了?"

"着火了!"她几乎是带着哭音说,"这可怎么办,我爱人公出不在家。"

"着火了?"我又问了一句,这才闻到走廊里有一股烟味。因为我们住在顶层八楼,所以常常对楼下发生的事感觉迟钝。

原来是丈夫在公安局工作的那位妻子将她们母子喊醒的。我打开门后,这人又去敲另外那一家。

我连忙问她:"是几楼着火了?"

她说:"二楼。消防车来了好一会儿了。"

她接着又说:"你家老是没动静,以为你不在家,所以就没敲你的门。"

我并不知道火势是否极其险恶，只能赶快做走的打算。我没有换掉睡衣，只是将一件风衣顺手穿上，揣上钥匙，就穿着拖鞋下楼了。走到五楼，便感觉烟气呛人，后面那两家带孩子的女人战战兢兢地不敢下了。我犹豫片刻，还是硬着头皮往楼下走，愈往下烟气愈大，而且有一股焦糊味，我极其恐惧，但想想也许退回楼上就是等死，还不如冲下楼。于是就憋足一口气在浓烟中跑出楼。一出楼洞，才发现外面异常喧闹，二楼的居室里还萦绕着火光，消防车不停地往里面喷水，楼对面的马路上站满了人，大家穿得千奇百怪，有的戴顶帽子却穿个短裤，有的赤着脚，但大多数人都穿着睡衣。可以看出，他们都是在被惊醒后的一瞬出来的。大人抱着孩子，年轻人搀着老人，像是一群刚从集中营逃出来的人。

我的那几位邻居终于还是下了楼，她们跌跌撞撞地走出楼洞，惊魂未定地看着身后的楼。一个消防队员将煤气罐扛了出来，接着，被困在屋子里的男女主人也出来了。那女人有五十多岁了，特别肥胖，她穿着背心短裤，显得特别滑稽。大家见了她忍不住发出笑声，有的男同志还打起了口哨。

大约又过了十几分钟，火基本被扑灭了。更浓的烟从二楼飘逸而出。消防队员清理火场，从阳台扔下一堆余焰残留的被褥、毛毯、布匹等东西。女主人见状便心疼地抹眼泪。据说一个下夜班的工人路过这儿才发现火情的，否则还不知道后果会怎样。

我们都问这家人:"火这么大,你们就一点没感觉?"

他们什么话也不说,只是不停地翻腾那些破烂。

待到火全部扑灭,消防车开走了,我们才慢吞吞地回楼。平素我和那几位女邻居并不讲话,这回在楼道里却很知心地聊开了,大家互相提醒要时常检查电源、煤气开关,没孩子的女人就嘱咐有孩子的,不要让小孩子玩火等等,我补充说,男人们在家吸烟要倍加小心,因为烟蒂落在地毯上后患无穷。大家和和气气地一家人似的讲了很久,这才相互说着再见各自回家了。

那一夜我便再没睡着。想想长此一人独居,室内常常无声无息,邻居总以为我不在家,出了事不来敲我的门,这有多么可怕。幸亏那夜我被惊醒了,也幸亏那夜火救得及时,否则后果不堪设想。从此之后,再在走廊碰见女邻居,我便主动打招呼,也无非是"上班下班""出去回来"一类的废话,她们的回答也便是重复一下我的话。久而久之,我厌倦了这种问候,她们也厌倦了这种回答,再见面时只是偶尔点个头,火灾带给我们的那种良好的交往开端,也就像春天中的残雪一样化得杳无踪影。

沧　桑

　　我住的是大连港码头最贱的一家旅馆。称它为旅馆,有点太雅,叫"客栈"更亲切随意些。那是幢类似农贸市场摊床区一样高大的简易木房,里面用胶合板打了无数个格子,将空间分割开来,那一间间格子的门前垂上一条白布门帘,便是旅人们休息的地方了。这客栈里有无数道路,我常常会迷失在里面。客人必须牢牢记住自己住的房间的号码,否则肯定会误闯到异性房间而闹出笑话。那号码无疑就印在门上的白布门帘上。

　　那是一九八五年初夏,我去参加《中国》杂志在青岛举办的小说笔会。我选择了水陆相交的旅行计划。乘火车由哈尔滨到大连，然后乘海船由大连至青岛。一位热心的编辑老师怕我到了大连人生地不熟，便给《海燕》杂志的一位编辑写了封引荐信，让她照顾我，可火车一到大连，我便把那封信的事给抛到九霄云外，一是怕麻烦别人，二是我想在大连过得更自由随意些。于是，火车一到站，我便直奔码头。我随之住进了开头所写的那家客栈。

这家客栈老是有着嗡嗡的说话声。吐痰声、咳嗽声、啪啪的走路声甚至恹恹的打呵欠的声音全能听到。没有木板门，门便是那条软绵绵而有些肮脏垂吊着的白布门帘。一间房里住着八个人，但我感觉是和几百个人住在一起。房间里不能存放贵重物品，只能放些牙具一类的日常生活品。住在这里的人大都面有菜色和忧色。客栈反正是给人提供睡觉的场所，有一张我的床，我便知足了，而且那时年轻，睡眠很好，所以喧哗与纷乱几乎与我无关。

住了下来，吃了碗豆腐脑，便去买船票。排了很久，快近黄昏的时候，得到了一张隔日去青岛的四等舱船票，同客栈的住宿费一样便宜至极。拿到船票，问了同屋的一位旅客，才知四等舱也同大客店一样，乱哄哄的，大约总要有百十号人。我便害怕了，连问能躺吗，那人说躺着的地方当然有了，我也就不计较了。

既然在大连有整整一天空闲，我不能白白待着，买了张旅游图，灵机一动便去了旅顺。

第二天凌晨，才五点多钟，我便起床了，简单梳洗完毕，我为上厕所在那迷宫一样的客栈里迷了路。到处都是短短的纵横交错的通道，可我不知厕所在哪。寻厕所时，我能听到有人在打呼噜，空气黏糊糊的，有股馊味儿。最后我总算在服务员的帮助下找到了厕所，出来时回头看了它好几眼，想记住它，可当日晚又重蹈覆辙。

我乘坐着码头前的旅游大巴客车去了旅顺。那天天气极好，我的位子又靠车窗，心情愉快，不厌其烦地看着窗外的景色。太阳升起来的时候，沿途的苹果树便生机勃勃地呈现了。苹果才结果子不久，青青的，很像我当时的那张脸，没有一丝皱纹，紧绷绷的，稚气十足，到了旅顺，我参观了博物馆，又瞻仰了炮台，午饭后去了黑石礁海滩。那片海很好看，游人少，能看到当地的渔民在打捞海带。我站在海滩上看大海的浪，企图从海上看到渔船的影子。可是没有渔船，只有人在浅水中单调地打捞海带。海带翻卷着，像是海中褐绿色的云。

从旅顺回到大连码头客栈时天已黑尽了。进了客栈便寻厕所，以为清晨时对它已铭刻在心，不想我如此健忘，又找不见了，于是东转西转，看到一些人在昏黄的灯下洗漱，以为洗脸的地方离厕所便不远了，可是无论如何也找不见。最后求助于一位旅客，才寻到方便。从厕所出来，疲惫不堪地去找自己住的那间屋，也寻不见了，号码没有记错，可看每一条布帘上的红色号码都不是我住的，最后只得又去找拐角处的服务员，由她送我回去。撩开门帘，见到那几张已经见过一面的旅人的脸，竟有一种说不出的亲切感。

那位旅客说的不错，四等舱的确同大客店一样，纷乱而拥挤。只是人人都拥有一张自己的铺。对我来讲，睡觉比任何事都重要，所以有了铺心中也就不再紧张了。船离开码头，我才发现四等舱基本处于水线以下，从椭圆的窗子向外看，见到的便是海水，仿佛海水要流进我的眼睛。

我是第一次坐海船，不承想晕船晕得如此厉害，船才开不久便吐了，吐出的西红柿给人一种恐怖感，就像吐血一样。我走出四等舱，沿着舷梯上了三等舱的甲板，凭栏望海，海风一吹，头脑清醒许多，胃里也不那么翻江倒海了。于是又有了好心情，当晚吃了点清淡食物，听广播说餐厅有舞会，便兴致勃勃地去了。那时船上的娱乐活动并不收费，所以只管大大方方地进进出出。晚上海面有了风浪，船有些颠簸，所以我又有些恶心。为了克制它，便一曲接一曲地跳舞，那天跟多少陌生的舞伴跳过我已经记不清了。脚被形形色色的舞伴给踩得生疼。最后一曲是迪斯科，我放纵地大跳了一次，没人认得我，我尽情扭动着，口中还发出快意的怪叫声。一曲终了，满身大汗，可心中依然激情荡漾。跳过舞，夜已经很深了，我又看了会儿海，然后回到舱位。人们大都已经睡下，我也躺了下来，到处是呼吸声，我很快睡着了。这段旅行我至今难以忘怀。现在《中国》杂志已不在了。我当时牢牢记住的门牌号码业已忘却。那迷宫般的客栈可还在？那庞大的海船的舞厅是否仍不收费？我不得而知。

　　现在留下的唯一纪念是在旅顺炮台前的一张照片。我手中提着一个蓝白条相间的尼龙袋，戴顶白色遮阳帽，坐在一块石头上，笑眯眯地看着前方。我穿着一件淡蓝色衬衫，杏黄色背带裙，粗粗的独辫垂在肩头，脸很黑，能看到几块癣点，但那脸是如何的年轻啊。一九八五年至今已近十年了，真快啊。

留 名

从黄山下来的当夜,参加笔会的朋友们到太平县的金深谷酒店小聚。由于在炎热的七月喝到了爽口而久盼的冰镇啤酒,各色小菜又比较可口,所以大家吃喝了一会儿便兴致盎然,跳舞的跳舞,唱歌的唱歌。

叶兆言大概不善歌舞,也不善酒,所以只有他安安静静地坐在座位上,我便过去和他聊天。刚说了一会儿,当地的一位作者举着一杯酒朝我走来,他才二十出头的样子,很瘦弱,眼神有些忧郁,大概由于贪杯过甚,脸色出奇地红,这使得他脸颊上的青春痘尤为明显。他说:"迟老师,能和你喝一杯吗?"

我说:"当然。"我举起了酒杯。

他又说:"经常看你的东西。"

我点点头,和他碰了杯。

他将酒一饮而尽,然后突然对我说:"再过三年,中国文坛如果还没留下我的名字,我就去自杀。"

说完,他努力冲我笑了一下,便擎着空杯回他的座位了。

我目瞪口呆、哑口无言。叶兆言也现出无话可说的神态。

我至今不知道他叫什么名字,但他肯定是有名字的,而且他操持着他名字存活的大权。他的名字也许是父辈们给的,也许是他成人后嫌原名不好而又自己另起了名字,但这都不重要,重要的是他是一个有名字的青年。

一个人可以有多种名字。对于作家来说,文坛只是承认了他的一个名字,那只能说是他名字的一部分。他们还可以有其他的一些名字潜伏在俗世生活中,而且根深蒂固。比如作家的老母亲可以唤儿子的乳名,作家的妻子或丈夫可以唤对方的昵称,作家的朋友们可以将一个有趣的绰号安到作家头上,并且口口声声叫着,亲切而随意。事业的成功其实只是人生活的一部分,人更大的部分是隐藏在爱情、友情、亲情之中,隐藏在柴米油盐、婚丧嫁娶一类平常琐事中。所以,只看重人的名字的一个单一部分,显然是过于偏颇了。

自杀大约是年轻人在不如意时都做过的一个诗意梦想。其实那时骨子里并没有把自杀看成一种生命的结束,而是把它看成一个美丽的行为方式,或者说,是沾染了年轻人虚荣、浪漫色彩的一种幻想。我也曾做过这样的梦。我在大兴安岭师专上二年级的时候,突然被一种可怕的疾病缠绕了。我整日头晕目眩,到医院做了各项检查,医生说我心跳、血压、身体各器官一切正常,最后他诊断我神经系统出了毛病。我恐惧至极,心想自己不就是精神病患者了吗?无论在教室、操场还是食堂,无论见到人还是物,我都恍恍惚惚,常把一个人看成两三个。我沉默寡言,忧心忡忡,眩晕日重一日,我绝望了。端午节的那一天,天空飘着冷冷的雨,我一个人来到学校北坡的山上。空气真是好极了,满目都是苍翠欲滴的绿树。我走到一面山崖下,我望见了崖顶盛开着的一枝金黄色的野花,在雨中它显得如此炫目动人。崖底到崖顶,大约有五米的距离,崖壁很陡,几乎是寸草不生。我对自己说,你若能摘到那朵花,你就活下去;你若摘不到它,那么就去死。没有任何祈祷,我痴痴地望着那朵花,努力向崖顶、向那朵附托着我灵魂的黄花攀去。我至今不知自己是如何飞快而奇迹般地攀到崖顶抓住那朵花的,雨天中石壁很滑,可我居然熟稔沉着地爬了上去,并且摘到了那朵花。我对生命又充满了信心。从此之后,我非常喜欢金黄色的东西,它明亮忧伤,改变了我的人生。

  现在想来,为什么我如此顺利地摘到了那朵花?那完完全全是因为潜意识里对生存有着浓浓的渴望,那种顽强地要活下去的念头占据了我的整个心灵。所以我必须要摘到那朵花,而且一定能摘到它。也就是说,其实我在以一种极端方式来鼓励和安慰自己。我的真心并不想死,一个真想死的人怎么会和自己下赌注呢?

  那位不知名的朋友,我这样说并不是嘲弄你的自杀情结,我只想告诉你,我在你那种年龄也曾做过那种自戕的幽梦,这种梦是极易破灭的。

  只要是坐着火车旅行,我们透过车窗望见最多的一是房屋,二就是坟墓了。那些荒凉的坟墓前都竖有墓碑,墓碑上刻着人的名字。那都是我们不相识的陌生的名字,普普通通的人的名字。他们在这大地上耕种、纺织、生儿育女,他们有过欢乐、痛苦、幸福和悲哀,尝过人间的酸甜苦辣,然后他们走向死亡。我们走向那墓碑,看着那姓氏各异的名字,便知一个叫某某某的人在这大地上真实地生活过。他也许行过善,也许作过恶,总之他曾活过。我们不会记住他的名字,可他的亲朋好友们也许记得。也许长眠在地上的人是一个小女孩的奶奶,也许是一个女人的丈夫,也许是一个男人的情人。就这样,死者的名字在一些活人的心目中长存着。这样的名字不会上文学史,可这样的名字照样留了下来。这种流传是否更具有价值呢?

  所以我们更应当珍惜留在平凡人间的名字。中国那些死去的人的名字大部分留在荒山野岭之间了。八宝山、各种英雄纪念碑以及文学艺术史中所留下的名字，毕竟微乎其微，而且那充其量也只是一个人名字的侧面。

对于我来说，我也有多种名字。在文坛，大家会用"迟子建"这个名字。在亲人面前，他们会亲切地唤我的乳名"迎灯"。无论我将来多大年纪了，在母亲面前，我永远是她调皮可爱的迎灯。我周围与我要好的朋友，称我为"迟子"，而我也越来越喜欢这个名字。比如一位远隔千里的朋友忽然有一天打来电话，只说一句："迟子，你好吗？"那一天我都会暖意融融。

三十岁之前，年轻气盛的我是多么想把迟子建这个名字叫得响亮些。三十岁之后，我却越来越觉得迎灯和迟子更适合我。我并不期望迟子建这个名字会入文学史，但我很在意亲人们能否常常想起迎灯，好友们能否偶尔念起迟子，只要这两个名字在，我才觉得自己真正活着。

远去的邮车

近读严济慈先生的《法兰西情书》，颇多感慨。严先生是著名的物理学家，曾受恩师何鲁先生的资助留学法国。我以为一个物理学家满脑子装的都是天体呀、大气的臭氧层呀、光谱学等知识，没想到严先生是那样一个感情丰富的人，他与未婚妻张宗英在信中谈《西厢》，谈歌曲 Long Long Ago，谈戏剧，他的情书热烈大胆与缠绵悱恻的程度，比徐志摩写给陆小曼的情书有过之而无不及，且文采斐然。

严先生是乘邮轮赴法国的，他的情书在船上就一篇篇诞生了。他记叙着邮轮所经之处的风景，譬如香港的灯火、西贡湄公河上的飞鱼、直布罗陀港乞钱的黑人、红海的日出日落，他满怀温情地把他的所见所闻、所思所想一一倾诉给亲密爱人，把一个浪迹天涯的才子的相思之情展现得淋漓尽致。读这些情书的时候，我蓦然想起了钱锺书先生的《围城》，开篇的一幕也是写一条法国邮船，不同的是那是条归国的邮船，钱先生在写到船抵西贡时，有这样几句极精彩的话："这是法国船一路走来第一个可夸傲的本国殖民地。船上的法国人像狗望见了家，气势顿长，举动和声音也高亢好些。"钱先生与严先生一样，有乘邮船负笈海外求学的经历，所以他们在写到邮船时是满怀感情的。

　　读罢《法兰西情书》，我很怅然。我想在交通和通信业极其发达的今天，这样的文字是不可能再有了。首先，航空业的崛起使距离感消除了，如今去一次法国，经过十个小时的飞行就足够了。其次，电信、网络以及电视就像一张巨大的网，把整个世界都罩在掌骨之间，世间万事万物的风云变幻，马上就会经它们反映出来。我们能在第一时间看到"9·11"事件和伊拉克战争的现场直播画面，它给我们带来了最直接的视觉冲击和情感震撼，让我们领略了什么是恐怖，什么是残忍。可是我们明明仿佛身临其境看到的这一切，却很快像焰火一样消失在记忆中，它甚至不如我们对一张诺曼底登陆的老照片记得那么真切。我们在极其便利获得这一切"资源"的同时，对它的忆念也在减弱。情人间纸上的絮语已经化作电话中的喃喃细语，那种真正的牵肠挂肚和彻骨的思念之情，也由于这"唾手可得"的问候而减去了几分浪漫之气。如今很少有人用信件传递感情了，所以当代绝对不会再有鲁迅与许广平的"两地书"，不会有沈从文写给三三的那些比散文还要优美的情书。当然，也不会有严济慈先生和钱锺书先生对邮船的那种带着闲适之情的描述了。

　　那种曾笼罩着我们生活的邮车离我们远去了。有谁还能记得人们盼望邮车的那一双双充满了渴望和期待的眼睛呢？当我们在空中飞越万水千山时，也在无形中遗失了与山相拥的浪漫和遐思，遗失了驻足水畔思念恋人的那如水的缠绵。

光与影

　　光肯定不单单是为了黑暗而存在的，因为光也生长在光明的时刻。比如白昼时大地上飞舞的阳光，它就是光明中的光明。当然，大多的光是因了黑暗的存在而存在的，生长这样光明的物品有：蜡烛、油灯、马灯、电灯泡、灯笼、篝火等等。月亮和星星无疑也是生长在黑暗中的光明，但它们可能是无意识地生长的，所以对待黑暗的态度也相对宽容些。月亮有圆有缺，即使它满月时，也可能一头扎进乌云的大厚被子中蒙头大睡，全不管有多少夜行人等待它的光明。星星呢，它们的光暗淡的时候多于明亮时，所以人类想借助它们的光明，是不大容易的。

我记忆最深的光，是烛光。上小学的时候，山村还没有通电，就得用烛光撕裂长夜了。那时供销社里卖得最多的是蜡烛，蜡烛多是五支一包，用黄纸裹着。当然也有十支一包的，那样的蜡烛就比较细了。蜡烛白色的居多，但也有红色的，人们喜欢买上几包红蜡烛，留到节日去点。所以供销社里一旦进了红蜡烛，买它的人就会挤破门槛。在那个年代，蜡烛是完全可以作为礼品送人的。正月串亲戚的人的礼品袋中，除了鸡、鸭、罐头和布匹外，很可能就会有几包蜡烛。懂得节省的人家，一支蜡烛能使上四五天，只要月亮的光能借上，他们就会敞开门窗，让月光奔涌而入，刷碗扫地，洗衣铺炕。我最爱做的，就是剪烛花。蜡烛燃烧半小时左右，棉芯就会跳出猩红的火花，如果不剪它，费蜡烛不说，它还会淌下串串烛泪，脏了蜡烛。我剪烛花，不像别人似的用剪刀，我用的是自己的手，将大拇指和二拇指并到一起，屏住气息探进烛苗，尖锐的指甲盖比剪刀还要锋利，一截棉芯被飞快地掐折了，蜡烛的光焰又变得斯文了。我这样做，从未把手烧着，不是我肉皮厚，而是做这一切手疾眼快，火还没来得及舔舐我。烧剩的蜡烛瘪着身子，但它们也不会被扔掉，女孩子们喜欢把它们攒到一起，用一个铁皮盒盛了，坐到火炉上，熔化了它们，采来几支干树枝，用手指蘸着滚烫的烛油捏蜡花。蜡花如梅花，看上去晶莹璀璨。有喜欢粉色的，就在蜡烛中添上一截红烛，熔化后捏出的蜡花就是粉红色的了。在那个年代，谁家的柜子和窗棂里没有插着几枝蜡花呢！看来光的结束也不总是黑暗，通过另一种渠道，它们又会获得明媚的新生。

光中最不令我喜欢的就是阳光了。往往我还没有睡足呢，它就把窗户照得雪亮了。夏天的时候，它会晃得你睁不开眼睛，让人在强烈的光明中反倒有失明的感觉。不过我不讨厌黄昏时刻的阳光，它们简直就是从天堂播撒下来的一道道金线，让大地透出辉煌。比较而言，月光是最不令人厌烦的了，也许有强大的黑暗作为映衬，它的光总是柔柔的，带着股如烟似雾的缥缈气息，给人带来无边的遐想和温存的心境。好的月光质感强烈，你觉得落到手上的仿佛不是光，而是绸带，顺手可以用来束头发的。而且泻在山山水水的月光也不像阳光那样贫乏。月光使山变得清幽，让水变得柔情，流水裹挟着月光向前，让人觉得河面像根巨大的琴弦一样灿烂，清风轻轻抚过，它就会发出悠扬的乐声。

马灯和油灯，因为有了玻璃灯罩作为衬托，其性质有点像后来的电灯了。很奇怪，我印象中使马灯的都是些老气横秋的更倌和马夫，他们提着它，要么去给牲口喂夜草，要么去检查门闩是否闩上了。而掌着油灯的人呢，又多数是年老的妇人，她们守着油灯纳鞋底或者是补衣裳，油灯那如豆的火苗一耸一耸的，映着她们花白的头发和衰老平和的面庞。所以我觉得马灯和油灯与棺材前的长明灯密切相关，因为使着这两种灯的人，离点长明灯的日子是不远的了。

有了光，而又有了形形色色的天上和人间的事物，就有了影子。云和青山有影子，它们的影子往往是投映在水面上了；树、房屋、牲畜、篱笆、人、花朵与飞鸟，都会产生影子。有些影子是好看的，如月光下被清风摇曳的树影，黄昏时水面漂泊的夕阳的影子以及烛光中小花猫蹑手蹑脚偷食儿的影子。我印象最深的影子，是烛光反射到墙面的影子，它们有桌子的影子，有花瓶的影子，有插在柜角的鸡毛掸子的影子，也有人影。这些上了墙的影子随着光的变幻而变幻着，忽而胖了，忽而又瘦了；忽而长了，忽而又短了。让人觉得影子毕竟是影子，一从实物中脱离出来，它就走了样了。

老人们爱说，一个人有影子是好事情，要是有一天你发现自己的影子消失了，说明你离做鬼的日子不远了。所以我从小特别恐惧看自己的影子。它在，你可以气定神闲；一旦寻不着它，真的会急出一身冷汗，以为身后已经跟着一群小鬼了。而一个人即使沐浴在光明中，也并不总能看到自己的影子。而且，自己的影子有时也会吓着自己。比如走夜路的时候，我在前面走，我的影子就跟在我后面走，让我觉得身后跟着一个人，惴惴不安的。回过头一望，影子却不见了，可当你转过身接着行走的时候，影子又跟在身后了，甩也甩不掉，就像一条忠诚于主人的狗一样，一直跟着你。

在光与影的回忆中，有一把小提琴的影子会浮现出来。我家的墙壁上挂着一把小提琴，只有父亲能让它歌唱。它的旋律响起来的时候，即使在阴郁的天气中，你仍能感受到光明。"文化大革命"中，那把小提琴被砸烂了，因为那是属于资产阶级的东西。琴声能流淌出光明，这样的光明能照亮人荒芜的心，可是这种光明是看不到影子的。如果用老人们的说法去推理它，音乐与鬼魅就是难解难分的了。难怪最忧伤最动人的旋律在给人带来心灵光明的时候，也会在一个特殊年代带来生活上的灾难，因为音乐带着鬼啊。

生活的富足，使马灯、油灯渐次别我们而去了，烛台也只成了一种时髦的展览了。当我们踏着繁华街市中越来越绚丽的霓虹灯的灯影归家，为再也找不见旧时灯影的痕迹而发出一声叹息的时候，那些灯影斑驳的往事，注定会在午夜梦回时幽幽地呈现。

冰　灯

　　冰是寒冷的产物，是柔软的水为了展示自己透明心扉和细腻肌肤的一场壮丽的死亡。水死了，它诞生为冰，覆盖着北方苍茫的原野和河流。

　　我出生在漠河，那里每年有多半的时间被冰雪笼罩着，零下三四十摄氏度的气温是司空见惯的。我外婆家的木刻楞房子就在黑龙江畔，才入九月，风便把树梢经霜后变得五颜六色的树叶给吹得四处飘扬，漫山漫坡落叶堆积，斑斓奇丽。然而这金黄深红的颜色没有灿烂多久，雪便从天而降，这时节林中江面都是一片白茫茫的。奔腾喧嚣的黑龙江似乎流得疲惫了，它的身上凝结了厚厚的冰层，只有极深处的水在河床里潜流着。

那时候冰上就可以打爬犁，用鞭子抽陀螺玩，当然还可以跑汽车。水在变成冰后异常坚硬，它的负载能力极其惊人。这时节我们还用冰钎凿开冰层捕鱼，将银白的网撒向鱼儿穿梭的底层的水域。撞网的鱼总是络绎不绝。

　　在水源枯竭的漫漫寒冬，人们曾凿冰放到缸里融化，使之成为饮用水。而将冰做成一盏盏灯，不知是谁最先发明的。总之人在利用冰满足了物质需求之后，理所当然便有了审美的要求。我最初见到冰灯是在童年记事的时候，当然是过年的时候了。人们用维得罗（俄语音译，意谓小水桶，一种底小肚大、横面切断呈梯形的盛水用具）装满清水，然后放到屋外的寒风中让它冻成冰，未等它全部冻实，便将其提回屋里，放到火炉上轻轻一烤，冰便不再粘连桶壁，再从正中央凿一小小的圆洞，未成冰的水在桶倾斜时汩汩而出，剩下一具腹中空空、四面冰壁环绕的躯壳，那便是冰灯了。除夕，家家户户门口的左右两侧都摆着冰灯，它们体体面面地坐在木墩上，中央插着蜡烛，漆黑的夜里，它们通身洋溢着无与伦比的宁静和光明，那是每家每户渴望春天的最明亮的眼睛了。

　　北方的百姓如今过年仍然沿袭着这一古老的习俗，在吃热气腾腾的团圆饺子时，屋外干冷的空气中绽放着睡莲般安详的冰灯，它的美丽和光明曾温暖了我寂寞的童年时光。

　　离开大兴安岭后，我来到了哈尔滨。一到冬天，这座有典型俄罗斯情调的城市便开始筹备一年一度的冰灯游园会了。人们在冰封的松花江上切割下一块块巨大的冰，然后用吊车弄到岸上，再由卡车运至兆麟公园，接下来便是来自世界各地的冰雕艺术家施展才华绝技的时候了。他们在园子里竖起了一道道晶莹剔透的冰墙，然后在各个角落雕出了狮子、老虎、雄鹰、孙悟空西天取经、天使、长城、荷花、宫殿等等千姿百态、栩栩如生的冰雕作品。冰雕里装饰着五颜六色的彩灯，一到夜晚，那些灯亮起来，那冰因此而变成了嫣红、橘黄、天蓝、浓翠、浅粉和深紫。来自各地的观光游客就纷纷拥向那里。

我也去看了冰灯。公园里人潮涌动，照相机的闪光灯闪烁不休，千姿百态的冰雕作品妖娆地出现在我眼前。我走上一条长长的冰墙筑成的走廊，我摘下手套，用温暖的手去抚摸冰墙，寒冷透过肌肤浸润着我的整个身心。我的心竟悚然为之一抖。我抚摸的是松花江的冰，这玲珑剔透的冰是松花江水失去呼喊后沉默的结晶。这是沦陷时那曾经被鲜血浸染的松花江的水吗？这是遭受现代工业文明污染后的松花江的水吗？这是那负载过无数苦难的岁月之舟的松花江的水吗？它是如此冰冷、凛冽而断肢解体地把那晶莹和单纯展现给观众，它那么虚荣地把河床底层淤积的泥沙和碎屑给摈弃了。它的红色是彩灯装点的结果，而不是沦陷时人民惨遭日军屠戮陈尸松花江的那种血腥之色了；它的黄色也是彩灯装点的结果，而不是连年来遭受严重污染、水患纵横的松花江浊黄的水流了。如果说松花江是多么慷慨大度地把轻盈的美浮托给了世人，莫如说松花江是多么脆弱和公正：它的脆弱在于它无法拒绝世人慕美的心态，它的公正在于它只展现瞬间的美。当春风拂动大地的时候，再美的冰雕也会化成空气和水，消失在广阔的土地和茫茫的宇宙之中。

在远离人烟的地方，人们点起冰灯是为了驱散沉重的黑暗；而在人烟稠密被灯火笼罩着的城市，人们之所以不让冰灯呈现本色，而装饰起各种彩灯，是因为城市已经没有真正的黑夜可言，人们只能把美寄托给多彩的光焰。但绚丽的色彩永远抵不上一种本色更为经久不衰。

从冰灯乐园出来，我的心中矗立的仍然是二十几年前漠北家门口的那两盏冰灯：它那寂静单纯的美对我的诱惑和滋养是永恒的。

元　旦

　　如果把节日也分个三六九等的话,那么元旦在中国人的节日中只能居于中游位置。它比不上火爆的除夕,也比不上中秋节、元宵节和端午节。中国的老百姓似乎更喜欢过那些只属于本民族的传统节日,它们除了伴有无穷无尽的神话传说外,还演绎出了一种饮食文化,如中秋节的月饼,元宵节的汤圆,端午节的粽子等。也许是中国人更重视口腹之欲的缘故,这些有了经典性吃食的节日给人们带来了无尽的快乐和诗意。所以古代诗人吟咏中秋和元宵的诗作总多于对元旦的遐想,足见元旦在中国的节日中颇有落落寡合之意。

　　但元旦却是个世界性的节日。除却圣诞节,对元旦的庆祝可以说是全球都关注的。它也是个平等的节日，无论你何种国籍、种族、信仰，元旦都不会把你却之门外。只要你活着，那么它肯定会如期与你见面。

小孩子盼元旦，是因为他们的新牙还未长牢固，他们有无穷无尽的幻想等待实现；青年人也盼望元旦，那是因为他们觉得浑身有使不完的劲，渴望着新年会给他们性能良好的马达再加些油；中年人对元旦的来临持漠然态度，因为这往往是他们身心最疲惫的时期；至于老年人，我想没有谁会对元旦的降临欢欣鼓舞，因为增岁对他们来讲意味着减寿。

然而不管人们对它的态度如何，元旦总是心平气和地朝人们走来。它们兵分几路，有的去白雪飘飞的北方，隔着结有冰凌花的窗户对主人低声说一句"新年了"；有的去绿茵茵、湖光潋滟的江南，对着在田间劳作的农人温馨地道一声"新年了"；有的去茫茫的戈壁，追着牧人激越的马蹄声高喊"新年了"；还有的去沃野千里的中原，希冀那一声新年的问候能给寂寥的冬景涂上一抹生机。

元旦就这样来临了。它们很善良地想把往年的苦难和不平统统关在一扇永不开启的门背后，让新的一年充满着阳光雨露、鸟语花香，岂料苦难和不平以强大的力量与它一同迈入新年的门槛，登堂入室。也许是人们早已明白岁月不总是风和日丽吧，所以人们也不责怪它把不受人欢迎的东西又一次带来。

人们在新年钟声落下后依然过着老日子，一年就这样朴素地开始了。

在我看来，元旦就像拍卖行的槌子，当它重重敲下、一锤定音后，我们只能看着岁月增长和流逝。

图书在版编目(CIP)数据

我的世界下雪了 / 迟子建著. —杭州:浙江文艺出版社,2022.1(2025.8重印)
ISBN 978-7-5339-6672-0

Ⅰ.①我… Ⅱ.①迟… Ⅲ.①散文集—中国—当代 Ⅳ.①I267

中国版本图书馆CIP数据核字(2021)第223423号

策划统筹	王晓乐
责任编辑	丁　辉
责任校对	唐　娇
责任印制	张丽敏
装帧设计	尚燕平
营销编辑	张恩惠

我的世界下雪了

迟子建　著

出版发行	浙江文艺出版社
地　　址	杭州市环城北路177号
邮　　编	310003
电　　话	0571-85176953(总编办)
	0571-85152727(市场部)
制　　版	杭州天一图文制作有限公司
印　　刷	浙江新华数码印务有限公司
开　　本	880毫米×1230毫米　1/32
字　　数	181千字
印　　张	9.5
插　　页	2
印　　数	166001-181000册
版　　次	2022年1月第1版
印　　次	2025年8月第26次印刷
书　　号	ISBN 978-7-5339-6672-0
定　　价	45.00元

版权所有　侵权必究
(如有印装质量问题,影响阅读,请与市场部联系调换)

云烟过客

迟子建 著

浙江文艺出版社

总序

野草的呼吸

去年三月，雪花还未从北方收脚，寒流仍环绕冰城、不识相地穿街走巷时，盼春心切的我，一头扎进哈尔滨城郊的室内花卉市场，在姹紫嫣红的花中，选购了几盆色彩艳丽的四季海棠，抱回家中。

这一簇簇的海棠花儿，在窗前，在桌畔，就像迎春的爆竹，等待点燃。而悄无声息燃响它们的，就是阳光了。

在最初的一周，它们在日光中心思透明地大炫姿容，开得火爆。粉色的比朝霞还要明媚，鹅黄的娇嫩得赛过柳芽，橘色的仿佛通身流着蜜，火红的透着葡萄酒般的醇香，让人有啜饮的欲望。

居室春意盈盈，叫人愉悦。每日晨起，我都做早课似的，先阅花儿。我喝一杯凉白开，也给它们灌上一点生水。也许是浇水频繁的缘故吧，十多天后，我发现粉色的四季海棠首先烂了根，花儿做了噩梦似的，花瓣边缘浮现出黑边，像是生了黑眼圈。鹅黄的四季海棠叶片萎靡，花朵也蔫儿了。我以为它们缺乏营养，于是又浇花卉营养液。

可不管我怎样挽留，四季海棠去意已定，没有一盆不烂根的了，花茎接二连三倒伏，那一团团花朵，自绝于青春似的，香消玉殒。

我只得清理了残花败叶，沮丧地将花盆摞起，扔在阳台一角。

哈尔滨的春花，终于在四月中旬次第开放。先是迎春，接着是桃花、榆叶梅和樱花。李子树、杏树和梨树，紧随其后绽放，它们承担着坐果的使命，耽搁不得。再之后开花的，就是蔷薇和满城的丁香了。当丁香花释放着浓郁的香气，把哈尔滨变成一座大大的香坊时，爱音乐的人就聚集在松花江畔的斯大林公园了。拉手风琴和大提琴的，吹萨克斯和笛子的，莫不神采飞扬，激情荡漾。此时的松花江漂荡着谢落的榆树钱，它们挤挤挨挨在一起，涌动着向前，好像在为这春天的旋律鼓掌。

到了六七月，哈尔滨树上的花儿大都闭嘴了。不过不要紧，树下的草本花卉依附着大地，七嘴八舌地开了。园丁们栽培的郁金香、芍药、牡丹、鸢尾、玫瑰、石竹、瓜叶菊、孔雀草、凤仙花等等,一样千娇百媚,争奇斗丽。只是赏这样的花儿,人得一副奴隶的姿态,蹲伏着与其相视,不似与木本花卉比肩对望时,来得惬意。

但无论是树上还是树下的花朵,在去年都不如一盆野草带给我惊艳之感。

我不是把曾记录了四季海棠花事的花盆,弃在阳台角落了吗?虽说花叶无踪影了,可盆中残土犹存。暮春时分,一个午后,我去阳台晒衣服,无意间低头,发现这摞花盆的最上一盆,有银线似的东西在闪光。我凑近一看,原来是一棵细若游丝的草,从干硬的土里飞出来了!它已生长了一段时日了吧,有半根筷子长了。因为是从板结如水泥般的土里顽强钻出来的,缺光少水,它看上去病恹恹的,单细不说,草色也极为黯淡。

我想一棵草再折腾,也开不出花儿来,所以感慨一番,浇了点水,算是善待了它,由它去了。

那期间我忙于装修新居,忙于外出开会,在家时虽也去阳台舀米取面,晾衣晒被,但哪会顾及一棵草的命运呢?它就在无人的角落中,挣扎着活。直到七月下旬我参加香港书展归来,打扫阳台时,才发现它已成了气候。盆中的野草不是一棵,而是七八棵了,它们相互搀扶着,努力向上,疏朗有致,绿意荡漾。这盆不屈不挠成长的野草，终于打动了我，我把它搬到卧室的南窗前，当花儿养起来。

有了阳光的照拂，有了水的滋养，野草出落得比春花还要漂亮。它们像一把插在笔筒里的鹅毛笔，期待我书写些什么。有时我会朝它吹上一口气，看野草风情万种地起舞，将穿窗而入的阳光，也搅得乱了阵脚，窗前光影缭乱。有时我会含上一口清水，"噗——"的一声，将清水喷射到野草上，看它仿佛沐浴着朝露的模样。我就这样与野草共呼吸，直到哈尔滨的菊花，在浓霜中耷拉下脑袋，所有户外的花儿，在冷风中折翼，我居室的野草，依然自由舒展着婀娜的腰肢。它仿佛知道我嫌它不能开花似的，居然长出花茎，开出几株穗状的米粒似的花儿，如一面面耀眼的小旗子，宣誓着它的春天。

这盆欣欣向荣的野草，直到年底，才呈颓势。先是开花的草茎，变得干瘪，落下草籽。跟着是花盆外缘的野草，朝圣般地匍匐下身子。到了春节，野草大都枯黄，只有中央新生的草，仍是绿的。它就这样一边枯萎一边生新芽，所以直到如今，这盆野草，依然活着。

我从事文学写作三十余年了，小说应该是我创作的主业，因为在虚构的世界中，更容易实践我的文学理想。但我也热爱散文，常常会在情不自禁时，投入它的怀抱。它就像一池碧水，洗濯着尘世的我。这些不经意间写就的散文，就像我居室

培的郁金香、芍药、牡丹、鸢尾、玫瑰、石竹、瓜叶菊、孔雀草、凤仙花等等，一样千娇百媚，争奇斗丽。只是赏这样的花儿，人得一副奴隶的姿态，蹲伏着与其相视，不似与木本花卉比肩对望时，来得惬意。

但无论是树上还是树下的花朵，在去年都不如一盆野草带给我惊艳之感。

我不是把曾记录了四季海棠花事的花盆，弃在阳台角落了吗？虽说花叶无踪影了，可盆中残土犹存。暮春时分，一个午后，我去阳台晒衣服，无意间低头，发现这摞花盆的最上一盆，有银线似的东西在闪光。我凑近一看，原来是一棵细若游丝的草，从干硬的土里飞出来了！它已生长了一段时日了吧，有半根筷子长了。因为是从板结如水泥般的土里顽强钻出来的，缺光少水，它看上去病恹恹的，单细不说，草色也极为黯淡。

我想一棵草再折腾，也开不出花儿来，所以感慨一番，浇了点水，算是善待了它，由它去了。

那期间我忙于装修新居，忙于外出开会，在家时虽也去阳台舀米取面，晾衣晒被，但哪会顾及一棵草的命运呢？它就在无人的角落中，挣扎着活。直到七月下旬我参加香港书展归来，打扫阳台时，才发现它已成了气候。盆中的野草不是一棵，而是七八棵了，它们相互搀扶着，努力向上，疏朗有致，绿意荡漾。这盆不屈不挠成长的野草，终于打动了我，我把它搬到卧室的南窗前，当花儿养起来。

有了阳光的照拂，有了水的滋养，野草出落得比春花还要漂亮。它们像一把插在笔筒里的鹅毛笔，期待我书写些什么。有时我会朝它吹上一口气，看野草风情万种地起舞，将穿窗而入的阳光，也搅得乱了阵脚，窗前光影缭乱。有时我会含上一口清水，"噗——"的一声，将清水喷射到野草上，看它仿佛沐浴着朝露的模样。我就这样与野草共呼吸，直到哈尔滨的菊花，在浓霜中耷拉下脑袋，所有户外的花儿，在冷风中折翼，我居室的野草，依然自由舒展着婀娜的腰肢。它仿佛知道我嫌它不能开花似的，居然长出花茎，开出几株穗状的米粒似的花儿，如一面面耀眼的小旗子，宣誓着它的春天。

这盆欣欣向荣的野草，直到年底，才呈颓势。先是开花的草茎，变得干瘪，落下草籽。跟着是花盆外缘的野草，朝圣般地匍匐下身子。到了春节，野草大都枯黄，只有中央新生的草，仍是绿的。它就这样一边枯萎一边生新芽，所以直到如今，这盆野草，依然活着。

我从事文学写作三十余年了，小说应该是我创作的主业，因为在虚构的世界中，更容易实践我的文学理想。但我也热爱散文，常常会在情不自禁时，投入它的怀抱。它就像一池碧水，洗濯着尘世的我。这些不经意间写就的散文，就像我居室

里的那盆野草，在小天地中，率性地生长，不拘时令，生机缭绕，带给我无限的感动和遐想。

当一个人的呼吸，与野草的呼吸融合在一起时，在寒刀霜剑的背后，在凉薄而喧嚣的世间，宁静与超然，安详与平和，善与慈，爱与美，就会在不老的四季中，缠绕在你的枝头，与你同在。

我愿将这样的野草，捧给亲爱的读者。

目 录

春天最深切的怀念

灯祭 /003

春天最深切的怀念 /009

悼三姨夫 /018

哑巴与春天 /023

挂雪的树枝不垂泪 /027

暗夜飞霞 /031

闹市中的大海 /034

一脉清流消逝 /037

落红萧萧为哪般 /042

不忍的句号 /049

看花的姿态

  闲适的苏童 /069

  迷舟的格非 /073

  毕飞宇的少年心 /077

  阿来的如花世界 /082

  一朵乌云 /087

  看花的姿态 /090

  多美的夜色啊 /095

  责编速写 /099

  午夜的费穆与伯格曼 /105

一个人和三个时代

爱荷华的月亮 /111

素面朝天毕淑敏 /117

对方方的一次写生 /121

"白水青菜"潘向黎 /126

一个人和三个时代 /129

戴妮与吉安拉 /146

那一抹金秋的灰色 /152

我说我 /157

两个人的电影

  编辑趣闻　/163

  两个人的电影　/165

  傻瓜的乐园　/170

  摆旧书摊的老伯　/174

  与周瑜相遇　/177

  看不见的邮差　/182

  云烟过客　/185

春天最深切的怀念

这是我送给父亲的第一盏灯。那灯守着他,虽灭犹燃。

灯　祭

父亲在世时，每逢过年我就会得到一盏灯。那灯是不寻常的。

从门外的雪地上捡回一个罐头瓶，然后将一瓢滚热的开水倒进瓶里，啪的一声，瓶底均匀地落下来，灯罩便诞生了。赶紧用废棉花将灯罩擦得亮亮的，亮到能看清瓶中央飞旋的灰尘为止。灯的底座是圆形的，木制，有花纹，面积比灯罩要大上一圈，沿边缘对称地钻两个眼，将铁丝从一只眼穿过去，然后沿着底座的直径爬行，再扎入另一只眼中，铁丝在手的牵引下像眼镜蛇一样摇摆着身子朝上伸展，两个端头一旦汇合扭结在一起，灯座便大功告成了。那时候从底座中心再钉透一根钉子,把半截红烛固定在钉子上。待到夜幕降临时,轻轻捧起灯罩,嚓地点燃蜡烛,敛声屏气地落下灯罩,你提着这盏灯就觉得无限风光了。

父亲给我做这盏灯总要花上很多工夫。就说做灯罩,他总要捡回五六个瓶才能做成一个。不是把瓶子全炸碎了,就是瓶子安然无恙地保持原状,再不就是炸成功了,一看却是一只猪肉罐头瓶子,怎么擦都混浊,只好弃了。

尽管如此,除夕夜父亲总能让我提到一盏称心如意的灯。没有月亮的除夕里,这盏灯就是月亮了。我怀揣着一盒火柴提着灯走东家串西家,每到一家都将灯吹灭,听人家夸几句这灯看着有多好,然后再心满意足地擦根火柴点燃灯去另一家。每每转回到家里时,蜡烛烧得只剩下一汪油了。

那时父亲会笑吟吟地问:"把那些光全折腾没了吧?"

"全给丢在路上了。"我说,"剩下最亮的光赶紧提回家来了。"

"还真顾家啊。"父亲打趣着我去看那盏灯。那汪蜡烛油上斜着一束蓬勃芬芳的光,的确是亮丽至极,将死的光芒总是灿烂夺目的。

过年要让家里里外外都是光明。所以不仅我手中有灯,院子里也是有灯的。院子中的灯有高有低。高高在上的灯是红灯,它被挂在灯笼杆的顶端,灯笼穗长长的,风一吹,唰唰响。低处的灯是冰灯，冰灯放在窗台上，放在大门口的木墩上，冰灯就能照亮它周围的一些景色，所以除夕夜藏猫猫要离冰灯远远的。无论是高出屋脊的红灯还是安闲地坐在低处的冰灯，都让人觉得温暖。但不管它们多么动人，也不如父亲送给我的灯美丽。

因为有了年，就觉得日子是有盼头的。而因为有了父亲，年也就显得有声有色。而如果又有了父亲送我的灯，年则妖娆迷人了。

年一过去后，新衣服就脱下来了，灯也收了，院子里黑漆漆的，那时候我就会望着窗外的雪花发怔，心想：原来一年之中只有几天好日子啊。人为了那几天充满光明的好日子，就要辛苦整整一年。嗨。

我一年年地长大了，父亲不再送灯给我，我已经不是那个提着灯串来串去的小孩子了。我开始在灯下想心事。但每逢除夕，院子里照例要在高处挂起红灯，在低处摆上冰灯。

然而父亲没能走到老年就去世了。父亲去世的当年我们没有点灯。别人家的院子灯火辉煌，我们家却黑漆漆的。我坐在暗处想：点灯的时候父亲还不回来，看来他是迷了路了。我多想提着父亲送我的灯到路上接他回来啊。爸爸，回家的路这么难找啊？

从此之后，虽然照例要过年，但是再也没有接受灯的那种福气了。

一进腊月,家里就忙年了。姐姐会来信叙说年忙到什么地步了,比如说被子拆洗完了,年干粮也蒸完了,各种吃食采买得差不多了,然后催我早点回家过节。所以,不管我身在西安、北京还是哈尔滨,总是千里迢迢地冒着严寒朝家奔。当然,今年也不例外。

腊月廿六我赶回家中,母亲知道这个日子我会回去的。因为腊月廿六要请父亲回家过年。

我们就去看父亲了。给他献过烟和酒,又烧(捎)了些钱,已经成家立业的弟弟就叩头对父亲说:

"爸爸,我有自己的家了,今年过年去儿子家吧,我家住在——"

弟弟把他家的住址门牌号重复了几遍,怕他记不住。我又补充说:"离综合商场很近。"父亲生前喜欢到综合商场买皮蛋来下酒,那地方想必他是不会忘的。

父亲的房子上落着雪,周围都是雪,还有树,有时从树林深处传来鸟鸣。太阳极端明亮。

我们一边召唤着父亲回家过年,一边离开墓地。因为母亲在姐姐家,所以弟弟也跟着来了。我们都喜欢姐姐家的孩子小虎,他刚过周岁,已经会走路了,非常漂亮。

一进门母亲就抱着小虎从里屋出来了。我点着小虎的脑门说:"把你姥爷领回来过年了。"

小虎乐了,他一乐大家也乐了。

当夜小虎哭个不休。该到睡觉的时辰了,他就是不睡。母亲关了灯,千般万般地哄,他却仍然嘹亮地哭着。直到天亮时,他才稍稍老实起来。

姐夫说:"可能咱爸跟到这来了,夜里稀罕小虎了。"

说得跟真事似的,我们都信了。

父亲没有看过他的外孙,而他生前又是极端喜欢孩子的。我们从墓地回来,纷纷到了姐姐家,他怎么会路过女儿的家门而不入呢?而他一进门就看见了小虎,当然更舍不得离开了。

母亲决定把父亲送到弟弟家去。

早饭后,母亲穿戴好后推起自行车,对父亲说:"孩子也稀罕过了,跟我到儿子家去过年吧。"

母亲哄孩子一般地说:"慢慢跟着走,街上热闹,可别东看西看的,把你丢了,我可就不管了。"

我心想:这回母亲要把父亲丢了,一定是丢到街上的酒馆了。

母亲把父亲送走的当夜,小虎果然睡了个安稳觉。第二天早晨起来他挨个屋子走了一遍,咕噜着,一双黑莹莹的眼睛东看西看的,仿佛在找什么,小虎是不是在想:姥爷到哪去了?

初三过后,父亲要被送回去了。我愿意请他回来,而永远不希望送他回去。天那么冷，他又有风湿病，一个人朝回走会是什么样的心情呢？

正月十五到了。这天是我的生日。二十八年前，一个落雪的黄昏，我降临人世了。那时窗外还没有挂灯，天似亮非亮，似冥非冥，父亲便送我一个乳名：迎灯。没想到我迎来了千盏万盏灯，却再也迎不来幼时父亲送给我的那盏灯了。

走在冷寂的大街上，忽然发现一个苍老的卖灯人。那灯是六角形的，用玻璃做成的，玻璃上还贴着"福"字，我立刻想到了父亲，正月十五这一天，父亲的院子该有一盏灯的。

我买下了一盏灯。天将黑时，将它送到了父亲的墓地。嚓地划根火柴，周围的夜色就颤动了一下，父亲的房子在夜色中显得华丽醒目，凄切动人。

这是我送给父亲的第一盏灯。

那灯守着他，虽灭犹燃。

春天最深切的怀念
——悼世君

二〇〇二年五月三日，是我经历的所有春天中最残酷、黑暗、绝情的一个日子。那天下午，我得知了爱人在奔赴塔河途中突遭车祸的噩耗，这对我来讲真的是晴天霹雳！事情已经发生半个月了，可我现在仍然认为这只不过是一场噩梦，世君还会醒来，还会打开家门，轻轻地走进来，微笑着对我说："老婆，做的什么好饭？"

世君在哈尔滨开完省第九次党代会后正赶上"五一"长假，而我也在西安做完陕西卫视的《开坛》文化访谈节目赶回哈尔滨。大兴安岭一旦进入防火期，就像战士处于临战状态一样充满了紧张感。他惦记着塔河县的防火工作，不停地打电话向县里和山上各林场的领导询问防火情况。当他得知那一段虽然气温低，但风比较大之后，就对我说："我只能陪你过个'五一'，二号我就回去。"对他的这种极其认真的工作作风，我早已习惯了。如果不是因为我很快要到南方参加一个会议，我就会如以往一样陪他回去了。五月一日，哈尔滨天气晴好，我们一同到儿童公园游玩。他开玩笑说："我们是两个大儿童。"公园里桃花灿烂，他为我拍了一卷照片，在卸卷时，相机出现故障，无法再上第二卷，弄得我们很扫兴，想拍张合影的机会就没有了。我对他说："桃花易落，不在它跟前拍合影也好。"我哪里知道，桃花未落，充满朝气的他竟先走了！

我还记得五月二日那个春日融融的上午，我们去铁路局客票代售处买票，被告知当晚的旅游T475次快车的软、硬卧票已售完，有五月三日的。我当时格外高兴，对他说，你看火车都帮我留你，我这几天心脏又不太好，你明天走吧。他犹豫一下，问了一下当日下午由哈尔滨开往图里河的慢车票，售票员说慢车票有，他当即要买，被我制止了，我说你何苦坐慢车回去，再多陪我待一天吧。我还跟他开玩笑说，我是属龙的，我向着塔河方向吹一口气，那里就会落下一场雨，你不用担心会有火灾。没有买到票，我们就一同去新华书店，为他女儿买高考复习资料。从书店出来，已经快中午十二点了。他又一次提出要回塔河，说是在家的领导少，他放心不下。我只能怏怏不快地跟他到火车站,买了一张午后两点多的慢车票。车票订了下来,我们赶紧打车回家,我做了两个菜,他还兴致勃勃地跟我喝了一杯红酒,然后从房间提着他的旅行包走向门口。他每次离开哈尔滨的时候,总要拥抱我一下。他说:"真对不起,把你一个人扔在家了。"我跟他开玩笑说:"我在你的生活中总是位居第三,第一是工作,第二是女儿,第三才是我。"他笑着辩解说:"哪能呢。"我说:"怎么不是,你上了火车后仔细反省反省,是不是这样?"我看着他下了楼,关上门后,心里有种很空的感觉,便又跑到阳台像是有某种预感似的还想再看他一眼。当我看他走出了楼梯口,便喊了一声:"小黄——"他听到了,站住,回头向我招了招手,笑着走了。这是他留给我的最后的笑,那么地明媚和柔情;这是他对我最后的招手,那么地亲切,又那么地绝情!到达加格达奇后,他在五月三日早晨去医院看望了一下因生眼疾而住院的女儿,就匆匆乘车赶赴塔河。中午十一点半左右,我还打通了他的手机,他对我说正行进在塔源到新林的途中,他嘱咐我中午做点好吃的,我则对他说你们就在新林吃午饭吧。这是我们最后的通话,我还能回忆起他略显疲惫的声音,谁料也就是十几分钟以后,他撒手人寰了。

赵琳大姐和张振华书记专程陪我登上由哈尔滨开往加格达奇的火车后,我不停地打电话询问正护送世君由新林返加格达奇的弟弟，我说："你仔细看着他，没准奇迹会发生，他会苏醒过来。"弟弟每次接到电话总要哽咽地对我说："二姐，他真的没气了，面对现实吧。"我一直心存一线渴望，我想他是一个正直、善良、有才学的人，他才四十四岁，老天不会对他如此不公吧？

五月四日一下火车，我就要求去太平房看望他。到了那里，我请求所有的人都离开，我想和他单独待一会儿。大家劝阻了一番，见我一再坚持，就答应了。见到他的那一瞬间，我浑身冰凉，他的面貌完好无损，甚至连擦伤的痕迹都没有，根本不像经历过惨烈车祸的人，他怎么就不能再召唤我一声了呢？！苍天啊！我对他说："世君，你后悔不后悔呀，你太认真了，你要是再多陪我一天，会有这样的事吗？你走了，你的位置还会有人抢着来坐，你把我抛下，谁来管我呢？"我是个克制力很强的人，但那一时刻我失声痛哭了！

回到北山宾馆，我想起他的眼睛还没有合上，就请求赵琳大姐午后再陪我去一次。赵琳大姐说，他已经死二十几个小时了，再为他合上眼睛是不可能的了。可我坚信我能让他安详地走。第二次来到太平房时，世君的二哥对我说："专业的整容师已经给揉过眼睛了，只能这样了。"我没有说什么，走到世君面前，用手轻轻抚摸他冰凉的额头和眼睛，跟他说了许多温暖亲切的话，就像哄一个孩子似的，他果然心满意足地合上了眼睛！在场的人无不为之震惊和动容！当我的手离开他的眼睛时，感觉他的睫毛在微微眨动，似乎是与我做最后的告别。

我和世君虽然结婚还不满四年，又是两地生活，但我们彼此关心、志趣相投。我对他的人品和他丰富的对历史、人文知识的掌握非常钦佩。只要我没有特别重要的活动，总是回到老家来陪伴他。每天他一下班，屋子已打扫得干干净净，饭菜也已做妥，他总是很知足地对我说：我真有福，娶了你这么个好老婆。他说总有人问他，你娶了个名人做老婆，她会做饭吗？听他的口气，很多人把我想象成那种只知道做事业，生活上一塌糊涂的女人。我们都热爱大自然，只要在故乡，每天晚饭后我们都要出去散步，他的内心世界也是极其丰富的，对自然界的风霜雨雪的变幻与我一样有着天然的敏感和感慨。我们最常去的是呼玛河边，他喜欢拣那些扁圆的石子打水漂，我则帮他数一共绽开了多少朵水花。每逢学校的寒暑假到来时，我会推掉一切笔会的邀请，赶回故乡带他如今已年满十八周岁的女儿，为她找辅导老师补习功课，有时与他女儿谈心到深夜，希望她能理解我对她的一番苦心，好好学习、朴素求实、不慕虚荣，可惜我付出了全部的爱，最终获得的却是苍凉。我们间偶有的争吵，几乎都因为对他女儿的教育。在工作上，他是一个认真、务实、讲究方法和学养的人。他几乎没有休过一个完整的双休日，常常修改会议讲话稿至深夜，就是去年在中央党校学习期间,他还利用"五一"长假,专程赶回塔河察看森林防火的工作,其实他完全可以带着我出去旅游的。他不讲究吃穿用,从来不下饭店与人称兄道弟地拉帮结派,是个有着清净心和独立人格魅力的人。他在黄岛挂职期间,我从海南岛参加完学术会议前去看望他,接待我的黄岛开发区的领导说,他们这来过许多挂职锻炼的干部,世君是第一个住职工公寓,并且与普通职工一样在食堂吃饭的人。他热爱学习,几乎没有一天不读书。他说中国加入世贸组织后,要求领导干部的素质更为全面一些,于是又捡起了英语,并考取了中央党校研究生院,学习法律。他喜欢下基层走访和调研,我曾经跟他去过几次乡村,当我对乡村的旖旎风光大加赞赏时,他想的却是农民未来的出路问题。他是一个很有思想的人。他去世之后,我才认真看了他的几篇文章,比如一九九〇年发表在《森林与人类》上的《协和,大森林的呼唤》,这是一篇颇有哲学意味的才华横溢的文章,字里行间浸透着他对大森林危机后造成的自然灾害的忧虑,在文章结尾,他写道:"要自觉地按自然规律办事,与天地合一,在无林地造林使之有林,在有林地经营使之更好。与自然界协同进化,共同发展,这是一个文明的社会不断进化的根本出路。"他还在一九八九年就写出了《浅谈合作开发苏联远东森林资源问题》,如今这种合作已经成为现实。他的《治水必先兴林》发在新华社内参后,引起了有关领导的高度重视。他严以律己,今年正月他父亲在大庆去世之后,他关掉手机,没有通知任何人,塔河县没有一个人来参加他父亲的葬礼。春节将至时,我们经常装作家中无人,把登门者"拒之门外"。我在清理他办公室的遗物时,发现了一本日记,那上面有这样几段话令我对他肃然起敬:"现在金钱关系无孔不入,一定要认真提防,宁肯得罪人也要拉下脸来。""你拒礼之后,送礼的人心里老人不舒服,他认为你对他不信任,有防备,他以后对你就心存戒备。""过年是个令人头疼的事,往往会因为拒礼而得罪一些人。"他在任期间,没有任何亲属在这里发过木材、做过买卖。他以基层工作为主,放弃了几次出国考察机会,一生中从未走出过国门。他从来都是先人后己,有时周末上班,他想让司机在家里睡个懒觉,就自己打"板的"(一种人力三轮车)去上班,所以他去世后,蹬"板的"的人都说:"黄书记要是在塔河出葬,我们也会去送送他。"他还常骑自行车上下班。他一九九七年由地委副秘书长兼办公室主任到任塔河县委书记时,仅有三十九岁,还是满头乌发。他走的时候,头发已白了许多。他曾连续多年被省委、地委授予"优秀党务工作者"称号,并亲自送走了两位被提拔的县长。就是他最后一次参加的这次省九代会,他也是全票当选的代表。世君走了,由我做决定,把他的骨灰安葬在生他养他的故乡——泰来县平洋乡。他的坟离他爷爷奶奶和父亲母亲的坟很近,我想那样他就不会孤单。他喜欢故乡的清风明月、牛羊庄稼、溪流河湾，他魂归故里，会获得永久的安宁和休息。大兴安岭是他热爱的土地，他把青春和事业都留给了这里，这里有他的幸福和快乐，也有他的辛酸和委屈。作为妻子，我深深地了解他的内心世界。他的悲剧的人生经历对我来讲是创作上的一笔"财富"，总有一天，我会写出这样一部书来告慰他。我记得当我清理完他办公室的遗物，把他办公室的钥匙卸下来交还给县委办时，我的泪水汹涌而出。我对着他坐过的那把椅子深深地鞠了一躬，我觉得他无愧于这把椅子。

我是坚强的，同时又是脆弱的。尽量忍着少在众人前流泪的我，回到故乡我们的屋子时，我看着这熟悉的场景和他用过的每一个物件，嗅着被子里还残存着的他身体的气息，真的是撕心裂肺、痛不欲生！每天泪眼蒙眬地望窗外的青山，更有一种如在梦中的感觉。人生是不是在做梦呢？

在世君的葬礼上，来了许多他生前的领导和朋友，他所尊敬的一位老领导为他的骨灰能顺利安葬在泰来做了精心安排，他的一些老同事闻听此讯后，专程从塔河、新林、阿木尔等地赶往加格达奇，我的一些文坛朋友也通过多种方式表达了对世君英年早逝的哀悼之情，还有一些省委和地区的领导打来电话表示慰问。在此我深表谢意。世君走后，我回到故乡看望突发心脏病的母亲，看到那些普通的老百姓挖来婆婆丁一袋袋地送到我母亲家,看到亲属们看我时的那种怜爱的目光,我觉得无限温暖。同时,我也感到某些官场中人明显的"人走茶凉"的那种"变脸"。世态炎凉,冷暖自知,这一切对我来讲都是最宝贵的人生积累,会让我受用无穷。我想我能挺过这一关的。我对他女儿未来的学习和生活做了妥善安置,对他的兄弟姐妹也表达了我的一番心意,我想他在天有灵,一定会有感知的。我为我的事业、亲人和好朋友,都会学得更坚强一些。世君,你安息吧!你消失在你最为喜欢的春天,你给我留下的是温暖。你能够永久摆脱尘世的纷扰,是一种彻底的解脱。我相信无限忠诚和善良的你在另一个世界会有福报。

当世君的遗体即将被火化时,我被人搀扶着最后一次去看他,我发自肺腑地对他说的最后的话是:

世君,一路走好。

我会永远怀念你!

悼三姨夫

　　我的三姨夫是一个老实巴交又内秀又怪僻的人。他近三十岁才娶到我三姨。他年轻时开拖拉机，后来开汽车，再后来便给单位烧锅炉。终日被烟熏火燎着，他肤色很黑，很粗糙。

　　三姨夫长得瘦高瘦高的，一双细眯的眼睛总是透出和善和笑意。他喜欢鼓捣一些小玩意，如把卫生所用过的小药瓶捡回来洗净，用万能胶将它们巧妙地粘连在一起，做成一盏精致台灯的底座。他还能在透明玻璃上画上风景画，只是他把松树和荷花画到了一处。三姨夫还会拉胡琴，这也是无师自通，他还能做面鱼、做灯笼。总之，我觉得他是一个内心世界极其丰富的人。

三姨夫不大爱说话，不嗜烟酒，最怕人劝他喝酒。他不知怎么很怕过年，按照我三姨的说法，一到过年他就"耍熊"。年三十的团圆饺子他通常是不吃的，要躺在土炕上蒙头大睡，任你如何喊他都不理不睬。而且他也不换新衣，就穿着平素穿的旧衣旧裤，皱巴巴的，仿佛别人虐待他。然而过年前他通常还是兴味十足的，他糊灯笼，剪挂钱，买炮仗、春联和年画，还能帮助我三姨做一些有趣的面食。他用各种模子扣出小鸟、蝴蝶、鱼的图案。然而到了除夕他的情绪却一落千丈，不吃不喝，不言不语，仿佛大众的快乐就是平庸的快乐，他不屑介入这快乐似的。

我爸爸在世时深知三姨夫的这种怪癖，所以总在年三十的当天打发我到三姨家去。三姨夫比较喜欢我，我一来他便从炕上起来，给我抓瓜子、花生和糖果，还领我去欣赏他糊的灯笼。他喜欢做走马灯，走马灯的八面侧壁上都贴有各种剪纸图案，微风一吹，走马灯唰唰旋转，气派至极。他爱美，而且唯美独尊，这在那一带的人中是极其独特的。一般来说，我只能缓解三姨家年三十时白天的气氛，三姨夫会张罗着弄一桌子菜，并且让我喝酒。那时我才十几岁，让喝就喝，通常是黄昏时喝得两腮绯红踩着雪回到家院。父母亲便询问三姨家过年的气氛，我便炫耀自己给他们带来的快乐，带着一份酒足饭饱后的得意。父亲和母亲便放了心，剁饺子馅剁得更有力，点灯笼的则打起了快意的口哨。然而到了年初二,三姨来串门的那一天,她通常是带着两个孩子来,三姨夫没有来。那时我便有些难过,觉得自己在外交上彻底失败。

我父亲去世后,我们全家迁到了县城。虽然离老家远了一些,也不过是十几里的山路。有一年汛期,河水猛涨,整个县城被浓雾包围着。向晚时分,三姨夫突然开着汽车来敲门,隔着门就喊:"这么大的雾,你们还待在家里,快坐车走吧。"

三姨家地势极高,假使我们县城全部淹了,那里也安然无恙。当时我和姐姐正闹别扭,坚持不走,气得他直叫着我们的乳名说:"小燕、迎灯你们真犟,你看看这么大的雾,你们就不走吧。"

后来我和姐姐都笑了。他从来不强迫人,我们不走,他也就不再坚持,他就是这么个人。

我参加工作后很少有机会能见到三姨夫,但是每年回家过春节总要去看他。他依然和善有怪癖,只是一年比一年苍老。去年冬天,他忽然来到哈尔滨,投奔他侄子的公司来开车,说是要挣些钱给他越来越大的两个儿子花。他的大儿子在天津当兵,小儿子上技工学校。他还存着老观念,为他们将来娶媳妇时攒些钱。等我过完元宵节返回哈尔滨去看他时,他正准备出车。他又黑又瘦,依然很和善地笑望着我,充满怜爱。他住在一间十分简陋的有六个人合住的工棚里,这使我很难过。阴历二月二的那一天，我便打电话请他来我这过节。他来了，穿一件平时不常穿的黑色呢子大衣。看到我生活得不错，他说他放了心了。吃饭时，我和他喝了两瓶啤酒，说到生活的种种艰辛，他的眼里竟有了星星点点的泪花。

饭后，我给他倒了杯茶，他坐在沙发上，书柜中的一些小摆设吸引了他，他欲去看，他在通向书橱的那块圆形羊毛花地毯前犯了踌躇，他大概怕弄脏了地毯，虽然说他当时穿着干净的拖鞋，他大步地跳了一下，跃过了地毯，这一跳使我格外心痛。

由于种种不痛快，他在哈尔滨没有多久便回了老家。之后他很快来了一封信，说为我感到荣耀，并且婉言劝我尽快找个人结婚。那封信错别字满篇，但是每一个字的笔画都是精心画过的，可以看出他是花了大力气写的。

五月的某一天，我情绪忽然有些极端反常，我心慌意乱，不由自主地惦记起老家。给家打了长途，接电话的是我姐夫，他的声音有些不大对头，他说："三姨夫出了事了。"

我问："他怎么了？"

姐夫说："让车撞了。"

我以为他还活着，便问："撞得怎么样？"

姐夫说："今天刚圆完坟回来。"

我竟一句话也说不出来了。我欲哭无泪。当天我早早就下了班，一个人回到舒适的家，躺在床上，看着对面的沙发，想着三姨夫当时从沙发跃过那块地毯的情景，我痛哭失声。

  以往我春节回家时，会看到健在的父亲和三姨夫。后来父亲去世了，我便看父亲的坟。现在三姨夫也去了，今年春节回去也只能去看他的坟了。我是多么不愿意看到亲人们的坟啊。

哑巴与春天

最惧怕春风的，莫过于积雪了。

春风像一把巨大的笤帚，悠然扫着大地的积雪。它一天天地扫下去，积雪就变薄了。这时云雀来了，阳光的触角也变得柔软了，冰河激情地崩裂，流水之声悠然重现，嫩绿的草芽顶破向阳山坡的腐殖土，达子香花如朝霞一般，东一簇西一簇地点染着山林，春天有声有色地来了。

我的童年春光记忆，是与一个老哑巴联系在一起的。

在一个偏僻而又冷寂的小镇，一个有缺陷的生命，他的名字就像秋日蝴蝶的羽翼一样脆弱，渐渐地被风和寒冷给摧折了。没人记得他的本名，大家都叫他老哑巴。他有四五十岁的样子，出奇地黑，出奇地瘦，脖子长长的，那上面裸露的青筋常让我联想到是几条蚯蚓横七竖八地匍匐在那里。老哑巴在生产队里喂牲口，一早一晚的，常能听见他铡草的声音，"嚓——嚓嚓"，那声音像女人用刀刮着新鲜的鱼鳞，又像男人抡着锐利的斧子在劈柴。我和小伙伴去生产队的草垛藏猫猫时，常能看见他。老哑巴用铁耙子从草垛搂下一捆一捆的草，拎到铡刀旁。本来这草是没有生气的，但因为有一扇铡刀横在那儿，就觉得这草是活物，而老哑巴成了刽子手，他的那双手令人胆寒。我们见着老哑巴，就老是想逃跑。可他误以为我们把草垛蹬散了，他会捉我们问责。为了表示他支持我们藏猫猫，他挥舞着双臂，摇着头，做出无所谓的姿态。见我们仍惊惶地不敢靠前，他就本能地大张着嘴，想通过呼喊挽留我们。但见他喉结急剧蠕动，嗓子里发出呃呃的如被噎住似的沉重的气促声，却说不出一句话来。

　　老哑巴是勤恳的，他除了铡草、喂牲口之外，还把生产队的场院打扫得干干净净。冬天打扫的是雪，夏天打扫的是草屑、废纸和雨天时牲畜从田间带回的泥土。他晚上就住在挨着牲口棚的一间小屋里。也许人哑了，连鼾声都发不出来，人们说他睡觉时无声无息的。老哑巴很爱花，春天时，他在场院的围栏旁播上几行花籽，到了夏天，五颜六色的花不仅把暗淡陈旧的围栏装点出了生机，还把蜜蜂和蝴蝶也招来了。就是那些过路的人见了那些花儿，也要多望上几眼，说，这老哑巴种的花可真鲜亮啊，他娶不上媳妇，一定是把花当媳妇给伺候和爱惜着了！

　　有一年春天，生产队接到一个任务，要为一座大城市的花园挖上几千株的达子香花。活儿来得太急，人手不够，队长让老哑巴也跟着上山了。老哑巴很高兴，因为他是爱花的。达子香花才开，它们把山峦映得红一片粉一片的。人们说老哑巴看待花的眼神是挖花的人中最温柔的。晚上，社员们就宿在山上的帐篷里。由于那顶帐篷只有一道长长的通铺，男女只能睡在一起。队长本想在通铺中央挂上一块布帘，使男女分开，但帐篷里没有帘子。于是，队长就让老哑巴充当帘子，睡在中间，他的左侧是一溜儿女人，右侧则是清一色的男人。老哑巴开始抗议着，他一次次地从中央地带爬起，但又一次次地在大家的嬉笑声中被按回原处。后来，他终于安静了。后半夜，有人起夜时，听见了老哑巴发出的隐约哭声。

　　从山上归来后，老哑巴还在生产队里铡草。一早一晚的，仍能见铡刀"嚓——嚓嚓"的声响，只不过声音不如以往清脆，不是铡刀钝了，就是他的气力不比从前了。那一年，他没有在场院的围栏前种花，也不爱打扫院子，常蜷在一个角落里打瞌睡。队长嫌他老了，学会偷懒了，打发了他。他从哪里来，是没人知道的，就像我们不知他扛着行李卷又会到哪里去一样。我们的小镇仍如从前一样，经历着人间的生离死别和大自然的风霜雨雪，达子香花依然在春天时静悄悄地绽放，依然有接替老哑巴的人一早一晚地为牲口铡着草料，但我们总觉得少了点什么。原来这小镇是少了一个沉默的人——

一个永远无法在春天中歌唱的人！

挂雪的树枝不垂泪

在我居室的下面，奋斗路的另一侧，原本是有两座平房的。一座是食杂店，另一座是酒店。食杂店铺着缝隙很大的木质的地板，走上去嘎吱嘎吱地响。货架也是木制的，动人的醋香味和暖洋洋的甜香气在黯淡的室内四处弥漫，给周围的平民百姓以许多方便。店的角落有一部公用电话，是黑色的拨盘电话，式样古老，与店的气息很协调。只要短了柴米油盐，我便踅进店里。而毗邻食杂店的酒店，却不曾光顾，只见它的门脸刻意装饰过，门前还吊着四盏红色宫灯。一排婆娑的柳树站在两座平房前，几乎与屋脊同高。

那时我有个天真的想法，平房永远是平房，而柳树年年长高，最终柳树会覆盖了那有着猩红色屋顶的平房，繁茂枝叶的加冕会使平房更加充满童话色彩。然而童话终归是童话，那两座平房忽然在一日间被拆得成为一片废墟，几辆卡车将碎砖裂瓦、废土朽木清理干净后，那里就可怕地成为另一座大厦的基地。那有着古朴情调的平房消失了，还有那一排我企望形成一片浓郁绿云的柳树也消失了。那天我站在楼上，发现对面横七竖八地躺着一片被砍伐了的柳树，白色的伤口分外夺目，而它们的枝条分明已经柔软了，毕竟春天近了。

平房消失了。柳树消失了。原本开阔的视野不久将被一座钢筋水泥建筑的大厦所遮挡。工地传来彻夜不息的打夯声。室内不得安宁，我便到图书馆寻清静去。

在读书气氛颇浓的社科阅览室，我被沙汀先生的《睢水十年》吸引住了。文中主要记叙一九三九年沙汀由延安返回四川一路上的所见所闻。连绵的战火、生活的困窘并没有使他们丧失对文学的信心。文中还提到了许多现当代文学中的知名人物，这些人大多已经作古。这样质朴亲切的叙述风格和文中所提到的那些已故的文学大师，不知怎的忽然让我想起已故的林予老师以及珍藏于我手中的他生前的几册藏书。

大约是前年，得知林予老师患了癌症，去年春天，就传来了他病情加重的消息。有一天在街上碰见小黑，她告知刚带女儿去医院看过林予老师。"消瘦得特别厉害，身体已经开始浮肿了。"小黑这样对我说。我心下戚然。我记忆当中的林予，是一个和善的神态怡然的长者，他宽厚的笑容和温和的话语给我留下了十分美好的印象。在是否探望林予老师的问题上，我矛盾了很久。是记住一个人生命旺盛时期的自然神态呢，还是记住一个人垂死前的非人的表情？我选择了前者。我更愿意记住一个人正常生活时的影子，那么在我的记忆中，他就是平静故去的。

林予老师去世后不久，冬天便来到了。我和左泓去看望林予的夫人赵润华老师。我们在江边下了车，沿着江岸的斯大林公园朝前走。那天气压很低，松花江还未完全封冻，黑褐色的树木披着密密实实的白霜，这高傲的延伸着的树挂使我们恍若走进一座充满哀悼气息的灵堂。没有四壁的灵堂，灵魂可以直接面对苍天、树影、朔风，想必灵魂也是自由的吧。

林予老师的遗像悬挂在书柜上。那正是我记忆当中的他，和善亲切、淡泊宁静。赵润华老师明显消瘦了，头上也有了白发。她拿出一捆书让我挑选一下，书是林予老师生前的藏书。我从中选择了几册：《黑龙江农事》《中国的垦殖》《苏联的远东地区》《垦殖学》等。其中的《垦殖学》是商务印书馆于民国二十四年出版的，扉页上有林予老师的签名以及购书日期——一九六二年东安市场。一九六二年，我还没有出生，而林予老师已经买到这本书为记述垦荒生活做准备了。

当我把这几册书提回居室,一本本地翻阅它们的时候,心情是十分复杂的。在《垦殖学》的插页中,林予老师在割稻器、施肥器、三段空心压土器的图形下面都用红笔画上了标记。让人想到他不是去当作家,而是一心一意要做个荷锄种谷的农人。书页里透出一股植物生长的气息,可以想见林予老师对待工作有多认真和严肃。这是一个文学前辈留给后人的最大遗产。

岁月的浮尘使那几册书纸页泛黄,时间多么无情,它销蚀了一个人的激情、爱情、亲情和才华。如果上帝因为给予了人的生命而要收回人的生命的话,那么上帝收回的只是人的凡身躯壳,上帝收不走人的精神成就。

从图书馆出来,听着建筑工地单调的打夯声,我又一次想起了初冬松花江岸那些美丽的树挂。如果是雨落在树上,树就会垂泪。而如果是霜雪落在树上,树就仿佛拥有了无数颗雪亮的白牙。能让人看见白牙,那树必定是灿烂地笑着。如果善良的人果真去了天堂,林予老师,您一定就会在天堂。现在又是哈尔滨开花的时令了,天堂也开花吗?

暗夜飞霞

已经有两位名女人离我们而去了，一个是邓丽君，一个是张爱玲。邓丽君死于暮春，那时节云朵灿烂，香气沉沉。张爱玲则告别于清秋，天高云淡，落叶萧萧，一如她的旷世之才和孤傲的性情。她们虽然一个猝死于壮年，一个无疾而终于老年，但有一个共同之处，那就是她们都死得格外寂寞。尤其是张爱玲，当人们推开她的屋门时，她已经去世几日了，她躺在地毯上似在沉睡，桌子上还摆着未完成的《小团圆》。

我爱听邓丽君的歌，爱读张爱玲的文章。邓丽君的情歌是凄艳的，而张爱玲的文章则是凄清的。邓丽君的相貌极像一个美极了的瓷娃娃，因而她的生命是易摧而短暂的。而张爱玲的相貌则生就一副可以千锤百炼的气质，因而她能历经沧桑。也许知道张爱玲的人不如知道邓丽君的人多——如她寂寞的死亡一样。可是我相信在知识界，每一个读过张爱玲作品的人听到她逝去的消息时，都会为之一抖。

她们的死亡还有一个共同点，那就是都死于海外。邓丽君是在漂泊途中，张爱玲虽然居于美国，但谁能肯定几十年来她的灵魂不在旧上海的街巷中沉浮呢？大概正因如此，她们的死是静悄悄的，因为她们的灵魂要悠闲和从容地"归乡"。

邓丽君的死曾掀起了一股"邓丽君热"。那一时节街头的录音带销售摊点天天放着《何日君再来》《恰似你的温柔》的歌曲。我在乘公共汽车、买菜或者散步时听到这歌声常常一阵心酸。而张爱玲则不一样，她那凄清动人的文字是无法变成声音让更多的人来接受的，因为文字只有在夜阑人静的灯下才变得熠熠生辉。风能传播歌声，邓丽君的灵魂在暖风中；云能望穿文字，张爱玲的灵魂在流浪的云里。

她们离开了，是两个美丽的富有才情的女人离开了。我的柜子里有邓丽君的磁带，我的床头放着张爱玲的书。我不愿意给她们分个孰高孰低，但我还是更偏爱张爱玲，一方面是由于我做着与她相同的职业，另一方面是由于她死于暮年。虽然我知道对于张爱玲这种参透人世的酸甜苦辣的人来讲，晚年更多的是寂寞和苍凉，但能在深居简出中多看几回人间的斜阳，却仍然是令人心动的。

人们都说伟人离开人世时天边会出现陨星,我想那是针对男人而言的。卓越的女人离开时,我想暗暗的夜空中会出现微红的霞光,以她们无与伦比的美丽作别人间。

闹市中的大海

我没有见过冰心先生,但我与她,有一次难忘的"梦中缘"。

二十年前,我在北京鲁迅文学院读书。那正是一个爱做梦的年龄。那个阶段的日记中,很多是关于梦境的记述。在梦中,最多见到的是风景,树呀花呀云呀河呀月亮呀山鹰呀等等,其次才是人。人中,已故的人居多,祖父呀父亲呀早夭的同学呀等等。有一天,我竟然梦见了冰心先生,直到如今,我还能清晰地忆起那个梦。

那是夏天的一个日子,天色昏暗,我独自走在北京曲里拐弯的胡同里。因为没有太阳,加之胡同杂乱、幽深,给人湿冷、阴森的感觉，走得很败兴。正在此时，我忽然看见一座青灰的四合院，它的院门敞开着，于是跨过门槛，走进院子。院子里恍惚有树，有花，有水池。进得屋子，里面静悄悄的，似乎一个人都没有。我正想着掉头而去的时候，却见临窗的藤椅里，坐着一个人。她头发花白，目光温和，面容素净，穿一件灰色对襟中式便服，微笑着看我。我在心里惊叫道：这不是冰心先生吗？她见了我，并没有说什么话，而是引我到窗前，轻轻撩起窗纱。我朝窗外一望，大吃一惊，哪里还有我走过的那些令人压抑的景致，一片蔚蓝的海竟然出现在眼前！我问冰心先生，北京不是没有海吗？为什么你的窗外是大海？我就在这样热切的询问中醒来了。

这个梦，好生奇怪，我把它说给同学于劲听。她帮我解梦，说是冰心先生在海边出生，依恋大海，所以我才会在她的窗外看见大海。于劲说，不管怎么的，梦中见到长寿的冰心和大海，都是吉兆。她的话令我安慰和喜悦。

都说，日有所思，夜有所梦。其实，在现代文学作家中，尤其是女作家中，我更偏爱张爱玲、萧红，甚至是丁玲。但冰心先生的文字风格，那种婉约中的俏皮，沧桑中的温暖，还是令我喜欢。她见诸报端的那一张张照片，端庄秀丽，宠辱不惊，一派大家风范。我相信，只有胸如大海的人，才会有那样恬淡安详的笑容。

现在回味二十年前的这个梦,别有深意。在一个喧嚣的环境中,只要你能保持独立的姿态,那么,即使身居闹市,也不会为浮尘所迷。只要你心灵广阔,大海就会在眼前。

一脉清流消逝

在中国现代文学史上，活跃于二三十年代的诗人的文学成就是比较高的。他们大都出身书香门第，有扎实的国学功底，又都留过洋，在各名牌大学执过教，对新诗的发展做出了卓越的贡献。我们所熟知的就有闻一多、徐志摩、戴望舒等。然而有一个人却无形中被我们忽略了，他就是朱湘。

朱湘之所以引起我的注意并不是由于他的诗，而是因为他的自杀。在儒道之教盛行的中国，自古文人在失意之后往往选择徜徉于山水之间的隐士生活，而选择自杀的却微乎其微。朱湘的自杀比起屈原和王国维，并没有引起广泛的重视和影响，也许是因为屈原和王国维的自杀带有悲壮的节烈色彩，他们都是殉国而死，而朱湘的自杀则看上去有些平淡，因为他死于灵魂的无可归依。屈原的死获得了一个"端午节"，成为世世代代的永久的纪念；王国维的殉清得到了"忠悫公"的谥号，尽管赐谥给他的清朝末代皇帝溥仪认为王国维的死主要由于他与姻亲罗振玉之争的失利，但是在知识界王国维的美誉却并未由此减色，而是与日俱增；只是朱湘，乘着一艘陈旧的船漂泊在从上海至南京的河流上，经历了失业、贫穷、婚姻的痛苦、友人间的龃龉、事业的苦辣酸甜的他终于在渐朗的黎明中纵身河水，化作一脉清流。朱湘曾在一首《残诗》中写道："虽然绿水同紫泥，是我仅有的殓衣，这样灭亡了也算好呀，省得家人为我把泪流。"这竟不幸成了诗人命运的写照。

朱湘曾是赫赫有名的"清华四子"之一，他性格孤傲，才华横溢，自尊自负，曾一度愤然退出清华大学，而后又被恢复学籍。他与闻一多由至交到决裂，而后又重拾友谊直至再次出现裂痕，都说明朱湘在个性上更接近于诗人气质。他在北平曾拜访过徐志摩的寓所，对徐家沙发上摞得高高的绸衣和奢侈排场很反感，这说明朱湘在骨子里更亲近质朴的乡情。所以徐志摩的作品像贵妇人华丽服饰上的流苏，而朱湘的作品毫无奢靡之气，他的代表作《采莲曲》可算作一个实证。

我曾经用三个夜晚拜读了朱湘的全部诗作，他的诗同他的自杀一样给了我同样的震动。他的多首十四行诗尤其令我喜欢。如他致霍桑（美国小说家，代表作《红字》）的那首诗的开篇："如其我能有你的那座苔屋，日里在廊前看暖色逗清幽；晚上读书，或许，陪伴着朋友，听栗子与柴薪对语在墙炉……"再如："湖里的便是岸上的山；不过那青翠倒影而下，在水里显得生动、变化，像恋爱的形影在心坎。要翠环映出白的手指……没有山，这湖水在薄暮，由哪里去染嫩绿、藤黄？"

毋庸讳言，朱湘的才华是卓尔不群的。他的绝大多数诗作都是抒发个人情怀，而且也大都属于他的成功诗作。他涉及民族气节和政治的一些作品则看上去言之无味，平平淡淡，这说明朱湘的内心更为关注的是人类共有的永恒的情感，而这又恰恰是一个伟大作家所应具备的思想行为。比之闻一多的《红烛》和《死水》，朱湘的诗显得纤巧、柔弱、单纯，他不是那种发呐喊之声的诗人，而是一个极度敏感和忠于自我的人，他的声音因为独特而显得微弱，因而极易消失和被忽视。

《采莲曲》被公认为朱湘的代表诗作，也是作者引以为自豪的诗作，所以当年它在《诗镌》发表未被排在显要位置时，朱湘曾打电话大声斥责杨世恩，以泄心中不平，可见他对这首诗的钟爱和他的诗人气质。《采莲曲》是一首形式工整而又自由活泼的不可多得的清新之作，整首诗洋溢着对生活的热情和乐观态度："小船呀轻飘，杨柳呀风里颠摇；荷叶呀翠盖，荷花呀人样娇娆。日落，微波，金丝闪动过小河。左行，右撑，莲舟上扬起歌声……薄雾呀拂水，凉风呀飘去莲舟。花芳，衣香，消溶入一片苍茫；时静，时闻，虚空里袅着歌音。"这首诗称得上唯美，读它时我的眼前会闪现出中国山水画的风韵。朱湘有理由看重它，因为它仿佛是一个孩子童真般的梦呓，对于任何诗人，能够从容地进入这种境界在一生中都是难得一遇的。

朱湘在娶妻生子后又经历了几年海外求学生涯，漂泊无定的生活始终使他的精神处于一种流浪状态。在芝加哥大学，他重演了退出大学的一幕，他忍受不了学校的沉闷之气。朱湘对他不喜欢的事物的全然拒绝固然证明了作为一个诗人的纯粹和透明度，但也从另一个方面暗示出他的脆弱和适应能力之差。当他在海外孤独无依、几乎难以维持日常生活时，闻一多又向他伸出宽容之手，邀他归国后去安徽大学执教。朱湘一生过得最平静和幸福的一段生活就是在安庆的几年。之后他又故态复萌，开始讨厌大学，加之经济陷入拮据，使他有了无票上船被查出而遭白眼和讥笑的一段经历，这种彻底的落魄使朱湘的自尊陷入万丈深渊，这对他是致命的一击。朱湘在这种绝望的生活环境中如果有家庭这个温暖的退避之所，也许情况会稍有好转，而此时他又与霓君心生隔阂。朱湘在自尊被剥蚀殆尽之后，便一无所有了，他自然而然就看见了生命的尽头。

朱湘其实非常渴望他的诗作会带给他世俗的一些利益和回

报，这隐喻着诗对于他并不完全属于维系他生命的呼吸，所以他能在一切都不合心意时断然放弃生命和诗歌。有人分析朱湘的自杀是由于当时的战乱和社会的黑暗所致，在我看来更多地源自他的性格悲剧。要知道在和平年代也有自杀的诗人。朱湘的死也向我们证明，即便是一个艺术家，他的承受能力也是有限的，世界上没有不可放弃的东西。

朱湘实现了自己化作紫泥的愿望。他死得无声无息。他的有限的诗作已达到了超凡脱俗的境界，可惜它没有得到发展，这是使我深为遗憾而要写这篇文章的动机。我很欣赏朱湘早期的那首《废园》："有风时白杨萧萧着，无风时白杨萧萧着，萧萧外更听不到什么。野花悄悄地发了，野花悄悄地谢了，悄悄外园里更没什么。"

我怀念那个三十年代付诸清流的人，那个自卑又自负的人，那个集翻译、编辑和著述于一身的才华卓绝的人。怀念他曾有的而我正在经历的憧憬和叹息。

落红萧萧为哪般

　　萧红出生时，呼兰河水是清的。月亮喜欢把垂下的长发，轻轻浸在河里，洗濯它一路走来惹上的尘埃。于是我们在萧红的作品中，看到了呼兰河上摇曳的月光。那样的月光即使沉重，也带着股芬芳之气。萧红在香港辞世时，呼兰河水仍是清的。由于被日军占领，香港市面上骨灰盒紧缺，端木蕻良不得不去一家古玩店，买了一对素雅的花瓶，替代骨灰盒。这个无奈之举，在我看来，是冥冥之中萧红的暗中诉求。因为萧红是一朵盛开了半世的玫瑰，她的灵骨是花泥，回归花瓶，适得其所。

　　香港沦陷，为安全计，端木蕻良将萧红的骨灰分装在两只花瓶中，一只埋在浅水湾，如戴望舒所言，卧听着"海涛闲话"；另一只埋在战时临时医院，也就是如今的圣士提反女子中学的一棵树下，仰看着花开花落。

我三月来到香港大学做驻校作家时，北国还是一片苍茫。看惯了白雪，陡然间满目绿色，还有点不适应。我用晚饭后漫长的散步，来融入异乡的春天。

从我暂住的寓所，向南行五六分钟吧，可看到一个小山坡。来港后的次日黄昏，我无意中散步到此，见到围栏上悬挂的金字匾额是"圣士提反女子中学"时，心下一惊，难道这就是萧红另一半骨灰的埋葬地？难道不期然而然间，我已与她相逢？

我没有猜错，萧红就在那里。

萧红一九一一年出生在呼兰河畔，旧中国的苦难和她个人情感生活的波折，让她饱尝艰辛，一生颠沛流离，可她的笔却始终饱蘸深情，气贯长虹。萧红留下了两部传世之作——《生死场》和《呼兰河传》，前者由鲁迅先生作序，后者则是茅盾先生作序。而《生死场》的原名叫《麦场》，标题亦是胡风先生为其改的。可以说，萧红踏上文坛，与这些泰斗级人物的提携和激赏是分不开的。不过，萧红本来就是一片广袤而葳蕤的原野，只需那么一点点光、一点点清风，就可以把她照亮，就可以把她满腹的清香吹拂出来。

萧红在情感生活上既幸运又不幸。幸运的是爱慕她的人很多，她也曾有过欢欣和愉悦；不幸的是真正疼她的人很少。她两度生产，第一个因无力抚养，生下后就送了人；而在武汉生下第二个孩子时，萧红身边，却没有相伴的爱人，孩子出生不久即夭折。婚姻和生育，于别人是甜蜜和幸福，可对萧红来说，却总是痛苦和悲凉！难怪她的作品，总有一缕摆不脱的忧伤。

萧红与萧军在东北相恋，在西安分手。他们的分手，使萧红心灰意冷，她东渡日本。那期间，她的作品并不多，有影响的，应该是短篇小说《牛车上》。赴日期间，鲁迅先生病逝，这使内心灰暗的她，更失却了一份光明。萧红才情的爆发，恰恰是她在香港的时候，那也是她生命中的最后岁月。《呼兰河传》无疑是萧红的绝唱，茅盾先生称它为"一幅多彩的风土画，一串凄婉的歌谣"，可谓一语中的。她用这部小说，把故园中春时的花朵和蝴蝶，夏时的火烧云和虫鸣，秋天的月光和寒霜，冬天的飞雪和麻雀，连同那些苦难辛酸而又不乏优美清丽的人间故事，用一根精巧的绣花针，疏朗有致地绣在一起，为中国现代文学打造了一个独一无二的"后花园"，生机盎然，经久不衰。

萧军、端木蕻良和骆宾基，这几个与萧红的情感生活紧密相连的男人，在萧红故去后，彼此责备。萧红身处绝境，一盏灯即将耗掉灯油之际，竟天真地幻想着尚武的萧军，能够天外来客一样飞到香港，让她脱离苦海。萧红临终前写下的"半生尽遭白眼冷遇……身先死，不甘，不甘"，可以说是她对自己凄凉遭遇的血泪控诉！事实是，萧红去了，但她的作品留下来了，她用作品获得了永恒的青春！

我想起了多年以前，追逐着萧红足迹的美国著名汉学家葛浩文先生，对我讲起他当面指责端木蕻良辜负了萧红时，端木突然痛哭失声。我想无论是葛浩文还是我们这些萧红的读者，听到这样的哭声，都会报之以同情和理解。毕竟，那一代人的情感纠葛，爱与痛，欢欣与悲苦，只有他们自己最清楚。端木蕻良能够在风烛残年写作《曹雪芹》，也许与萧红的那句遗言不无关系："我将与蓝天碧水永处，留下那半部《红楼》，给别人写了。"而且，按照端木蕻良的遗嘱，他的另一半骨灰，由夫人钟耀群带到了香港，埋葬在圣士提反女校的树丛中，默默地陪伴着萧红。只是岁月沧桑，萧红那一抔灵骨的确切埋葬地，没人说得清了。只知道她还在那个园子里，在花间树下，在落潮声里。

萧红在浅水湾的墓，已经迁移到广州银河公墓，而她在呼兰河畔的墓，埋的不过是端木蕻良珍存下来的她的一缕青丝而已。一个人的青丝，若附着在人体之上，岁月的霜雪和枯竭的心血，会将它逐渐染白；而脱离了人体的青丝，不管经历怎样的凄风苦雨，依然会像婴孩的眼睛一样，乌黑闪亮。

圣士提反女子中学规模不大，但历史悠久，据说范徐丽泰和吴君如就毕业自这里。它管理极严，平素总是大门紧锁。有一天放学时分，趁学生们出来的一瞬，我混进门里。然而一进去，就被眼尖的门房发现，将我拦住。我向她申明来意，她和善地告诉我，萧红的灵骨确实在园内，只是具体方位他们也不知道。如果我想进园凭吊，需要与校方沟通。她取来一张便条，把联系人的电话给了我。我怅惘地出园的一瞬，忽闻一阵琴声。循声而望，那座古朴的米黄色小楼的二层，正有一个梳短发的女孩，倾着身子，动情地拉着小提琴。窗里的琴声和窗外的鸟鸣呼应着，让我分不清鸟鸣是因琴声而起呢，还是琴声因鸟鸣才如泣如诉。

我没有拨那个电话。在我想来，既然萧红就在园内，我可以在与她一栏之隔的城西公园与她默然相望。圣士提反，是首位为基督教殉难的教徒，他是被异教徒用石块砸死的。以他的名字命名的女校，有一股说不出的悲壮，更有一股说不出的圣洁。其实萧红也是一个虔诚的教徒，只不过她信奉的教是文学，并且也是为它而殉难。她在文学史上的光华，与圣士提反在基督教历史上的光华一样，永远不会泯灭。

清明节的那天，香港烟雨蒙蒙。黄昏时分，我启开一瓶红酒，提着它去圣士提反女子中学，祭奠萧红。我本想带一束鲜花的，可萧红在园内四季有鲜花可赏，那红的扶桑和石榴，紫色的三角梅和白色的百合，都在如火如荼地盛开着。萧红是黑龙江人，那里的严寒和长夜，使她跟当地人一样，喜欢饮酒吸烟。我多想洒一瓶呼兰河畔生产的白酒给她呀，可是遍寻附近的超市，没有买到故乡的酒。我只能以我偏爱的红酒来代替了。

　　复活节连着清明，香港的市民都在休长假，圣士提反女校静悄悄的。我在列堤顿道，隔着栏杆，搜寻园内可以洒酒的树。校园里的矮株植物，有叶片黄绿相间的蒲葵，有油绿的鱼尾葵，还有刚打了骨朵的米仔兰。我把它们轻轻掠过，因为它们显然年轻，而萧红已经去世六十八年了。最终，我选择了两棵大树，它们看上去年过百岁，而且与栏杆相距半米，适合我洒酒。一株是高大的石榴树，一棵则是冠盖入云、枝干遒劲的榕树。铁栏杆的缝隙，刚好容我伸进手臂。我举着红酒，慢慢将它送进去，默念着萧红的名字，一半洒在石榴树下，另一半洒在树身如水泥浇筑的大榕树下。红酒渐渐流向树根，渗透到泥土之中。它留下的妖娆的暗红的湿痕，仿佛月亮中桂树的影子，隐隐约约，迷迷离离。

　　洒完红酒，我来到圣士提反女校旁的城西公园。一双黑色的有金黄斑点的蝴蝶，在棕榈树间相互追逐，它们看上去是那么的快乐；而六角亭下的石凳上，坐着一个肤色黝黑的女孩，她举着小镜子，静静地涂着口红。也许，她正要赶赴一场重要的约会。如今的香港，再不像萧红所在之时那般的碧海蓝天了，从我居所望见的维多利亚港和它背后的远山，十有七八是被浓重的烟霭笼罩着。大海这只明净的眼，仿佛患上了白内障。而圣士提反女校周围，亦被幢幢高楼挤压着。萧红安息之处，也就成了繁华喧闹都市中深藏的一块碧玉。不过，这里还是有她喜欢的蝴蝶，有花朵，有不知名的鸟儿来夜夜歌唱。作为黑龙江人，我们一直热切盼望着能把萧红在广州的墓，迁回故乡，可是如今的呼兰河几近干涸，再无清澈可言，你看不到水面的好月光，更看不到放河灯的情景了。我想萧红一生历经风寒，她的灵骨能留在温暖之地，落地生根，于花城看花，在香港与拉琴的女生和涂红唇的少女为邻，也是幸事。更何况，萧红临终有言，她最想埋葬在鲁迅先生的身旁。

　　走出城西公园，我踏上了圣士提反女校外的另一条路——柏道。暮色渐深，清明离我们也就越来越远了。走着走着，我忽然感觉头顶被什么轻抚了一下，跟着，一样东西飘落在地。原来从女校花园栏杆顶端自由伸出的扶桑枝条，送下来一朵扶桑花。没有风，也没有鸟的蹬踏，但看那朵艳红的扶桑，正在盛时，没有理由凋零。我不知道，它为何而落。可是又何必探究一朵花垂落的缘由呢！我拾起那朵柔软而浓艳的扶桑，带回寓所，放在枕畔，和它一起做星星梦。

不忍的句号

　　一个幅员辽阔的国家，春光注定是参差不齐的。三月，我离开故乡时，它还是一世界的白雪，可是到了广东，花间已是落英缤纷了。一个似晴非晴的日子，在《佛山文艺》主编文能的陪同下，我来到了南海丹灶镇的苏村，拜谒康有为故居。

　　一入苏村，看到的是一幅安恬的乡村生活图景：青砖的民居旁蜷着打盹的狗，荷花在水塘里静悄悄地开，挎着菜篮的妇女缓缓地通过石桥，耕牛在树下休憩，这一切，似乎都与我心目中康有为出生地的情景大相径庭，它是那么的和风细雨、欣欣向荣，没有丝毫的荒凉之气、沧桑之气。青少年时代生活在这里的康有为，其心中日益积聚的政治"风暴"，缘何而来？

这故居原名叫"延香老屋",是一座一厅两房两廊的普通的民居,面积不大。至一八五八年康有为出生时,康氏家族已有五代人在此生活。据说是防匪的原因,那个时代建造的屋子不见高窗,屋顶只开有拳头般大的方孔,天光就是从这儿进射到屋内的。这样的方孔,就是一道光明的飞瀑。想当年,少年康有为正是借着这一束蓬勃的天光,发奋苦读,孜孜以求的。这道光明开启了他的心智。

　　我对康有为的了解,基本上限于历史教科书上的"定义",他发起了"公车上书"运动,是中国近代史上的启蒙主义思想家。至于他个人的内心经历,不甚了了。在大多数知识分子的心目中,一个艺术家的风华,是高于一个政治上的风云人物的,哪怕他推动了历史的进程。其实,这也是一种偏见。

　　看过康有为故居,我很想走近他,了解他。于是,从春光中千里迢迢飞回苍茫的冻土带后,我在雪光和寒流中翻阅关于康有为的书籍,以及他的文选。上个世纪的风雨,顺着康有为命运的轨迹,就这样朝我袭来了。

　　康氏家族是有"投笔从戎"的传统的,其叔祖康国器在咸丰、同治年间镇压过太平军,当上了广西护理巡抚。其父康达初也是连年征闽,平定叛乱。可以说,康有为发蒙读书时,萦绕耳际的除了诵读"四书五经"的声音,还有异乡战事中兵戈相击的声音。这一"士"风与另一"仕"风的交汇,影响了康有为的人生，他日后心中积聚的政治风暴，与这两股风的吹拂有关。同大多数孩子一样，康有为在私塾习的是八股文，家族自然也期望他将来能在科举考试中一举中第，光宗耀祖。然而天性自由的康有为对陈腐的八股文难以喜欢，他在十四岁第一次参加童子试时不中，第二年又不中。崇尚儒学的祖父康赞修特意请来了名师，教他八股，然而康有为长进不大，至十九岁乡试时再次落第。

康有为的人生转折，与朱次琦先生是分不开的。乡试不中后，郁闷的康有为来到了当地著名的礼山草堂，成为九江先生门下的学子。朱次琦是道光年间的进士，咸丰初年曾在山西做过知县，引疾辞官后，他在家乡创办了学堂。朱次琦不是简单的私塾先生，他精通历史，崇尚理学，著述丰富，具有大家风范。他的出现，为康有为的思想世界打开了一扇窗。读史令他大开眼界，康有为自此立下了"谢绝科举之文、土芥富贵之事"，"以圣贤为必可期"的人生理想。应该说，朱次琦是一座灯塔，指引了康有为的学海之航。他读顾炎武的《日知录》、赵翼的《廿二史札记》，以及《周礼》《尔雅》《说文》《楚辞》《杜诗》《后汉书》等。师从朱次琦的当年，康有为结婚；次年，对他影响甚大的祖父猝然离世，康有为的人生开始了一波三折，他的读书也由沉迷渐渐走向了怠倦。朱次琦推崇韩愈，注重学问，而生性叛逆的康有为认为韩愈之文缺乏"道术"，也就是说没有深刻的思想，空洞无物。见解的差异，呈现出的其实是信仰和志向的不同，康有为的人生之舟，自然会偏离朱次琦这座灯塔，求新的他也注定要开辟自己的"求道"旅程。

当时的中国，内忧外困，康有为曾在诗中写道："道丧官私惟帖括，政芜兵食尽虚名"，"山河尺寸堪伤痛，鳞介冠裳孰少多"。他痛恨朝野的"不作为"和软弱，痛恨洋人蚕食祖国的疆土。这不安和愤懑压迫着他，难以解脱。康有为似乎迷途了，他一度遁入风景秀丽的西樵山，在白云寺里静坐养心，修炼方术，遍读经书，以期找到出路。康有为的大弟子梁启超，曾对老师这一段的静修生活给予过高度的评价："森然有天上地下唯我独尊之概。先生一生学力，实在于是。"康有为的西樵山静坐，其实是想把自己幻化为一支可以烛照人生的蜡烛，这样他面对沉重的黑暗时，内心会有勇气。静坐肯定是增长定力和智慧的，康有为走出西樵山时，开始了更广博的读书，他的阅读没有局限于历史、文学方面，而是扩展到自然科学上，如算学、地理、物理、天文学等。同时，他还对西学产生了浓厚的兴趣。他依据"以地绕日一周之故"，欲将"年"改为"周"，三百六十五天为一周，十年也就是十周，这些看似异想天开的提法，其实是以自然规律的变化为基础的。他从显微镜下看到物体能被放大成千上万倍，视虱如轮，观蚁如象，而悟出大小齐同、大小无定而无尽的道理。康有为感叹道："不知天之为一蚁乎,蚁亦一天乎?"这大概就是他日后提出人类平等、大同的理论基础。

从这些细节上看,康有为不是一个死读书的人。他喜欢诘问,喜欢求新。他总是期待他的想法能得到世人的承认和响应,期待他内心的波澜能波及现实,激荡起潮汐。否则,他不会发起"公车上书",也不会为了实现自己的愿望,创建强学会、保国会、保皇会等。喜欢结社,就是喜欢风雷,喜欢感天动地的呼唤。

西学的科学民主与人道精神的渗透,与中国传统的儒学思想的滋养,使康有为视野开阔起来,野心滋长,他恍然觉得"道"已在心中,雄心勃勃地要写作《万身公法》,欲对古往今来行为准则的利弊得失做一番梳理,从而制定出一套更为合理的标准,这套卷帙浩繁的著作按他的设想包括《实理公法全书》《公法会通》《祸福实理全书》《地球正史》《万国公法》《各国字典》《各国律例》《地球学案》等等,从这些书名可以看出来,能完成其中的一卷,都可能要一个人穷其一生的智慧与思考,它需要撰者富有丰富的学识、过人的勇气以及严谨的治学风格,而康有为其实并不具备这全面的素质。他备好了火种,可惜没有可供充分燃烧的柴薪,这团火只能在刹那间熄灭,流于空想。尽管如此,从他完成的部分篇什中,还是可以看出他的一些进步思想,比如他关于"孝"与"慈"的说法:

父母不得责子女以孝，子女不得责父母以慈。关于男女之爱，他认为爱则聚，不爱则散，不得用立法以约束，指出如果不爱而强行嫁娶是犯罪。在礼仪方面，比如作揖、下跪、握手等，康有为提出无论仪式的繁简，都要以医生的判断为准则，对人体有益则存，有损则舍。由此出发，他指出"以天下为一家，中国为一人，血气相通，痛痒觉焉"，希望全人类的人能够相通相爱。可见，他的思想是唯人性的、进步的。这也是他改良思想的体现。

康有为是个胸怀天下的人，他具有领袖欲。他的这种情怀，使他愤世嫉俗，不会安于现状。他注定要走出书斋，走向"革命"，成为名闻天下的人物。

一八八八年，康有为离开故乡，向着京师北行。以应试的名义，开始了他维新变法的旅程。初到京师，康有为拜谒十三陵，登长城，在政治旋涡的中心发出了"国势日蹙，中国发愤，只有此数年闲暇，及时变法，犹可支持，过此不治，后欲为之，外患日逼，势无及矣"的慨叹。在一个以君权制为主的社会中，变法必须要通过皇上的钦定方能施行，而康有为对专制的君权制的弊端并没有清醒的认识。在他眼里，君主一颦笑如日月之照临，一喜怒如雷雨之震动，卷舒开合，抚天下于股掌之上，可见他对君权是信赖和崇拜的。一介布衣的康有为，见皇上自然比登天还难，他只能求助于能接近皇上的人：时任工部尚书的潘祖荫，吏部尚书徐桐，以及同治、光绪两朝的帝师翁同龢。这三人中，徐桐视康有为为草莽，将三次登门的他拒之门外。翁同龢呢，身尊位重的他在最初根本没有把康有为放在眼里，康有为也只能徘徊在高门之外。只有潘祖荫答应了康有为的求见。但潘祖荫并不欣赏康有为的变法主张，尤其厌恶他为自己设计的"哭谏"之法、"辞官"之举，草草打发了他。碰壁的康有为极度失望，他不再把希望寄托在这些王公贵卿身上，而开始奋笔疾书，大胆地直接上书于皇帝，拟写了《上清帝第一书》。康有为写道："臣到京师来，见兵弱财穷，节颓俗败，纪纲散乱，人情偷惰，上兴土木之工，下习宴游之乐，晏安欢娱，若贺太平。"针对这种糜烂混乱的社会现状，他发自肺腑地提出了"变成法、通下情、慎左右"的政治主张。应该说，这是一个合理而进步的主张。然而这一番慷慨陈词怎么能被皇上看到，又是一个巨大的难题。按照规矩，身为科道之官或四品以上的堂官才可以直接上奏，否则，需要请人代奏。康有为只能又回到老路，求助于徐桐和翁同龢。徐桐看了康有为的上书后，称其为"狂生"，斥之不理。主管国子监的翁同龢呢，他对这份上书的评价是："语太讦直，无益。"康有为再次碰壁。他内心的愤懑和苍凉在一首诗中体现得淋漓尽致："海水夜啸黑风猎，杜鹃啼血秋山裂。虎豹狰狞守九关，帝阍沉沉叫不得。"

叩帝门无望，康有为并未彻底绝望，他采取迂回之策，联络京城那些与他志向相投的京官，让他们代言。其中就有时任都察院御史的湖北人屠仁守。屠仁守对政治改良抱有热情，敢于直言相谏。通过他，康有为代拟了几件奏折，由他上呈。比如请求朝廷广开言路的《请开言路折》，就修建铁路发表个人见解的《请开清江浦铁路折》，痛斥在海军捐款中买官行为的《请停海军捐折》，以及希望光绪帝亲政澄明的《请醇亲王归政折》等。个别奏折递到朝廷，起了些微波澜，但大多沉入死水，阒然无声。但不管怎么说，屠仁守毕竟是一条连接康有为与朝廷的脐带，可是这条脐带很快就被专权的慈禧太后剪断了，屠仁守以"逞臆妄言，乱紊成法"的罪名被革职，这样，康有为失去了唯一可以进言的渠道，他似乎已无路可走。像当年在西樵山隐遁一样，康有为重回书斋，沉迷于金石碑刻，研习书法，并写就了一本关于书法的著作《书镜》。《书镜》是康有为的一次疗治心灵创伤的远足，当他身上恢复元气时，他注定不会再流连于这条路上的风景，尽管它是那么的秀丽。《书镜》完成，他又一次参加了顺天府的乡试，落第后开始南归。

可以说，康有为是乘兴而来，败兴而归。京师"上兴土木，下通贿赂"的腐败现状如一潭泥沼，弄脏了他的双足，可是又没有一盆至清之水可为其洗濯，让他难以畅快，因而离别之际他曾负气地发出了"专意著述，无复人间世志意矣"的誓言。然而以康有为的秉性和志趣，这只是一句气话罢了。

康有为一路游览，回到广东后，结识了廖平。廖平长于经学，治学善变，著有《今古学考》。康有为受其思想的影响，把眼光放在被历代统治者视为经典的《周礼》《古文尚书》《左传》等著作上，辟其伪经，求其真经，对古文经书进行了大胆的怀疑和否定，开始了《新学伪经考》的写作。此书的着眼点并不完全在学术上，所以这个系列文章多有偏颇，它在本质上可以说是讨伐旧制度的檄文，康有为的维新思想逐渐由混沌变得清晰，由狭小变得开阔。

《新学伪经考》之后，康有为在广州开办了万木草堂。他办学的宗旨是："志于道、据于德、依于仁、游于艺。"可以说，他注重向学生传"艺"，更在意他们"德"的培养，这从他向学生提出的"四耻"的品行要求上可以充分看出来：耻无志、耻徇俗、耻鄙吝、耻懦弱。这些思想在今天看来仍然不过时，难怪这个学堂甫一开办，便声名远播，吸引了梁启超这样的人物。康有为在万木草堂讲坛的风格和气度，梁启超曾有过生动的描述："其授业也，循循善诱，至诚恳恳……其讲演也，如大海潮，如狮子吼，善能振荡学者之脑气，使之悚息感动，终身不能忘……每语及国事杌陧，民生憔悴，外侮凭陵，辄慷慨唏嘘，或至流涕……"康有为的弟子越聚越多，他们穿蓝夏布长衫，散裤脚，举止洒脱，言行自由，为世人所侧目，被人称为"康党"。然而正当万木草堂万木葱茏时,一场意外的霜雪降临,康有为卷入"同人团练局"的权力之争。这个地方自治团本来是康有为的伯祖父康国熹创建的,康国熹去世后,权力落入张嵩芬之手。张嵩芬与盗匪沆瀣一气,这引起了康有为的弟子陈千秋的不满,他和康有为一起,联合乡绅,夺回了局印,但没有多久,权力复失,陈千秋一命呜呼,《新学伪经考》也遭焚毁,康有为再次跌入人生的低谷,他已无治学之情,再次选择了出行,去了桂林。此时的康有为如同生了小疾,而桂林秀丽的山水和古朴的石刻如两味灵丹妙药,很快为他祛除了病痛。他再次出山时,体内吸纳了天地的灵气和精华,其勇气和魄力大增,次年入京参加会试时,便发起了著名的"公车上书"运动。

尽管康有为厌恶科举,但又不得不一次次地应试。康有为一八九三年中的举,身为举人,他才有资格参加入京的会试,向更高的功名——进士迈进。一八九四年,他曾与梁启超等一道入京参试,未中。一八九五年,他再次入京会试。到京不久,清政府签订了《马关条约》,这激起了爱国志士的愤怒。条约在四月十七日由李鸿章代清廷签订,但要盖上皇帝大印方可生效,康有为想赶在条约生效前,将它废止。他联合赴京会试的各路举人,联名上书,抗议这个丧权辱国的条约。所谓"公车",就是官车。汉代实行征聘制,到京城做官的人,均由官车接送，后人就把"公车"作为应试举人的代称。没有公车这种形式，康有为要想"革命"，也是不可能的，这不能不说是一个讽刺。康有为乘着可以驶入宫门的公车辘辘前行，扬鞭奋蹄，一路呐喊，引来无数和者。先后有上千举人联名上书朝廷，康有为草拟了著名的《上清帝第二书》，在其中提出了"拒和、迁都、变法"的主张，而变法的要旨是：富国、养民、教民、变通国政。可以说，康有为是想借着这个万人憎恨的条约，为自己一直想要做的"变法"来呼风唤雨。然而他等来的并不是他期待的风雨，"公车上书"是雷声大，雨点稀，《马关条约》最终还是生效了，集会也由声势浩大变得寥落，会试结束，各路举人纷纷离开京师。中了进士的康有为心犹不甘，他在《上清帝第二书》的基础上，又拟写了《上清帝第三书》，进一步阐述自己的变法主张。由于递交第三书时，康有为的身份是进士了，都察院收到不久，就上报朝廷，并很快到了光绪帝手里。光绪帝对康有为的第三书很重视，结合着其他人提出的变法主张，采纳了一些，作为新政举措，如修铁路、造机器、铸钞币、开矿产、整海军、严核关税、汰除冗员等。但康有为并不知晓自己的第三书已到了光绪帝手中，他认为上书不达，于是又写了《上清帝第四书》，更为透彻地阐释变法思想。这份上书被各个部门推来阻去，万般无奈的康有为又想起了翁同龢。此时的翁同龢因《马关条约》的签订，心存愤懑，亦有变法之念，对康有为已无反感，主动约见了他。他向康有为道出宫中秘密，光绪帝是个有名无实的皇帝，掌权的其实是慈禧太后。这个消息对康有为来说，无疑是一盆冷水。既然"变于上"如此艰难，康有为自然就想到了"变于下"。他创办了《万国公报》，随着朝廷认可的报纸《京报》免费附送给京师的官员阅读，这很有点像如今的广告。接着，他开始筹备强学会，得到了洋务运动后期的代表人物张之洞等要人在资金上的捐助。然而京师的《万国公报》和强学会都是性命短暂，《万国公报》后来改为《中外纪闻》，由梁启超编辑，它因宣传西学和变法思想，终被封禁。而强学会以"植党营私"的罪名遭瓦解。康有为的变法之路可以说是步步坎坷。他离开京师，到上海欲复开强学会，并创办《强学报》。报纸虽然是万花筒，但在康有为手下，它不管怎么变幻，其核心都是为其变法主张服务的。康有为在《强学报》上发表了《孔子纪年说》等文章。以孔子为纪年，把孔子"师"的地位提到比"天、地、祖宗和君"还高的地位，等于否定当朝，无疑是要掘王朝的墓，这自然引起了朝野上下的愤怒，张之洞抨击了《强学报》，并公开表达了对康有为的不满。强学会在上海是昙花一现。康有为在其后的许多文章的结尾，果然都是先以孔子为纪年标记年代，其次才是光绪。如他的诗集自序最后写道："孔子两千四百五十九年，即光绪三十四年十月九日，南海康有为更生自序。"康有为其实是要塑造一个新孔子,那就是《孔子改制考》中的孔子。这个孔子不是传统意义上的圣贤,而是一个"变革"的孔子。康有为托古喻今,认为孔子虽然无位,但是得道,能为王者立法,这就是他心目中的王。

梁启超一直是康有为新思想最有力的支持者和贯彻者,他与黄遵宪等人在上海创办了《时务报》,宣传维新思想。康有为一路南下,在澳门又创办了《知新报》,并再游桂林。

一八九七年,德国强占胶州湾的事件发生。此时的康有为正在京师,谋划着殖民巴西、开辟新疆土。从这点看,变法屡屡受阻,使他萌生了"退意",或者说滋生了更大的"野心",他要在他处建立一个"理想国"。胶州湾事件让康有为大为震怒,他再次上书,写就《上清帝第五书》,发出"舍变法外别无他图"的心声。然而这份上书仍是命运不济,工部尚书见行文犯忌,不肯上递。康有为心灰意冷,想要离开京师,他写信向翁同龢辞行。这封信改变了康有为的命运。翁同龢亲自来南海会馆挽留他,竭力在光绪帝面前引荐康有为,于是就有了一八九八年一月,李鸿章、翁同龢、荣禄等五位大臣联合对康有为的约见,听他阐述变法主张。之后,康有为奉旨写《上清帝第六书》,由总理衙门代奏,之后进呈《日本变政考》和《俄彼得变政记》。虽然是奉旨上书,但康有为并没有那么快获得他期待的结果。"上"不通,他又一次低下头来向"下",成立了保国会，并利用公车京师会试的时机，召开成立大会，大造声势，又发起了三次"公车上书"：第一次是为俄国强租旅顺、大连；第二次是为抗议德国士兵在山东即墨毁坏文庙中孔子和子路的塑像；第三次是为了改革科举制，废除八股。应该说，三次上书的意义都是积极的。

戊戌年（一八九八年）的五月底，首席军机大臣、恭亲王奕䜣病逝。奕䜣是光绪帝的叔叔，他对变法向来抵触。他的故去，使康有为看到了曙光，他代杨深秀和徐致靖拟写了两个奏折《请定国是而明赏罚折》和《请明定国是疏》，它们很快就有了结果，光绪帝命翁同龢起草了《明定国是诏》，得到慈禧太后许可后，在六月十一日正式颁布了诏书。这道诏书无疑是一道闪电，激起了一场风云浩荡的风雨。"百日维新"正式拉开了帷幕。六月十六日，光绪帝在颐和园的仁寿殿召见了康有为。不过就在召见的前一天，翁同龢被朝廷开缺回老家，这对康有为打击很大，他已感觉到前景不妙。"百日维新"中，光绪帝开新政，任用了一些维新人士，免除了李鸿章在总理衙门的职务。新旧势力的矛盾和冲突不可避免地发生了。年轻的光绪帝在康有为的建议下，又向太后提出进一步重用维新人士、重用袁世凯以及聘用参加过明治维新运动的日本的伊藤博文为朝廷顾问。这些举措无疑是要给朝廷大换血，等于要撼动慈禧太后的根基，自然引起了她的愤怒，政变不可避免地发生了，光绪帝被幽禁,谭嗣同、林旭、杨锐、杨深秀、刘光第、康广仁"戊戌六君子"遇害,康有为流亡海外。

　　康有为活了七十岁,但他的生命,在戊戌年他四十一岁时,已然终结。尽管其后他在印度撰写了《大同书》,但他身上的勇气和锐气,在戊戌年后,已不复存在。康有为曾请人在一枚印章上刻下了这样的文字:"维新百日,出亡十六年,三周大地,游遍四洲,经三十一国,行六十万里。"可惜这些"眼界"并没有让他变得开阔和深刻,他在归来后反对的是孙中山领导的国民革命,支持和参与的是张勋复辟。直到他去世的那一年,他还赴天津,为溥仪祝寿。坊间关于他晚年生活糜烂的传闻,亦不是空穴来风。

　　一个人何至于由先锋变得落伍,由澄明变得昏聩,由先知先觉变得墨守成规?究其根源,与康有为内心的矛盾有关。他一方面反对专权,一方面又尊崇至高无上的皇权;一方面厌恶科举,鄙薄功名,可是当他中了进士后,还是怀着光宗耀祖的喜悦,在家乡祖祠前的广场上,竖立了一对十余米的木旗杆,以示纪念。他向西方寻求真理,得到的不是沉甸甸的果实,而仅仅是艳丽的花朵。他一意思变,却忽视了在历史进程中,有些东西是"命脉",可以不变或渐变。他不断地给社会开出种种改良的"药方",却从未想过自己日久天长也会"生病"。可以说,他清高倨傲的背后,是不乏功名心和世俗心的。从他前半生的锐意变法到后半生的消极守旧来看,他并不是一个坚定的理想主义者。

但康有为还是了不起的,"公车上书"和"百日维新",使他成为中国近代思想启蒙运动的鼻祖,成为个性解放的先驱。捧读《康有为文选》,发现他的一些见解在今天仍具有指导性,如他在《乱后罪言》中说:"既庶,不富不可也;既富,不教又不可也。"他的长处在于他的"思想",而不是他散文中被后人夸大了的"文采"。读过关于他的一些文字,我在四月份来到青岛,去中国海洋大学讲我的长篇新作《额尔古纳河右岸》。广东的春天过去了,但青岛的春天正在高潮,桃花点点红,樱花簇簇白。我去了康有为在福山路最后的寓所,门厅里摆放着一幅徐悲鸿先生画的康有为的肖像,他白发苍苍,目光温和,但这温和中却掩饰不住茫然。他唇角微蹙,似在咀嚼着荣辱和苍凉。他坐在那里,坐在四月的微风中,看着来来往往的人。我想,以他不羁的性情,他并不喜欢坐在画框中。在他心中,那也是一种"牢"吧。

康有为的墓地,在浮山脚下,朝向大海。拜谒他墓地的那天,是个晴好的日子。他的碑文是刘海粟先生题写的。墓地开阔,但格外冷清,一个游人都没有。本该是万木葱茏的时节,可墓地却衰草凄凄。他的墓是圆形的,青白色。远远看去,像是一个句号。康有为就躺在这个句号中。康有为五十六岁时,曾创办了《不忍》杂志。我想他一生最不忍的，大概就是这个句号。在广东南海的苏村，我看到的是康有为的起点，而在青岛，我看到的却是他的终点。他的起点到终点，曲曲折折，波澜壮阔。

康有为离开这个世界，整整八十年了。八十年风雨沧桑，物换星移，包括我在内的年轻人，又有多少人知晓他呢？这个应该被我们了解的人，正逐渐被世人遗忘；这个应该被我们纪念的人，正一天天地淡出滚滚红尘。

康有为墓地面前的大海，已不是一览无余的海了。近年来迅速兴起的海景高层住宅，正逐渐地分割着他视野中的海。大海破碎了。不过康有为见过的海多了，见过的破碎的山河也多了，他不会介意的。更何况，不管大海怎样被遮挡住，那海水在风暴来临时的惊涛拍岸之声，他仍能深切地感受到。康有为最爱的，不正是这样的声音吗？

看花的姿态

他的如花世界,在尘埃中,也在云朵之间。

闲适的苏童

苏童与我一南一北，虽然相识较早，但交往寥寥，只是在一些笔会上可以见到他"老人家"。所以对他的印象，只能是浮光掠影。好在苏童是个极其随和的人，所以不会在意我没有"浓墨重彩"地写他。从他的作品中我感觉到，他似乎也不大喜欢浓墨重彩。

未识苏童前，我读过他的《桑园留念》，作品散发着的优雅、伤感的气息很符合我的审美胃口，对它分外喜欢，我至今还记得作品的一些细节，如女主人公多年以后大着肚子从桥上经过的情节。苏童的小说从一开始就成熟于他的年龄，富有沧桑感。苏童以他的枫杨树故乡作为他文学创作天空的黝蓝的底调,这决定了他的文学的丰富和纯净。他的"亮相"引得文学界的满堂喝彩,不足为奇。

苏童曾在《钟山》做过编辑,曾经编辑过我的一部中篇《没有夏天了》,所以我该称他为"老师"的。他那时大约精力充沛,不但写出了一大批令他大红大紫的作品,而且在做编辑上也是兢兢业业,一丝不苟,这大约也可以看出苏童为人为文的"诚恳"。最早见他是哪一年我已经记不得了,苏童看上去有点"腼腆",在公众场合的话语似乎也不多,他的形象,可以用如今比较时髦的一个词来形容,那就是"酷"。他的"腼腆",使他相貌上的"酷"得到了最好的收敛,所以苏童才成为"书生",而不是演员。

我与苏童开过几次笔会,印象最深的就是他的"贪吃",我与他一样有"贪吃"的嗜好,所以我非常不喜欢和他邻座,两个饕餮之徒都虎视眈眈地盯着美味佳肴,它被"消灭"的速度可想而知了。不过,苏童的吃相很文明,而且他也懂得谦让,是一个有品格的"贪吃"的人。我知道他"贪吃",有一次我就给他讲我如何在副食商店买了大骨棒,把它们放到大的钢精锅里用文火煮它几个小时,你在这边可以从容地写作,等到了吃饭时,骨头汤只剩奶白色的小半锅,你可以加上各种调料,洗一把碧绿的菠菜放上去,美美地吃上一顿。这菜做起来不需大操大办,省时,既解了"馋",又补充了营养。苏童听完我的叙述,果然馋得声称"要流口水了"。

笔会上的苏童非常喜欢打牌。他与兆言和格非凑在一起,会打得昏天黑地的,全不把优美的风景放在眼里,也不想着该出去享受一下大自然的雨露阳光。所以我曾戏谑他们要在青山绿水间把自己给打傻了。苏童还特别地"懒惰",那一年我们去黄山,我们早已经到顶峰,两小时后,苏童才姗姗登临,一脸的痛苦状,抱怨这山太高。我说他这做派很像一个地主,大约要有几个长工抬着滑竿,再有几个丫鬟拿着摇扇为其驱热,他才来得惬意。当然,这些都是玩笑话了。

也许是同龄人的缘故,我很关注苏童的创作,他的作品既是写实的,又是浪漫的。他的新作,我只要能见得到,一定要读的。我喜欢他的小说。比如发在《收获》上的《两个厨子》,《钟山》上的《白雪猪头》,《天涯》上的《七三年冬天的一个夜晚》,这些作品都是苏童的近作,我觉得它们非常扎实,洋溢着浓浓的生活气息,可感可触。所以,在报纸上看到有关对苏童作品的评论,说他的近作不如从前,我觉得这是不客观的。要知道,苏童走红的那些年,很多人也未必认真读了他的作品,而是跟着媒体人云亦云。而现在认真读一个作家的作品才敢来"发言"的批评家也越来越少了。文坛已经相当浮躁了。当然,一个作家一直保持着创作上旺盛的激情是不现实的,谁都有创作的高潮和低谷。我们用不着怀疑一个优秀的作家,用不着为着一个作家极个别作品的"平淡"而大惊小怪。

苏童和兆言同在南京,他们的身上,都有一种非常可贵的文学品质,那就是闲适。无论是他们的为人还是为文,都可以让人体会到那种宠辱不惊、挥洒自如的气度,这决定了他们的写作一直悠徐从容、不急不躁。看来是江南灵秀的山水和深厚的文化底蕴滋养了他们。

还有两件小事值得一提。有一年,我因自己的一本书被出版社恶意篡改而与之对簿公堂,法庭需要一些作家提供关于这类事对一个作家"名誉权"的影响,我给苏童写了一封"求助信",他很快写来了与之相关的文字,并说他的作品也曾有过类似遭遇,提醒我打官司要"酌时酌情酌力而定",使我一直心存感激。还有一次,我们在海南岛参加《天涯》的笔会,有一天傍晚,一行人在海边散步,李陀先生忽然指着前方的苏童说:"你们看他,像不像一只虎头鞋?"李陀是东北人,他把苏童与憨头憨脑的虎头鞋联系在一起,的确十分传神和精妙。我们大笑起来。苏童大约听到了这话,他回过头怪声怪气地问:"你们笑啥哩?"

迷舟的格非

十年前的夏天,在青岛的八大关海边,一个名叫刘勇的青年出现在《中国》组织的笔会上。那时他刚刚毕业留校在华师大,看上去朝气蓬勃。他毫不掩饰地当众炫耀和他谈恋爱的女孩子如何好(也就是如今他的妻子王方红),当然也口若悬河地讲一些外国大文豪的名字,这大约是使我对他最初印象并不很好的一个原因。我那时武断地把谈论某某大师认定是一种虚荣和时髦。所以,在笔会上,尽管我与刘勇同龄,都是二十刚出头,但是相互之间几乎没有什么交谈。刘勇因为有事提前离开笔会,临行前到我和庞天舒的屋子坐了一刻,仿佛吸着烟,说了一些话,说什么也都忘记了。

很快，中国文坛突然出现了格非的名字。读他的小说，惊异于其语言的那种朴素的华美。后来一位朋友告诉我，格非就是刘勇，这使我觉得有些意外，因为文章似乎与记忆中的刘勇很难联系在一起。格非的小说像晨雾一样袅袅袭来，他的作品赢得了许多读者的喜欢和评论界的激赏。一九八九年春天的一个日子，我从北京八里庄的一家邮局出来，在几株绿树前碰到鲁院的一位同学，他对我说"刘勇今天下午来"。在我的意识中，格非早已暗暗地不可抗拒地取代了刘勇，所以一时有些糊涂，想不起自己所认识的人中有哪一个人叫刘勇。同学见我疑惑，便说："就是格非。"

格非果然来了，他看上去还是一脸少年相，我们请他在鲁院的食堂里吃粗茶淡饭。之后他到我和海男的屋子小坐，闲聊了一刻。而聊些什么也一样是记不得了。

就这样又过了六七年。这期间，不断读到格非的作品，尤其是今年他的长篇《欲望的旗帜》，其中某些章节闪烁着一种辛酸的温情，读来令人心动，我便有了想和格非说点什么的愿望。六月中旬，我因《晨钟响彻黄昏》的案子到沪，便与格非通了个电话，开庭后的下午到华师大他的家中聊天。那天刚好谢有顺也在，他比格非和我还要年轻许多，而其批评文章却不同寻常地老辣。我们在格非简朴的家中喝茶、谈天，听了一段拉威尔的音乐，然后由格非做东去校园内的一家小餐馆吃饭。

饭后，散步在华师大灯火微漾的校园中，看着草坪、花坛和树影，感觉那空气不同寻常地清新，它令我想起自己的教师生涯，有种亲切的怀恋之感。上海是喧闹的，华师大却是寂静的。格非就生活在喧闹的寂静中，因而他的文章总是有一股超越了年龄本身、仿佛已经历尽沧桑的宁静。

十二月，在广东《花城》的笔会上，我再次与格非相遇。听他在座谈会上的简短发言，他那慷慨激昂的样子，还隐含着一股少年般的激动，可以想见他在华师大应该是受学生欢迎的教师。在大多的时间里，他都与苏童、叶兆言、文能在一起打牌，我便戏谑说他们要在青山绿水中把自己给打傻了。终于有一天晚上，格非脱离了牌局，他与我、耿占春和潘维散步到山庄下的湖畔。湖很大，微风使湖面传来温柔的水声。我们发现前面泊着一条木船，耿占春和潘维先行踏上了船。格非反身召唤我上船，我有些害怕，那木船没有灯火，一派黯然，看上去很古旧，仿佛它已经在此停泊了一个世纪。我怀疑有幽灵居住在里面。格非站在船上，反身燃亮打火机，那船勃然一亮，我看见了空荡荡的舱和一脉穿舱而过的湖影。即便有幽灵，火光也会把他们吓跑的，于是我便安然登船。我们四个青年人坐在船帮前，望着周围广阔的灰蒙蒙的湖面，我感觉到远方缥缈的白雾正试图把我们和木船淹没。这种场景和氛围使我想起了格非的小说《迷舟》，它也是我比较钟爱的一篇小说，我们仿佛正迷失在大自然所制造的风起云涌的激情中。后来我们看见了流星飞过，格非首先叫道："看，流星！"与其说那是一声喜悦的惊叫，莫如说是一声叹息，因为他很快就沉默下来了。格非吸着烟，端正地坐着，坐在《迷舟》一样的幻影中，坐在流星划过的夜空下，不知那一瞬间他想些什么。

笔会主办者在最后的一天为与会者组织了一个垂钓活动。那天晴空如洗，我们在午餐后每人擎着一根钓竿来到湖边。格非蹲在湖畔，安静地等鱼上钩。然而每每听到鱼在湖面跳水了，他就恍然大悟地叫道："噢——鱼在那里——"于是急急收竿奔响声处而去，甩下丝线，等待收获。然而鱼戏弄了他，它跳过水，给了他一份喜悦的激动，又游到别处去了。我在遥遥的对岸为格非拍了一张照片。照片出来后，叶兆言指着那上面的格非说："格老师怎么跟鱼一样小？"的确，湖水和青山占满了画面，格非小得就像一条跳出水面的青鱼。

毕飞宇的少年心

第一次见到毕飞宇,是在《小说月报》的一个颁奖会上。如果用沧桑的口吻来说,我们的相识,是上个世纪的事情了。

没见他之前,已经读过他的小说。他的小说给我留下的印象是灵光闪烁的,人呢,看上去也是灵光闪烁的。

我注意到,近几年的媒体在报道与毕飞宇相关的消息时,总爱在他的外形气质上做文章,说他如何"酷"。其实,他的作品,比承载着他才华的躯壳,要风光多了。不需要举太多的例子,《哺乳期的女人》的妥帖韵致,《地球上的王家庄》的轻灵飘逸,《玉米》的泼辣雄浑,《青衣》的忧伤清寂,还有近作《推拿》的俊朗深邃,毕飞宇几乎是给自己的每一篇小说,都搭建了一个塔，虽然塔的大小不一，但他总能让作品中的人物，成功地登顶塔尖。如果没有深厚的艺术功力，这实在是不可能的一件事。

小视野大气象，俏皮辛辣而又细致温暖，是我对毕飞宇小说的印象。显然，他走的是自己的路，而且，是纯正的文学之路。他的叙述能力，在同龄作家中，尤为出色。他轻松诙谐的表面背后，隐藏着一颗高傲而又不乏孤寂的文学的心。这也就是为什么，他一路走到今天，作品始终不败的缘由。

同毕飞宇接触起来既容易，又不容易。他随和而又"多刺"。不过，他的"刺"，是少年的"刺"，没什么心机，大家乐意接受。他挑刺的时候，开场白是"你晓得吧"，那时我就赶紧笑着说"我不晓得"，洗耳恭听他晓得的见解。他晓得的领域很广，吃的、喝的、玩的、用的，当然，重要的还是文学。

我知道，有许多女读者迷恋毕飞宇和他的小说，有一天，我忽发奇想，想捉弄他一下。在没有来电显示的某年夏天，我用沙哑的嗓音，假扮一位文学女青年，成功地"欺骗"了他，在电话中向他讨教了一刻钟。还大胆问了他，你对同龄的女作家的作品怎么看？毕飞宇很诚恳地告诉"女粉丝"，迟子建作品不错，你要多看。我这边几乎要笑翻。

毕飞宇喜欢足球（他说在美国爱荷华写作中心的三个月，

没少踢足球），喜欢健身（这是他经常挂在嘴边的话题），喜欢咖啡（虽然有时喝得心动过速），喜欢自己其乐融融的温馨小家，是一个阳光的人。他走到哪里，都是一道风景。这样一个"时尚"中人，却不用手机，令人费解。去年，聂华苓老师从美国来京，我与他还有苏童约好了，从各自的城市乘夕发朝至列车，在北京站会齐后，一起去清华园看望聂华苓老师。在聂华苓老师住的套房的客厅中，我们聊得正欢，潘凯雄把电话打到我手机上，要找毕飞宇。我威胁他不给找，并警告苏童也不能给他找毕飞宇，意在敦促毕飞宇启用一个便捷的"通信工具"，他当时也算是含糊地答应了。可是，几个月后，我在北师大的一个活动上见到的毕飞宇，仍然不用这"劳什子"，一脸的轻松和快活，一副游侠姿态。他不用手机，却总能在该出现的地方出现，并且能见到该见的人。看来这个顽皮的少年，有他自己的"秘密通道"。

　　金陵出才子，六十年代出生的作家中，我欣赏的几位，有两位都在南京。一个是苏童，一个就是毕飞宇。他们常常"出双入对"地出现在各种会议中。他们很少像其他作家，喜欢发表语惊四座的"文学宣言"。他们非常低调，将自己的文学主张、审美取向，不动声色地、<u>丝丝缕缕</u>地编织进了作品，认真而执着地实践着。这样用心灵前行着的作家，在这个文学时代，越来越少了。

毕飞宇的作品，有一颗少年的心。他做事，也有一颗少年的心。他敏感，善良，率性，维护朋友，所以与他聊天，他小小的"刻薄"，从来不会伤了朋友间的和气。而且，从他所做的一些事情看，他喜欢什么，拒绝什么，从不掩饰，这也难能可贵。

毕飞宇还是一个细心的人。有一年开作代会，为了配黑毛衣，我戴了一条橘色的围巾，他嫌难看，当众宣布一定要为我买一条好看的围巾。我以为是戏言，早忘了。两三年之后吧，我们去巴黎参加书展，有一天在香榭丽舍大街的一家商店里，我和铁凝正逛着，毕飞宇和几个人进来了。他逛着逛着，忽然吆喝我过去。他拈起一块灰黑色的印花毛披肩问我：怎么样？我说不错。谁知他买下后，一把将它塞到我怀里，说是为了兑现诺言。朋友们在一旁看了，都笑。知晓原委后，更觉得毕飞宇一身的少年气。

其实，毕飞宇不仅有众多的女读者，还有很多男读者。不久前，上海戏剧学院的一位教师来哈尔滨，与我谈一篇小说的电影改编。席间聊天时，他说非常喜欢毕飞宇的作品，称这么多年追踪他，他从来没让他失望过。他还说改编了《玉米》的片段，作为了教学内容，一些台词为学生们深深喜欢，在上戏广为流传。

如果说文坛是一片茂密的森林的话，每个作家都是一棵树。每棵树都有每棵树的风光,谁也不可能取代谁。树种的繁复,才使森林气象万千。在我眼里,毕飞宇这棵树,应该是棵钻天杨,一直向上,无限伸展,你看不到他的边界在哪里。

阿来的如花世界

阿来与花，是否有着前世的因缘？至少，我没见过像他那么痴迷于花的男子！我与他多次同行参加中外文学交流活动，无论是在新疆、黑龙江，还是在俄罗斯、意大利或是阿根廷，当一行人热热闹闹地在风景名胜前留影时，阿来却是独自走向别处，将镜头聚焦在花朵上。花儿在阳光和风中千姿百态，赏花和拍花的阿来，也是千姿百态。这时的花儿成了隐秘的河流，而阿来是自由的鱼儿。印象最深的是他屈膝拍花的姿态，就像是向花儿求爱。

未认识阿来之前，读了令他名声大噪的《尘埃落定》，判定写它的人一定是个内心世界极其丰富的人。比起他的小说，阿来不高大，但他气质不俗，面上总是洋溢着平和的微笑，走起路来微微踮脚，富有喜剧色彩，整个人就像一首精短的抒情诗，与他热爱的花朵相得益彰。他幽默，睿智，豪爽，率性，与他同行，就是与快乐同行。记得在阿根廷，一个月色很美的夜晚，在一家乡村旅馆里，阿来请全团的人喝酒，他喝兴奋了，歪戴着帽子，拍手舞蹈着，唱起藏族的《祝酒歌》，那是我那一年听到的最动人的旋律。阿来如果不写小说，一定是个出色的歌手。他的歌声深情而忧郁，把我们深深感染了，大家情不自禁地跟着他唱起家乡的歌谣。那个夜晚的阿根廷的月亮，一定成了扩音器，把来自大地的歌声，播撒到了天庭。

阿来是个会享受生活的人。他常带上钟爱的相机，带上书和茶，独自驾车出游。他的博客和微博，像花园，也像森林氧吧，你走进那里，总能看到花儿的影子，嗅到植物的清新之气。他的作品，也是这样地充满了生机，大气而唯美，绝无顾影自怜的小伤感，更无貌似深刻的装神弄鬼。他有一支开阔而富有韵致的笔。众生在他笔下，都是平等的。如果说好小说是露珠的话，阿来的文字幻化成的就是露珠，熠熠闪亮，有着经典的光泽。

《尘埃落定》之于阿来，是一顶沉重的桂冠。如果是一个心在庙堂的作家，可能会就此迷路，不知所向，失去创造力。而阿来是个被山峦照耀着的作家，是被河流滋养着的作家，这样的作家，本身就是一座山，就是一条河，在他自己的疆域驰骋，永不疲倦，留下艺术的脚步。所以我们能在《尘埃落定》之后，仍然能听见《空山》的回音，能看见闪光的《格萨尔王》。

阿来出生于四川阿坝的藏区，有藏族血统。记得他在墨西哥，为母亲买了一串珊瑚项链。他提着项链对我说，一串好的珊瑚项链，就是一个藏族女人的梦。阿来写过诗，他的话充满诗意。他对藏族的感情，除了融汇到作品里，还体现在他的言论上。记得他写过一篇关于西藏的文章，没有那种强加于人的说教，他褪去了西藏那层"外人"幻想的神秘色彩，还原了一个历史的西藏，现实的西藏，文化的西藏。按照他的说法，就是把一个越来越形容词化的西藏，客观地厘清，成为一个名词的西藏。这样的西藏立场，深刻，全面，充满人性。据说阿来的舅舅曾做过喇嘛，对于西藏的宗教，阿来有独到的认知。

阿来喜欢读书，今年我们在意大利参加首届中意文学论坛，在听完阿来的演讲后，同样饱学诗书的清华大学教授格非，高度赞扬他的演讲，说从同行者的发言中，能看出他们的边界在哪里，而阿来的却看不到，他是不可限量的。我想，他骨子里流淌着藏族血液，在山里长大，早年有过"游走"经历，对历史有着独到的认识，对生活有着浓厚的兴趣，对文学有着自觉的审美追求，的确，他的天空是没有边际的。

中国能够真正走向世界的作家并不多，阿来是其中的一个。走向世界，在我眼里，并不仅仅是你的作品被翻译的语种多，更不是你的译本多么畅销。因为在这个时代，那往往是政治的投机或是商业的迎合所带来的热闹。真正的文学，还是有它自己的尺度，有它自己的价值。阿来的作品，因为唱诵着本民族独有的歌谣，因为那股与生俱来的神性色彩，因为作品漫溢的人性光辉，真正代表了中国文学。要知道，不论什么样的出版商，在面对着能给读者带来心灵泉水的作品时，都不会无动于衷的，而阿来的作品就具有这种品格。

阿来有个可爱的绰号——起司库。作家们在出访时，对西餐大多皱眉头，阿来正好相反。我曾在巴黎机场见证过他吃两份生牛肉。他吃起起司，更是眉飞色舞。有一次我开玩笑地指着他微微腆起的肚子，说你少吃点起司吧，肚子都这样了。阿来笑眯眯地看着大家，亲切地抚摸着自己的肚子，无限陶醉地说"它就是我的起司库"，把众人笑翻。从此后，我见着他，总要叫一声："起司库。"而他也默认了这个称号，有一年我给他发短信贺新年，他回复说正在家听拉赫玛尼诺夫，署名就是"起司库"。

虽然认识阿来很多年了，但交往并不多。相信他也有不为人知的忧伤，有他的脆弱，有他在文学之路上的困惑和彷徨，那是每个好作家都必然经历的。写他的这篇印象记时，恰好读到阿来写果洛的一篇散文,我非常喜欢其中的这段话:"风景从地平线上升起来,敞开,逼近,再敞开……然后,是我这个旅行者,以及载着我的旅行工具,从其间一掠而过。风景从身边一掠而过:缓缓起伏的丘冈,曲折萦回的溪流,星星点点的湖沼,四散开去的草滩,还有牧人,和他们的帐幕,和他们的牛羊……再然后,那些风景在身后渐渐远去,闭合,滑落到天际线下。"

阿来不知道,他穿行于这样的风景当中时,自己也成了风景。他的如花世界,在尘埃中,也在云朵之间。

一朵乌云

刘震云是我在鲁迅文学院学习时的师兄。那所学院位于京郊十里堡，只是一座矮矮的瓦灰色小楼。校园只有几棵孱弱的杨树和一片还算茂盛的藤萝架，常见震云和做律师的太太抱着美丽的女儿妞子在这简朴的校园徘徊。刘震云家所住的农民日报社离鲁迅文学院很近，他家没有花园，便把校园当成自家花园来闲逛。

刘震云来校园闲逛时多半是黄昏时分。白天在教室里却不常见他，他在农民日报社还有一些事务性的工作要做。只要他来教室，通常是提着一个大水杯，下课休息时就去同学的宿舍续水，有时也顺便蹭一支同学的烟来抽。

刘震云喜欢开玩笑。他开起玩笑来不动声色，同学们对他的评价是："刘震云的话永远让人辨不清真假。"所以即使他说真话的时候也没人把它当真。他的性情如他的名字一样，沾染了一些云气的氤氲与逍遥，当你认为看清他时，其实他还十分遥远。

刘震云走路有些仄着身子，看上去就像个农民劳作了一天从田里归来。他的一口纯正的河南腔还带着那块土地的麦场被夕阳灼过的气息。常听他谈起外祖母，他对她非常敬佩和热爱。记得有一年春季他外祖母去世，他从河南老家奔丧回来，在电话中很伤感地说了一句："我有大不幸了，我姥姥去世了。"那一瞬间他委屈得像个孩子，好像他外祖母领着他出去拾麦子，不负责任地把他一个人孤零零地给抛到野地上了。

毕业之后见刘震云的机会便少了。倒是常在电视上看到他在做各种节目的嘉宾，还很恶心地在《甲方乙方》中过了一把电影瘾，饰演了一个失恋者。刘震云在电影中的表现可以用一部名著的名字来概括：被污辱与被损害的。刘震云是一个清醒理智的人，但这一次却是把戏做过了头。当我这么说他的时候，他很理直气壮地辩白："葛优说我没准能拿个金鸡奖最佳男配角奖呢。"我想这是刘震云接受批评的一种表达方式。

刘震云苦心经营了六年的长篇巨制《故乡面和花朵》终于杀青了，我还没有看到这部长篇的全貌。他的毅力和才情令人叹服。我和毕淑敏有一次聊起刘震云,毕淑敏说:"刘震云可真了不起,能够写一部这么长的小说。"我想只有年富力强的男作家才会有这种魄力接受这种自我挑战。漫长的写作对作家身心的折磨是不言而喻的,而它带给作家的那种畅快淋漓的艺术感觉也是不言而喻的。

刘震云是个看上去很舒服的人,极易接触,所以他人缘不错。他的身上既有农民式的淳朴,又有农民式的狡猾,而这也仅仅是一种直觉。何镇邦老师勒令我写他时,我以为对他很了解,可一落笔才知道刘震云对我来说还是相当陌生的。要画出一个活生生的他,恐怕只有王朔才能胜任。

记得有一年一帮朋友去黄山参加笔会,途经太平湖时,那些会游泳的人纷纷跃入水中。我们这些旱鸭子坐在湖边看绿水中的人姿态万千地浮游。大多数的人都把身子浸在水里潜游,只有一个人是一直漂在水面上的,就像一具浮尸。大家惊异地指点着那个人时,他渐渐地由湖中心向岸边游来,我们看到这个泳姿怪诞的人就是刘震云!坐在岸边的人就拼命起哄,不让他上岸,刘震云不动声色地又朝湖中心游去,依然用他那自由而又有些骇人的泳姿。一个朋友骂他:"装死!"

但愿刘震云能够做一朵乌云,当闪电击穿它时,会洒落倾盆大雨。没有雨意的云彩只是晴朗的一种点缀,而乌云却能在天地间制造一种独有的气势和声音。

看花的姿态

我是白先勇先生的读者。他的《永远的尹雪艳》和《金大班的最后一夜》，在我眼里就像两棵灿烂的花树。尹雪艳是株梅花，而且是雪光中的，极端地娇艳，又极端地朴素，香气淡淡，久经回味；金大班呢，是一簇夜来香，香气扑鼻，那在月夜下闪烁的花朵，恰如多情的眼，在半梦半醒间，温暖着迷茫的人。梅花不管多么经得起风霜，它终有花容不再的时候；夜来香呢，它也终归有寂灭的一天。可是白先勇先生用那支生花妙笔，让尹雪艳和金大班这两个花树般的人物，获得了地久天长的绚丽。

四月底，青岛的春天正热闹着，白先勇先生来到了中国海洋大学。我刚好在那里给人文学院的学生讲《额尔古纳河右岸》，得以相识。白先生初来青岛，可他似乎并没特别的兴致看风景，他喜欢待在屋子里。王蒙先生请他出来参加活动时，他才会下楼。天凉时，他披着一件人字呢大衣，天暖时，则是一件中式便服。他闲闲的，淡淡的，似乎与春天有着某种隔膜。

我曾经看过白先生的《树犹如此》，是怀念他的同性朋友王国祥的，写得催人泪下，感人至深。文章中，他多次写到花和树。王国祥离去了，白先生家花园中的一棵高大的意大利柏树也随之枯死，花园荒芜了。那株青烟般消失的树，在花园中留下一个巨大的缺口，这道缺口，被白先生形容为"一道女娲炼石也无法弥补的天裂"，其内心的苍凉之情，可想而知。我想白先生一定是因为看了太多繁华的"春"，胸中弥漫着旧时光中花朵的沉香，才会在春光中如此地超然、安详。

但他还是爱花的。海大校园中的樱花开得正盛，那天我们去报告厅，路过一树又一树的樱花，他一再驻足观赏，叹息着："太美了，太美了！"他看花的眼神是怜惜的。三月三，大家到崂山的太清宫去，在一处殿门前，逢着一丛朝霞般鲜润的花朵。我看了一眼，便说："这是芍药。"白先生走过去，大叫："不是芍药，是牡丹啊！"芍药和牡丹虽然在花朵上相近，但叶片却是不一样的。我仔细一看，哦，确实是牡丹。白先勇先生自从将汤显祖的《牡丹亭》搬上昆曲舞台后,对牡丹可谓情有独钟。对于即将要去北京参加青春版《牡丹亭》百场演出的白先生来说,这丛牡丹,无疑是老天为他写就的福音书啊。那丛牡丹姿态灼灼,开得恰到好处,飘洒,浓艳,馥郁,蓬蓬勃勃的,没有一朵呈凋敝之态,白先生啧啧惊叹,连称:"不得了,不得了!"我对他说,将来第一百零一场的《牡丹亭》,去哈尔滨演出吧,那儿的市民爱好音乐。白先生笑着说,抗战时,他父亲(国民党高级将领白崇禧先生)打到了东北,可是蒋介石不让打!他说自己没有来过哈尔滨,当然希望有一天能带着《牡丹亭》到这里演出。

今年的哈尔滨酷热难当。这个时候,我会放下笔来"歇伏",以读书为主。好书是可以带来清凉的。

我从书架上将郑愁予先生赠送的三本诗集取下。去年十一月我在香港浸会大学时,郑愁予先生刚好由耶鲁大学到香港大学讲学。愁予先生的诗歌,韵律优美,婉约惆怅,在港台影响极大。他与白先勇先生一样,根扎在台湾,后来到美国发展,执教于名校。愁予先生爱酒,我在爱荷华时,聂华苓老师就跟我讲过他不少"醉酒"的趣闻。他和他夫人梅芳请我去兰桂坊,我感受到他爱酒之切。在那家俄罗斯人开的酒吧,他先是给我叫了杯鸡尾酒,然后又拉我进"冰屋子",披着大衣,在零下三十多摄氏度的环境中,品尝威士忌。梅芳女士悄悄对我说，愁予先生几年前做过心脏手术，医生建议他少饮酒，可他改不了。愁予先生喝酒之后，谈笑风生，出口就是诗，他的热情能把一个冰冷的人都点燃。有一天晚上，他请我和台湾作家刘克襄到港大他暂居的寓所去坐坐，一进去，他就举着一瓶酒对我说："这是金门高粱酒，给你准备的，你带回哈尔滨吧！"我说我从香港出发，还要到北京开会，托运酒又麻烦，不如喝掉。愁予先生豪爽地说："就听你的。"梅芳女士早已准备了几样下酒菜，我们围聚到桌旁，喝酒谈天。近午夜时，愁予先生举着杯，邀我到阳台看海。与其说是看海，不如说是赏月，那晚上的月亮实在太明了。海上月光飞舞，好像海上生了一片白桦林。愁予先生无限感怀，轻轻地哼起歌来。那低沉而忧郁的歌儿在月色中回旋，宛如夜鸟的翅膀轻触着花树。

愁予先生的诗歌意象绮丽，比如他写长城："长城像一个担夫担着群山，从地平线上彳亍走来。"他写塔："塔，乃天问的形式吗？"他写微醺的状态："微醺是枕着山仰卧，全身成为瀑布；微醺是左手二指拈花，右手八指操琴；微醺，抬头满天的灯，低头满座的美人。"他写花："百合花的嘴张得太大，像在惊讶。"他有一首诗的名字就叫《火炼 寂寞的人坐着看花》，读这首诗的时候，我忽然联想起了白先勇先生，想起他看花时那顾眷的神色。他们俩，虽然年过古稀，但他们身上那种美好的情感，从他们看花的姿态上，可以充分感受得到。

有一天，聂华苓老师来电，我跟她聊起白先勇和郑愁予，他们都是她的老朋友了，我说："他们与我们这代人最大的不同，就是他们是风雅的人！"聂华苓叫道："很对很对！"

是啊，我们这一代人，传统文化的根基浅，缺乏琴棋书画的浸染，对西方文化的认识也不够深刻。为什么我们可以写出好看的作品，却难写出有大品格的作品？我想是因为我们的文化底蕴还不足，境界还不够深远所致的。我们看花，是用眼睛；而他们看花，用的则是寂寞、沧桑的心。看花姿态的不同，作品所呈现的气象就大不一样了。我愿引愁予先生的几句诗，来为这篇小文做结：

> 我们常常去寺庙
> 常常去无人的海滩
> 常常去上坟
> 献野花给好听的名字

多美的夜色啊

　　虽然哈尔滨的夏天足够凉爽,但我还是喜欢在每年的七八月份放下笔来"歇伏"。这时最惬意的事情,就是读书。我会把插在书架中的那些花花绿绿的书打量个周详,如同皇帝选妃一样,抽出想读的,放在沙发旁和枕边。被选中的既有那些散发着微微霉味的、可以一读再读的老书,也有外表光鲜漂亮、漫溢着油墨芬芳的新书。比之新书,我更爱那些老书。经过了漫长岁月淘洗后仍然能留传下来的文字,总会像金子一样闪闪发光。

　　在浏览了两本空洞乏味、装神弄鬼的最新畅销书后,我已打算重温《聊斋志异》的诡谲、奇异之美了。那里的神仙鬼怪在我眼中是有血有肉的。在电闪雷鸣的夏日，读这样的书无疑就是聆听天籁之音。

由于搬家后没有给书做细致的分类，所以很多书都是乱插的。我在取《聊斋志异》的时候，发现了相挨着它的《欧洲美术中的神话和传说》，这是著者王观泉先生三年前所赠的，我记得爱人在那年春天离开我的最后一个夜晚，读的就是这本书。

书页上一定留有我用肉眼看不见的爱人的指纹，所以打开它的时候，那一幅幅绚丽的画面，在我眼里就是天堂的圣景图。

最先打动我的，是一组《丽达与天鹅》图画。丽达与天鹅的故事，是最传奇的爱情故事。天神宙斯有一天在神山上，看到身下的斯巴达草原上，有一个美丽的姑娘，她就是丽达。宙斯爱上了丽达，为了摆脱天后赫拉的控制，他变成一只天鹅，飞向人间，与丽达相爱，并生下了希腊的绝世美女海伦。海伦与特洛伊战争的故事，比丽达与天鹅的故事还要著名。

在对《丽达与天鹅》这个神话的演绎上，我最喜欢达利的那幅。柯勒乔的过于甜美，达·芬奇的太圆熟了，而达利表现的天鹅充满了激情和力量，它那富有质感的展开的双翼，是那么的刚健和柔美，充分体现了宙斯飞临人间、见到心爱的人时那种内心的狂喜。

在这本书中，既可看到威廉·琼斯表现的爱上自己倒影、最终化作水仙花的美少年那而珂苏斯，也可以看到鲁本斯以表现众女神为了争夺金苹果而引起祸端的《帕里斯的裁判》，以及波提切利描绘的以色列民族女英雄《朱提斯》。随着纸页翻动的唰唰声，我看到了充满了阴郁之气的伦勃朗的《大卫在扫罗面前弹竖琴》。扫罗得了疯病，他只有在听大卫弹奏竖琴时，疯病才会暂止。可他却想杀死这个日后会取代自己成为以色列王的大卫。可是除掉大卫，聆听不到竖琴的声音，扫罗将永远活在癫狂中。灰黑的画面除了衬托了疯子扫罗内心的矛盾和焦虑，也把竖琴的凄美展现无遗。我觉得在描写音乐对人的影响的深刻性上，这则神话无疑是登峰造极的。

在书将结尾的时候，我看到了那个舞蹈着的莎乐美。二〇〇〇年秋天，我曾经在都柏林的皇家剧院看过王尔德的话剧《莎乐美》，那个声音略微沙哑、轻盈美丽的女演员给我留下了深刻的印象。

《莎乐美》是写施洗者约翰死亡的故事的作品。希律王娶了弟弟腓力的妻子希罗底，约翰对此反对，惹恼了希律王，被关进监牢。莎乐美是希罗底的女儿，她美丽而富有才情，传说她向约翰表达过爱情，但遭到了拒绝。在希律王的生日宴会上，莎乐美被邀跳舞，为希律王助兴，莎乐美不从。希律王就许诺莎乐美，如果她当众舞蹈，就可以让她做一件最想做的事情。于是，莎乐美跳起舞来。舞毕，她要求希律王割下约翰的头给她，她终于吻到了死去的约翰的嘴唇。在约翰的头即将落地的时候，莎乐美感慨道：多美的夜色啊！

是啊，用这句台词来概括这本书的气质再合适不过了。欧洲那些美妙的神话和传说，当它们凝固在画面中的时候，它们就是人类艺术天空中最迷人的夜景。可惜在这个时代，欣赏这样的夜色的人少而又少了。所以王观泉先生在赠言中这样写道：

> 此书起笔于一九五三年，时为二十三岁当大兵时。但虽戎装披身，心中想的是保卫和平，使中国及至世界宁静。忽忽近半个世纪流逝，这才发现世界其实一点儿也不太平。书虽然漂亮，二〇〇二年垂暮之年的我已经对斯道不感兴趣了，只是愿望比我年轻的你及与你相似的中青年们，能如我在起笔写此书时一样好心情，赏析美。

王观泉先生晚年患有严重的眼疾，一再手术，如今他的一只眼睛几乎失明，而另一只眼睛的视力也极为微弱。这样的画集对他来说，注定是掩藏在心底的永恒的风景了。

我想，爱人能够在最后的日子看这样的一本书上路，踏着这样的夜色归去，实在是幸运的。因为他是带着美走的。

责编速写

A. 宋学孟

曾在北大荒当过木匠的知青。后来他靠着自学发表了文学作品,得以调入《北方文学》编辑部,也得以接触到我的投稿作品。

宋学孟很高,黑脸,说话频率快,容易接受新思潮,对我早期创作影响很大。我的处女作《那丢失的……》经他之手发出。接下来他又责编了《沉睡的大固其固》。宋学孟对初出茅庐的我说得最多的一句话是:要读书,越多越好。十几年来我坚持这样做了,获益匪浅。

如今宋学孟早已远离文坛。他脱离编辑队伍后去了澳大利亚，归国后又去了上海，如今吃素而经商。他既出过小说集，也出过一本有关琴棋书画的书。我总觉得他对文学的放弃有些可惜，然而人各有志。

世界很大，别有洞天。

B. 王成刚

《作家》在广大读者和作家心目中的名刊标识的树立，与王成刚是有着直接关系的。

王成刚是《作家》的老主编。我最初认识他是在一九八五年的东北三省作家联谊会上。我赴会晚，而王成刚老师离会早，所以我们之间没有任何交谈就分手了。记得是在镜泊湖上，将要提前回长春的王成刚塞给我一个窄窄的字条，上面写着"长春市自由大路25号"的《作家》地址，告诉我以后有了作品可直接寄给他。那一瞬间我记住了他的形象：很高的个子，偏瘦，戴副眼镜，非常儒雅。而且地址上的"自由大路"令我有一种看见光明前程的幸福感，于是便把那字条当作珍贵的书签一样珍藏起来。

那以后我就按照自由大路的地址给王成刚老师寄稿子。他几乎每稿必复。也经他的手发表了我的两篇小说，现在看来是极其幼稚的作品。几年以后再遇见他，谈及当年的作品，王成刚坦言他当时也并不认为那作品特别出色，只是觉得灵气足，他认定我在写作上会有发展，所以把并不很成熟的两个短篇签发了，意在激励我，这使我分外感动。

成刚老师如今退休在家。前年我去长春参加电影节活动时再见到他，他依然儒雅而有风度。我坐在他的书房与他喝茶聊天，这时外面有雨了。我想象雨声中的那条自由大路，它一定是湿漉漉的，就像我满含感激情怀的心。

C. 李师东

六十年代出生的湖北人李师东在复旦大学毕业后来到北京，他与我的好友程鳘眉同在《青年文学》做编辑。李师东矮、微胖、随和、吸烟而健谈，不过发音不那么准确，这使得我与程鳘眉有足够的理由取笑他。比如他把电话号码的"零"念成"宁"，我和程鳘眉就纠正他："要念'零'——"他很认真地学一遍，而说出的依旧是"宁"。我们便捧腹大笑。

当时程鳘眉和李师东夫妇都住在正义路的一座筒子楼里，我到他们那里吃过饭，也聚在一起谈天说地。李师东编发了我当时一篇风格有些转向的作品《北国一片苍茫》，虽然评论界对这篇小说的"变调"抱有微词，但李师东却很肯定这种创作上的变化。我的小说集《逝川》的跋也是由他来作的。

我想李师东如果不太懒惰的话，他会在评论上更有成就。

只是不知道这些年他是否依然把"零"念成"宁"。

D. 崔道怡

他无疑是当今文坛最具影响力和人格魅力的一位资深编辑。他与王成刚一样有着很高的个子,戴一副宽边近视眼镜。他在《人民文学》工作了几十年,发现和提携了一大批才华横溢的作家,老、中、青均有。这使得他拥有了不同年龄段的作家对他的尊敬和感念。

崔道怡是我在鲁迅文学院读研究生时的辅导老师。他谦逊而认真,对我们交上去的每一篇稿件都仔细阅读并提出审读意见。我比较喜欢的《原始风景》就是一篇作业。当时崔老师是在家中读的这篇稿子,读后他立即给我打来电话,说他很欣赏这部作品,争取上《人民文学》。后来这篇小说在《人民文学》上发表了,有很多读者来信说喜欢它,它也成了我整个创作中比较重要的一部作品。

崔道怡是个极富人情味的人。我在北京求学期间,有一年新年,他请我们几个学员到他家做客。我们在黄昏时分围着木炭火锅吃涮羊肉,然后欣赏维也纳新年音乐会。记得最后一曲《拉德茨基进行曲》的旋律响起的时候,崔道怡不由自主地和着音乐的节奏打起了拍子,那一瞬间他显得如此年轻和忘情。

我曾请崔老师为我的第一本散文集《伤怀之美》作序,记得他在序的开篇写了这样一段话:"一个深秋的傍晚,我捧着《普希金文集》,坐在铺满金色落叶的未名湖畔草坪上。默念到那些具有迷人魔力的字句,不禁心驰神往,仿佛进入一种超凡脱俗的纯美境界。身体也跟夕阳下的湖光塔影融合在一起,凝然不动,悄然无声,只觉得周围是一片静静的辉煌。"

我陡然明白了崔道怡为什么会发现那么多的优秀作品,因为他骨子里就是一个诗人。

E. 闻树国

闻树国像羚羊一般高大灵巧,说话时喜欢停顿。作为《小说家》的负责人,他成功地策划了"中篇小说擂台赛",推出了一大批引起文坛关注的优秀作品。

我只有一次两度参加同一家杂志社的笔会,那就是闻树国组织的《小说家》笔会。一次在张家界,另一次在黄山。虽然两次笔会经费都不很充足,使我们备受舟车劳顿之苦,但笔会的气氛一直是融洽的,文坛的朋友们都很理解闻树国的一片苦心。他与很多中青年作家都是好朋友。

闻树国编发过我的《旧时代的磨房》,后来听说我在写一部都市题材的长篇小说,他便从天津千里迢迢地来到哈尔滨,取走了那部《晨钟响彻黄昏》,发表在《小说家》一九九四年第五期上。

闻树国是一个有着玄想的人，他喜欢在一些文章中做哲学思考。这也决定了他在责编作品时，似乎更为看重一部作品所散发的精神气息。

F. 文能

文能对作品的鉴赏力几乎是为所有作家所称道的。这使得很多初学写作的人把文能对其作品的认可视为晋身文学队伍的一种标识。

在我的印象中，文能偏爱一些艺术上富有张力，形式上富有探索性的作品。这使得他扛鼎的《花城》所发表的作品，成了评论界对先锋小说研读的最必不可少的一块阵地。

文能责编过我的《观彗记》，并同时做了一个有关我创作的访谈录。我觉得这个访谈录是很成功的。平素与文能通电话时聊得最多的倒不是文学，而是足球。文能是个纯粹的球迷。比如中国队在世界杯预选赛上失利，文能马上给我打来慰问电话："迟子建，节哀吧。"

我想写文能的作家一定很多，这里就不为他锦上添花了。

午夜的费穆与伯格曼

中央电视台的电影频道开辟了一个"探索影厅",每至午夜,一些不被受众看好却有独特艺术价值的影片在一片阒声中寂然登场了。我在这里欣赏过费穆的《小城之春》,看过瑞典电影大师英格玛·伯格曼的《呼喊与细语》和《野草莓》《夏夜的微笑》等片子。

费穆的《小城之春》可以说是一部诗人电影,它讲述了一个女人与两个男人的故事。它的画面看起来是单调苍凉的,破败的城墙,铅灰的浮云,在废墟上缓缓行走着的女人,庭院中分住在两处的两个男人。费穆写了人内心情感的纠葛和痛苦,但他用的是"抑"的笔调,含蓄,轻灵,矜持,所以即使能感觉到主人公的内心世界是万丈波澜，呈现在他们面部的却是一种无奈的平静。我很奇怪就是这样一部像舞台布景一样画面较少变化的影片，却有着极强的艺术感染力。除了演员表演的功力为影片增色之外，我想是这种不惊不乍的讲故事的方式吸引了我们，因为它更逼近人内心真实的情感。影片中没有硝烟，没有通常的三角恋爱故事的那种争风吃醋，它呈现的是一种哀悼的气息，因而意味深长。《小城之春》出现时，正赶上新中国成立前夕，那时正有《一江春水向东流》《八千里路云和月》《乌鸦与麻雀》等抗战影片热映，《小城之春》就显得落落寡欢、不合时宜。费穆一生拍了二十多部片子，一半已遗失。据说他拍摄的《孔夫子》的拷贝几年前在香港被发现，但已发霉。以费穆的气质，以《小城之春》所呈现出的他卓越的导演才华，我坚信《孔夫子》一定是部不可多得的佳作，可惜它"未生先死"。费穆死于一九四八年的香港，他因为早逝而不知"文革"的风暴，否则，凭着一部散发着颓废之气、精美之气的《小城之春》，费穆倘在内地的话，他的作品注定要被视作"毒草"，而他也不会逃过劫难。所以，"早逝"在灰暗的特殊历史时期也是一件幸事。

　　"探索影厅"中常出场的伯格曼，也是我格外喜欢的。最爱的是那部《呼喊与细语》，片中三姐妹的情感生活经历被伯格曼展现得那么淋漓尽致，甚至残酷，但那是生活的真相。衬托着这故事的是黑色的床，猩红的地毯和屏风，白色的服饰和幔帐。我们的生活，似乎都逃脱不了黑、白、红三色的笼罩。伯格曼善于挖掘人内心复杂的情感，勇于表现沉重的主题，比如死亡。他的《野草莓》，通过梦境的揭示，表达了人对死亡的那种深重的恐惧，对已逝青春的那种追忆和伤怀，十分感人。

　　费穆和伯格曼，都是忠实于自己的内心，忠实于艺术的优秀电影导演。他们的影片，无论是在他们生前还是死后，都不具有票房价值。他们静悄悄地在午夜出场，那么地寂寞，远离了黄金时段那些观者甚众的武打戏和好莱坞炮制的一个模式的情感戏，他们孤独地在深夜中诉说他们的痛苦，犹如一个真理者携带着火种，却看不到可以点燃的柴薪一样。

一个人 和 三个时代

> 不说人间陈俗事,声声只赞白莲花。

爱荷华的月亮

那是十年前的融雪时节，我在故乡刚刚完成长篇小说《额尔古纳河右岸》，一个春光明媚的日子，忽然接到一个电话："你是迟子建吗？"听筒里传来一位女士的声音，清脆、明亮，富有穿透力，我说："我是——""我是聂华苓！我想请你秋天来IOWA国际写作中心三个月，和刘恒一起来，你愿意吗？"我对保罗·安格尔和聂华苓携手创办的爱荷华国际写作中心，一直神往，而且那时正需要长篇后的休整，我像西式婚礼中的新人，在神父面前，给对方爱的承诺一样，愉快地回答："我愿意！"

二〇〇五年秋天，我和刘恒如约来到美国。从芝加哥到西达拉皮兹再到爱荷华，已是万家灯火时分了。我们本不想打扰华苓老师了，可是前来接机的人说，聂老师嘱咐他了，不管多晚，先把我们送到她家，吃碗鸡汤面。

华苓老师的家在山上，那是一幢清隽的两层红楼，我们按响门铃，便听见她下楼的声音。年满八十的她，不是慢条斯理走下楼的，而是像小女孩一样咚咚地跑下楼。只望她一眼，便觉春风拂面。她风姿绰约，到老都是个美人！

那一届的作家工作坊大约三十人，考虑到我和刘恒英文不通，写作中心特别为我们配了一名翻译，方便我们与来自世界各地的作家交流。只要有我和刘恒出席的活动，华苓老师总是驾车前来。IWP的人非常喜欢她，虽然她退休了，但在大家的心目中，依然是写作中心的女主人。

刘恒那期间正埋头写剧本，所以IWP没活动时，我便独自沿着爱荷华河，去华苓老师家。我们对着窗外的山，喝酒谈天，谈到有趣处，便纵声大笑。我们都是正月生人，生日只差四天。我们笑累了会自嘲道，正月女人真能笑啊。华苓老师谈得最多的，是已故的安格尔先生。她讲他们在台湾初见的情景时，脸颊还会泛起红晕，好像她的恋爱刚刚开始。她深爱安格尔，我们即便谈着别的话题，她也会不由自主地转移到他身上。她对安格尔先生的爱，依然醇厚如酒。每逢安格尔的生日，她会穿扮一新，带上鲜花美酒，去墓地看他。那是华苓老师为安格尔举行的只有他们两个人的派对,我见过的世上最美好最忧伤的派对。物换星移,天上人间,他们的爱还荡漾在爱荷华河的波光里。

华苓老师热爱生活,她会插花,喜欢音乐,能做软糯清香的豆腐圆子。知道我也喜欢音乐,她把家里的一台录音机送我用,还特意复制了柴可夫斯基、莫扎特的几张CD给我,成为我最美好的珍藏。她爱热闹,快人快语;但她也爱孤独,更多时间是沉浸在自己的天地里,把话留给了自己。

华苓老师豪爽大方,有一次她带我逛超市,我看见陈列着海产品的玻璃柜中,浮游着一只大螃蟹,有两斤重吧,不由得惊叹。她发现我垂涎这只螃蟹,便张罗着买下。我说除非我来买,要不就不吃它,就算饶它一命。华苓老师笑笑,没说什么。几天以后,她忽然打来电话,兴奋地说,子建你真有口福,我把你看上的那只大螃蟹买回来了,我就知道,它不会被别人买走的!她在电话里得意地笑着,而我在电话这端,却湿了眼睛。除了亲人,没谁对我这么好过。那晚我们在灯影下,把酒品咂大螃蟹,畅快极了。她与我开玩笑,说我要成为爱荷华的名人了,因为她去绿化店买东西,店主对她说IWP请来的中国女人,常来店里买红酒,操着半生不熟的英语。我知道她是在一个愉快的时刻,以她的方式鼓励我学习英语。我也心领神会,学习了一段,一度还能与人做简单的交流。但我对英语终究没有发自内心的热情，加之惰性，最终还是没有坚持下来，我想华苓老师对此一定很失望吧。

　　去爱荷华的中国作家，都与华苓老师结下了深厚的友谊。她最喜欢的作家是苏童，夸他帅气，人文俱佳。有一次吕嘉行、谭嘉夫妇用苹果木烤牛排，请我们去他们家做客，大家聊起苏童，她忽然指着我幽默地说："我跟苏童嘛，是'老少恋'！跟你嘛，是'同性恋'！"我们大笑。大家都说，聂老师这么喜欢你，干脆认作干妈算了。华苓老师正在兴头上，她歪着头对我嚷着："认嘛，认嘛——"我没说什么，只是笑着敬了她一杯酒。我不想认她做干妈，是因为在我心底，我们没有辈分之分，像好友一样亲密无间。

　　我非常喜欢华苓老师的《桑青与桃红》，它无疑是华语文学天空中的一道绚丽的光，散发着独特的艺术气质。而她晚年写就的《三生三世》，更是俘获了无数读者的心。透过她个人的心灵史，我们从她的生命轨迹里，看到的是一位伟大、不屈的女性的身影。尽管经历了家族的伤痛，但她的笔和她的心，从来没有把大陆与台湾割裂开来。她的生命力之所以如此蓬勃，是因为她汲取一切生命之水，即便是苦水，也把它们化作了甘泉。

　　从爱荷华回到中国后，二〇〇八年，华苓老师由身为舞蹈家的女儿蓝蓝陪同，经京去台湾。我和苏童、毕飞宇，专程从南京和哈尔滨赶到北京去看望她。那是一次难忘的相聚，我们不忍作别。

一晃又七年过去了，我和苏童、毕飞宇已跨入半百之人的行列，而亲爱的华苓老师即将踏入九十的门槛了。

虽然我们多年不见了，但华苓老师从来没有离开过我的生活，我们之间常通邮件，互道近况。夜阑人静时，我也常忆起在爱荷华的日子。我和华苓老师曾一起买衣服，一起洗车，一起去郊外看红叶，一起钓鱼，一起去河畔餐厅吃牛排。我想念她，还有她家窗外的野鹿。她和野鹿都是精灵，一个窗里，一个窗外。

我最不能忘怀的是离开爱荷华起程归国的前夜，我和刘恒在华苓老师家围炉喝酒，她忽然唤我进她卧室，拉开衣柜，让我看她有一天上路时穿的衣服。那套银粉色的丝绸衣服，就像落在大地的一朵祥云。我眼睛湿湿地对她说："你穿上它就像个新娘！"

我还珍藏着华苓老师送我的一份特殊礼物，那是她和安格尔在夏威夷新婚旅行时，爱人送她的礼物，是一枚由十几颗淡蓝的珍珠镶嵌而成的葡萄形状的胸针！我知道她希望我还能找到疼我的人，知道她想让我知道，真爱是不褪色的，就像那依然光泽动人的珍珠！

两个月前的中秋节，我给华苓老师写邮件，问她爱荷华升起月亮了吗？她回复道："看了你的信，我马上到门口去看月亮。月亮说：子建不在这儿，我不来。我今天正想着你呢，月亮也不理我。"

  我想告诉她，月亮不来，那是因为她就是一枚月亮。

  月亮是不老的。

素面朝天毕淑敏

　　齐耳短发，白皙红润的脸色，善意的双眸，黑色圆口拉带布鞋，白底带着蚕丝一样细的黑纹棉布夹克，这就是毕淑敏就读鲁迅文学院时留给我的印象。她在装束上那么普通，走在大街上，你确实很难想象她就是以《昆仑殇》享誉文坛的作家毕淑敏。她钻入菜摊儿，站在公共汽车站牌下，置身于商场等等，确实与别的妇女相差无二。这也就是毕淑敏的平常，同时也是不平常之处。我常常觉得，那些装束上很前卫，言谈举止很新潮的女性，其骨子里往往却是计较、琐碎、世俗的；而装束庄重、言语谦和的知识女性，其灵魂深处才真正拥有对世俗生活的批判力量，对艺术探索的执着和标新立异。

谦和的毕淑敏在研究生班里是一个热心肠的人。身为医生的她，对待同学们各种身体不适的咨询总是显得那么有耐心，而且还积极地带一些药送给同学。她总是笑微微的，雍容大度，从未听说她与谁有隔阂或者给谁难堪过，可以想见她良好的修养和出色的心理素质。我曾暗自勾勒过毕淑敏的晚年形象，一个慈祥的胖老太太坐在环绕着花草的庭院里，她是坐在藤椅里的，眯缝着眼，在享受滋润的太阳。她膝下儿孙满堂。毕淑敏是个有福之人，因而会有这理想的晚年。不是什么人都可以让我们能联想到晚年的，而你一望毕淑敏，便知这个来自雪域高原的人会有一个洗尽铅华、归于平淡的美好晚年。

算起来，与毕淑敏在研究生班三年同窗的交往是极为有限的。真正交往却是在毕业之后。虽然这时也较少见面，但电话却成了联络感情、交换创作想法的好方式。我只要去北京开会，总要和她联系一下，彼此聊天，谈身体，谈现状，谈未来，谈创作，等等等等，总有说不完的话题。记得一九九七年盛夏我从美国回到北京，当夜毕淑敏来看我，惊呼美利坚的太阳把我晒得又黑又瘦，我便趁机说美国的物质文明实在高得难以攀比，但它们的山水，却是不敢恭维，没有国内的有味道，科罗拉多河和大峡谷实在没有在美国西部片中看到的那么壮观。毕淑敏便提起不久前有一个国际性学术会议在纽约召开，邀她前往，而会期只有三天。毕淑敏说她决定不去了，理由是刚到那里时差还没倒过来，就得登机返程。毕淑敏笑言："美国搁在那儿，又跑不了，以后再说吧。"这是我印象中的毕淑敏说过的最豪迈最幽默最有寓意的话了。把它套用于她的文学观，我想也一样适合。那便是从容、不急不躁、自信和有耐性。

毕淑敏的生活经历我想很多热爱她的读者比我还要熟悉。她出身于一个高干家庭，青年时代到了西藏当兵。毕淑敏是个飒爽英姿的女兵。然而在雪域高原上，恶劣的气候对女兵来讲怎么来说都是一种摧残。然而她挺下来了，不仅挺了下来，还将这种苦难变成了巨大的精神财富，使经过了净化的灵魂得以在京城无边的烟尘和喧嚣之中，流淌出那么多有关西藏、有关生与死的凄美故事。苦难之于人会产生两种截然不同的效果，一种是对生活永久的怨艾和变本加厉的报复，一种则是对生活的珍惜和积极的不遗余力的创造。毕淑敏属于后一种，她用自己的笔，使那片雪域成为我们心中永远的梦想和圣地，而不是埋葬之地。

毕淑敏的创作是勤奋的。她有一些脍炙人口的中短篇小说为我们所熟悉，最近她的长篇处女作《红处方》又引起轰动，我打心眼里为她高兴。我婚后在大兴安岭休闲的一段日子里，正赶上各有线台在播放《红处方》，于是每日很守时很积极地坐在电视机前观看。可惜的是电视剧的《红处方》拍得不尽如人意，还是读原作的感觉更好。这也就是很多作家在把自己喜爱的作品改编权交与影视单位后，总有些惴惴不安的缘由。那滋味就像把爱子送人了，不知道他摊不摊得上个好人家而牵肠挂肚。好在连最普通的读者都知道这个简单的道理：要想真正了解和判断一个作家，还是去读她的作品。

毕淑敏曾有一篇名为《素面朝天》的散文，惹恼了不少对化妆情有独钟的女人。我一直以为毕淑敏其动机并非反对化妆，而是强调女性的天然美和朴素美。结果强调得太过分，惹怒红颜无数。毕淑敏无疑以她个人的好恶犯了个善良的错误，她太坦诚和认真了。其实无论是生活还是艺术，完全素面朝天是不可能的。这也就是最近我在报上看到毕淑敏去大学攻读心理学硕士的消息时会心一笑的原因了。毕淑敏毕竟已经悟到了文学靠天然的东西很难走到极致，因而开始下决心充电。素面朝天，我更愿意理解为是毕淑敏与人交往的坦诚方式，而非化妆，非艺术的范畴。

毕淑敏有一年从俄罗斯归来途经哈尔滨时，我们聚在一起聊天。她说住在海参崴的两天实在太美了，海鸥一群群地不分白天黑夜地在旅馆周围飞来飞去，站在窗前就可以看见湛蓝的海，听见海鸥的叫声。我想那一瞬间毕淑敏的确为生活的美好所深深打动了。愿这样的人间美景与她常相随，愿懂得这美景并且珍惜这美景的人能够到达创作更为至善至美的风景区。

对方方的一次写生

方方，现在轮到你坐在窗前当静物了。你的周围，聚了一些手持画板的人，他们坐在不同的位置，从各自的角度要仔细审视你，准备勾勒你了。这时你是气定神凝还是脸热心跳？这些人中，有的是绘画高手，他们深谙你的气质和秉性，因而画起来肯定得心应手。而我，只是一个毛手毛脚的初次拿起画笔的学生，若是把你画歪了，或者因为要认真打量你而走到你面前，意外淋到你脸上几滴油彩，你权且把它们当作幸福的鸟粪，千万不要恼。

第一次见方方，是在一九八五年的青创会上。那是个灰蒙蒙的冬日。我们在昏暗的楼道里经人介绍相识，记得方方穿一件鲜艳的毛衣，背着个精致的黑皮包，齐肩的头发微微卷曲，她笑吟吟转身的一刻让人觉得格外明媚。在此之前，我只是从作品中认识方方。

这之后的十年中，我们没有任何交往，因为彼此实在是不熟，从来没有交谈过。只是不断见方方的作品四处开花，朵朵灿烂。经常在报纸上读到有关她的消息，方方红透了大江南北。

一九九五年，"红罂粟"丛书首发式在北京举行。作为丛书作者之一，我也参加了那个活动。主办者在会议之后组织女作家们到驼梁和五台山游玩。有很多人因为有种种事情难以脱身，纷纷走了。最后到了五台山，只剩下叶文玲老师、方方和我了。由于我和方方年龄相仿，我们自然同住一屋，这样便有充裕的时间聊天。我总以为，人和人的沟通，聊天是最好的方式，轻松、自由、随意，这时很容易就能认识一个人。与方方住在一起，聊天其乐无穷。她开朗、大度，与我一样贪玩，且也是口无遮拦，笑起来像东北姑娘一样不秀气，张着嘴，哈哈哈的，哈哈得脸上的红晕像朝霞一般艳丽（描绘方方，必须用一个最俗气的比喻，好让她能找到一点笑料）。几天疯玩下来，彼此"没有理由不成朋友"（方方语）。从这以后，只要有见面的机会，我就会兴高采烈去赴会，为的是能和方方胡侃一通。方方说话机智、幽默，有一次与她住在北京的一家旅馆里，我们住在一楼，夜间老有老鼠出没。我这个人贪吃，零食不离身，因而老鼠在我的床的这一侧闹得凶。偏偏我是个天不怕、地不怕，就怕老鼠的人。上高中二年级时，我曾在宿舍压死过一只老鼠。那间宿舍也常有老鼠跑过，有一日清晨起床，我叠被子时发现一只老鼠在我被窝里，它已经死了，想必是深夜蹿上我的床铺，溜进我被窝后被我翻身给压死的。这段经历每次重温都令我毛骨悚然。为了求得方方的同情，我把这经历对她讲了，希望与她调换床位，不料方方一本正经地对我说："你都压死过一次老鼠了，再压一次就是了。"坚决不与我调换床位。

　　方方衣着随意，与她自然洒脱的气质极为吻合。她爱睡懒觉，上午十点若给她打电话，她准会恹恹无力地责备你扰了她的美梦。而午夜十一时以后，只要我的电话叫了起来，很可能就是方方，这时候的她声音洪亮，就像清晨刚起床似的精力充沛。我想她那洋洋洒洒的文字，多半是在更深人静之时完成的。

　　方方的作品很耐读，品位高，但很奇怪的是她的作品并不畅销。方方对此并不以为意。她对自己的作品是否得奖、是否畅销、是否转载、是否有人评价都看得极淡，确确实实是一个少见名利心、散淡至极的人。而我以为，这种作家往往更能成为大家。她的长篇《乌泥湖年谱》，我虽只读了部分章节，已然嗅到了一个成熟作家具有风范意味的文学表达气息。

方方有些"洁癖",与她同屋住,我不敢随意去她的床上坐,怕她"训斥"。所以她说她家并不很整洁时,我一直不太相信。方方具有一副唱民歌的好嗓子。方方喜欢吃三文鱼。喜欢喝茶,也爱吃辣椒,但脾气不"辣",很宽厚温和。与她交往,不必担心哪一句话会刺伤了她,你会觉得很放松和自由。方方最好的朋友就是蒋子丹,我与蒋子丹并不很熟时,她竭力对我说蒋子丹如何优秀,后来交往多了,觉得方方说的果然如此。在海南岛的某一天,蒋子丹有天说要到我和方方的房间小憩一会,方方说:"那你可别睡我的床。"蒋子丹很生气,说:"那如果迟子建也有洁癖,我去你们房间岂不要睡在了地上?"针尖对麦芒,我真希望她们狠狠"掐"一通,好从中看热闹。岂料她们转身就和好了,让我觉得有些失落。我知道她们的友谊可以用一句俗话来形容:地久天长。

方方很能干,写作,带孩子,做家务,外出开会,办《今日名流》。她常常头疼,我说她是太累的缘故。她有个宝贝女儿毛妹,方方每次外出回武汉,总不忘给毛妹带回一堆吃的东西。一旦讲起毛妹,便满面幸福。我也很喜欢毛妹,她聪明伶俐,小小年纪却常出"惊人之语"。

当然,我说的这些都是阳光下的方方。在黑夜,在星光闪烁的时分,我想方方一定有另一种不为朋友所知的情怀,也会有忧伤和惆怅，也会有隐隐的孤独感伴她左右。好在她有一支笔（确切地说是电脑），有开朗的性情，这一切会像遮住月亮的云彩，转瞬即逝。

方方如今住在一套舒适的住房里。据说楼下有个小花园，栽种了一些桃树和花草。我想黄昏时方方若是放一张藤椅在小花园里，一边饮茶，一边看落日，一边听花园虫子的鸣叫，一定非常惬意。

对方方的一次写生就要结束了，当静物的方方已经从窗前的椅子上站起来了。她走到我面前，看了一眼我画夹上她的素描，突然哈哈笑了起来，说，就你这水平，还不如我们家毛妹！

我建议何镇邦老师请毛妹画画方方，一定格外精彩。

"白水青菜"潘向黎

上海是个国际大都市。在海外,外国人提起中国的城市,第一是北京,其次就是上海了。而我个人更偏爱上海,一条沧桑的黄浦江,让上海显得风情万种——没有风情的城市是不可爱的。

潘向黎生活在上海,是个报人。她年轻、漂亮,像一株含着露珠的青草,淡淡的,闲闲的,有一种清爽的妖娆,一如她的作品。

由于生活在大都市,又由于潘向黎接触的大都是知识分子,所以她的小说很自然地把笔触伸向了都市中她所熟悉的生活。比如《我爱小丸子》《缅桂花》《一路芬芳》《倾听夜色》

中的报社的各色人等,《小妖》中的白领,《奇迹乘着雪橇来》的中学图书管理员等等,他们都属于衣食无忧、追求精神生活质量的人。所以潘向黎的笔下演绎的,多是这样一些有着某种"优越感"的人的爱恨情仇。

潘向黎的小说很好读,这首先得益于她良好的文字素养。她的语言的姿态是那种一点也不让人觉得沉重的轻歌曼舞,有如一阵徐徐吹来的晚风,沁人心脾。当然,其中也会夹杂着一丝丝俏皮、一缕缕"樱桃小丸子"式的可爱的乖张,为小说添加了绚丽的注脚。她似乎是不那么愤世嫉俗的,也不那么像某些标榜用身体写作的女作家那么"另类",她笔下的人不吸毒,不搞同性恋,不在情海之中"大打出手",他们虽然也喝着蓝山咖啡、用刀叉挑起必胜客的比萨,但他们骨子里流淌着的却是中国人的血液。对爱情永远的渴望,对婚姻忠诚的思考,构成了潘向黎小说的精神内核,所以她的故事很好读。她有着出色的驾驭人物对话的能力,更善于描绘被我们所忽略了的"衣食住行",在这样一个看似平凡的天地中,她的小说质朴、优雅的品性悄然生成了。

群众出版社新近出版的《我爱小丸子》,大体反映了近些年潘向黎小说的创作风貌。也许是因为她是个很阳光的人,所以她的笔下呈现的也都是我们所熟知的健康的生活。不在创作上投机取巧,又有着对芸芸众生寻常琐事的莫大兴趣,我相信她会赢得众多的读者。不久，又读了她的近作《白水青菜》，我觉得潘向黎比以往更加地成熟了，她在描写情爱上又靠着一锅精心煨过的白水青菜，向前跨了一大步。我曾担心她生活视野的狭窄，会使她在写作这一类题材时不知不觉遁入"窘境"，看来这种担心是多余的了。但是作为她的一个朋友和读者，我还是希望她的写作视野能更开阔一些，希望她还能有建构"虚构"世界的能力，能把目光放得更广博一些。

一个人和三个时代

"我是一棵树，根在大陆，干在台湾，枝叶在爱荷华"，这是聂华苓先生为她自传体新书《三生影像》撰写的序言。如果说二十世纪是一座已无人入住的老屋的话，那么这十九个字，就是一阵清凉的雨滴，滑过衰草凄凄的屋檐，引我们回到老屋前，再听一听上个世纪的风雨，再看一看那些久违了的脸庞。

我认识聂华苓先生的时候，她已经八十岁了。也就是说，我是先逢着她的枝叶，再追寻她的根的。二〇〇五年，国际写作计划邀请刘恒和我去美国，进行为期三个月的交流和访问。八月下旬，我们从北京飞抵芝加哥，从芝加哥转机到西达拉皮兹时，已是晚上十点了。从机场到爱荷华，还有一小时左右的车程。接我们的亚太研究中心的刘东望说，聂华苓老师嘱咐他，不管多晚，到了爱荷华后，一定带我们先到她家，去吃点东西。我和刘恒说，太晚了，就不去打扰了，改日再去拜访吧。刘东望说："她准备了，要你们一定去，别推辞了。"十一时许，汽车驶入爱荷华。聂华苓就住在进出城公路旁山坡的一座红楼里，所以几乎是一进城，就到了她家。车子停在安寓（安寓，取自聂华苓先生的丈夫安格尔先生的名字）前，下车后，我嗅到了大森林特有的气息，弥漫着植物清香，又夹杂着湿润夜露，是那么的清新宜人。

　　门开后，聂华苓先生迎上来，她轻盈秀丽，有一双顾盼生辉的眼睛，全不像八十岁的人，她见了我们热情地拥抱，叫着："你们能平安到，太好了！"她爽朗的性格，一下子拉近了我们之间的距离。红楼的一层是聂华苓先生的书房和客房，会客室、卧房和餐厅则在二楼。一上楼，我就闻到了浓浓的香味，她说煲了鸡汤，要为我们下接风面。她在厨房忙碌的时候，我站在对面看着，她忽然抬起头来，望了我一眼，笑着说："你跟我想象的一模一样！"我笑了。其实，她跟我想象的也一模一样！有一种丽人，在经过岁月的沧桑洗礼和美好爱情的滋润后，会呈现出一种从容淡定而又熠熠生辉的气质，她正是啊。应该说，我在爱荷华看到的聂华苓先生的"枝叶"，是经霜后粲然的红叶，沐浴着安详的阳光，风采灼灼。

安寓的饭桌,长条形的,紫檀色,宽大,能同时容纳十几人就餐。我和刘恒常常在黄昏时,沿着爱荷华河,步行到那里吃饭。这个时刻喜欢来安寓的,还有野鹿。坐在桌前,可见窗外的鹿一闪一闪地从丛林走出,出现在山坡的橡树下,来吃撒给它们的玉米。鹿一来,通常是两三只。有时候是一只母鹿带着两只怯生生的小鹿,有时候则是竖着闪电形状犄角的漂亮公鹿,偕着几只母鹿。这处红楼寓所又称为"鹿苑",真是恰如其分。鹿精灵似的出现,又精灵似的离去了。华苓老师在苍茫暮色中,向我们讲述她经历过的那些不平凡的往事。夜色总是伴着这些给我们带来阵阵涛声的故事,一波一波深起来的。如今,这些故事,连同二百八十多幅珍贵的图片,完整地呈现在《三生影像》中,让我们循着聂华苓先生的生命轨迹,看到了一个为了艺术为了爱的女人,曲折而绚丽的一生。

《三生影像》分为三个部分:《故园》《绿岛小夜曲》和《红楼情事》。《故园》写的是她的"根"——大陆;《绿岛小夜曲》描绘的是她的"干"——台湾;而《红楼情事》,闪烁着的则是她婆娑的枝叶——爱荷华,这也是她生命和事业最华彩的乐章。

聂华苓出生于一九二五年,母亲是个"半开放的女性",气质典雅,知书达理。她嫁到聂家后,直到生下了三个孩子,才发现丈夫已有妻儿。英国哲学家罗素,在他关于中国问题的专著中,曾有这样的论断:"中国人的性格中,最让欧洲人惊讶的,莫过于他们的忍耐了。"我以为,"忍耐"的天性,在旧时代妇女身上体现得尤为明显。聂华苓的母亲虽说是羞愤难当,闹了一阵子,但最终她还是听天由命,留在了聂家。聂华苓的父亲聂怒夫,在吴佩孚控制武汉的时候,是湖北第一师的参谋长,在军中担任要职。桂系失势之后,聂家人躲避到了汉口的日本租界。旧中国军阀混战的情形,聂华苓的母亲描述得惟妙惟肖:"当时有直系、皖系、奉系,还有很多系。你打来,我打去。和和打打,一笔乱账,算也算不清。"聂华苓的童年,就是在租界中度过的。英租界红头洋人的滑稽,德租界买办的傲慢,以及日本巡捕的凶恶,小华苓都看在眼里。有的时候,她会溜进门房,看听差们热热闹闹地玩牌九、掷骰子,听他们讲她听不懂的孙传芳、张作霖、曹锟、段祺瑞,也听他们讲她感兴趣的民间神话故事:八仙过海、牛郎织女、嫦娥奔月。聂华苓的爷爷是个可爱的老头,性情中人,他高兴了大笑,不高兴就大骂。他教孙女写字,背诵唐诗。有的时候,他还会邀上三两好友,谈诗,烧鸦片烟。小华苓常常躲在门外,偷听他们吟诗。"什么诗?我不懂,但我喜欢听,他们唱得有腔有调。原来书上的字还可以变成歌唱,你爱怎么唱,就怎么唱,好听就行了。他们不就是各唱各的调调儿吗?"这段充满童趣的回忆,天然地道出了诗文的本质。从聂华苓先生对故园的描述中,我们可以看到她是如何捉弄爷爷的使唤丫头真君的,看到她因为得不到一把俄国小洋伞而哭得天昏地暗的,看到她如何养蚕,用抽出的蚕丝做扣花、发簪和书签。虽然是在租界中,她的童年生活仍然不乏快乐。然而,聂华苓十一岁的时候,她的父亲,在贵州平越任专员兼保安司令的聂怒夫去世,聂家从此失去了顶梁柱,少了往日的欢声笑语。对于父亲的死,聂华苓在书中是这样记叙的:"那是一九三六年,农历正月初三。长征的红军已在一九三五年十月抵达陕北。另一股红军还在贵州,经过平越。"

父亲去世了,母亲艰难地撑起这个家。这个大度而不屈的女性,无疑对聂华苓的性格成因,有着深刻的影响。一九三七年,在湖北省立一中读书的聂华苓,跟同学们一道,慰问从抗日前线归来的伤兵,给他们唱歌,代写家书,表演街头剧《放下你的鞭子》。上海、南京相继沦陷后,日机日夜轰炸武汉,每当空袭来临时,母亲就要把几个孩子护在身下,反复念诵《般若波罗蜜多心经》。为了躲避战火,一九三八年,聂华苓的母亲带着孩子,在长江上乘船闯过鬼门关,逃难到了老家三斗坪。在那里,他们一家度过了一段平和恬静的日子。由于三斗坪没有学上,指望着儿女们为她扬眉吐气的母亲,不管女儿多么贪恋那儿的山水,还是毅然决然把她送到了恩施湖北省立女子中学读书。离开亲人的华苓,从此就开始了漂泊生活。伴着飘忽的桐油灯，一群读书的女孩子，苦中作乐。食物匮乏，她们可以从狗嘴下抢下一块腌猪肝，来到农家，将它爆炒，痛快地吃一顿。她们还偷厨房的米饭和猪油解馋。她们三三两两的，在河畔嬉戏。然而，就在那里，也有看不见的斗争。比如生有水红嘴唇的音乐老师，是共产党，她有一天突然失踪了，据说是被国民党捕去了；而有着一双美丽大眼睛的同学闻立武，参与了学生运动，也是地下党。聂华苓从来都不是一个对政治敏感的人，这样的事，都是半个世纪之后，她才知晓的。

一九四〇年，聂华苓初中毕业后，与两位女生，搭上一辆木炭车，踏上了去重庆的旅途。由于盘缠不足，加之战乱，旅途受阻，每天只能吃两个被她们称为"炸弹"的硬馒头。尽管这样，女孩子爱美的天性，还是使她们从嘴下节省出一点钱，各买了一块花布，自己动手，缝制了一件直筒形的花袍子。辗转到了重庆后，聂华苓通过考试，在国立中央大学外文系读书。楼光来、柳无忌、俞大纲，都是外文系的名教。聂华苓坚实的外语基础，就是在那里打下的。在那里，她与六个性情相投的女孩子结为"竹林七贤"，她们在苦读的时候，也不忘了到野外玩耍，"去橘林偷橘子，吃了还兜着走，再摘一朵野花插在头上"。《三生影像》第一部分的插图，我最喜欢的，就是一群女学生站在稻田里的照片。每个人的头上都插着一朵花，烂漫地笑着。她们的花样年华既有着淑女气和书卷气，又透着股豪气和野气，真是迷人。在重庆，聂华苓与同学王正路谈起了恋爱，虽然十五年后，他们最终还是分手了，但他留给了聂华苓一双可爱的女儿：薇薇和蓝蓝。

抗战胜利后，中央大学在一九四六年从重庆回到了南京，聂华苓在南京又读了两年，终于毕业了。一九四八年底，她和王正路一起到了北平，结为夫妻。那时人民解放军已经占领机场，北平围城开始了。他们的蜜月，是在枪炮声中度过的。北平解放了，聂华苓和王正路离开故土，飞往台湾。

聂华苓出生在大陆，她离开时，已经二十四岁了。她最早的文学熏陶、所受的教育以及世界观和艺术观的形成，与这片土地休戚相关。她用二十四年光阴扎下的这个根，牢牢的，深深的，这是天力都不能撼动的。没有它，就不会有日后挺拔的躯干和繁茂的枝叶。

读《三生影像》的第二部时，我的心是压抑的。那座宝岛，带给我们的，不是风和日丽的人文景象，而是阴云笼罩的肃杀之气。出现在那里的人，雷震、殷海光、郭衣洞（柏杨），一个个雕塑似的，巍然屹立。他们不是泥塑的，也不是石膏镌刻的，他们都是青铜质地的，刚毅，孤傲，散发着凛凛的金属光泽。

聂华苓到台湾后，赶上《自由中国》创刊，杂志社正缺一名负责文稿的编辑，爱好写作的她就应聘去了那里，赚钱贴补家用。《自由中国》是由雷震先生主持的,他一九一七年就加入了国民党,曾担任过国民党政府的许多要职,一九四九年到台湾后,被蒋介石聘为"国策"顾问。而《自由中国》的发行人,是当时身在美国的胡适先生。对于这个刊物,聂华苓是这样说的:"是介乎国民党的开明人士和自由主义知识分子之间的一个刊物。这样一个组合所代表的意义,就是支持并督促国民党政府走向进步,逐步改革,建立自由民主的社会。"显然,这是一份政治色彩浓厚的刊物。对政治并不感兴趣的聂华苓,像这个阵地墙角一朵烂漫的小花,安静地释放着自己的光芒。经她之手,林海音的《城南旧事》、梁实秋的《雅舍小品》,以及柏杨的小说和余光中的诗,这些已成经典的作品,一篇篇地登场了。如果说《自由中国》是一匹藏青色的布的话,这些作品,无疑就是镶嵌在布边的流苏,使它多了份飘逸和俏丽。然而,政治的台风,很快席卷了《自由中国》,因为夏道平执笔的《政府不可诱民入罪》,《自由中国》和台湾统治权力者发生了最初的冲突,胡适在此时发表声明,辞去了发行人的角色。其后,又因为一篇《抢救教育危机》,雷震被开除了国民党党籍。一九五五年,国民党发动"党员自清运动",《自由中国》又发出了批评的声音。到了蒋介石七十大寿,《自由中国》在祝寿专号中,批评军事组织和特务机构时,这本刊物可以说是已成为风中之烛。《自由中国》除了发表针砭时弊的社论,也登载反映民生疾苦的短评，雷震成了台湾岛的"雷青天"。胡适回到台湾后，一九五八年就任"中央研究院"院长。这期间，雷震与志同道合的朋友一起，雄心勃勃地筹组新党。雷震邀请胡适做新党领袖，胡适没有答应。但胡适是支持雷震的，说他可做党员，待新党成立大会召开时，他也会去捧场。我以为，以胡适的政治眼光和看待历史的深度，他是看到了雷震的未来的——不可逃避的铁窗生涯。他没有阻止，反而推波助澜，我想他绝对没有加害雷震的恶意，在他生命深处，真正渴望的，还是做一个自由而有良知的知识分子。徐复观有一篇回忆胡适的文章，他这样写道："我深切了解在真正的自由民主未实现以前，所有的书生，都是悲剧的命运，除非一个人良心丧尽，把悲剧当喜剧来演奏。"这话可谓一语中的。雷震其实就是一面竖立在胡适心牢中的正义和博爱的旗帜，有他，他会受到默默的激励；而当他倒伏时，尽管胡适也是痛楚的，但因为这面旗帜是倒在了心中，他便想悄悄把它掩埋了。胡适自称是个怀疑论者，徐讦在比较新文学运动的领袖胡适和陈独秀时，有过这样精辟的论述："胡适之性格冲和，宽大，平正，陈独秀性格凌厉，独断与偏激"，他指出胡适的性格中有"矛盾性与妥协性"。所以当一九六〇年九月雷震等人以"涉嫌叛乱"的罪名被捕入狱，殷海光等人挺身而出，为雷震喊冤时，胡适隐于幕后，只以"光荣的下场"这句"漂亮话"，打发了世人期盼的眼神。胡适以为他可以苟活，但是他错了。雷震入狱仅仅一年半以后，他在一个酒会上致辞时，猝然倒地，带着解不脱的苦闷，去了那个也许是"万籁俱寂"，也许仍然是"众声喧哗"的世界。那一刻，他才真的自由了。

我喜欢《自由中国》的殷海光，这个毕业于西南联大的金岳霖先生的弟子，正气、勇敢、浪漫，充满诗情。受雷震案的牵涉，他虽未入狱，但一直受到特务的监视和骚扰。这个声称"书和花，应该是作为一个人应该有的起码享受"的知识分子，最初是反对传统的，主张中国未来的道路是全盘西化。可在他苍凉离世前，他顿悟："中国文化不是进化而是演化，是在患难中的积累，积累得异样深厚。我现在才发现，我对中国文化的热爱。"

铁骨铮铮的雷震和傲然不屈的殷海光，最终长眠在"自由墓园"中。以他们的人格光辉，是担得起"自由"这个词的。

我想，聂华苓身上的正直和无私，她男人般的侠肝义胆、古道热肠，无疑受了雷震和殷海光的深刻影响。也就是说，她的躯干，之所以没有在非常岁月中，被狂风暴雨摧折，与他们有形无形的扶助，是分不开的。

一九五一年，聂华苓的弟弟汉仲在空军的一次例行飞行中失事身亡，她所供职的《自由中国》蒙难，家门外一直有特务徘徊，接着是母亲去世，而她和王正路的婚姻也陷入"无救"

状态。此时的聂华苓，可以说是陷入了生命的低谷。但是命运仿佛格外眷顾这位聪明伶俐的女子，就在这个阴气沉沉的时刻，她生命中的曙光出现了。这道光，照亮了她的后半生。

如果说《三生影像》是一首交响曲的话，那么它的前两个乐章，在行云流水中，有着挥之不去的惆怅；可是到了最后的乐章，它却是明快的、热烈的、奔放的。有谁不爱读第三部《红楼情事》呢！

保罗·安格尔先生，在美国是一位与惠特曼齐名的著名诗人，曾被约翰逊总统聘任为美国第一届国家文学艺术委员会委员，并任华盛顿肯尼迪中心顾问。这个马夫的儿子，出身贫寒，热爱艺术，中学时就发表了诗作。大学毕业后，他来到爱荷华大学，以一本《旧土》诗集，成为美国有史以来第一个用文学作品获得硕士学位的人。安格尔经历非凡，当他还在牛津大学读书时，便游历欧洲，结识了很多声名卓著的作家。一九三四年，安格尔创办"爱荷华作家工作坊"，一步步地把它发展为美国文学的重镇。他曾开玩笑地说过："猎狗闻得出肉骨头，我闻得出才华。"他"闻"出的最出色的才华，就包括美国著名女作家奥康纳。这个修女打扮的怯生生的女孩子，写出的小说诡异神秘，如梦似幻，已成经典。二战时临时搭建的简易的营房，就是作家们的教室。安格尔给学生上课时，有的学生带着狗来，还有的甚至用布袋提着一条咝咝叫的蛇来。为着作家工作坊，安格尔先生的足迹遍及世界，寻觅着好作家和好作品。他怎么也不会想到，一九六三年的台湾之行，会给他带来永生永世相守的人。我们从安格尔的照片中，可以领略到他迷人的风采。聂华苓是这样描述他的："第一次看到他，就喜欢他的眼睛。不停地变幻：温暖，深情，幽默，犀利，渴望，讽刺，调皮，咄咄逼人。非常好看的灰蓝眼睛。他的侧影也好看，线条分明，细致而生动。"而安格尔在晚年的回忆录中，写到他初遇聂华苓时的感受，有这样的句子："台北并不是个美丽的城市，没有什么可看的。但是因为身边有华苓，散发着奇妙的魅力和狡黠的幽默，看她就够了。从那一刻起，每一天，华苓就在我心中，或是在我面前。"他们一见钟情。在此之前，他们是一幅被撕裂了的山水画，各持半卷，虽然也风光旖旎，却没有气韵。直到他们连接在一起，这幅画才活了，变得生动。

他们结婚后在半山坡上筑起爱巢——红楼，他们一起划船，一起喂鹿，一起谈诗，一起举杯，看日落月升。他们在一起，永远有谈不完的话题。

爱荷华这地方，地处美国中西部，人口不多，安详宁静，仿佛世外桃源。按照南非女作家海德的说法："鸡粪那一类田上的事，可能是报纸的头条新闻"，非常适宜写作。一九六七年的一天，划船的时候，聂华苓望着波光粼粼的爱荷华河，忽发奇想,为何不在爱荷华大学原有的写作工作坊之外,再创办一个国际写作计划呢?一个为世界文学的交流和发展,做出过不可磨灭的贡献的计划,就这样诞生了。地球上不同肤色、不同种族、不同语言、不同文化背景、不同政治遭遇和生活际遇的作家,在其后的四十年间,以同一个目的,在爱荷华相遇了。我觉得从某种意义来说,这个写作计划,就是文学的"奥林匹克"。这个以文会友的盛会,为消除种族之间的敌视,消除不同社会制度下的人的隔阂,起了积极的作用。难怪一九七六年,安格尔和聂华苓因为这个写作计划,而被提名为诺贝尔和平奖的候选人。

在爱荷华这个文学大家庭里,我们看到了丁玲紧握苏珊·桑塔格的手;看到了以色列作家从最初坚决不肯与德国作家交往,到临别时主动与他们推心置腹地交谈;看到了伊朗女诗人泰皓瑞与罗马尼亚小说家易法素克之间临别之际爆发的深沉的爱恋。曾获得过诺贝尔文学奖的波兰诗人米沃什,爱尔兰诗人希尼,都曾是这里的座上宾。而诺贝尔文学奖最新得主,土耳其的帕慕克,也是国际写作计划邀请过的作家。

但作为中国人的聂华苓,对于身居海外仍然坚持用母语写作的她来说,那些用汉语写作的作家,才是她魂牵梦系的。国际写作计划在四十年间,共邀请世界各地作家一千二百多位,其中用汉语写作的作家,就占了一百多位。一九七九年中美建交后，萧乾成为第一位被邀请到爱荷华的中国作家。从他开始，中国作家的身影就不断地出现在那里。我们常常听聂华苓满怀深情地讲起到过这里的华文作家的一些逸事。那座红楼，留下过这样一些杰出作家的足迹：丁玲、王蒙、汪曾祺、艾青、萧乾、吴祖光、茹志鹃、陈白尘、徐迟、冯骥才、张贤亮、邵燕祥、柏杨、白先勇、郑愁予、余光中、杨逵、痖弦、谌容、王安忆、陈映真、阿城等。是她，最早为新时期中国文学中最为活跃的作家，打开了看世界的窗口。

聂华苓和安格尔于一九八七年退休，但聂华苓的目光，始终没有脱离她的"根"和"干"，她仍然积极地向国际写作计划推荐华文作家。一九九一年三月，聂华苓和安格尔先生离开爱荷华的家，满怀喜悦地去欧洲，准备领取波兰政府授予的国际文化贡献奖。他们在芝加哥机场转机的时候，安格尔先生猝然倒地，离别了他最不忍诀别的人。他在最后时刻，还是倒在了自己的祖国，倒在了他深爱的人的身边，倒在了他不倦的旅途中，他无疑是幸福的。

安格尔的离去，让聂华苓觉得"天翻地覆"，她也倒下了。但这个豁达开朗的红楼女主人，最终还是倚赖着安格尔对她刻骨铭心的爱，慢慢站了起来。看来一个在情感上富足的女人，是不会倒在任何命运的关隘上的。二〇〇一年，一度与中国中断了的国际写作计划，在聂华苓的努力下，又恢复了。聂华苓对我说，相隔多年，她想一定要请一位在国际国内都有影响的，将来能立得住的青年作家来爱荷华，她选择了苏童。时隔几年，她骄傲地对我说："我没有选错！"苏童之后，又先后有李锐、西川、孟京辉、余华、莫言、刘恒、毕飞宇等中国作家来到爱荷华。也许有人不会知道，中国作家去爱荷华的费用，有很大一部分，是由民间募集而来的。当地一些热爱文学的华人，包括聂华苓自己，为了让国际写作计划中能有中国作家参与，每年都要捐款。而现在，由于经费不足，对中国作家的邀请，又陷入困境之中，这也让她感到深深的无奈。

聂华苓说："我这辈子恍如三生三世——大陆、台湾、爱荷华。"这"三生"，其实也是她经历的三个不同时代。她在大陆度过了战乱中的童年和青年，在台湾经历了国民党的白色恐怖时代。在国际写作计划如火如荼之时，美国也正陷入越战的泥沼，国内的反战浪潮一浪高过一浪。虽然说与安格尔结合后，她过上了平静无忧的生活，但是对"根"和"干"的眷恋，对母语的不舍，还是使她这个定居美国的"外国人"，有着难言之痛。这种内心的矛盾，使她才情爆发，酣畅淋漓地写出了获得"美国书卷奖"的长篇小说《桑青与桃红》。

像聂华苓这样经历过三个时代风雨洗礼，依然能够笑声朗朗的作家，实在不多见。二〇〇六年，我在香港遇见台湾著名诗人郑愁予先生，与他在兰桂坊饮酒谈天说起聂华苓时，他用了"风华绝代"四个字来评价她。聂华苓自称是一个有着小布尔乔亚情调的人，她爱憎分明，爱会爱得热烈而纯真，恨也恨得鲜明而彻底。她是一个艺术至上的人，这也就不难理解为什么她父亲死于红军枪下，而她却仍然能够与安格尔合译毛泽东的诗词。台湾因为她这个举动，骂她"亲匪"，不忠不孝，背叛父亲的亡灵，以至一度不允许她回台。聂华苓在接受记者采访时说："我最不关心政治，但政治似乎一直在缠我。"这句委屈话，听起来别样地苍凉。

国际写作计划的前两个半月以各种话题讨论、文学交流、参观及写作为主，后半个月则是旅行，每个作家都可以按个人兴趣自行设计旅程。二〇〇五年十一月，刘恒去了纽约，我去了芝加哥，归国前，我们又回到爱荷华。冬天来了，虽说还没下雪，但天儿已冷了。归国的前一天，我们来到安寓，在山林中拾捡烧柴，抱到红楼的壁炉旁，以备华苓老师生壁炉用。天渐渐黑了，我们生起火，围炉喝酒谈天。谈着谈着，她忽然放下酒杯，引我来到卧室。她拉开衣橱，取出一套做工考究的中式缎子衣服，斜襟，带扣襻的，银粉色，质地极佳。她举着披挂在衣架上的那身衣服，笑吟吟地说："我已经嘱咐两个女儿了，我走的那天，就穿这套衣服！怎么样？"那套衣服出水芙蓉般地鲜润明媚，我说："穿上后像个新娘！"她大笑着，我也笑着，但我的眼睛湿了。没有哪个女人，会像她一样，活得这么无畏、透明和光华!

安格尔先生安葬在爱荷华的一座清幽的墓园里,离红楼并不遥远。我记得十月十二日安格尔生日的那天,华苓老师驾车,我们带着他生前喜爱的鲜花和威士忌,一同去看望他。清洗完墓碑,华苓老师将酒洒在墓前,向安格尔介绍着刘恒和我的情况。介绍完,她莞尔一笑,轻抚着墓碑,无限感慨地对我说:"你看,这里很好,很宽,将来把我再放进去就是了。"她已经把自己的名字,提前刻在了碑上。我多么希望上帝紧紧捏住她的那个日子,永不撒手,虽然我知道对于任何人来说,那一天总会来临的。那座墓碑是黑色大理石的,圆形。不过它不是彻头彻尾的圆,而是大半个圆,看上去就像一轮西沉的太阳,在温柔的暮色中,闪闪发光。

戴妮与吉安拉

一九九六年底，我接到一封来自德国的信。发信人是洪堡大学的一名研究生，叫戴妮。戴妮说她读了我的一些小说，很喜欢，想以我的创作作为她硕士毕业论文的选题。她同时附寄了一份她整理的有关我作品的目录。她在信中很自信地说："我送给你我找到的你的小说表，我以为你没有这样的小说表，所以希望它对你有用。"的确，我没有这样的"小说表"。令我吃惊的是，有一些我已经淡忘的作品，譬如八十年代初期刊登在《花溪》等杂志的小说，也赫然列在目录中。据她后来在电话中讲，德国图书馆的中文杂志很多，小说表就是她搜集了图书馆有关我的资料后列制出来的。在那个小说表上，我的小说作品很少有遗漏的。这之后不久，我的日文小说的翻译者、东京都立大学的土屋肇枝也寄来了我的另一份作品目录，它涉及的更广泛一些，连我发表在报纸副刊上的散文以及有关我作品的一些评论，都搜集到了，他希望我能修订这个目录。这两份表使我受益匪浅。前年《小说评论》做我的一个作品专题，主持这个栏目的武汉大学中文系的於可训教授让我提供一份详尽的作品发表目录，我就把这两份表格翻出来，让它们互相"补充"，整理了一份较为完备的"小说表"，如今它就存在我的电脑中，需要时，打印一份即是。在国内，我也曾接到过北京大学、中山大学等学生寄来的信，他们一样也是要以我的小说创作为题，做研究生的毕业论文，他们向我求助，希望我提供创作年表、作品目录等资料。这时候我就会感慨，同样是做论文，我们的学生就不会自己"吃苦"，去图书馆做扎扎实实的资料准备，虽然他们在国内有着更多的便利条件。

　　一份小说表，比一张精美的圣诞卡更让我欣喜，虽然未曾谋面，我对戴妮的好感却是油然而生。这之后，她时有信来，要么求证一篇小说的写作年份，要么寄来一些明信片，向我描述柏林春天的风光，描述茨冈人的房子、法国南部山地上的薰衣草等等。从她寄来的照片上可以看出，戴妮脸形瘦削，目光格外沉静。也正是这种沉静，让人觉得她的气质中有微微的"冷"，这种"冷"对一个少女来说，有如苹果上的露珠，是一种特别的美。戴妮的硕士论文顺利通过了，毕业之后，她的信来得少了，后来忽然有一天，她告知我她要结婚了，未婚夫是美国人。她说："以后我要住在美国了，这让我的父母和弟弟不高兴。"但她以我的小说《亲亲土豆》为例，说她推崇我在那里所描述的"生死之爱"，只从心理感觉出发去体味爱情，她称"西方人一辈子都在找这种爱情"。这大约是戴妮写给我的最后一封信了。她现在是在美国其乐融融地陪伴着丈夫呢，还是仍在德国，我一无所知。但我相信，在劳碌的生活中，戴妮总会找一个独处的空闲时光，阅读她喜欢的作品。

　　交往了两三年的戴妮从我的视野中消失之后，一个意大利女孩带着她满身的浪漫之气朝我走来，她叫吉安拉。二〇〇〇年春天，我接到一封来自威尼斯的信，她说自己是威尼斯大学的学生，看过我的小说，喜欢我描述的北国风土人情，她要在毕业论文中论述我的小说。她说自己在九月份来清华大学学习两个月，希望能与我取得联系。与此同时，她在威尼斯大学的指导教师也写来推荐信。我回信告诉她，秋天时我在北京有一个新书的发布活动，届时我们可以见上一面。我把自己的手机号码告诉她，想到接受一些采访时可能会关手机，为保险起见，又把中国作协外联部的电话也给了她。结果吉安拉一到北京，就跑到外联部询问我到北京的确切日期。接待她的钮宝国先生在给我打电话的时候说："这个意大利女孩太可爱了，简直是个天使！"她在外联部跟钮宝国聊得格外融洽，所以她离开中国时送给我的礼物，也都寄存在那里。

  十月份我见到了吉安拉。记得那是一个阳光灿烂的上午，作家出版社在一家茶楼举行我的长篇《伪满洲国》的新闻发布会，我把吉安拉约到那里。她背着一个双肩带的牛仔包，穿一条水磨蓝的牛仔裤，银粉色的棒线高领毛衣，披着一头金色的长发，白净的肤色衬着那双明媚的大眼睛，唇角有些微微的上翘，很娇嗔的样子，看上去纯洁而又活泼，诚如钮宝国所言，简直就像一个天使！打过招呼，她进了茶楼的第一件事就是放下那个沉重的牛仔包，从里面一本本地往外掏着书。她跑了北京很多家书店，将能买到的我的书都买来了，难怪那包如此沉重！一些书的书页中插着字条，有她准备向我提的问题。她还送给我一条银粉色的丝巾。我发现她很钟爱银粉色。只有内心洋溢着无限光明且又富有情调的女孩才会喜爱这种颜色。我们简单交谈过后，我先被安排接受媒体的采访，这时的吉安拉取出一个小录音机，问我她可以做录音吗。我说可以，她就悄悄把录音机打开放在茶桌上。等我接受完所有的采访朝她走去，说余下的时间可以留给她，她尽可以向我提问的时候，吉安拉看着有些疲倦的我很善解人意地举着那个小录音机说，她要问的大多的问题别的记者已经问了，她只问我两个别人没有提到的问题。于是我就轻松地一边喝茶一边和她讨论小说，不知不觉已到中午，由作家出版社做东，我们一起吃了午饭。席间，我有一次叫她"安吉拉"，她马上摇着头很严肃认真地纠正我："不，是吉安拉。"引来同席的新闻界朋友们的一片笑声。她实在是太可爱了。

吉安拉在回意大利前，特意来到哈尔滨找我。她事先没有打电话，而那时的我已经回故乡塔河了。她在后来的信中说，她喜欢哈尔滨的冰雪，因为看了《伪满洲国》，她到了哈尔滨很想参观东北烈士纪念馆和731部队遗址，可惜它们都闭馆，她说很遗憾。她告诉我她留在钮宝国那儿一个包裹，有送我的礼物。

这之后，她不断地写信来，告诉我她的论文准备到什么程度了，她去哪里旅行了，她着手翻译我的《观彗记》了等等。她的信中常夹着各种赠我的艺术卡。前年的圣诞节，她竟然空邮来一块硕大的蛋糕和一些果仁饼给我，令我感动不已。去年，她已经顺利地从威尼斯大学毕业，她寄来了毕业那天和家人的合影，吉安拉捧着一束花，笑得格外灿烂。

我爱人去世后，我有很长一段时间不接电话，也无心思回复任何来信。吉安拉的几封来信在我这里也就受了"冷落"。等我有勇气给她复信，简述了生活变故后，她很快写来了信，她在开篇写道："你现在什么也不要想，想你的身体！"这句话使我流下泪来。去年我出访加拿大，在外联部的钮宝国那里打开吉安拉寄存在那几近两年的包裹,那里面有意大利面条、咖啡和巧克力,最让我意外和感动的是,她亲手做了一个白麻布的手袋给我。手袋上绣着我的名字。她把我的签名从书中描下来,用丝线勾勒它们。她用了两种颜色的丝线,一种是藕荷色,另一种就是银粉色了。

吉安拉是银粉色的,我真不愿意时光会抹去她身上的这种颜色,不愿意让苍凉之色在多年以后悄悄爬上她的额头,虽然我知道时光就是如此的残酷。如果有一天她像戴妮一样从我的视野中消失了,我愿意她是因为幸福而消失。

那一抹金秋的灰色

抵达悉尼的当日下午,乔伊斯基金会的艺术主任克拉拉女士就为我安排了一个媒体见面会。由于从北京出发到香港,在香港逗留了八个小时,接着又飞行十几个小时到达澳洲,我和翻译吴欣蔚已是头晕脑涨,只有一个睡的心思。所以放下行李,简单梳洗一番就去参加活动,我在下旅馆的台阶时觉得两腿发软。

那座旅馆是灰色的,不高,也就三四层的样子,没有电梯,呈圆弧形,天井里栽种着几棵高耸的绿树、一些藤萝及花草。当我们走到二楼时,迎面上来一个五十上下的女人,她穿一件灰色套头棉绒衫,瘦削的脸,淡黄色短发,手拄一根灰色的拐杖。楼梯很窄，她停下来，侧着身，满面和善地望着我们，让我们先过。当我们经过后，从背后传来了她继续攀爬的声音，那是一根拐杖敲击水泥台阶的声音，清脆，但让人觉得沉重。

吴欣蔚说："她会不会是爱尔兰来的得奖的女诗人？"

我说："不可能，她拄着拐杖！"

也许我在国内见惯了那些青春靓丽、活泼风骚的女诗人，所以在潜意识里认定女诗人与拐杖是无关的。

第二天，克拉拉女士将爱尔兰诗人引见给我们，她确实就是那个穿着灰色衣裳的拄着拐杖的人！她的英文名是Kerry Hardie，我叫她"开瑞"，我对她讲，在中文中，"开瑞"是吉祥之意，她听了很高兴。

由于我们的报告会和作品朗诵会安排在不同的时间和场地，所以在悉尼最初的日子，我们之间的接触并不多。克拉拉女士说，开瑞身体很差，所以不敢给她安排过多的活动。她每天很早就休息了。

我们真正的了解，是在达尔文市开始的。我们一同乘五小时的夜航飞机到达尔文参加作家节。达尔文天气闷热，我和翻译被安排住在同一间屋子里，而她自己独享一间。为此，她主动给主办方打电话，为我们交涉，让我看到了她的善良。达尔文是个小城，人烟稀少，风景优美，我每天吃过早饭，喜欢坐在海边公园的长椅上,看海上的风景。海的变幻并不大,可海上的云,变幻却极为妖娆。我喜欢看那些来去无定的云。有的时候从海边归来,会碰到开瑞,她总是笑盈盈地问我:"你又去海边了?"这时我就觉得自己像一个逃课的孩子,因为我知道,即使是在旅行中,开瑞也在每天坚持读书写作。克拉拉女士说,开瑞在爱尔兰影响很大,连总统都盛赞她的诗歌,所以我曾固执地以为她是一个写"政治抒情诗"的诗人。

从达尔文回到悉尼后,我们受皮特先生的邀请,又一同来到蓝山国家写作中心。我们住在Verona,那是一座米色的两层小楼,位于蓝山中,每个房间都有工作间。澳洲正值深秋季节,蓝山上的枫树红得如火,当年去加拿大想看久负盛名的枫叶,没有如愿以偿,在蓝山却是得到了意外的回报。每天清晨,清亮的阳光和此起彼伏的鸟鸣会早早把我唤醒。我索性起床,去呼吸新鲜空气,出了门,我会发现开瑞已经起来了,她神色怡然地散着步,我便和她简单交谈几句。开瑞知道我英语极差,所以她总是放慢语速,挑那些最易懂的单词和我交流。很奇怪,别人讲的英语我听起来如闻天书,一头雾水,而开瑞讲什么我基本都能听懂。她对我说,她家不住在都柏林,她喜欢乡下的生活,她家的房屋前像蓝山一样有许多鸟,说着,她还调皮地嗫着嘴,学那形形色色的鸟叫,我们开怀大笑。由于在蓝山要住八天,我也有了创作冲动,所以白天时埋头写作,到了晚上大家聚集在一楼的壁炉前的圆桌上，才可以畅快交谈。由于身体的缘故，开瑞滴酒不沾，而我喜欢喝澳洲的红酒。每当我步行下山去酒铺买酒时，开瑞就会笑话我。她对我说，你喝得太多了！其实我再贪杯，最多不过半瓶左右，但她总是提醒我要节制饮酒。有的时候，她会像小女孩一样好奇地舔一舔我的酒杯，微微沾一点葡萄酒，在赞叹它美好的时候，却强迫自己放下酒杯。这时我就很同情她，憎恨她不能离身的拐杖。开瑞说，她原来身体很好，可是有一年，她的腿突然失去知觉，这样她在病床上躺了好几年。在病中，有一次她见到一个女巫师，她从一只水晶球上，看到了中国的长城，预言开瑞有一天会康复，而且会来中国。果然，她靠着拐杖能自如行走了，而且医生告诉她，再经过一场手术，她将会扔掉拐杖。而巫师的另一个关于她会看到长城的预言，也实现了。因为"悬念句子奖"是由澳大利亚、中国和爱尔兰共同举办的，作为获奖者，她将访问中国。开瑞说她获知自己得奖的消息时，眼前出现的就是长城的形象。

在蓝山，翻译吴欣蔚译了开瑞的一些诗给我看。我非常喜欢她的诗，清新而带着淡淡的忧郁，深沉而又明亮，比如那首《冬天的心》的结尾：又是准备迎接黑暗的时候了／夜空被繁星撕成无数碎片／风，呼啸着／穿过坚固的堡垒／却熄灭不了堡垒中熊熊的火焰！

开瑞喜欢穿灰色的衣服，在金秋的蓝山，这抹灰色比紫白红黄还要灿烂！当我在山林中为了使壁炉的火更加蓬勃而自如地抡着斧头劈柴的时候，开瑞就歪着头站在我旁边，无限惊奇地看着我；当我散步被山村中游荡的狗给吓回来时，她就上前拥抱着我，安慰我。我们分手的时候，她执意要下山为我买酒，为我们的告别晚宴助兴。想着她拄着拐杖步行两里路去酒铺，我的心除了感激之外，还有一种说不出的痛。我谢绝了她，开瑞显得有些怅然。

当我在都柏林的酒吧端着爱尔兰的黑啤酒为欧洲杯足球赛而欢呼时，开瑞已经来到中国，登上了她梦想的长城！开瑞那天可曾穿着灰色的衣衫？如果是，那么古老的长城接纳的，就是一朵来自爱尔兰的透明、忧郁而又温柔的云！

我说我

我生来是个丑小鸭，因为生于冰天雪地的北极村，因此不惧寒冷。小时候喜欢犟嘴，挨过母亲的打。挨打时，咬紧牙关不哭，以示坚强。气得母亲骂我："让你学刘胡兰哪？"

我幼时淘气，爱往山里钻，爱往草滩钻，捉蝴蝶和蝈蝈，捅马蜂窝，钓小鱼，采山货，摘野花，贪吃贪玩。那里曾有一些问题令我想不明白：树木吃什么东西能生长？树木为什么不像人屙出肮脏的屎尿来？鱼为什么能在水里游？鸟儿为什么能在天空中飞？野花如何开出姹紫嫣红的色彩？如今看来，这些问题我仍旧没想明白，可见是童心未泯，长进不大。

父亲是小学校长，在哈尔滨读的中学，在二十世纪五六十年代人烟稀少的大兴安岭，他就是秀才了。他吹拉弹唱样样都行，喜欢喝酒，顶撞上司，清高自负，极其善良。因为喜欢曹子建的《洛神赋》，就想当然地把我的名字冠以"子建"二字，幸而我还能写点文章，否则迟家若是出了个叫"子建"的农夫，他起的名字就是一个笑话了。父亲毛笔字写得好，在永安小镇时，每逢春节他都要铺开红纸，饱蘸笔墨书写对联。他鼓励已上初中的我编写对联，我欣然从命，有一些被他采纳后龙飞凤舞地写在纸上，贴在寒风凛冽的户外。看到大门两边贴着的对联内容是由我胡诌的，我便沾沾自喜了。那算是我最早的作品，编辑和发表者是父亲，我没有一文的报酬，读者只限于家人和左邻右舍。

我喜欢小动物，养过一只毛色发灰的野猫，将它的腿缚在椅子腿上，否则它就乱窜乱跳，比老虎还要威风。我还养过狗。当然，这是些有兴趣的收养。最无聊的是养猪养鸡，这些动物家家户户都养，没什么特点，尤其是猪，它食量惊人，放学后不得不出去给它采菜回来烀食，把人累得头晕眼花的目的无非是让猪长膘，之后把它杀掉当成美餐分食，而食物又化成了田地肥料，这样循环往复地一想，便觉无趣，觉得人是世界上最无聊的动物。

大自然亲切的触摸使我渐渐对文字有了兴趣。我写作的动力往往来自它们给我的感动。比如满月之夜的月光照着山林，你站在户外,看着远山蓝幽幽的剪影,感受着如丝绸般光滑涌动的月光,内心会有一种湿漉漉的感觉,这时候你就特别想用文字去表达这种情感。我爱飞雪,爱细雨,爱红霞漫卷的黄昏,爱冰封的河流,爱漫漫长冬的温存炉火。直到如今,大自然给了我意外的感动后,我仍会怦然心动,文思泉涌。

我出身的家庭清贫,但充满暖意;我出生之地文化底蕴不深厚,但大自然却积蓄了足够的能量给予我遐想的空间;我的祖父和父亲早逝,亲人的离去让我过早感觉到人世间的沧桑和无常。我明白一朵云聚了会散,一朵花儿开了会谢,河水总是向前流,春夏秋冬,日月更迭,周而复始。大自然的四季轮回,令我们每时每刻能感受到,让我们明白它们是万古长青的,而人生的四季戛然而止后,我们还看不到人的轮回,只能用心灵去体悟、发现和领会。我渴望着年事已高时能做到"不说人间陈俗事,声声只赞白莲花",能够在老眼昏花时看到人生真正的绚烂境界,那将是一种大喜悦、大感动。

对于生活,我觉得庸常的就是美好的。平常的日子浸润着人世间的酸甜苦辣的情感,让你能尽情品咂。对于文学,我觉得应持有朴素的情感,因为生活是变幻莫测的,朴素的情感能使文学中的生活焕发出某种诗意,能使作家葆有一颗平常心和永不褪色的童心,而这些在我看来都是一个作家最应具备的素质。

画自己很难，因为人是渴望完美的动物，画自己难免要不由自主地美化。作家在自述中描述自己，表达自己的情感，也难免会沾染上某种虚荣习气，因此还是不多说为好，免得骄纵了自己。

记得一九九七年我迁入新居后，曾站在阳台看楼下空地上的那一排排死寂的仓棚，心想若是把它们拆了，建一座花园该有多好。天遂人愿，去年果然是将那些仓棚一扫而空，修了花坛和凉亭。然而它带给人的并不是赏心悦目的感觉，而是持之以恒的喧闹。孩子们在花坛四围奔跑嬉闹，凉亭常有打牌的吆喝声。最近，一个精神病患者又看上了这块风水宝地，每日拣了垃圾箱里的破布，披挂在肩上，坐在凉亭的石凳上，吃着随便捡来的剩饭，满面尘垢地望着往来的居民，心无旁骛地笑。楼下的小花园倒不如先前的那些仓棚能给人带来安宁和遐想了。理想与现实究竟有多远？我想要多远就有多远。

两个人的电影

有母亲在,我生命中的电影,就永远不会是一个人的。

编辑趣闻

  当编辑的那三年，每逢风和日丽的日子，我就步行去上班。穿过幽静的国庆街，便来到了繁华的中山路。上早班的自行车流常常使我很难过马路。有时顺手买份报，边走边看；有时看见体重秤，就上去看看自己是否仍是个十足的千金小姐。当然，碰到卖小零食的，胃就不安分起来，引着我去买。我在那条街上总是看见进城打工的农民聚在马家沟河石桥那等活干，有时他们闲得无聊就嗑瓜子儿。你若是看见瓜子儿皮厚厚地铺满了他们的身下，便知他们早早就出来，而又无事可做。也有富有情调的事情发生，譬如脸庞黑红的乡下姑娘在某个街角卖白色的串铃花或者是打着粉色花蕾的达子香花。赶到单位，就要足足耗去四十分钟。在椅子上喘口气，然后打开水，接着扫地拖地，最后沏上一杯清茶，一天的工作就开始了。也无非是翻翻存稿，然后再用红笔处理一下已通过的稿子。午饭后张罗几个人打扑克，若是人手不够，就斜倚在沙发上眯一觉。不知不觉太阳就向西了。

　　当编辑期间曾碰到一些有趣的事。有一个乡下的农民，不止一次到编辑部送稿，每次他都说刚下火车，浑身汗涔涔的。我们说：你把稿子寄来就行了，何必要坐上火车来？他说他不放心，现在坏人多，要亲自交到我们手上他才放心。他每次走都恋恋不舍地看着编辑部，仿佛这里是一座皇宫似的。他总是央求我们，差不离就给他发一篇吧，他出点钱也行，回家后老婆孩子好能瞧上他。他的稿子就是用小学生的算术本写成的，字迹歪歪扭扭不说，错别字满篇，句子也不通顺，开篇就写民兵如何紧急集合去执行任务。我们看过之后不由得笑起来，笑过之后又觉得辛酸。我还碰到过一个西装革履的买卖人，他有一天醉醺醺地来到编辑部，说他要写一篇论文，能证明牛顿的理论全都是扯淡，说他发现了新的宇宙观，能获得诺贝尔奖。我想他要得的是诺贝尔物理学奖，他是走错了地方。

　　可谁又能保证自己不走错地方呢？当霓虹灯使所有的街道都失去自身特点，当自鸣钟的报时声总是把陈旧的早晨推给我们，当单调乏味的工作把我们的黄金时间一寸寸地耗蚀掉，我们心怀忧戚之时，会不会也有一种误入歧途的感觉呢？

两个人的电影

母亲今春血压居高不下,我怀疑是故乡的寒冷气候使然,劝她来哈尔滨住上一段,换换水土。她来了。说也怪,她到后的第二天,血压就降了下来,恢复正常。我眼见着她的气色一天天好看起来,指甲透出玫瑰色的光泽。她在春光中恢复了健康,心境自然好了起来。她爱打扮了,喜欢吃了,爱玩了,甚至偶尔还会哼哼歌。每天她跟我出去散步,看待每一株花的眼神都是怜惜的。按理说,哈尔滨的水质和空气都不如故乡的好,可她却如获新生,看来温暖是最好的良药啊。

白天,我看书的时候,母亲也会看书。她从我的书架上选了一摞书,《红楼梦》《毛泽东的晚年生活》《慈禧与我》等,摆在她的床头柜上。受父亲影响,她不止一次读过《红楼梦》,熟知哪个丫鬟是哪一府的,哪个小厮的主子又是谁。大约一周后,她把《红楼梦》放回去,对我说,后两卷她看得不细。母亲说《红楼梦》好看的还是前两卷,写的都是吃呀喝呀玩呀的事情,耐看。而且,宝玉和黛玉那时还天真着,哥哥妹妹斗嘴斗气是讨人喜欢的。到了后来,宝玉和宝钗一结婚,小说就不好看了。母亲对高鹗的续文尤其不能容忍,说他不懂趣味,硬写,把人都搞得那么惨,读来冷飕飕的。她对《红楼梦》的理解令我吃惊,起码,她强调了小说趣味性的重要。

母亲对历史的理解也是直观朴素的。那段时间,我正看关于康有为的一些书籍,有天晚饭时同她聊起康有为。她说,这个人不好啊,他撺掇着光绪闹变法,怎么样?变法失败了,他跑了。要是不叫他,光绪帝能死吗?为了证明她的判断是正确的,她拿来《慈禧与我》,说那里面有件事涉及康有为,也能证明他的不仁义。母亲翻来翻去,找不见那页了,她撇下书,对我说:"不管怎么着,连累了别人的人,不是好人啊。"康有为就这样被她给定了性。

我想让母亲在哈尔滨过得丰富些,除了带她到商场购物,去饭店享受美食,去植物园看牡丹和郁金香外,还带她进剧场。我陪她看了一场京剧,是省京剧院在五月份推出的"京剧现代戏经典剧目回顾展",上演的是《红色娘子军》《沙家浜》

《磐石湾》《海港》等的片段。当舞台上出现穿着蓝军服、戴着红袖标的娘子军时,母亲直摇头。而到了《磐石湾》的演员演唱"负伤痛冲破了千层巨澜"时,她干脆堵起了耳朵。好不容易挨到戏散,她得救般地对我说:"这样板戏有什么好看的?太难听了!现在怎么还演这个?这东西怎么还成了'经典'了?"母亲接着说了一大堆传统折子戏的名字,什么《打渔杀家》《贵妃醉酒》《霸王别姬》《杜十娘》《空城计》等,她说:"还得是这些老戏是个东西啊,样板戏那叫什么玩意啊!"听了她的话,我回去后给她放梅兰芳的唱碟,谁知她对我说:"换了换了,我最不喜欢梅兰芳的戏了。"我诧异,问她为什么,她说:"我不喜欢男人扮女声,听起来不舒服。"母亲真是本色到家了。

　　刘老根大舞台最近落户哈尔滨的工人文化宫,每晚都有演出,场面很火爆。我约母亲一同去看,她说:"那东西有什么看头?就是耍嘛!"母亲伸出手来,绘声绘色地学着演员:"这边观众的掌声不热烈呀,给点掌声好不好啦?"她说她受不了这个。不过她没有拗过我,有一天,我还是把她拉到剧场。虽然不是周末,但上座率还是很高。母亲说得没错,演出一开始,演员就朝观众要掌声,有的还蹦下台,在观众席中怂恿观众鼓掌。高分贝的音乐震耳欲聋,母亲再次堵起了耳朵,一副痛苦状。演出只到半程,当又一位演员出场后耸着肩膀嬉皮笑脸地要掌声时，母亲终于忍不住了，她几乎是用命令的口气大声对我说："咱走吧！"我也没有料到演出是那么低俗，赶紧跟着她出来了。出了剧场，她长吁了一口气，对我说："怎么样？我说就是个'耍'嘛。花着钱遭着罪，再坐下去，我都要犯心脏病了！"

　　有一天，我和母亲黄昏散步时路过文化宫，看见王全安导演的《图雅的婚事》在上映，立刻买了两张票。我知道这部电影在柏林国际电影节上拿了奖。按照票上的时间，它应该开演五分钟了，我正为不能看到开头而懊恼呢，谁知到了小放映厅门口却吃了闭门羹。原来，这场电影只卖出这两张票，放映厅还没开呢。我找来放映员，他说坐飞机要是一个乘客，人家都得给飞，电影票呢，哪怕只卖出一张，他也会给放的。放映员打开门，为我和母亲放了专场电影。当银幕上出现了蒙古包、羊群和淳朴的牧民时，母亲慨叹了一句："这是真景啊！"母亲看过两部流行大片，对里面电脑制作的假景很反感，所以这真实的场景让她觉得亲切。故事很简单，一个女人征婚，要带着"无用"的丈夫嫁人。而这个丈夫之所以"废"了，是因为打井所致。这背后透视出的是草原缺水的严峻现实。虽然它与多年前轰动一时的《老井》有似曾相识之处，但影片拍得朴素、自然、苍凉而又温暖，我和母亲被吸引住了，完整地把它看完了。出了影厅，只见大剧场刘老根大舞台的演出正在高潮，演员在台上热闹地和观众做着互动，掌声如潮。

我和母亲有些怅然地在夜色中归家，慨叹着好电影没人看。快到家的时候，母亲忽然叹息了一声对我说："我明白了，你写的那些书，就跟咱俩看的电影似的，没多少人看啊。那些花里胡哨的书，就跟那个刘老根大舞台一样，看的人多啊。"

母亲的话，让我感动，又让我难过。我没有想到，这场两个人的电影，会给她那么大的触动。那一瞬间，我觉得自己是幸运的，因为有母亲在，我生命中的电影，就永远不会是一个人的啊。

傻瓜的乐园

　　傻瓜成傻的原因各不相同，但他们成傻后的快乐却是相同的，喜欢游逛，喜欢笑。
　　我童年生活的山村不过百户人家，但却有六七个傻子，他们的存在，曾给处于游戏年龄的我带来无尽的快乐。在我看来，我们那个四面环山的村子就是他们生活的乐园。
　　我家的后一趟房，有一个傻子，他叫大肥。他也是那几个傻子中唯一不出门的一个。大肥长得又白又胖，他整天躺在摇车里，除了吃，就是睡，连翻身也不会，别人说他出生后就没长骨头。夏天时，他的家人爱把他的摇车吊在院子的稠李子树下，我在自家的后屋常能听见他的哭声，他哭的声音不是婴儿的那种奶声奶气,而是跟大老爷们一样地粗着嗓子号,也难怪,虽然他看上去只有两三岁的样子,但他已经有十来岁了。我喜欢悄悄溜到大肥家去拉他的手,他的手软得跟豆腐一样,浑身雪白雪白的。我一拉他的手,他就笑。他本来就爱流涎水,一笑涎水就更多了,简直跟从山涧流下的泉水一样,弄得脸颊湿漉漉的。因着这涎水的缘故,他的脖子终日围着一条毛巾,使他看上去像个放懒的伙夫。大肥的家人很忌讳我们去看他,所以一旦被他的家长发现,就会被呵斥出去。周围的邻居都说,大肥是个怪物,说他活不长。他果然没有活长,十几岁时就死了。夏天时,在晴朗的夏夜听不到后院大肥的哭声,我很难过,仿佛是眼看着一个神话破灭了,觉得生活暗淡了许多。

我最怕的傻子,叫二毛。他像恶狗一样具有攻击性。他很喜欢在街巷中穿行。他总是穿着灰突突的衣裳,胡子拉碴的。他独自走着时始终笑嘻嘻的,但他见到某些人时就会愤怒。有时他会突然揪住一个人大打出手。所以一看见二毛从前方走来了,明明他满脸的笑容,我还是会飞也似的朝家奔,关门闭户,敛声屏气地看着二毛经过。二毛也怪,你越躲他,他就越狂躁,他会把紧闭的门拍得山响,吓得我的心突突地跳,喘气都不匀了。虽然怕二毛,但还特别想见到他,见到他呢,就得掌握好和他的距离,看够不够逃跑的,我可不想被他像猫捉老鼠一样给摁在爪下。和二毛的相遇，因为有着冒险的成分在里面，就有些惊心动魄的意味了。二毛最终的结局怎么样，我不知晓，有人建议他的家长，给他说个媳妇，说那样他的病就会好了。但从我离开那个小山村为止，二毛还是独行着的，没见他的身边有小媳妇陪伴着。

　　最有情趣的傻子，叫傻仨。傻仨是我同学的弟弟，他在家排行老三，大家都叫他傻仨。据说他是得了脑炎后变傻的，原来他是一个极伶俐的孩子。他喜欢唱歌，唱的是什么谁也不清楚。他不像二毛那样有攻击性，但村子里的小孩子还是怕他，一见傻仨来了，就像小鸡被老鹰追逐似的四处奔逃。傻仨认得我，他远远地见了我就会喊我的名字——迟子弹，他发不好"建"的音。我一听他叫我迟子弹，就气得火冒三丈，我会揍着他，声言要揍死他，傻仨就一路朝家逃，边跑边喊："妈呀，迟子弹要打我！"傻仨最忌讳家人说他傻，据说谁要说他傻了，他就会把家里的挂钟和收音机给拆卸了，拆完之后，再把每个零件各就各位地安上，收音机照样能说话，挂钟也照旧有板有眼地行走，让我们这些不傻的孩子都佩服得五体投地。我离开小山村多年后，有一次重归故里，在街巷中又看到了傻仨。他分明已经是个大人了，个子高了，眼睛还是那么的明亮，我以为他早把我忘了，谁料他定定地看了我半晌，突然指着我大叫："妈呀，迟子弹！迟子弹！"说着回头就跑，好像我手里真的端着一杆枪，子弹已经上膛，要把他的脑壳击碎似的。听母亲说，傻仁也死了，听说是冻死的。

最浪漫的一对傻子，是大潘和二潘。他们是一对双胞胎兄妹。他们的父母是表兄妹，属于近亲结婚。大潘二潘非常能干活，他们夏季时跟着父母去田间劳作，冬季时拉着爬犁上山拉烧柴。他们喜欢手拉着手在林间小路上游荡，采野花啊，折松树枝啊什么的。我们在林间戏耍时常常能看见他们的身影。他们见了我们喜欢"啊啊"地叫着打招呼，很友好。人们都说，大潘二潘这么好，干脆就让他们结婚算了。可他们的父母并没有那么做。他们形影不离的样子让那些常常会反目成仇的兄弟的家长非常地羡慕，他们都说还不如生对大潘二潘那样的兄妹呢！前些年母亲对我说，大潘的消息她不知道，倒是二潘，她嫁了人，听说还生了一个大胖小子呢！

摆旧书摊的老伯

有一天，离我楼下很近的街角出现了一个旧书摊。摆摊儿的是一个约莫六十岁的老伯，他微胖，穿件烟色灯芯绒上衣，戴顶呢毡帽。他卖的旧书放在用两个方凳支起来的宽大木板上。我在此买过有关中东铁路和东北抗日联军的书，使他一度以为我是做历史研究工作的。因为常去那里，所以他与我也熟识了，老远见到我就冲我微笑，有时他举着一册自认为有价值而非我莫属的旧书，可我看后却不感兴趣，他便显得十分沮丧。后来大约有几个月的时间他不再摆旧书摊，等他再出现时，书还是旧书，不过人看上去瘦了不少，而且腿脚极不利索了。那天我发现了杨慎《升庵全集》中的两册，问他价格，竟然比想象的高出几倍。我与他讨价还价时，他用凄凉的口吻说他刚刚患了脑血栓，如果不是需要钱，他无论如何不舍得卖它们。我心生愧意，忙把钱如数给他。从那以后，每每经过他的旧书摊，我都要停下来看看书，跟他聊上几句。

去年秋天，我因搬家而处理旧刊物，便又想起了那位老伯。如果把这些旧刊物送给他，他若能卖出一些，岂不是件快事？于是我把这几年的赠刊打点成捆，下楼去寻他的旧书摊。他听了我的想法后显得很兴奋，兴奋之中又有某种疑虑。我明白他以为我要把旧刊物卖给他，于是赶紧申明是白送。他在如释重负后又有一种忐忑不安的表情。我连忙安慰说，不然它们也是被我当废纸卖掉，他这才一瘸一拐地安心跟我来取刊物。

我帮着老伯把刊物送到旧书摊。他走路困难，我送完两趟，他还抱着一捆刊物气喘吁吁地在路上蹒跚。我对他说，像《收获》《花城》《钟山》这样的刊物，若有人买，不必降价太多，他点头称是。我还拈起载有苏童《我的帝王生涯》的那册刊物，对他说这样的刊物肯定能卖出去，因为在书店买单行本的价格远远高于旧刊物。接下来的几日的黄昏，我远远就可看见老伯的旧书摊前拥着许多人，旧刊物在人们手中像彩旗一样招展着，看上去热闹非凡。只是不知卖的情况如何，我有点惴惴不安。直到搬家的前一日黄昏我才鼓足勇气接近那个旧书摊，老伯见了我先是"哎呀"一声，然后就十分亢奋地告诉我，他已经卖了三十几元钱了。他说一定要给我一部分钱，我连忙谢绝，他便有些不知所措地抓起两本旧书硬往我手里塞，说是交换。为了使他心理平衡，虽然那书于我毫无用处，我还是拿了一本。我询问了一下，卖得最好的是《钟山》《收获》《花城》和《人民文学》。而质量平平的省级刊物仍然躺在那里无人问津。不出我所料，载有苏童长篇的那册刊物已经被买走了。

当我离开旧书摊时，老伯再三叮咛，嘱我搬家后常回来，他有了有关历史资料的旧书就给我留着。他看上去眼泪汪汪，而我的内心则有一种说不出的温暖。

这次处理旧刊物的活动，也算是对刊物在读者心目中的位置做了调查，这是一件极有趣和值得纪念的事。只是搬家之后，我再没去过那里。如今各类期刊又攒了一大摞，我便又想起了那位老伯，想着什么时候再把刊物送给他。但愿他仍穿着烟色灯芯绒上衣，戴着呢毡帽站在旧书摊前，看到我抱来的旧刊物时会露出由衷的笑容。

与周瑜相遇

一个司空见惯、平淡无奇的夜晚，我枕着一片芦苇见到了周瑜。那个纵马驰骋、英气逼人的三国时的周瑜。

因为月亮很好，又是在旷野上，空气的透明度很高，所以即使是夜晚，我还是一眼认出了他。当时我穿着一件白色的睡袍，乌发披垂，赤着并不秀气的双足，正漫无目的地行走在河岸上。凉而湿的水汽朝我袭来，我不知怎的闻到了一股烧艾草的气息，接着是鼓角相闻，我便离开河岸，寻着艾草的味儿和凛凛的鼓角声而去，结果我见到了一片荒凉的旷野，那里的帐篷像蘑菇一样四处皆是，帐篷前篝火点点，军马安闲地垂头吃着夜草，隐隐的鼾声在大地上沉浮。就在这种时刻，我见到了独自立在旷野上的周瑜。

我没有小乔的美貌,周瑜能注意到我,完全是因为在这旷野上,只有两个人睁着眼睛,而其他人都在沉睡。那用眼睛在月光下互相打量的两个人,一个是我,一个就是周瑜了。

因为见到了我最想见到的一个男性,所以那一瞬间我说不出话来,我见到亲密的人时往往都是那个表情。

周瑜身披铠甲,剑眉如飞,双目炯炯,一股逼人的英气令我颤抖不已。

"战事还未起来,你为何而发抖?"周瑜说。

我想告诉他,他的英气令我发抖,只有人的不可抗拒的魅力才令我发抖,可我说不出话来。

我不知道又有什么战事要发生。这么大规模的安营扎寨,这么使周瑜彻夜难眠的战事,一定非同一般。短兵相接,战前被擦得雪亮的军刀都会沾有血迹。只有刀染了血迹,战争才算结束。多少人的血淤集在刀上,又有多少把这样的刀被遗弃在黄土里,生起厚厚的锈来。

周瑜并没有在意我的发抖,而是将一把艾草丢进篝火里,我便明白了艾草味的由来。可是先前所闻的鼓角声呢?

周瑜转身走向帐篷时我见到了支在地上的一面鼓,号角则挂在帐篷上。他拿起鼓槌,抑扬顿挫地敲了起来,然后又吹起了号角。他陶醉着,为这战争之音而沉迷,他身上的铠甲闪闪发光。

我说:"这鼓角声令我心烦。"

周瑜笑了起来,他的笑像雪山前的回音。他放下鼓槌和号角,他朝我走来,他说:"什么声音不令你心烦?"

我说:"流水声、鸟声、孩子的吵闹声、女人的洗衣声、男人的饮酒声。"

周瑜又一次笑了起来。我见月光照亮了他的牙齿。

我说:"我还不喜欢你身披的铠甲,你穿布衣会更英俊。"

周瑜说:"我不披铠甲,怎有英雄气概?"

我说:"你不披铠甲,才是真正的英雄。"

我们不再对话了。月亮缓缓西行,篝火微明,艾草味由浓而淡,晚风将帐篷前的军旗给刮得飘扬起来。我坐在旷野上,周瑜也盘腿而坐。

我们相对着。

他说:"你来自何方?为何在我出征前出现?"

我说:"我是一个村妇,我收割完芦苇后到河岸散步,闻到艾草和鼓角的气息,才来到这里,没想到与你相遇。"

"你不希望与我相遇?"

"与你相遇,是我最大的心愿。"我说。

"难道你不愿意与诸葛孔明相遇?"

"不。"我说,"诸葛孔明是神,我不与神交往,我只与人交往。"

"你说诸葛孔明是神,分明是嘲笑我英雄气短。"周瑜激动了。

"英雄气短有何不好?"我说,"我喜欢气短的英雄,我不喜欢永远不倒的神。英雄就该倒下。"

周瑜不再发笑了,他又将一把艾草丢进篝火里。我见月亮微微泛白,奶乳般的光泽使旷野显得格外柔和安详。

我说:"我该回去了,天快明了,该回去奶孩子了,猪和鸡也需要食了。"

周瑜动也不动,他看着我。

我站了起来,他看着我。

我站了起来,重复了一遍刚才说过的话,然后慢慢转身,恋恋不舍地离开周瑜。走前我打着哆嗦,我在离开亲密的人时会有这种举动。

我走了很久,不敢回头,我怕再看见月光下周瑜的影子。快走到河岸的时候,却忍不住还是回了一下头,我突然发现周瑜不再身披铠甲,他穿着一件白粗布的长袍,他将一把寒光闪烁的刀插在旷野上,刀刃上跳跃着银白的月光。战马仍然安闲地吃着夜草,不再有鼓角声,只有淡淡的艾草味飘来。一个存活了无数世纪的最令我倾心的人的影子就这样烙印在我的记忆深处。

我伸出一双女人的手,想抓住他的手,无奈那距离太遥远了,我抓到的只是旷野上拂动的风。

一个司空见惯、平淡无奇的夜晚,我枕着一片芦苇见到了周瑜。那片芦苇已被我的泪水打湿。

看不见的邮差

去年夏天,我给家里接上网线后,第一件事,就是请单位的同事,帮我申请了一个免费邮箱。我写的第一封信,是给聂华苓老师的。在此之前,因为我不上网,几乎每隔半个月,她就要从美国打来电话,关切地询问近况。

那天晚上我把信发出去后,有点忐忑不安的,心想鼠标只那么轻轻一点,信就会长着翅膀翻山越海吗?

清晨起来,我奔向电脑,查看是否有回音。天啊,信箱里果然有聂老师的回信,她的第一句话是:"你也终于用网络了,太好了!"

没花一分钱,一封到美国的信,瞬间就抵达了,这使我觉得网络就是个魔术师，神通广大。

未上网前，我写好了稿子，若是短的，便在电脑上打印出来，去邮局寄掉。若是长的，就拷在软盘里，寄盘。我还记得，二〇〇五年我在青岛修改完长篇《额尔古纳河右岸》，寄给《收获》杂志的，就是一块薄饼似的软盘。

去邮局，是我最快乐的时光。寄完稿，我就顺路逛商场、副食店、花店、音像店或是点心铺子。有的时候懒得做饭了，就赶到饭时出门，完事后找家餐馆，舒舒服服地吃上一顿。

上网后，无论是长稿短稿，都可以用伊妹儿发出了。报纸的采访，往往需要配发作者照片。以往我会寄上一张照片，并在后面标记上"用后请奉还"，麻烦得很。现在呢，请人把照片扫描了一些，放在自己的图片库里，哪里需要，就选一张把它派发到哪里，非常便捷。而且，新书出版前，你可以事先看到美编设计的封面，有不满意的，能够及时沟通和修正。而从前，出版社因为我不上网，让我看封面时，只得出一份打样，特快专递过来。

二十多年前，我师范毕业，分配到故乡的山村学校教书。因为爱好写作，常有投稿，所以每天最盼望的，就是邮差的到来。那个邮差姓田，是个热心人，很善良。由于他是个歪脖子，头总是拧向一侧，他骑着墨绿的邮车行进在山间公路时，我常担心他会因为看不到正前方，而被迎面驶来的汽车撞上。

从县城到我们山村，十来公里的路吧，他通常是上午九点多钟到。如果我的语文课恰好在第一节上完了，我便会在路口迎他。如果有我的信，他就会从自行车上下来，从邮袋中取出信，递给我。如果那信薄薄的，他就笑着，以为我收到了用稿通知；如果是厚厚一沓，他大概猜测到那是退稿，同情地看着我，尴尬地笑笑，好像责备自己不该把坏消息带给我。我觉得这个邮差了不起，他不看大家都看的路，却依然走得稳稳当当的，从无闪失，说明眼前的那条路，他已熟稔于心。走上它时，只需轻轻一瞥，就能畅通无阻。能够在大路上用目光"别开蹊径"，去瞭望别人不曾看到的"旁逸斜出"的美景，真乃神人啊！

有了网络，像田师傅这样的山村邮差，会渐渐失业了。我们的信件，在几秒钟内，不需辗转，就可以走遍世界。网络中有一个看不见的邮差，可以二十四小时为我们服务，随时准备出发。虽然是方便到家了，可有的时候，我还是怀念去邮局寄稿的日子。因为在返回的路上，你若买了点心，就可以边走边品尝；买了书，走累了，完全可以坐在街心花园的长椅上，先睹为快；而若买了花，又逢了雨，那束花，无疑就有了露珠。

云烟过客

我向来认为人的受孕带着一种神性色彩。生理卫生课上所学到的精子与卵子那种微妙相遇总是让我心里怀疑。因为那东西像泪滴一样柔软,像水珠一般晶莹剔透,像丝绸似的月光一样明滑,它们怎么能孕育出有着骨头的孩子?除非骨头也像血肉一样柔软。可骨头却是硬的,也许是大地的尘埃铸造了人的骨头,因为我越来越觉得尘埃像金属的碎屑一样粗粝。

一个人未形成前大约就诞生了灵魂。这灵魂在天地间沉浮漫游,选择它所喜欢的女人作为自己萌芽的温床。

这帧黑白照片上的女人当年十八岁。她坐着一条古旧的船从黑龙江的上游顺流而下到呼玛参加一个广播学习班。她出发的那个地点叫漠河乡，现在有人称为北极村，是个山青水寂有半年多的时间被白雪覆盖的村落。她是漠河乡广播站的广播员。二十世纪五十年代的广播事业同现在的电视一样令人眼红。她有着纯正的女中音，声音圆润甜美。那时她正在谈恋爱，这从她脸上温柔的表情可以看得出来。她很爱美，那优雅而浪漫的发式别出心裁，是她的纤纤巧手所为的。她不像其他姑娘让刘海齐齐密密地遮住额头，而是落下刘海的三分之二，让额头的右侧显露出来，大概她深知被云彩半掩的月亮才最美吧。

这个十八岁的姑娘在那年的冬天乘着雪橇被一个男人娶走了。她就是我的妈妈李晓荣。我确信在她拍这张照片时我就认定她是我的母亲了。我跟着她逆流而上回到漠河乡，在码头的黄昏中看见了一个有着高大木刻楞房屋的村落，我确信这将成为我的诞生地。于是我的灵魂开始依附在她身上，可她对我这个淘气的小精灵颇为轻慢，并没有在婚后将我首先放入她馨香的爱床，她生下我姐姐三年后，这才把挥之不去的我接纳了，所以我在出生时难为和折磨了她一下，不是"顺生"，而是"逆生"，那时她的刘海一定被生我时所遭受的巨大疼痛而沁出的汗珠打湿了。

我的父亲叫迟泽风，一九三七年出生于山东省海阳县。兄弟三人，他是长兄，同那个时代大部分的山东移民一样，祖父祖母在他们年幼时带着他们出关,来到黑龙江的帽儿山乡。他们的目的一定不是淘金,而是为了糊口,能吃饱饭大约是穷苦人家的最大心愿。我祖母给大户人家洗衣服,祖父干一些其他零活维持生计。父亲童年时放过牛,砍过柴,没有挨过大地主的皮鞭,却经常遭受自己父亲皮鞭的抽打。这并不是由于他偷懒或做了坏事,而是因为曾当过一段掌柜而落魄后的祖父流落他乡心生郁闷时的一种排遣方式。二十世纪三十年代的东北是伪满洲国的时代,我奶奶就死在这个年代。据说是日本鬼子投下的一枚炮弹爆炸后吓破了她的胆,从此后她就战战兢兢,一病不起,撒手人寰。

祖母去世后,祖父无力独自拉扯三个儿子,于是把父亲送到了哈尔滨四叔家中。父亲在哈尔滨读了小学和中学,他的学习成绩一直很好,而且有着良好的音乐禀赋,他准备毕业后报考音乐学院。而父亲的四叔当时家境也不富裕,他在兆麟公园看大门,又多子多女,所以父亲在校时经常受到断炊的折磨和污辱。那时他寄宿在学校,由家长来缴每月微薄的伙食费,逢到月底,经常是父亲提着空饭盒来到买饭的窗口时,伙夫就用勺子敲着盆边说:"迟泽凤,停伙了!"父亲向我描述这一幕情景时眼睛里泪光闪闪。

无钱继续求学,就在开发大兴安岭的那一年,父亲毅然决然地报了名,事先没有同任何人商量,以至于他来到哈尔滨火车站即将北上时，四爷爷方从父亲的同学那儿听到消息，他们赶到火车站，四奶奶送给他一双七毛钱买的球鞋，而四爷爷脱下了当时穿在身上的唯一体面一些的中山装，我不敢设想那种送别场景。父亲做事干净利落，富有主见，他拒绝送别，把一切感伤都留给了自己。父亲离开哈尔滨后就再也没有回来，他与亲人的告别竟成了永诀。

父亲到大兴安岭后参加了放映队。他经常坐着雪橇带着放映机和拷贝在茫茫雪原中穿行。他热恋上了酒，同时，在漠河乡热恋上了我的妈妈。他在与母亲恋爱时耍了个小小的滑头，他说他比母亲大两岁，而婚后又宣布大四岁，待到爷爷来到大兴安岭，才彻底揭穿了他年龄的谜底，他属牛，生于一九三七年正月二十四，比母亲大六岁。也就是说，十八岁的妙龄母亲嫁给他时，他已经二十四岁了。我常常拿这个话题取笑他。

有谁能拥有一张真正的初来人间的照片呢？幸运的孩子所有的照片顶多不过是在哺乳期间光着屁股爬行的姿态，更多的是在百天或周岁的纪念日上体体面面地穿着衣裤，戴着肚肚兜的形象。女人在临产时四肢一定因为疼痛而不停地抽搐扭曲，我常常觉得那会组成受难的十字架形象。当一个成熟的婴儿的头颅冲出子宫，微微地向人间报告他（她）欲来的消息时，分娩的女人的双腿一定像两片湿润的绿叶一样鲜润可爱。双腿间欲出的婴儿的头颅，组成了这世上最圣洁的花朵图案，如果有谁能拍下这样的情景，一定能成为摄影界的杰作。

我出生前有一个小小的序曲，那就是母亲曾梦见过一颗星星扑到她怀里。民间有"梦星得贵子"的说法，而且我上面是个姐姐，父母料定我是个男孩。于是父亲事先杀了家里的一头不足百斤的黑猪，请朋友们来吃肉喝酒，提前庆贺我的到来。一九六四年正月十五的黄昏，我母亲有了生产的迹象，这是汉武帝的生日，俗称"元宵节"，也有人称为"灯节"，家家户户都要将莹白的冰灯点起来，当大红的灯笼高高挂起的时候，我嗓门很大地哭着来到一面土炕上，来到一个人烟稀少的冰雪世界。我猜想父母在辨明我的性别后一定大失所望，那口黑猪也是因我而白白提前送了命。

父亲给我取的大名叫迟子建，因为他喜欢读曹植的《洛神赋》，乳名迎灯。因为我降生的那一时刻一片昏暗，灯节的光焰还未闪耀出来。这个乳名一直令我喜欢。

我母亲说我幼时极其难看，一点也不招人喜欢，爱哭而不爱洁，她给我发明了一种肚肚兜，称它为"转兜"。也就是把一块圆形的布锁了边，中间挖一个洞，容得我将头钻进去。奶汁、唾液或鼻涕弄污了胸前的那一片时，就把它转到一侧，让干净的再回到我胸前，这样她能少洗几次肚肚兜。我怀疑盛夏时节我戴着"转兜"一定有成群的苍蝇跟着我飞翔。

我幼时同父母一起去过十八站、三合站，在三合站的日子我一点记忆也没有。最后我们定居在永安，也称大固其固，未满六岁时我又被母亲给送回漠河乡，同姥爷姥姥生活在一起。

二十多年前大兴安岭的火车只修到塔河。所以，若是想回漠河，夏天可以坐船，冬天只能乘长途汽车。船在我的心灵中向来是一件美好的事物。因为坐船悠闲而风光。婚后离开家乡的母亲几乎两三年就要回一趟老家，她通常是带着姐姐和弟弟去，我和父亲则留在家中。大约是六岁的夏季，母亲又决定回漠河了，这次她把我也带上了，我们乘坐长途汽车奔三合站去赶每周两次的客轮。我用胳膊挎着一只篮子，里面放着一只花母鸡，筐口用纱布缝上，只留一个小口给它送些粮食。母亲算计好了开船的日子，她想等长途车一到就带着我们姊妹三人直奔船站，这样可以省去在三合站中转时的食宿费。然而偏偏不巧的是长途车中途坏了，修车耽搁了不少时间，等它驶向船站时，船已经起航，慢悠悠地离开岸边。我们眼睁睁地看着它朝我们的目的地而去，而要去的我们却被抛在岸边。母亲为此哭肿了眼睛，带着我们住进一家便宜的客栈。我还记得那是上下两层的木板通铺，向上竖着一个梯子。母亲给我们的菜是一罐豆腐乳，我经常爬到上铺用手指头偷着抠它来吃。母亲说我贪吃的毛病从她喂我奶时就发现了，我总是把肚子吃得跟满月一样圆，然后承受不住地吐奶。

三合站是我有记忆的开始，我记得终于盼来的那艘船是白色的，当时刚下过一场雨，上船的木质踏板有些湿滑，我挎着一只鸡，它在那一瞬间在里面不安分起来，结果我战战兢兢地未走上船时，它就冲破纱布飞落江中。它那扑棱棱的样子使许多人惊叫起来，它溺死江中，被波涛卷走，可以想见母亲的心境有多灰暗了。不谙世事的我上了船后兴高采烈地跑来跑去，一会儿上甲板去看山，一会儿又转到餐厅去看厨子做什么饭。当我拉屎时看到便池下面竟然是江水时，便确信鱼是由屎来喂养的。

外祖母家有一座很大的木刻楞房子。房子才盖不久，所以房梁上还拴着避邪的红布。外祖母个子很矮，说话很快，干起活来干净利落。她生了四女两男，我母亲是家中老大，所以我与小舅之间年龄差距不大。母亲这次归乡把我留在了这里，我还记得临出发的那天在院子里支起了饭桌，我正拿着一把筷子走过来时，母亲突然说她不带我回去了。于是我就把筷子狠狠地撒在饭桌上，哭闹着反抗，有一种被人遗弃的屈辱感。母亲领着姐姐和弟弟，背着用麦子新磨出的面粉去船站时，我抱有一线希望地也跟去了。结果我没能上那条回家的船。从船站回来的路上我赌气地不走小路，专朝无路的柳毛丛里钻，结果踩了马蜂窝，被蜇得鼻青脸肿的。

外祖母是对我的一生有着很大影响的人，三言两语是很难把她说尽的。我在一九九一年的夏至曾与几位同事去外祖母家看白夜，当时她还面色红润地站在她亲手种的菠菜地里，慈祥地望着我笑。只是她那时不住在木刻楞房子里，而是住进了红砖房，这使我有些失落。我童年生活的那座大房子在外祖父去世后已经卖给别人了。我曾在那院子和傻子狗亲昵，在菜园中捉蝴蝶和蚂蚱，在阳光下摔过泥玩，这一段生活已经记叙在《北极村童话》中了。

年轻时的姥爷气宇轩昂，一双铁锚似的大手，宽阔的额头，说话带着一种威严。他一九一四年出生在山东，逃荒来到东北的时候这里杳无人烟。他给地主扛过活，在著名的老沟金矿（又称"胭脂沟"）淘过金，捕鱼打猎，开荒造屋，他这一辈子是靠着他不同寻常的力气吃饭的。他晚年时背驼得分外厉害，大约是一个人的所有力气被抽空了的缘故，虽然他不想弯下腰来，可他再也无法挺直腰杆了。外祖父曾是漠河乡的乡长，新中国成立后领着社员闹土改分田地时把自己家的牛往合作社里牵，气得我姥姥要用拴牛的绳子上吊。闹饥荒的那几年，他把粮食尽可能分给别人，自己饿得蹲在自家的大葱地里吃大葱，结果吃得全身浮肿。爱公社甚于爱家是他的一贯品质。我在北极村的时候他已退休，每天晚饭后去公社打更，第二天早晨回来。他每次回来我姥姥已把他的下酒菜准备好。他坐在朝东窗前的圆桌上，喝着纯粮酿造的白酒，有滋有味地咂摸着。躺在被窝中的我要是提前醒了，就会闻到飘逸的酒香气和他心满意足发出的"唉"的声音。仿佛酒在问他：我味道纯正吗？他"唉"一声。又问：喝了我之后筋骨舒坦吗？他又"唉"一声。他"唉"的时候我就十分想笑。外祖母通常给他煎几条小鱼来佐酒，鱼就产于房子不远处的黑龙江，被煎的鱼通常是细鳞和花翅子。姥爷喜欢听广播，关心国家大事，他管半导体叫"戏匣子"。他喜欢听京戏，电影《白蛇传》看了三遍还不过瘾。《白蛇传》被他的山东口音说成"白啥传"，我要是不高兴了就学他念一句"白啥传"来气他。我在那时挨过姥爷的一顿揍，这又缘自我贪吃的毛病。那时大舅在呼玛农机厂工作，有一年夏天回来带回了罕见的西瓜。油光闪亮的绿皮上有着曲曲弯弯黑墨条一样的均匀曲线，它里面鲜红的肉甘甜得无法形容。我又一次吃圆了肚子，不料夜间尿了炕，一个快七岁的孩子尿炕的确惹人生气。我姥爷把我从湿漉漉的被窝里揪出来，然后将我反转身子趴在炕上，我的屁股朝着弥漫着晨光的天棚，他噼里啪啦地用巴掌打我的屁股，后来被赶过来的姥姥给制止住。我哭得几乎气噎，憎恨外祖父，憎恨西瓜，只是不知憎恨自己的胃。这件事使得我在很长一段时间里与他不能亲近，因为他的手劲很大，把我打得有好几天走路不敢自如挪步。

外祖父晚年时常说胡话。说阴间在闹土地改革，说那里抓了许多贪官污吏，要把他们投到热油锅里，还说某某国与某某国之间要开战了,当然也唠叨一个已死去多年的小脚女人要给他做饭。我想他也许患上了"老年痴呆症"。我姥姥仍然尽心尽意地伺候他,每天早早起炕为他做饭,他酒足饭饱睡下后,姥姥又要忙一天的活计。小舅给我寄了一张外祖父临终前不久的照片,我分外珍贵,因为那还是我童年生活的场景。我在姥爷背后的那铺大炕上同外祖母度过了我的童年。那本色的木质地板走上去常常嘎吱嘎吱地响。那扇天蓝色的东窗是我常常光顾的地方,我从那看外面的太阳、巧云、玉米地和偶然的过路人。墙上的杨柳青年画与我童年时所见过的一模一样,少不了巨大的寿桃、牡丹、凤凰等等美好的象征,可爱的童男童女戴着鲜红的肚兜,不似我那样戴"转兜"。

外祖父带着他花白的胡子去另一个世界了。他永远不会再撕挂在窗前的日历牌了。只是不知深夜时他是否会回到老屋子,喝一杯红桌子上的茶。

当年母亲把我留在北极村还有一个阴谋。我二姨不生养,她想把我过继给她。二姨常常回姥姥家,她牙齿出奇地好,又白又密,嚼起蚕豆来咯嘣咯嘣地响。她能说爱笑,性格开朗,我姥姥唤她"秀儿"。她每次回来都要给姥姥带些吃的东西。二姨夫是驻漠河乡边防大队的队长,在当时是个显赫职业,而且是当地的头面人物,提起"王同江"这个名字几乎无人不晓。他常常领着人巡逻,夏天坐汽艇,冬天乘马爬犁。他经常带些山货来给我们吃。那时的中苏关系还比较紧张,高高的瞭望塔上二十四小时都有人用高倍望远镜随时监视对方的一举一动。他常常吓唬我说对面的大山被掏空了,里面装满了坦克、机枪和大炮,这使我从小就觉得苏联是个很混账的国家,我们好好地过日子,他们备战干什么?冬天的鱼汛到来的时候,二姨夫常常把捕到的大鱼送来,就放在灶房的地上,我就忙不迭地跑去看,看它的鳞片亮不亮,圆嘴还是扁嘴,肚皮和尾巴红不红。姥姥剖鱼的时候,我就蹲在旁边看,若是鱼肚子里涌出来金黄的子我就很高兴,要是没有的话我就嘟囔道:"一条臭公鱼。"我把雌鱼叫为"母鱼"。外祖母有时给我蒸鱼子吃,怕我吃多了不识数(我不明白鱼子和识数有什么关系),就让我少吃几口。既然已经不识数了,索性让数在我的脑子里混乱到底吧,所以仍然不听劝告地吃。我幼时有一个绰号叫"老猫",因为我在托儿所里为了争苹果把一个跟我同龄的小姑娘挠得脸上出了血痕,阿姨把我装进一口大缸内,放在暴日头下晒我,以示惩罚。结果妈妈来接我的时候我已经在巨大的缸里哭哑了嗓子。而因为挠人,从此没人再叫我迎灯,都唤我"老猫",谁一叫我"老猫"我就撇嘴,心中十分不快。这绰号一直跟到北极村,所以来了鱼汛时姥姥不让我到江上去,怕自家的冰窟窿里的鱼见了我逃之夭夭。因为猫吃鱼。他们把我和鱼联系到一起，不是把我当成真正的猫看待了，就是把鱼当成人看待了。二姨夫不信这个邪，有一次把我带到江上去捕鱼，竟然大有收获，可见我还是比较能吸引鱼的。猫见了鱼并不总有好胃口。

　　二姨想让我成为她女儿的愿望在一个深夜彻底破灭了。我平素都是和姥姥睡在一起，那天二姨拿着糖来哄我，让我去她家住，说是有缎子被睡。我大约是被缎子被打动了才同意去二姨家的。那晚上我睡在二姨和二姨夫的旁边，盖着滑溜溜的缎子被，开始时心里美滋滋的，可睡到半夜醒来不见了姥姥，就有一种受骗的感觉。我光着脚丫下了地，猫着腰去摸我的小鞋，想穿上它来逃跑，可摸到手的总是大鞋，我不由得"哇哇"哭起来。二姨拉亮了灯，千般万般地哄，我仍然不同意过完这一夜。无奈他们只能穿衣起来，二姨夫将我背在背上，二姨在后面打着手电照着路，把我送回姥姥家。姥姥在开门的一瞬二姨哭出声来，她说的那句话我至今记得："到底不是亲生的呀。"

　　也许正因如此，两年之后我又被送回父母身边。

　　北极村一个阳光灿烂的正午，我背着书包刚进家门，坐在厅堂里洗衣服的姥姥擦干她的那双湿手站起来对我说："吃过饭后送你回家。"

　　我一点也没有表现出高兴。因为我已经习惯了这里。夏天时能和姥姥去江边刷鞋子，冬天时能天天吃鱼。而且二姨又能常来看我。偌大的菜园只有我一个孩子，所有的蜜蜂、蜻蜓和蝴蝶都是我的朋友。障子边的香瓜结了果，我还盼着秋天吃它的甜肉呢。就这么简单，我换上了过年时穿的绿格子上衣，回到父母身边。

我们坐着一个熟人的长途汽车走了几天到家我已经忘记了。总之，汽车是在森林中穿行，到处是遮天蔽日的绿树，我们常常能碰见兔子和野鸡。

母亲见了我亲昵地说："猫，过来，让妈妈稀罕稀罕。"

大概我仍然没有忘记她狠心地把我丢在姥姥家的那一幕情景，所以绕开她走掉。母亲伤心地说："认生了。"

我惦记着学习。邻居有一个女孩刚好与我同年级，我便问她，你们的语文课学到哪一篇了？她反问我学哪一篇了，我说《纪念白求恩》，她说他们还没学到这一课呢，这使我放了心，不再担心跟不上这里的课。

我的小学班主任叫侯玉凤，她个子不高，终日梳着两条粗黑的短辫，圆脸，脸颊和鼻翼生满了雀斑，眼睛不大，目光却很犀利。她很厉害，我们当时都有些怕她。她在讲台上讲课，你若在下面溜号了，她会扔一截粉笔头过来，准确无误地弹中你的脑袋，她这本领是如何练出来的不得而知。若是有同学摆弄小动作的毛病总不见改,她干脆就用绳子把这个人的双手倒缚在椅子上,课间操也不让他出去。她很注意班级的荣誉,若是流动红旗被别的班级争去了,她就教育我们该如何把荣誉争取回来。教室的桌椅要一尘不染,地上没有一团废纸,玻璃窗铮明瓦亮,她这才心满意足。她有一根半米长的木质教鞭,哪个学生学习成绩拖了全班的后腿,她就当众鞭打这个同学的手,直打得这人哇哇直哭,一再表示要把学习成绩赶上去。最恐怖的是要蹲级的学生,她会把几个椅子撂到一起,让这个同学站在最高处,只要这个人稍稍摇晃,咬合不严的椅子就会落下来,摔下那个同学。这常常使我联想起杂技演员空中技巧的表演。她还注意学生个人的身体卫生,那就是看手干净不干净,皴不皴。若是不干净了,她就把你撵出教室,让你到教室外面的小河里去洗手,若是手皴了,她就会掷过来半块砖头,说:"蹭掉你的皴!"虽然我爸爸当着校长,但她一点也不姑息我,有一次也把我挡在门外,让我到小河边洗手,结果我洗掉了一节课,故意在河边玩掉了她的那堂课。尽管如此,家长们都希望把自己的孩子送到她的班级,都说:"严师出高徒。"所以当她因为要结婚而去萝北的时候,我们全班同学都哭了。听说她嫁给了一个拖拉机手。她走的前一天我在供销社碰见她,她给我买了一双小水靴,下雨天穿上它时就格外想念她。如果她现在仍在萝北,想必已是退休在家了。她还会记得她的一个叫迟子建的学生吗?

没有人见过龙。可龙却在我们的生活中无处不在。炕琴的木纹上要描上龙的图案,姑娘们在待嫁时喜欢在枕头上绣上龙和凤,就连窗帘的图案也有龙的影子。龙是吉祥的象征,就因为它可以横空兴雨?它果真不可一世地金光闪闪吗?

我生肖属龙,问父母龙是个什么样子,他们就说跟蛇一样,蛇是小龙。我实在难对那蠕动的蛇有一丝丝好感,所以对龙的想象也就无兴趣进行下去。在我看来属龙很有点无中生有的意味。我想龙是个脆弱的东西,猪、牛、马、羊、狗在这大地上跑来跑去,跟人一样经久不衰,龙怎么就能说没就没了呢?难道它醉倒在天堂的花雨中永远难再醒来吗?

我家在永安住的那幢房子是长条形的,如果大雁在空中俯瞰它没准会误以为是龙的化石。一幢房子住有四户人家,却有三家各有一个同生于一九六四年的属龙的女孩子。西面的女孩姓曹,东面的姓陆,我家住在中间。西面的女孩叫小丫,她幼时得了一场痢疾,结果进城看病时被护士打错了针,一命呜呼。所以我母亲对给我们打针格外敏感,感冒能吃药好了的,绝不领到卫生所去打针。然而小丫死后没有几年,东头的小平也突然得暴病死了。我与小平同班,她的头发特别亮,很令我羡慕。记得腊月时她家宰猪,又灌血肠又熬酸菜粉的,弄得她家的火炕烫得无法睡人，她就来我家和我睡在后屋里。她来时还用纸裹着一块烀好的瘦肉给我吃。那一夜我们睡得很好。可第二天早晨她却说她头疼，不能去上学了，于是我帮她请了假，心想她家杀猪累着她了。然而我放学回来后她的头疼得愈加嚣张，她妈以为是她死去的父亲回家来磨人了，于是请一个人来驱邪。我记得把一碗清水放在柜子上，然后驱邪的人把一根筷子往水中央放，她边放边念叨死去的人的名字，说："要是你回家了，你就站住，我有话跟你说。"那筷子果然就直挺挺地立住了。驱邪的人就说："你别回家闹人了，缺钱了可以捎给你，孩子头疼得厉害，你就可怜可怜孤儿寡母吧。"

我以为鬼真的发了善心了，然而小平依然头疼。后来在我父亲的建议下这才搭着马车进城去看病，原来患的是结核性脑膜炎，未出一周就死了。她死前我和同学徒步进城去看她，她神志不清，连说胡话。

小丫和小平这两个与我同龄的女孩的猝死，使母亲大为慌张。她说这幢房子养不住属龙的女孩，于是嚷着搬家。可又能搬到哪里去呢？所以仍然是住在老房子里。这使我在很长一段时间里忐忑不安，一到夜晚就头皮发麻，觉得鬼魂四处游荡。这种感觉随着年龄的增长而逐渐消失，我不再对自己的生命有怀疑和恐惧了。

我姐姐自幼就是一个干净而漂亮的女孩，这使父母都很喜欢她。逢到别人结婚去坐席的时候就带上她。因为她从不给父母丢脸,不像我,十一二岁时鼻涕还不利索。她比我大三岁,属牛,是上午生的。母亲说上午生的属牛的孩子都很能干活,因为那正是牛耕地的时辰。姐姐果然非常能干,做饭,拾掇屋子,喂猪喂鸡,夏天采野果,秋季拾蘑菇,冬季拉烧柴,劈柴挑水,而且能钩会织善绣,的确是把我比得矮去好几分的人才。姐姐大名叫迟超越,乳名"小花",后来有一次母亲做梦,梦见一朵花没了,醒来后觉得甚为不吉,就给她更名为"小燕"。我爸爸爱管她叫"燕子"。但我小时候跟她关系并不融洽,老是跟她打架。我很懒,不喜欢刷碗,又馋,有时候没吃饱饭一看饭桌旁的人越来越少,我就赶紧溜出大门。因为吃到最后的人要刷碗。当然,我只是上小学时这么不懂事,初中以后跟她一样能操持家务了。

姐姐每天都要擦地板,她擦干净了地板后就不让我进屋。有时进屋取东西她就跷着脚跪着进屋。我对不能在地板上自由地行走深恶痛绝,地板难道不就是让人走的吗?为了气她,我常常在她刚辛辛苦苦擦完地板时就穿着一双泥鞋进屋,踩出许多脚印,让她的劳动付诸东流。那时她就气得呜呜直哭。邻居的婶子一听见姐姐哭,就隔着障子数落我:"老猫,你又不干活,怎么老气你姐?"

我也不明白那时为什么老和她过不去。她很小时就去井台挑水，因为力气弱，就半桶半桶地往回挑。至今她寻找自己个子矮的原因时，还把账算在她过早地挑水的身上，说是压弯了她的腰，从此长不高。她高中一毕业就下乡了，去河南农场劳动，不出一年就谈上了恋爱，那年种土豆时领回来个高个子穿喇叭裤的男朋友。她小时候有个怪癖，不吃饺子，大年三十的晚上大家团团圆圆吃饺子，她非要烙饼吃。她这个毛病到河南农场一年后就得到了改正。回家后什么都想吃，也不像以前那样怕肥肉了，因为她在那里几乎天天吃盐水煮黄豆，这大约也限制了她的发育。她个子矮矮的却要扛原木、割麦子，所以后来姐夫帮她割麦时她就感动了。后来她在那里当炊事员，那是个比较俏的活。据说姐夫有一次吃不下盐水煮黄豆时，就把她煮的黄豆摆了一桌子。她很生气他这么糟蹋豆子，过去一看，原来摆着三个字，是她的名字。我想他们那时就注定难再分开了。

姐姐性格直率，爱说爱笑，对我和弟弟极其关心。她在单位人缘很好，而且是在该结婚的年龄就结婚了，身心健康。所以父亲去世后，母亲一直跟着她我非常放心。她虽然三十多岁了，但因为生活幸福，比我还显年轻，每逢我春节回家时，她还跟小时候一样拿出一件件新衣裳，让我帮她参谋她年三十穿哪件最漂亮。我羡慕她的一切，好头发，红润的脸色，秀气的手脚，健康的身体。如果她再高一些会更漂亮，但也许姐夫爱的正是她的娇小玲珑。

我小时候与姐姐打架时，弟弟通常是与我姐姐站在一起。他们给我起了个绰号"苏联老毛子"，我则回敬姐姐一个绰号"猫月子"（因为她的名字中有个"越"字），而乳名唤为爱林的弟弟则被我称为"树林子"。

他们一骂我"苏联老毛子"时，我就声嘶力竭地喊："猫月子，烧死树林子！"一副穷凶极恶的样子。

"猫月子"是东北生孩子的俗称，姐姐听到这个绰号所受的污辱可想而知了。她咧着嘴，哭得天昏地暗，大概不明白为什么她好端端的一个女孩要去生孩子，生孩子在她的心目中也许是件丑陋的事。我弟弟这时就奋勇出击，帮着姐姐骂我，直到我这个"苏联老毛子"因为寡不敌众而败下阵来。

父亲给弟弟起名为"迟钝"，大约是想反其道而行之，让他的独子大智若愚吧。他幼时贪玩而淘气，经常砸别人家的玻璃，有一次用洗脸盆扣住邻居家的鸡雏玩，结果把鸡给活活闷死，我父亲打破了他的脑袋，缝了好几针，但他并未因此而记恨父亲。父亲吆喝他去打酒，他就骑上破自行车上了公路，去西头的供销社为他打酒。父亲盛酒的瓶子是酒精瓶，一次打一斤，两三天的时间瓶子里就空空如也。于是给他一把零钱，他又不厌其烦地去买酒。有一年冬天，他买完酒骑车回家，雪路把他滑倒，连人带自行车被甩出好远，他没忘记护住父亲的宝贝，酒瓶子安然无恙，而他却被磕得鼻青脸肿的，丢了半颗门牙，一说话就咝咝漏风。

弟弟做事很细致。码样子要弄得规规矩矩的，如果出现缝隙，必定要用细木桦一条条塞进去，仿佛柴火不是被烧的，而是要放进博物馆来展览。他最喜欢过年放鞭炮，买回炮后就放到火炕上烤，说这样炮仗会更响。一到过年采买的时候他就表现得格外积极，让他买酱油就去买酱油，让他买碗就去买碗，剩下的零钱他攒到一起，然后琢磨着多添置些炮仗。他通常是把烤好的炮整整齐齐地摞在一口小蓝木箱里，每天晚上睡觉前都要打开看几眼。然后他就跑出去跟同学吹牛，说他买了几千响的炮，买了几十种的花，能放一个正月。除夕夜，他用一根长木棍挑着几千响的炮，噼噼啪啪地放得格外热烈，火花四溅，响声密集，我捂着耳朵站在门口看，母亲则赶紧将饺子下到沸水里。饺子上了桌，七碟八碗一摆好，父亲和母亲先坐上炕，弟弟依照老规矩跪下来给他们磕头拜年，以此又能混得一些压岁钱。可往往年一过我母亲就巧妙地从他手里往回借钱，他就不愿意借，然而他是算计不过大人的。他的头往往也是白白磕了。

弟弟还有个嗜好，那就是拼命吃除夕夜的饺子，因为有几个饺子里包着钱，据说吃出钱来一年有福气。当然，他并不总是如愿以偿,有时能吃着,有时看着别人把钱全部吃出来,他只能白白瞅着。虽然他现在已娶妻生子,但是仍然喜欢放炮,仍然喜欢吃除夕夜饺子里的钱。

祖父自己有两间草房,就在生产队的前一趟房。他是个极有性格的倔老头子。他三十多岁鳏居后,一直没有再续弦,不知这几十年他是如何熬过来的。

祖父离我家很近,走三分钟就可以到。他的草房前后各有两片大大的菜园,春季时菠菜一畦畦地整齐排列着,又绿又水灵。夏季时嫩绿的黄瓜一条条吊在开满黄花的秧子上,令许多孩子扒着障子看着眼馋。他怕小孩子来偷菜,就把菜园的门用铁丝拴上,还加了把锁。其实真想偷他的菜也不用从门进,一人多高的障子似我这般大的孩子能很轻易就跃过去。

祖父除了逢年过节时偶尔来我家吃顿饭,平素几乎不踏我家的门槛,他宁肯到其他人家去串门。我从北极村回到父母身边后,知道有这么一个从天而降的爷爷,在路上碰见他时就怯怯地和他打招呼。他对我爱理不睬的,仿佛我不是他的孙女。我不明白他为什么与父亲有隔阂,据说有一次他扛着斧子要来砍死父亲,他站在大门外喊:"老大,你给我出来!"结果邻居见状把他拉开了。我想他未必是真想杀死父亲,否则大张旗鼓地干什么,暴露了他的凶机,现在看来不过是吓唬吓唬他而已。

　　他儿子当着校长，他并不因此而骄傲，相反倒是对父亲的职业表现出某种鄙视，说他还不如个木匠。一到端午节或八月十五的时候，母亲就打发我们姐弟三人中的一个去请爷爷过来团聚，可打发谁都不愿意去，因为他实在是太难请了。有两回我被迫去请他，他一边哼哈答应着说"知道了"，一边让我回去。我拿不到准信不敢回家，外交任务等于没完成，所以就横下心等他，他就左一口右一口地频频吐痰，仿佛是在啐我，但我仍然誓不罢休地等。直到他无可奈何地磨磨蹭蹭地锁上门，背着手跟我去儿子家。母亲早就等急了，她见了祖父连忙迎出屋来叫"爹"，让他坐在饭桌上宾的位置。他拿起筷子，对每道菜都皱眉头，仿佛都不对他的胃口。父亲涎着笑脸给他斟酒，他也没有一丝笑模样，嘴角向下撇着，一副冰火不同炉的拒绝姿态。所以我从小很怕过节，家里的气氛有些紧张。但祖父终归还是给一家人留了面子。他象征性地吃喝一点后，就背着手大踏步地离开我家，走时仍旧哼哈地吐着痰。他一走我们全家就松了一口气，美味佳肴的风味才真正被舌头给品出来。

　　父亲曾说不让他单独开伙，走几步路到我家一起吃就行了。他就说："我不吃那个现眼子食！"好像别人在他吃饭时老是用眼睛剜他似的。

　　我们家房子很小，一大一小两个屋子，已经上小学的弟弟只好与父母同睡在一铺炕上。祖父是否是由于他没有住进我家而心生不满呢？还是由于他的长子没有大出息，头脑一发热离开哈尔滨，来到这个被祖父称为"兔子都不在这拉屎"的大兴安岭，而使这个该享清福的他没能像他的弟弟一样在哈尔滨安度晚年呢？他常骂我父亲是"犟眼子"，大概有这方面的因素吧。

祖父那时每隔几年就要张罗回关里，父亲就要为他筹措盘缠。他每次从关里回来都显得精神抖擞的，到哈尔滨看他的四弟，然后从哈尔滨到山东的海阳看他的三弟和二弟。他回来后会说他在哈尔滨看了什么戏，又说他四弟家的儿媳妇如何能干，一个人擀的饺子皮能供上三个人来包。我就想那三个包饺子的人肯定都笨手笨脚，不然怎么能供得上呢？他又吹嘘海阳的水如何好吃，花生和地瓜如何地香，总之，言下之意父亲得以安身立命的大兴安岭在他看来是最浑蛋的地方。难怪他整天要撇着嘴角呢。

祖父喜欢种旱烟，他自己也整天提着个烟袋锅，吧嗒吧嗒地抽个不休。他还喜欢收集铁钉、生锈的合页、废铁丝、罐头瓶等等东西。他晚年时脾气温顺了很多，这使我有机会出入他的草房，翻腾那些对我充满了诱惑力的破烂。我还记得他那张穿着长衫的坐在中间的照片，他的周围有许多人，他说那些都是他的伙计，显而易见他是掌柜的了。他常说那时炸油条的伙计个个能吃，一顿能吃两针的油条。我不明白油条怎么能用针来计量，他就说用一根织毛衣的针把油条一根根穿起来，穿满了就称为一针的油条。那一针恐怕要有二三十根了。

祖父很喜欢雀儿，他编了许多鸟笼子，冬天时像孩子似的扛着鸟笼子进山去捕鸟。别人都说这老爷子不务正业，可那时也没什么正业可务呀。他若是捕多了雀儿，笼子里盛不下，又没那么多粮食能养得起，他就抓出雀儿拧住它的脑袋，把它们摔死了，用火炭烤了给我们吃。那是我所吃过的最香的烧烤了。他爱鸟爱到什么程度了呢？有一年从关里回来，他一路奔波而归，竟然带回两个鸟笼子，一对金黄色的娇凤，一对蓝点颏。后来这鸟大约因为水土不服，没过几年就死了。他又去山中捕鸟，有一次捕回一个长尾巴脑门有红点、身上有几丝蓝颜色的雀儿，它叫起来很难听，喜欢吃瓜子，我们不知道这鸟的名字。祖父待它格外精心。

祖父得了脑血栓后行走不便，弟弟便和他住在一起，每天很早就去为他烧炕，弟弟的孝顺使他最终改变了对我们一家人的态度。然而他的病第二次发作时就再也没有抢救过来。他死后不久，那只他捕来的不知名的鸟也死了，我确信是祖父把它带走了。

作为校长的父亲很重视运动，他自己也是个体育迷，喜欢打乒乓球、羽毛球，他打篮球上篮的动作可不怎么样。他还能做体育裁判，口中含着个哨，他就在篮球场上跑来跑去，做出一些我当时闹不明白的裁判手势。

父亲什么事都想试试。他不会开车，有一次一辆救护车停在路上，他酒气熏天地从家里出来，别人就激他，说你会开车吗？他说那有什么难。结果晃晃悠悠地进了驾驶室，居然真把救护车开动了，不过他把车开到了壕沟里，半面车壁撞在样子垛上，两只轮子空转着，下面污水纵横。他居然没有一点创伤，这也算是奇迹了。

每年一到校运动会的前夕，筹备工作就开始了。先是仓库里的腰鼓和大鼓、锣、彩旗等等被一一拿出，成立腰鼓队和彩旗队，作为仪仗队的核心。我参加腰鼓队的训练不到三天就被老师无情地给刷下来。因为我老是打不对鼓点。而且又要打着腰鼓做出各种类似屈腿和偏头的姿势，真是难死我，笨手笨脚的我只能在入场式时给同学看椅子。

每逢父亲正襟危坐在运动会开幕式的主席台上，我就觉得格外滑稽。想起他在家中的种种"劣迹"，诸如不爱洗脚，诸如喝多了酒漫天胡吹，便觉得他当校长是个过错。只有年长之后我才明白，父亲是最优秀的教育工作者，他一生致力于办学，对官场拉帮结伙的作风格外反感，他极其推崇孙中山的那一套主张。对着麦克风的父亲通常是穿着灰色中山装，他戏称为"上朝服"。每逢出头露面的场合他就不得不穿上它。他曾唱过男中音，声音浑厚，因而他的发言总能引起人们的注意。

每年一次的运动会时生产队都给社员放假，让家长们也去参加运动会，做旁观者，给孩子们鼓掌加油。谁若打破了学校某个运动项目的纪录，这个学生的家长就无比高兴。因为破纪录可以得到一条枕巾和几块香皂的奖励，在二十世纪七十年代那可是奢侈品了。

我不擅长运动，但作为班干部，每届运动会要迫不得已参加一些项目。我记得最好的成绩是取得过初中年级组女子跳高的第二名。初中一年级的时候，有次运动会上班主任动员我参加二千米的长跑。因为长跑得分多，会使班级的总分上升。那天我刚好来月经，我说我跑不下来，班主任就说，你跑跑试试，跑不动中途下来也可以。班主任是男老师，我无法跟他解释，只能咬牙上阵。结果跑到一千米的时候我就有虚脱的感觉，但一想已经跑了一半了，岂不前功尽弃？于是咬紧牙关继续跑。二千米的赛事安排在公路上进行，班主任骑着自行车慢慢跟在我身后，反复为我加油，让我坚持下去，我那感觉就仿佛有一条毒蛇在寸寸逼近我，我必须向前跑。结果我终于气喘吁吁跑完二千米时，眼前一阵发黑，同学忙上前来扶住我，我有一种失明的感觉。待我恢复正常时，在终点线上看见父亲充满怜爱地看着我，我冲他笑了笑，他就放心地转身走开了。

我十四五岁时已经成为家中的主要劳动力了。尤其是姐姐去了农场之后，家里的活有一半落在了我肩上。洗衣、做饭、挑水、喂猪喂鸡，又要上学，整天忙得不亦乐乎。这时期我像姐姐一样把地板擦得油光可鉴，而且也不让弟弟胡乱进屋去闹，这才明白姐姐当时为什么如此仇视糟蹋她劳动成果的我。这也许就叫所谓的开始懂事了吧。我学会了蒸馒头、花卷、两合面的馒头，学会了贴玉米饼子，使一口黑锅的四周有了一圈金黄色的东西闪闪发光。我烙糖饼和葱花油饼，对着发好的面团一嗅它的酸气的浓淡程度，就能准确无误地投上恰当的碱面。夏天做饭时最风光，院子里会另起一个炉灶，这边油下了锅，那边我就进了菜园掐一把葱叶回来爆锅，总是十拿九稳。那时少见荤腥，无非是萝卜、土豆、豆角、芹菜。不过这些菜从未施过化肥，完全是由黑土养育出来的，所以格外清爽好吃。按如今的说法那可叫"绿色食品"。那时常喝一种粥，叫大楂子粥，用玉米粒和红芸豆煮成。通常是吃完午饭就煮芸豆，然后在豆子半熟时放入楂子，使过碱后频频搅和，以免煳了锅底。然后在下午上课的钟声响起前撤下灶坑里的火，把锅盖盖严，下午放学归来一锅香喷喷的粥就焖好了。我记得有一年妈妈去新林学习塑料大棚的栽培技术，我在家居然养了一头油光水滑的猪。春天抓来猪崽，腊月时居然有二百多斤。放学后我就背着麻袋下地去采灰菜以及脱落到垄沟里的菜帮子。回来后就剁猪食,放到锅里去煮。我还常用一把旧木梳给猪刷毛,使它干干净净的。所以腊月宰它时我非常伤心,但后来还是吃它的肉了。可见任何的怀念都抵御不住欲望的诱惑。

初中时我的语文成绩一直在班级名列前茅,而且喜欢写作文。逢到过年时,左邻右舍的人都买来红纸求擅长书法的父亲给写春联。父亲写一幅,我就在地上摆好一幅。无非是"中华大地风雷动,六亿神州尽舜尧"之类。只不过后来六亿一个劲地上升,数字是变更了,总算是未突破十亿。所以春联还能对仗工整。若是父亲活到今日,对着十一亿神州,如何让那上联也多出一个字来?可见舜尧多了也啰唆。父亲有时发挥想象力自己来编春联,然而联里总是含着"吉""福""瑞"等等的字样。他有时也动员我来创作,我便挖空心思地用词,他帮着纠正和补充,居然合作出无数副对联。可惜都编了些什么早已忘却了。

早晨起来洗脸,然后把鸡放出去,夜晚时再把鸡圈回窝里,仿佛一天就过完了。我曾经养过一只野猫,它浑身灰毛,目光凶狠,蹿梁上瓦的,不得不把它拴在凳子腿上。然而它反抗得拽翻了凳子,弄得家里一团糟,只好让它回归深山老林。有一年夏天我看见一个喝卤水的女人被抬在井台边抢救,她披头散发的,因为跟丈夫吵嘴而想不开了。大家想给她灌井水,让她吐出卤水,我见她翻着白眼,嘴角吐着白沫,极其恐怖。

后来人们又说给她灌大粪汤，她一呕就能倾出腹中的卤水。这种提议使我分外恶心，于是远远走开。后来她终归未被抢救过来，被卤水点化成一摊死豆腐。从此后我去井台挑水就老是想起她的样子，所以不敢天黑时去挑水。也对人死前的挣狞状充满厌恶。直到一九八六年，我看着父亲平静地吐出一口长气，把最后的微笑永远地印在脸上，才摆脱了对死亡的生理反应。有些死亡是美丽而温情的。

永安没有高中，所以我必须到塔河去继续求学。我考上了县里的重点中学，塔河二中。永安离塔河有十几里的路，我只能寄宿在学校。

那是一间不过二十多平方米的宿舍，分上下两层铺，却住着十八名寄宿生。只有我离家算是最近的，其他的均来自更远的林场，诸如绣峰、瓦拉干、劲涛、十八站等等。我住在上铺最靠北的地方，仰头就是暖气管。因为最上面的三块玻璃朝向我，所以我闲来无事总是看看窗外。窗外有个长条形的大仓库，还有一个厕所，一个水房。景致单调，往来的行人也都灰突突的，实在没什么可看的。高中一年级时我的物理和化学就一塌糊涂，物理课一做滑轮车的实验我就头晕脑涨。而对化学课稍微有些兴趣，也完全在于看做实验时一些纸剂进了某种溶液会魔术般地改变颜色。在我的心目中，牛顿和居里夫人都没有鲁迅伟大，于是偏科得厉害。所以，高二分文理科时我兴高采烈进了文科班，不似其他人举棋不定，犹豫不决。那时我每周回一次家，周末沿着山路一个人走上十几里，通常是在黄昏的村口就能遇见远远迎来的父亲。家里把好吃的都留在星期天。星期天下午，母亲为我炒上一罐头瓶咸菜，然后把一周的伙食费给我。我就沿着山路再回到城里的学校。那时正是长身体的时候，一顿能吃掉两个馒头，晚自习回来后大家都觉得饿，于是把饭盒中剩下的凉饭吃掉，我的胃病就是那一时期落下的。那时我便开始写日记，在上面还胡乱地写一些自鸣得意的诗。所以功课抓得并不是很严。我总有种宿命的想法，想着考大学能考上当然好，考不上也不能去死，我就这么一个脑袋，要记住文科中那么多我并不很感兴趣的常识，可能一步登天吗？什么地理中的大气环流、京广铁路线上的城市名称，我一概记不清楚。还有历史上老是出现这个事件那个战争的，我又没身临其境，学时是记住了，可一转身就忘记了。家中看我每周来回走山路辛苦，就为我配置了一辆自行车。我每周把自行车骑回学校，放到校园旁的同学刘丽家中，然后再回去时就去她家推自行车。刘丽一家人待我胜似亲人。记得有一段时间因为泥泞小路不通了，我回家只能走大路。大路的山坡上有一座烈士陵园。我听过的许多鬼怪故事就是由那衍生出来的。说是有一个青年男人一骑车到这自行车就掉链子，这时就会有一个如花似玉的姑娘出来帮着修，这男子被她迷住了，未等结婚就把他的气血全部耗尽。当然，这类故事无论是鬼是人都没有姓甚名谁，但让人听后仿佛是确有其事。所以一骑到烈士陵园时，我就紧张得满头大汗，双腿发软，每碰到一个人都疑心那是鬼，不敢多看一眼。

我们女生宿舍的对面是教工宿舍，同样面积的屋子，只住着三个人，令我羡慕不已，其中有一名上海知青老师，叫朱哂之，她当时在《青春》上发表了一篇小说《消逝的旅伴》，令许多人赞叹不已。她常穿件烟色灯芯绒上衣，肤色白净，不爱说话。但我格外尊敬她。所以那一年的端午节，我赶在太阳升起前采回了滴翠的柳枝，吊上鲜艳的红葫芦插在她的门楣上。几年过去后，我们偶然相遇，已经回到上海电视台的她还谈起那个端午节，她说早晨一开门发现了柳枝和葫芦，她格外感动，觉得温暖洋溢在心头，只是不知道是谁为她插上的。当我告诉她是我时，她的眼睛漫上了泪水。后来她还为此写过一篇散文，发表在同年的《解放日报》上。

大约是朱哂之的成功给了我异想天开的勇气，在高考前夕我竟如醉如痴地炮制一篇小说，写一个女学生因高考落榜，承受不了家长的责难和社会的压力而自杀的故事。我让她投了河，因为我喜欢河流，那才是干干净净的女孩子的归宿。这小说当然幼稚得很，但写作的过程给我带来了无穷的乐趣。高考初考后，宿舍里大部分同学名落孙山，她们不得不流着泪打起行李回家。宿舍一下子变得清静起来，我有机会搬到下铺来住，可有一天早晨我醒来时却发现被窝里有一只被我压死的老鼠，这才知道地下的老鼠猖狂得不可一世。我又不是奶油蛋糕，它钻进我的被窝干什么？

父亲那时一心指望我能考上个大学为他争口气，所以一到城里开会就骑自行车来看我。有一次给我买了两斤长白糕，我不舍得吃，把它挂在柱子上，等到要去吃时，发现老鼠已经吃掉了一半，真是悔得肠子都要青了。高考前的半个月我才定下心来，对着各个科目进行最后的冲刺，期待能得到上帝的青睐，出那些我复习过的问题。高考的那天，一大清早母亲就骑车进城来看我，她给我买了几个煮熟的咸鸭蛋，让我吃了后好好考。结果那鸭蛋已经变质了，我吃下后未进考场就跑进了厕所，而且觉得心慌恶心，所以第一科考语文时就把作文写跑了题。从考场一出来，我就明白失败已经不可避免了。我很想怪罪母亲送来的那几个臭鸭蛋，但一想还是自己的脑袋臭，何况母亲一大早赶来，她那份望子成龙的心意我怎么能责备呢？我拉着痢疾参加完考试，然后心神不定地等待考分的下来。我知道结局不会理想，但还是盼望奇迹出现。分数下来的那天我父亲很晚才从城里回来，这其实已经等于告诉我，没有我期待的奇迹发生。果然，那一年我只考了二百九十八分，本来只够上中等专科学校，可大兴安岭师专中文系刚好那一年面向全地区的考生招生，降下好几个分数段，我才幸运地进入专科学校，也算是一个奇迹吧。当我接到那个高等学校录取通知书时，我爸爸兴高采烈地拉起了手风琴。

我离开故乡永安，离开父母，去加格达奇的大兴安岭师专求学。那年我十八岁，是第一次坐火车。那一届考入这所学校的同学很多，所以上了火车后并不觉得孤单。由于夜晚上车，硬座车厢里到处是恹恹昏睡的人，过道里肮脏不堪，关不严的厕所散发出令人作呕的恶臭，所以火车并没有给我留下美好印象。车窗上蒙了一层薄霜，我轻轻刮开一片霜，想看看窗外的景色，然而外面黑魆魆的，什么也看不清楚。偶尔火车"咔嚓"一声顿响停靠在一个小站上，急忙忙向外一望，不过是站台上一片昏黄的光线，一些人匆匆地下去或上来，很像是皮影戏中的人。心想外面的世界也不过如此吧。

火车到达加格达奇是次日凌晨。学校来了辆大卡车，把我们的行李扔上去，然后吆喝我们坐上卡车。天色还是灰蒙蒙的，我们经受着寒风肆无忌惮的袭击。这之后每当我在银幕上看见外国人开着跑车（敞篷的）在田野或海滩上兜风，便不免想起初冬时分瑟瑟坐在敞篷卡车上入学时的那种滋味。原本以为地区首府是个大城市，肯定到处是高楼，马路会多得让人分不清东西南北，不料卡车经过的地方除主干马路上有几座楼外，越向北走越荒凉。矮矮趴趴的房屋因为没有灯火的笼罩，看上去很像一片荒寂的坟场。卡车艰难地驶上一条长长的斜坡后，我们终于看到了山坡上一座孤零零的楼和几幢平房。这就是我们没有围墙的直接面对着山峦和草滩的学校。我们中文系的女生被教务处的人给领进一座黑屋子，走廊里有股煤烟味，但毕竟比外面暖和。这使得几乎冻僵的我们得以使手脚舒展一些。那天刚好断电，屋子里昏暗不堪，后来校长亲自擎着根白蜡进来，说欢迎我们到来。然后他对着那屋子里上下两层铁床铺上的标签一一念我们的名字，铺位早已安排好，大家各就各位就是了。我被叫到上铺，好不容易把笨重的行李弄上床，未等铺开就想家了。眼泪就吧嗒吧嗒地往下落，觉得委屈，这个学校的条件跟上高中时没什么两样，于是打开手电在光光的木板铺上把行李当成桌子给家里写信，想辞了这个学校，容我再回去读一年，考一所真正的高等学府。信写完后已是黎明，曙光透进屋子，奔波了一路的同学都在沉睡。我也不胜倦意地睡着了。一觉醒来，发现室内的十几个人都已起床，大家把脸盆和饭盒都取出来，纷纷打听厕所、水房和食堂的位置。我心想，大家都听天由命地开始正常的生活了，我再往回折腾干什么？再说能保证明年不再吃臭鸭蛋，能保证我在临场发挥时像新汽车的马达一样动力十足吗？我想起了母亲常挂在嘴边的话："心比天高，命比纸薄。""小姐的身子丫鬟命。"当然，她并不是说我，而是说着一个宿命的道理。于是我没有发出那封信，跳下床来打听如何去买饭，不管心情多么恶劣，我从不亏待肚子。

转眼到了第二年春天。我已经习惯了师专的生活，课程不紧，有很多的空闲时间可以自行利用。那年的春游给我印象很深，我们来到一个山清水秀的风景点，野餐，唱歌，打气枪，我第一次体验到射击给人带来的快感。那一天的阳光比河水还要清澈，我看见许多鸟在柳树林中盘桓鸣叫。我打着一把同学的碎花阳伞，在河畔的沙滩上拍了一张照片。那些光滑的鹅卵石总给我一种柔软的感觉，尤其是正午的阳光把它们晒热了的时候，我觉得它就是大自然赐予我们的天然火炕，躺上去舒服极了。你眯起眼睛，能感觉到清风在拂动睫毛，能听见河水持续的潺湲之声。那一天我被阳光暴晒了一天，回来后一位教汉语的老师说我"一天就晒黑了"，我得意地笑起来，为了阳光能在我脸上留下纪念而自豪。不过事后又觉得那种被晒飞了的白净很让人怀念，因为大家以皮肤白皙为美。

中文系开的有些课很令我喜欢，如写作、古典文学、现代文学、外国文学。最讨厌的是逻辑课。因为我本身就是一个缺乏逻辑思维的人。那时便常去图书馆借书看，四卷本的《约翰·克利斯朵夫》在同学中传来传去，觉得罗曼·罗兰是这世上最伟大的作家。后来又读到普希金、拜伦、莱蒙托夫、雪莱的诗，把自己喜欢的句子摘抄到一个大笔记本上。后来又喜欢上了鲁迅、川端康成、屠格涅夫，觉得这世上伟大的人物太多了。夏天时我们总是仨一伙俩一串地在黄昏时分去散步，冬天时我则喜欢爬山。我喜欢在两山夹峙的沟谷中行走，因为那里坎坷不平，而且积雪深厚。若是一脚踏下去半条腿都陷进雪里，我就有一种冒了险的快感。我穿着笨重的棉袄棉裤，戴着自家做的棉手套，我们称它为"棉手闷子"，是一个地地道道的山里姑娘模样。

我们读到二年级的时候，学生宿舍楼竣工完成，我们迁入新居，八人一间的宿舍显得豁亮、开阔多了。我们宿舍的八姐妹大部分都家居当地，只有我与好友孟玮离家千里。孟玮住在我上铺，她是我师专时代最相知的朋友。那时她很喜欢"教育学"，读《圣经》和《忏悔录》，我希望她能在学业上有所建树，可惜毕业之后我们各奔东西，杳如黄鹤。前年我在加格达奇再见她时，她的膝下已有一个五岁的儿子了。

我们宿舍一向很整洁，大家相处也很融洽。我在那间宿舍里发生了一次"梦游"。据说有一天晚上我赤脚走到窗前，迷迷糊糊地对着窗外说："桂花呢，我的桂花呢……"我说完后就上床接着睡觉。晚睡的孟玮把这一幕看在眼里，她第二天学给我说时，我以为她在杜撰。但一看她满面严肃，我才明白确有其事，这使我在相当长的一段时间里对我的精神充满不信任。我为什么要桂花？是朝月亮里吴刚砍下的桂花树来要吗？大约只有在花季的年龄才会发生如此的梦游吧。

　　一九八三年我便开始学写小说了。悄悄地在晚自习时写。经常是最后一个离开教室。外面满天的星斗总能使我仰头看上片刻。用"星汉灿烂"来形容北方的夜空一点也不为过。写了小说，我就在星期天时徒步进城，去邮局把稿子寄出。三次寄往《青春》的稿子均未有退稿，于是我便想到本省的《北方文学》。投过一篇稿子，竟然得到编辑宋学孟的回音，这使我格外振奋，他约我把稿子改了后再寄给他。也许是太急于求成，我改了三遍，一遍比一遍泄，最后它是彻底地失败了。我心犹不甘，扔下它又写了两篇小说，仍然是两枚涩果。很快就到了毕业的那一年，我一面痴迷不悔地充满自信地沉浸于创作之中，一面为应付各科的结业学分而炮制一篇篇的论文。就在这一时期，我开始了《北极村童话》的写作，它给我带来了成功和幸运。

　　如今，面对着黑白的毕业照，面对着十二年前的我的同窗，竟有许多人的名字我叫不出来了。不是我的记忆力早衰了，而是在校时我就喜欢独往独来，很难在热闹的场合看到我的影子，所以我并不是那种人缘极好的人。我蹲在前排的右下角，有几分忧郁和疲惫，并没有那种踏上工作岗位的自豪感。毕业前夕，我在地区实验中学实习，第一次走上讲台时，觉得讲桌上的阳光好极了，刚开始有些紧张，但几分钟后就能镇定自若了。我还记得实习的那一段是春季，满城飞着柳絮，我老是联想到六月飞雪斩窦娥的情景，仿佛远古的恩怨依附在了我身上。

师专的三年生活对我的人生是有重大影响的。我记得水泥甬道两边新栽种的孱弱的杨树，记得食堂的高粱米饭使我不止一次饭后呕吐，一把一把地吞吃胃舒平，记得我立志写作时，躲在蚊帐里趴在床上正写到酣畅处，别人不打招呼就把灯关掉了，而这时我连脚还没有洗，只有在暗夜中点起蜡烛，白色的蚊帐被熏成灰色的，我善于隐忍的性格也是在那时形成的。当然，这些对我来讲已经成为回忆，我想起往事时内心还是充满了温情。一九八四年我离开大兴安岭，参加《北方文学》在兴凯湖组织的小说笔会，当我扛着鱼竿高挽裤脚越过沼泽地去湖边垂钓时，看见无数水鸟在水面盘桓，一片无边无际的灰蓝色的湖面上跳荡着阳光、山影、鸟语和微风。那时我就想只要是只鸟，就能有自己的天空，就能在自己的天空中看到这世界的奇迹。

师专毕业后我被分配到家乡塔河。塔河县教育局又把我分回永安。爸爸当校长时，我是他的学生，那时他年轻气盛。十几年过去后，我成为一名教师，爸爸仍然栖居在永安当他始终不变的校长，可见他在仕途上是毫无长进的。"文革"时工宣队进驻学校，经常性地给学校停课，让学生们下田锻炼。我爸爸对这种做法极其反感，与之争吵起来。人家说："工人阶级能领导一切。"父亲固执己见地说："你们只能领导钢铁，不能领导教育。"结果这朴素的真理被当成大逆不道的话反映到上边，父亲被全地区的一纸通告批评给拉下马来，被弄到塔河粮库劳动锻炼。他在那干了两年，当装卸工，学会了吃生黄豆。有时他在黄昏疲惫地下工回来，中山装下面的两个口袋鼓鼓囊囊的，里面塞满了黄豆。我们说他这是"偷"，他说在粮库上班的人都这样。扛麻袋使他的睡眠和食欲有了改善，而思想仍然冥顽不化，不肯向上面检讨自己的错误。这时节工人阶级领导着学生种了一茬又一茬的地，还响应毛主席的号召"到大风大浪里锻炼成长"，硬是把不会水的学生往一个沼泽湖里赶，让他们经受风吹浪打。大概七十多高龄的毛泽东畅游长江使他们心潮澎湃了。结果那个俗称"狗鱼泡子"的湖淹死了一个学生，这项荒唐活动便不了了之。

  我在父亲手下工作觉得万分别扭。因为开会时他要讲话，训斥别的教师时人家当着我的面不好回敬他，所以工作不到半年我又被母校塔河二中的崔寿田校长召回去，担任高考辅导班的语文教师。凡是未考上大学而又留校重新复习的理科生都在我的班里。我弟弟当时也是我的学生，我讲课时他总是低着头。我回家后对父亲讲了此事，并且说了弟弟几句。父亲为此大为光火,几乎推翻了正吃饭的桌子,冲我吼道:"我还没死,轮不到你管他!"他有时会暴露出山东人的那种家长式的作风和暴躁脾气。

我父亲送给我一架手风琴,我不识谱,又未学过指法,居然有时也能拉上一两曲,按照现在的说法叫"跟着感觉走"。晚饭后的黄昏我常常胡乱拉上一会儿才去办公室备课。现在这架手风琴还伴随着我,成为父亲遗留下的唯一遗产和纪念。由于经火车托运来哈尔滨时打封不严,它的琴键被磕掉两个,不过那都是高音区的键子,我很少企及这个区域。每每想念父亲时,看一眼它,内心就有一种温暖而疼痛的感觉,想着父亲自如地拉着它时的动人神采。

我曾经求过学的地方,后来又都成了我工作的地方。当我开始发表小说作品后,大兴安岭师范专科学校又向我发出邀请,让我回中文系执教。于是我又只身来到加格达奇,教授中国现代文学。每周上两次"大课"(两节连在一起上),有充足的时间读书和写作。这时候的师专已粗具规模,有了宽阔的校园,另外一座教学楼也已建成。我穿着一套深蓝色毛料西装(教师服)去教那些与我同龄的学生,是一个标准的教师形象。然而回到教工宿舍的我完完全全又是一个小女子形象了,说笑不断,高兴起来手舞足蹈。我同室的孙毅亦是个才女,擅长书法、绘画、篆刻和摄影，所以这一时期留下许多充满生活情调的照片，都出自孙毅之手。那时我的信函量就比较大，每天从收发室回来都颇有"收获"，因而读信的时候孙毅就设计了一个情节，让我把抽屉里另外几封旧信也拿出来散在桌上，做一次演员。因为读的不是情书，所以我表情漠然。我还为自己织过一套帽子和围巾，是纯白色的，用一种曲曲弯弯的线，可以掩盖针隙的不匀。这次是真正地织，可不是做戏，我坐在自己的床上，被子上苫着一块白色纱巾，穿一件绸质的银粉色的小棉袄。每次一倚墙，绸衣就与墙发出"嚓嚓"的摩擦声，那是种阴阳交错、刚柔相济的声音。因为墙坚固至极，而绸子柔软至极。我头也不抬地织着，内心充满阳光。虽然那时我在教工食堂吃饭，但因为有了条件，所以有时也自己做些可口的饭菜。当然，更多的时候我们是包饺子，然后喝点香槟或啤酒。我喜欢吃饺子，包的饺子个个都如弥勒佛的肚子一样圆，而且我包饺子的时候总是专心致志，这一习惯一直保持到现在。节假日我常常在厨房叮当剁馅，然后和面，戴上围裙忙得不亦乐乎。盛夏时吃热饺子喝冰镇啤酒绝对是一大享受。我常常变换馅的内容，将狍子肉里拌上香菜，将猪肉胡萝卜馅里打上西红柿汁。每一次改良都使喜新厌旧的胃得到一回满足。难怪李自成进京后声言要天天吃饺子，结果英雄无远见，把自己给吃败了。可见好东西也不能天天吃，糙米粗饭亦不可或缺。

每逢秋天的时候，师专对面的山上的榛树叶子就红了。虫鸣不再，大雁南飞，空气中有一股腐殖土的气息。就在那座山上，曾发生过一起著名的凶杀案。大兴安岭阿木尔林业局的童话作家卢培英死在这座山上。我从未见过卢培英，但听文联的人讲起过她，说她的童话写得很漂亮，出过书。还说她的男友是北京一所大学的博士生，正在德国留学。当时我还为此惋惜，心想远在海外的卢培英的恋人该会多么痛不欲生呀。然而事实是，卢培英的恋人顾光耀在京移情别恋，可卢培英不愿与之分手，对外谎称他已在国外。顾光耀是借应邀夫长春参加一个学术会议之机将卢培英约至加格达奇的。他们在一起吃过饭，然后上山游玩，早已策划好这一切的顾光耀把她击昏后杀死，为了造成强奸假象，还扒下她的裤子，割下她的阴肌，而后洗净血手，把凶器扔进河水中逃回北京，与恋人去度中秋节。案情真相大白后，我有很长一段时间不敢到那座山上去，满山红叶时，这里曾有过血腥气。据说顾光耀非常有才华，他的导师因为他被判死刑而痛惜不已。卢培英与他相恋多年，为他堕过胎。很难相信一个高级知识分子会有如此残忍之举。看来女子的痴情会给自己带来不幸。顾光耀正法的那天，刚好我从哈尔滨归来，一下火车就见站前广场人山人海的，原来囚车正押着顾光耀缓缓通过。他矮矮的个子，面色惨白，我不明白当一个女人获知对方已不再爱她时，为什么还痴迷不悔？看来爱情是一种病。从此以后我对白脸的男人总是深怀警惕和敌意。不过我在如火的榛叶中微笑的时候，那座山还未被鲜血浸染。几年以后我与朱哂之在加格达奇重逢相聚时，她噙着泪花把一杯酒洒在地上，祭奠卢培英。巧合的是，朱哂之的丈夫也与顾光耀同名同姓，不过朱哂之的丈夫是真正地爱她，如今把她接到澳大利亚，他们过着幸福的生活。可见名字也只能是一个符号而已，同一的符号却有着不同的内容。

一九八五年开始我就陆陆续续出去参加一些笔会。笔会多半是在暑期举行，这样也就不会耽误了教学进程。不过有时也恰好赶到学期的尾声，校领导和中文系的同事也就格外照顾我，放我这匹野马出去撒欢。我喜欢山清水秀的地方，因为我就是从这样的地方成长起来的。青青的草地、浓绿的树林能使我的呼吸变得格外舒畅。记得一九八六年在哈尔滨附近的二龙山风景旅游点时，我手中拿着一束信手采来的小黄花，戴顶白色遮阳帽，有几分顽皮。那里有一片碧蓝的湖，我在此垂钓，还大有收获，所以直到如今我还常做钓鱼的美梦。有时那鱼脱了钩，有时它扬起尾巴打我的脸，有时竟然上了岸姿态娴雅地行走，梦中的鱼可谓姿态万千。事隔十年之后，我再次去二龙山时，发现多了许多亭台楼阁，湖水泛灰，那种荒山野趣无从寻觅，这不免使人怅然若失。自然没有变，是人把自然改变了；而人也不可抑制地改变了。乘坐在游船上游湖的时候，我不由得想起十年前的天空、阳光、野花、野餐和自己那张稚拙的笑脸。

那年从二龙山回到哈尔滨，我又去青岛参加《中国》举办的小说笔会。我选择了水陆交接的旅行计划。由哈尔滨乘火车至大连，然后由大连乘海船至青岛。到了大连，我就直奔码头，住进一间便宜至极的客栈。那是幢类似农贸市场摊床区一样的简易木板房，里面打了无数个格子，把空间分割开来。客栈里房间太多，且全都是一样的门脸，我常常迷失在里面，找不到自己的住屋。说话声总是嗡嗡响个不休，跟火车站的候车室没有什么区别。好在那时睡眠很好，绝对不影响我的休息。还有心情出去玩，去老虎滩，又去旅顺，瞻仰炮台，看黑石礁海滩上的渔人打捞海带。

我开头说过，一个人诞生前可能就有了灵魂，那时的灵魂似雨露清风一般清新。我还想，一个人在要离开人世前，灵魂又一次飞翔起来，这时的灵魂带着一种在人世凡尘辛苦走一遭后的沉重，所以它飞翔得徐缓，带着一种逃离苦难和亲情的曼妙的伤感，它在与云霞为伍时对曾经走过的大地怀有依恋感。人在临死前灵魂的周游在民间被称为"出窍"，他那里只留下一具躯壳，一口气在等待着他的亲人，而他的真魂已经去另一个世界了。

父亲在一九八五年底那个寒冷的冬天突然一病不起。当身为医生的二叔从塔河打来长途，对我说："你父亲得病住院了，你能不能回来一趟？"我冲口而出的竟是："他是不是得了脑溢血？"二叔吃惊地问："你怎么知道？"

我怎么知道？我至今也不知道为什么会准确无误地说出这种病，也许是由于祖父曾被它劫走，也许我粗略知道这种病的突发性的特点。接过长途我回到宿舍一边打点行装一边落泪，然后连夜坐着硬座赶回家乡。火车上寒冷至极，我一夜未曾合眼，想象着父亲如我这般年纪在来到大兴安岭时的那种苍凉感。凌晨下了火车后我被直接接进县医院的抢救室，我进去的一瞬父亲突然睁开眼醒来，他望着我含糊不清地说："你刚下火车，冷吧？"他的嘴有些歪，头枕冰袋，鼻孔斜插着氧气管。他接着又说："我知道，你给我买回了橘子。"

橘子在十年前的大兴安岭还是稀罕水果，我是在站前广场买到的。我进了医院后并未打开包，他竟然知道旅行包里有着金黄的蜜橘，我心下凄然，知道他将不久于人世了，因为他的灵魂已经脱离了肉体，已经飞到加格达奇，引我去买橘子和回家。那时正值期末考试时期，只要是学校的老师进城来看他，而他又恰逢清醒时，他就询问考试的准备工作做得怎么样了，他至死还关心着他离不开的学校。那一段时间弟弟正逢高考复习，我们一般不打扰他，姐夫似亲生儿子一样每天都在床前精心护理父亲。父亲平素爱开玩笑,临终的前几天仍然结结巴巴地回忆他曾经历过的有趣的故事。我和姐夫轮流在夜间陪护,后来我在场他解手不便,所以姐夫几乎夜夜都不能离开。父亲这时便常常糊涂,有时还张口骂人,经常嚷着要回家而拔掉氧气管。有一次他又拔掉氧气管,我捺住他强行插上,摁住他的双手,我笑着说:"我看你再敢拔个试试。"他瞪大眼睛狠狠地看着我,忽然笑了起来,终于驯顺下来。父亲在抢救室接着出现第二次出血,这时主治医师宋雨春把我叫去,说是医院会竭尽全力,但病情不容乐观,让我做些准备。我明白他的意思。于是我偷偷哭过一场后去百货商店为他选购丧服,我还记得他喜欢穿烟色的衬衫,我为此跑了好几家商店,总算如愿以偿。接着又为他买袜子和鞋。而做这一切的时候又要背着母亲和脆弱的姐姐。我希望我所买的这些东西由父亲病好后来穿它。这些衣服被打点在一起,悄悄放在离医院很近的二叔家。

　　虽然我预感到父亲即将离去,但还是期待奇迹能够发生。有一天晚间我独自跑到医院锅炉房的空场上,不远处是太平房,天上寒星闪烁,我跪在煤渣地上朝天祈祷,希望它能把父亲留在人间。在我起身的一刻,一只夜行的黑猫突然从我身边跑过,朝太平房方向而去,我顿时心生寒意。

　　人在临死前的确是有回光返照。那天父亲出奇地清醒,面色也好看多了,母亲来看他时还以为他脱离了危险期。那一夜我仍和姐夫陪他。抢救室的天棚和墙壁上因为潮湿而有水珠，喜阴的灰色瓢虫爬来爬去的。我关上灯躺下后老是心神不宁，于是又打开灯起床看了看父亲，把耳朵附在他头旁，听见他均匀的呼吸声后这才又一次躺下。然而我仍然无法入睡，烦躁不已，夜半时又一次拉开灯，也许是日光灯的原因，我觉得父亲的脸色很灰，姐夫安慰我说这是胡思乱想的缘故。两次开灯均没有扰醒父亲，这使我很吃惊，他睡得实在太沉了。我觉得不对头，就去喊值班护士，护士来后给父亲测了心跳和血压，说并无异常，然后打着哈欠回值班室。大约又过了一个小时，我仍然心慌得厉害，于是又去看父亲，总觉得他的脸色灰得可怕。我拍了拍他的脸，喊了一声："爸——"他只是沉沉地睁眼看了我一下，复又疲惫地合上。于是我又去叫护士，这次血压和心跳都不正常了，护士有些慌乱了，于是我撒腿就跑出医院，在黑暗的小巷中奔跑着去叫身为医生的二叔。等我再回到医院时，父亲的瞳孔已经扩散，姐夫连忙回家去叫母亲和姐姐，而二叔则打电话通知我弟弟尽快赶来。母亲事后说姐夫回家敲门时，她刚做了个梦大汗淋漓地醒来，梦见家里的房子坍塌了，一堆瓦砾压住她，使她透不过气来。她们赶到医院时医生正在竭力抢救，父亲的气息微弱至极，而身为独子的弟弟仍未赶来。我心急如焚地跑到医院的大门口，突然远远看见一个在寒风中骑车而来的影子，知道那是弟弟，我的眼泪就下来了。他扔下自行车跑进抢救室,就在我们进门的刹那间,就是那一瞬,父亲吐出一口长长的气,终于抛下了我们。他吐完最后一口气后脸上出现了明显的笑容,这笑容凝固着,使死亡的阴影冲淡了。就在父亲咽气的那一刻,我母亲痛哭后眼睛里忽然出现一枚红红的圆点,像粒相思红豆,我一直以为那是父亲的灵魂栖居在那里。直到父亲入土后,母亲眼里的红点才猝然消失。为此我写过一篇《白雪的墓园》,这是母亲最喜爱读的一篇小说。父亲去世时及时穿上了簇新的衣裳,这也使我母亲的心得到了某种安慰。

父亲过世后母亲一直寡居,至今没有再嫁。我很希望她还能有一个美好的归宿,但我又相信对父亲的回忆会笼罩她的下半生,她无法忘却多才多艺的他。如今她把全部的爱和精力都放在我们下一代的身上了。我还记得父亲去世后的第二年,是阴历七月初七,七夕节,牛郎织女相会的日子,我深夜起完夜后迷迷糊糊走进母亲的居室,睡在她旁边。而我睡的那个位置原本是睡着我父亲的。然而才躺下不久,我就觉得有人不停地挤我,想把我挤下床,我便也推这个人,这时我清清楚楚听见父亲说话了:"挤什么挤,我一年才回来一次。"

我一骨碌从床上坐起,天已蒙蒙亮了,我推醒母亲,对她讲了刚才所经历的一切,我不认为那是梦,因为被挤的滋味还在,父亲的话仍在耳畔余音袅袅。母亲听后淡淡笑着说:"今天是牛郎织女相会的日子，你爸爸回来了。"

我连忙说对不起爸爸，我并没有要占你的位置，于是赶紧逃回后屋，留下他和母亲在一起。我回到自己的屋子不由得想：父亲的灵魂还是那么浪漫。

父亲去世后我曾写过这样一首诗：

> 他离去了
> 亲人们别去追赶他
> 让他裹着月光
> 在天亮以前
> 顺利地走到天堂
> 相信吧
> 他会在那里重辟家园
> 等着被他一时丢弃的你们
> 再一个个回到他身边
> 他还是你的丈夫
> 他还是你的父亲

可惜没有人拍下父亲过世后那张微笑的脸，他大约怕他的死吓着他疼爱的儿女们，所以才把永恒的微笑留给我们。

图书在版编目(CIP)数据

云烟过客 / 迟子建著. —杭州:浙江文艺出版社,
2022.1(2025.8重印)
 ISBN 978-7-5339-6669-0

Ⅰ.①云… Ⅱ.①迟… Ⅲ.①散文集—中国—当代 Ⅳ.①I267

中国版本图书馆CIP数据核字(2021)第223420号

策划统筹　王晓乐
责任编辑　邓东山
责任校对　唐　娇
责任印制　张丽敏
装帧设计　尚燕平
营销编辑　张恩惠

云烟过客

迟子建　著

出版发行	浙江文艺出版社
地　　址	杭州市环城北路177号
邮　　编	310003
电　　话	0571-85176953(总编办)
	0571-85152727(市场部)
制　　版	杭州天一图文制作有限公司
印　　刷	浙江新华数码印务有限公司
开　　本	880毫米×1230毫米　1/32
字　　数	147千字
印　　张	7.75
插　　页	2
印　　数	76001-81000册
版　　次	2022年1月第1版
印　　次	2025年8月第21次印刷
书　　号	ISBN 978-7-5339-6669-0
定　　价	45.00元

版权所有　侵权必究
(如有印装质量问题,影响阅读,请与市场部联系调换)